FESTA SF

Herausgegeben von Michael Nagula

BAND 1804

*Das Buch*

Während der Mars langsam auf irdisches Klima umgestellt wird, herrscht auf der Erde eine künstliche Intelligenz namens OneTrue. Terpsichore Murray ist auf dem Mars geboren und will, wie ihr Vater, Ökospektor werden. Als sie eine Gruppe jüngerer Kinder von den Hochebenen am Äquator zurück zur Schule in Wells City bringt, kommt es zu einer Katastrophe. Sie verändert nicht nur Terpsichore, sondern auch den Mars – und öffnet die Tür zu einem neuen Kapitel in der Geschichte intelligenten Lebens ...

*Der Autor*

Dr. John Barnes wurde 1957 in Angola, Indiana, geboren und studierte Politikwissenschaft an der Washington University.

Als Theaterwissenschaftler verfasste er viele Einträge für die Oxford Encyclopedia of Theatre and Performance. Er arbeitete mehrere Jahre lang als Systemanalytiker, bevor 1985 seine erste SF-Erzählung erschien. Seitdem entstanden neben zahlreichen weiteren Storys und Essays mehr als zwanzig Romane, darunter zwei in Zusammenarbeit mit dem Astronauten Buzz Aldrin. Der vorliegende Roman gilt als sein bisher bestes Werk. Dr. Barnes lebt heute in Denver, Colorado.

John Barnes

# DER HIMMEL SO WEIT UND SCHWARZ

Roman

Deutsche Erstveröffentlichung

Aus dem Amerikanischen
von
Gerald Jung

FESTA

Die amerikanische Originalausgabe
*The Sky so Big and Black*
erschien im August 2002 als Hardcover bei
Tor Books, New York,
die erste Paperbackausgabe folgte ebendort im
Oktober 2003.


1. Auflage Juni 2005

Published in arrangement with the author
c/o Ashley Grayson Literary Agency, USA
Lektorat: Michael Nagula
Umschlaggestaltung: BabbaRammDass
Druck und Bindung: Finidr, s.r.o.


ISBN 3-86552-007-3

*Für meinen Bruder Jeff*

*... ich nehme an, man wird uns erzählen, die Seele kann ebenso in christlicher Liebe sich verlieren als in irgendetwas anderem.*
*Gut, gut, wir müssen um Gnade ringen, so gut wir können.*

Christopher Fry
*Die Dame ist nicht fürs Feuer*
übersetzt von Hans Feist

WENIGSTENS MUSS ICH nicht so tun, als sei ich Wissenschaftler. Ich darf zugeben, dass ich Künstler bin. Und Polizist. Ich muss allerdings zugeben, dass ich Bulle bin.

Ich erhebe mein Glas und proste meinem Spiegelbild neben der Tür zu. Zu mehr reicht es in letzter Zeit nicht, wenn ich mal mit einem Kollegen einen trinken will. Es muss heutzutage etliche hundert von uns Psychos geben, in allen Ecken des Sonnensystems, wo es einen Daseinsgrund für uns gibt: hier auf dem Mars, drüben auf dem Mond, weiter draußen auf den über zwanzig besiedelten Asteroiden und in den tief eingegrabenen Kolonien auf den Jupitermonden. Aber gerade jetzt, in der aktuellen Krisensituation, bezweifle ich, dass sie es sich leisten können, auch nur einen von uns zum Titan oder Merkur zu entsenden; andererseits gibt es wahrscheinlich genügend Leute mit der richtigen Ausbildung, die gerade Bettpfannen leeren, Suppe kochen, Methan abbauen oder sonst was tun, und falls nötig, können sie die ja rüberschicken.

Auf dem Mond müsste es ungefähr siebzig Psychos geben, viele davon genau die Spezialisten, wie Teris Fall sie erfordert, und wenn irgendeiner da oben auch nur einen Funken Verstand besäße, hätten wir das arme Mädchen schon vor einem ganzen Marsjahr dorthin geschickt, gleich nachdem wir erkannt hatten, was da vor sich geht. Aber das ist nicht geschehen. Die in der Verwaltung waren der Meinung, dass wir das alles genauso gut hier in den Griff kriegen, nur damit sie keinen Transport für Teri zu organisieren brauchten und sich keiner ihrer Vorgesetzten den Fall genauer ansehen muss. Natürlich sind da etliche Berichte in der bürokratischen Pyramide nach oben gereicht worden, aber nichts Beunruhigendes, nichts mit einem fetten roten Stempel drauf: INVASION MÖGLICH oder WIR HABEN PROBLEME.

Und jetzt haben wir dieses neue Problem. Vielleicht sollte ich es vor den Verwaltungstypen geheim halten, es einfach selbst in die Hand nehmen und ihnen erst später einen

Bericht darüber zukommen lassen. Vielleicht kapieren sie es dann endlich. Beim letzten Mal haben sie darauf bestanden, dass ich ganz allein mit Teri fertig werde; vielleicht mach ich es diesmal einfach.

Ich frage mich, ob solche Fälle wie Teri öfter vorkommen. Ich würde es nicht unbedingt erfahren. Man sagt mir ja nichts. Ständig renne ich gegen Mauern der Verschwiegenheit. Vor mir könnte so gut wie alles geheim gehalten werden. Demnach könnten Fälle wie Teris gegenwärtiger Zustand seit dem Sunburst dreimal die Woche vorkommen, oder noch öfter, und alles wird unter den Teppich gekehrt. Wäre gut möglich. Ich weiß es nicht. Ich bin kein Wissenschaftler, und ich tu auch nicht so, als sei ich einer. Ich bin nicht mal ein besonders guter Polizist. Aber was mein Handwerk angeht ... tja, interessante Frage. Ich glaube, darin bin ich ziemlich gut.

Bewusste Gedanken sind Hinweise für tiefere innere Zustände. Wenn ich also den Gedanken äußere, dass ich meine Arbeit gut erledige, ist das ein Hinweis. Ist dieser spezielle Hinweis nun eine Beobachtung, eine Täuschung oder ein Symptom?

Es wäre auch alles viel einfacher, wenn ich Teri nicht so gut leiden könnte. Wahrscheinlich hätte ich größere Objektivität wahren sollen, vielleicht hätte ich auch so richtig bullenmäßig auftreten und die kleine Göre verabscheuen sollen. Aber nein, wenn ich in ihrem Zusammenhang auch nur an den Ausdruck ›Göre‹ denke, zucke ich schon zusammen.

Eigentlich ist sie so ziemlich das Gegenteil davon. Es sei denn, man vertritt den Standpunkt, dass alle Roundita-Mädchen freche Gören sind, aber dazu arbeite ich schon zu lange hier. Selbstbewusst sind sie, das schon.

Und Wasser ist nass.

Ich muss lachen. Das ist so eine Angewohnheit von mir, über meine eigenen flauen Witze zu lachen. Solche Sachen gewöhnt man sich an, wenn man sein gesamtes Erwachsenenleben zu oft und zu viel in der eigenen Gesellschaft trinkt. Teri ist unverfroren und derb und geradezu aggressiv ungebildet, aber sie ist auch freundlich und zutraulich und noch furchtbar jung, trotz allem, was ihr passiert ist, und deshalb ist es völlig klar, dass ich sie mag.

Außerdem gehört es zum Handwerk, dass ich sie mag. Um wenigstens einen blassen Schimmer davon zu kriegen, was es heißt, der- oder diejenige zu sein, der oder die einem gegenübersitzt, muss man einen Weg finden, den Verdächtigen zu mögen ... oder den Patienten oder den Delinquenten oder wie immer der Begriff lautet, mit dem wir sie bezeichnen dürfen. (Hier unten in dieser Grenzstadt muss ich meine Grundkenntnisse nur alle paar Erdjahre mal auffrischen, und in der Zwischenzeit kümmere ich mich nicht um die gerade angesagte korrekte Terminologie. Wozu auch? Wenn ich wollte, könnte ich meine wöchentlichen Berichte an den Boss wahrscheinlich mit Überschriften wie ›Vorsicht: völlig bekloppt!‹ versehen, und niemand würde sich daran stören.)

Ich habe eine aufgezeichnete Nachricht von Teri erhalten, die eindeutig nach einer Antwort verlangt.

Sie hat diese spekulativen Faseleien und meine blöde Herumphilosophiererei überhaupt erst ausgelöst. Meine Sauferei hat sie allerdings nicht ausgelöst, weder heute Abend noch an irgendeinem anderen Abend. Dafür brauche ich keinen Auslöser. Alle anderen haben längst Feierabend gemacht, sind zur großen Eingangstür raus in die Vorhalle und weiter hinaus in das warme Nachmittagssonnenlicht, das Red Sands City immer so wunderbar erglühen lässt. Wir befinden uns mitten im südlichen Herbst, die gleiche Jahreszeit wie vor einem Marsjahr, als alles anfing. Wir zählen unser Alter immer noch in Erdjahren und feiern unsere Geburtstage an dem Marstag, der auf der Erde unserer Geburtstag wäre, aber alles andere teilen wir inzwischen nach Marstagen, Marsjahreszeiten und Marsjahren ein, denn genau so hält es die Sonne mit unerschütterlicher Halsstarrigkeit auch.

Ein Blick auf die Uhr. Auch das ist ein Hinweis: ›Wer Zeit verliert, der findet Sorgen‹, wie es bei uns heißt. Hätte ich aufgesehen und es wäre Stunden später als erwartet gewesen, hätte ich auf diesen roten Knopf auf meinem Schreibtisch drücken müssen, den Knopf, der mich hier einsperrt und die Bullen ruft und die Psychos, damit sie sich um den ganzen Schlamassel kümmern. Aber mein Zeitgefühl funktioniert noch gut, also funktioniere ich wohl auch noch, und die Uhr ist, bis jetzt, lediglich ein Hinweis dafür, wie es draußen aussieht: die letzte Stunde bei Tageslicht. Ich mag den Herbstsonnenschein. Ich könnte unten im Park sein, mich nach hierher umdrehen und das orangegelbe Glühen auf der Felswand betrachten, die weiter oben den älteren östlichen Rand der Stadt bildet. Ich könnte die Leute beobachten, die den Abend im Freien genießen, oder durch die Kuppel nach draußen schauen, über die Barackensiedlung hinweg, dorthin, wo die Sonne über den Hellspouts untergeht. In fünf Minuten könnte ich dort unten auf der Bank sitzen, mir eine Pizza kommen lassen und da draußen im Park ein kleines Picknick veranstalten.

Stattdessen greife ich wieder zur Flasche. In Zukunft gibt es bestimmt noch mehr als genug Sonnenschein, aber zu dem, worüber ich nachdenke, passt eher unergründliche Dunkelheit.

Die anderen Polizisten kann ich nicht sonderlich gut leiden – die richtigen Polizisten, wie sie sich garantiert nennen. Die sind jetzt bestimmt irgendwo da draußen und vergnügen sich mit ihren Familien. Ich habe keine Familie, deshalb gibt es normalerweise auch so gut wie nichts, worüber wir uns unterhalten könnten.

Alle anderen Polizisten sind hier pünktlich zum Feierabend rausmarschiert, ungefähr zehn Minuten, nachdem ich Teris Nachricht erhalten habe. Einige sind gleich mit den großen Rolltreppen nach unten in ihre Ebenen gefahren. Ein Großteil unserer Stadt ist hier tief in die Kraterwände hineingebaut, so wie in grauer Vorzeit die Felsenbewohner in Arizona oder Arabien oder wo das gewesen ist (manchmal habe ich, was Geschichte und die Erde und das alles angeht, schon fast genauso nebelhafte Vorstellungen wie Teri und die anderen

Jugendlichen ihrer Generation). Einige wohnen jetzt draußen auf dem Kraterboden innerhalb der Kuppel. Dort machen sich immer mehr Bewohner breit, obwohl ich glaube, dass seit dem Sunburst und seinen Folgen die meisten Sitter lieber irgendwo mit möglichst viel Erde und Steinen über und rings um sich herum wohnen würden. Gut möglich, dass in ein oder zwei Generationen der typische Sitter in einer Höhle lebt, und die Rounditachi und die Marsformen machen sich deshalb über uns lustig.

Also, ich war zum Zeitpunkt des Sunburst zweiundfünfzig Erdjahre alt, und das ist eindeutig zu alt, um noch irgendwelche neuen tiefgehenden Ängste zu entwickeln. Ich bekäme Angst, wenn ich es plötzlich ganz hell werden sähe oder wenn auf einen Schlag der gesamte Strom ausfiele, aber da wüsste ich, wovor ich Angst habe, es ginge um *richtige* Angst, nicht um irrationale Panik.

Die Idioten, die für die Schulen verantwortlich sind, setzen alles daran, um bei der nächsten Generation diese irrationale Panik geradezu heranzuzüchten. Ein ganzes Marsjahr lang haben sie diese Kids der Trauerberatung und Angstdiskussionen und der guten alten Panikmache ausgesetzt, in der Absicht, die Kinder dauerhaft von den fälschlicherweise als ›helfend‹ bezeichneten Berufen abhängig zu machen, und das heißt nichts anderes, als die Kinder auf Dauer Kinder sein zu lassen. Herrje, eine taffe Roundita wie Teri würde alle diese Berater, Humandienstler und Educatoiden mitsamt ihrem Geschwätz und ihren Plänen der Reihe nach zu Boden schlagen, und wenn sie dann um Gnade winselten, würde sie auf sie spucken.

All das dumme Zeug, das wir den Kids antun wollen, nur damit die Welt ein bisschen angenehmer für die Erwachsenen wird! Früher ging es darum, sie als reife Menschen aus der Schule zu entlassen, damit sie ihr Leben selbst in die Hand nehmen konnten, nicht darum, sie ihren Lehrern als Spielzeug zu erhalten oder dass ihre Ratgeber sie verhätscheln und unablässig überwachen können. Verdammt noch mal, ich habe mein Psychologendiplom mit achtzehn bekommen, und bis ich zwanzig war, hab ich die Leute schon nicht mehr gezählt, denen ich beim Sterben geholfen habe, die Tatorte, an denen ich die Frage »Was für ein Mensch würde so etwas tun?« beantwortet habe, und die Polizisten, doppelt so alt wie ich, denen ich zugehört habe, wenn sie etwas Grauenhaftes erlebt hatten und mit mir reden wollten. Natürlich war es auch etwas anderes, ein Psycho zu sein. Die Hauptaufgabe bestand immer noch vornehmlich aus »Trost und Tabletten austeilen«, wie mein Vorgesetzter die Beratungen immer nannte, und danach kam dann das »alle Tassen in den Schrank stellen«, so nannte er das Erstellen von Profilen. Die Arbeit damals war schwieriger, wenn Sie mich fragen, auch wenn sie nicht so dringlich war wie das, was wir jetzt tun, und ich vermisse diese Schwierigkeit.

Noch vor meinem zwanzigsten Geburtstag musste ich mich aus so vielen Problemen herausimprovisieren, dass ich jegliche Angst vor dem Neuen verlor. Wir sahen mehr, und wir lernten mehr, und es ist meine bescheidene Meinung, dass diese Kids eigentlich überhaupt keine Beratung brauchen. Was sie brauchen, sind Möglichkeiten, sich zu beweisen, etwas zu unternehmen, zu machen, zu träumen und zu denken, damit sie erwachsen werden können. Und wenn man ihnen auch nur den Hauch einer Chance geben würde, dann würden sie es auch schaffen.

Aber so viele in meiner verdammten Generation sagen, dass sie schon jetzt zu viel Stress erlitten hätten, sie wollen die Welt zur Ruhe kommen lassen, und zwar nur deshalb, weil sie unruhig war, als sie selbst noch jung gewesen waren. Also bauen wir unsere Gesellschaft auf wie einen ruhigen Garten für ältere Leute und lassen die Kinder ungebraucht verrosten, beruhigen Omas Nerven und nehmen dafür in Kauf, dass Junior engstirnig, dumm und faul wird. So wie sich jede grundsätzlich bequeme Gesellschaft entwickelt, wenn man sie nur lässt. Das Einzige, was wir aus der Geschichte lernen, sind passende Metaphern für unsere gegenwärtigen Dummheiten.

Herr im Himmel, denke ich. Herr im Himmel!

Er gibt mir keine Antwort, und ich würde es auch echt mit der Angst kriegen – aber keine Panik! –, wenn er das täte, denn ich wüsste, dass er in Wirklichkeit Resuna ist, oder ein winziger Gehirntumor, oder irgendein Kuddelmuddel in meinem Potpourri aus Neurotransmittern.

Aber da er nicht antwortet, habe ich auch keine Angst, mit ihm zu reden, und ich sage, mein Gott, ich höre mich immer mehr wie Teri an. Na ja, vielleicht noch nicht ganz wie Teri, eher wie die kratzbürstige, unabhängige, ungehobelte Alte, die sie als Großmutter einmal sein wird – mögen ihre Enkelkinder zahlreich und genau so wie sie sein, falls du mir trotzdem zuhören solltest, Gott! Diese Bereiche meiner Gefühle und meiner Persönlichkeit halte ich normalerweise unter Kontrolle, aber wie Sie sehen, klappt es nicht immer. Teri hat den Bogen, sie an die Oberfläche zu locken, schon immer rausgehabt. Vermutlich kann der menschliche Verstand auf mehr als nur eine Weise ansteckend wirken, Resuna ist da nur die offensichtlichste Methode, vor der wir uns aus gutem Grund fürchten. Die alten, langsameren, subtileren Methoden können aber immer noch am gründlichsten sein.

Mir gefällt dieses Wort: *gründlich,* oder besser gesagt: Es gefällt mir, das Wort zu denken, während ich das Glas mit Whiskey anschaue, mein drittes seit dem offiziellen Feierabend. Gut möglich, dass Gott das Wörtchen *gründlich* auch gut gefällt, aber er hält sich zu diesem Thema ebenso bedeckt wie zu jedem anderen Thema heute und sonst eigentlich auch. Gott sei Dank.

Ich wollte gerade nach Hause gehen, als Teris Nachricht angezeigt wurde. Also habe ich sie abgespielt, und jetzt habe ich alle ihre Akten auf meinem Werp aufgerufen und gehe sie noch einmal durch, den ganzen Fall, von Anfang an.

Ich beziehe ein festes Gehalt. Und dieser Fall ist abgeschlossen. Niemand zahlt mir das hier extra. Aber ich verspüre dieses Bedürfnis nach Gründlichkeit – schon wieder dieses Wort. Ich tauche in diese weiche und tiefe und vielversprechende Gründlichkeit ein, so wie der warme braune Whiskey in mich eintaucht. Ich sehe mir ihre Nachricht bis zum Ende an, sie dauert ja nur ein paar Minuten, und weil ich jetzt schon weiß, dass wir beide uns unterhalten müssen, schicke ich ihr eine Antwort und sage ihr, dass ich heute Abend überhaupt nichts vorhabe, dass sie sich melden soll, wenn sie will, dass wir die ganze Nacht miteinander reden können, wenn sie das will ... und falls ich nichts mehr von ihr höre, schicke ich ihr in den nächsten ein oder zwei Tagen eine schriftliche Antwort.

Sie befindet sich ungefähr anderthalb Stunden östlich von hier. Ökospektoren müssen so lange hüpfen, wie die Sonne am Himmel steht. Sie machen Rast, sobald die Sonne untergeht, und sie gehen früh schlafen, deshalb befinden wir uns jetzt so ziemlich genau in der Mitte des zweistündigen Fensters, in dem mich Teri anrufen könnte. Höchstwahrscheinlich schon in den nächsten Minuten. Ich bin in der richtigen Laune, einfach nur dazusitzen, zu trinken, auf meinen leeren Bildschirm zu starren und zu warten, bis es klingelt, damit ich ihn auf Verbindung umschalten und mit ihr reden kann. Alles andere kommt mir, ehrlich gesagt, ziemlich unwichtig vor.

Bis dahin kann ich mir wenigstens noch einen Whiskey genehmigen. Ich nippe nur daran, damit er länger vorhält, sozusagen der Schluck für den Weg nach Hause. Ich habe immer noch genug arbeitende Gehirnzellen, um gründlich zu sein.

Mir gefällt es, wie mich dieses Wort an Freud oder Jung und an die alten Profiler denken lässt, an all die tiefsinnigen Tiefenlinguisten: an jeden systematischen Schamanen, jeden listigen Priester und freundlichen Barkeeper, an jeden klugen Trainer und jede scharfsinnige Prostituierte – an all jene, die diese schräge Kunst, die ich betreibe, schon lange betrieben haben, bevor sie einen Namen hatte.

Sie waren gründlich.

Ich bin nur ein Kleinstadtbulle. Wenn ich genügend Whiskey und einen interessanten Fall vor mir habe, schaffe ich es manchmal, ein gründlicher Kleinstadtbulle zu sein. Jedenfalls komme ich mir so vor.

Ich rufe Teris erste Aufzeichnung auf den Schirm, von vor einem Marsjahr, und spule vor, durch den ganzen geschäftsmäßigen Kram, durch die kleinen Tricks und Kniffe, mit denen man versucht, den Delinquenten überhaupt zum Reden zu bringen, bis ich an dem Trick angelangt bin, mit dem es funktioniert hat.

Einer der ältesten bei direkter Konfrontation ist der, dass man sie auffordert, an das zu denken, was sie für den Anfang der Geschichte halten, und über all das zu reden, was ihnen dazu einfällt. Im Suchlauf sehe ich meine Lippen stakkatohaft auf und zu gehen: »Erzähl mir jetzt noch nichts davon. Erzähl mir davon, woran es dich denken lässt. Erzähl mir, wie es sich anfühlte. Erzähl mir, woran es dich erinnert.«

Das hat sie getan, und dann stieg ich dort ein, um zu sehen, was in ihr vorging.

Ein paar von diesen alten Tricks sind richtig gut.

Gründlich und gut.

DIE SCHULSTUNDE, als ich sieben war (ich kann mich noch genau daran erinnern, weil es direkt nach Mamas Tod war), da hatten wir diese Einheit – in der Schule hat man immer Einheiten, so wie Leute Geschwüre haben. Sie handelte von der Grenzlanderfahrung damals auf der Erde, als die Europäer alle anderen eroberten, noch bevor es mit dem richtigen Grenzland hier draußen losging. Wir mussten uns damit beschäftigen, weil Wir-Daraus-Etwas-Lernen-Sollten oder so. Sie nannten es die ›Tradition der Eroberung der Wildnis‹, was ziemlicher Blödsinn ist, denn auch wenn die Roundings gewissermaßen Wildnis sind, so sind sie doch kein bisschen wie der Wilde Westen, der australische Busch, der Neue Osten, El Norte oder wie die damals alle hießen. Aber wir hatten diese Unterrichtseinheit namens ›Die Tradition der Grenzlanderfahrung‹, und in dieser Einheit lernten wir ein Lied, das ich absolut hasste. Ich hasste es aus vollem Herzen, verstehen Sie? Bin ich jetzt weit genug abgeschweift, Doc?

Von dem Text kapierten wir nicht die Bohne, denn es geht hauptsächlich um Sachen, die es hier auf dem Mars sowieso nicht gibt, und wenn man nachschlägt, was die Worte bedeuten, kapiert man gleich gar nichts, denn die Leute, die das Lied verfasst haben, sind selbst nie auf dem Mars gewesen und haben einfach nur Worte aneinander gereiht und erzählen einem was von Kühen, die Gräser fressen, die eigentlich giftig für sie sind, und all so was.

So war es immer in der CSL, der Schule für Cybernetik, Semiotik und Logik: unverständliche, sinnlose Informationen, die uns irgendwie schlauer machen sollten, dazu dumme Spiele und Veranstaltungen, damit man lernt, wie man mit Sittern und anderen Hampelmännern umzugehen hat. Nicht, dass jeder Sitter ein Hampelmann wäre, Doc, das wollte ich damit nicht sagen. Soweit ich das beurteilen kann, sind Sie keiner, ich meine, ich kenne Sie ja noch nicht so gut. Aber das heißt nicht, dass ich darauf aus bin, dass Sie ... Sie wissen schon, wie ich's gemeint habe, oder? Warum reden Sie nicht ein *skoshi* mehr, Doc?

Na egal, wie Sie wollen, es ist Ihr Ball und Ihr Spiel, wahrscheinlich erfahren Sie mehr über mich, wenn ich rede, ist ja eigentlich nur logisch.

Wo war ich stehen geblieben? Ach ja, die Schule und dass ich sie gehasst habe. Soweit ich weiß, hasse ich aber nur die CSL-Schule, ich war ja auf keiner anderen. Außerdem habe ich noch nicht erwähnt, warum ich die CSL hasse, obwohl es dort jede Menge gab, was man hassen konnte. Es ging um dieses blöde Lied, weil Sie ja wollten, dass ich über etwas völlig Belangloses spreche, das ich mit dem Anfang von allem verbinde, was seither passiert ist, stimmt's nicht, Doc? Na schön. Das Allerblödeste an diesem Lied war, dass es der reinste Ohrwurm war. Man summte es immer wieder vor sich hin, ganz automatisch. Mir geisterte ständig eine Zeile durch den Kopf: ›Jede Nacht schläfst du im Frei'n, das einzige Gesetz, das zählt, ist dein. Du schläfst draußen jede Nacht, und das Gesetz wird neu gemacht.‹

Also, ich kann mir nicht vorstellen, dass man damit durchgekommen ist, schon gar nicht, wenn jeder so denkt. Und schon gar nicht irgendwo im Grenzland. Darum geht's doch bei der Besiedlung. Dass man das Land und die Leute und die Bodenschätze und alles andere katalogisiert und nach allen Regeln des Gesetzes klar macht. Sobald irgendwo Leute sind, gibt es auch Gesetze, und zwar massenhaft. Ich würde fast wetten, dass ohne diese vielen Gesetze das meiste, was diese Leute so treiben, falsch und unrecht wäre. Eigentlich nur logisch.

Aber bei der Zeile mit ›Du schläfst draußen jede Nacht‹ haben mir diese Leute damals auf der Erde fast Leid getan. Weil sie das ja nicht tun. Die meisten verbringen ihr ganzes Leben in ihren vier Wänden.

Ich hab mir schon immer gedacht, dass sie deshalb in ihren Geschichten und Filmen und so weiter morgens so schwer aus dem Bett kommen ... denn das Bett ist der einzige Ort, an dem sie sich richtig wohl fühlen. Ich habe irgendwie den Eindruck, dass auch die Sitter so ähnlich drauf sind, nur dass sie nicht so groß damit angeben wie die Menschen auf der Erde. Trotzdem sehe ich nicht recht ein, wie man Leuten, die morgens nicht aufstehen und den Tag genießen können, jemals vertrauen soll.

Sie fragen doch jetzt nicht nach, weil es *Ihnen* genauso geht, stimmt's, Doc? Das ist wieder einer von diesen schlauen Psycho-Tricks, die mich dazu bringen sollen, dass ich irgendwas von mir preisgebe, oder?

Habe ich mir gleich gedacht. He, gehört das eigentlich auch dazu, dass ich das kapiere? Wahrscheinlich schon, eigentlich nur logisch. Ist ja auch egal. Ich erzähl Ihnen, wie man morgens richtig aufsteht. Aber nur, wenn es Sie wirklich interessiert oder Sie es wirklich nicht wissen. Wenn ich mit Dad draußen in den Roundings war, sind wir immer in dem Moment aufgewacht, in dem die Sonne auf unsere Visiere fiel. Wir haben uns einfach aufgesetzt, wo wir eben noch gelegen hatten, haben uns gestreckt, und dann ging's los. Einfach nur die Extrapolsterung und die Isolierung auf der Rückseite des Druckanzugs ausschalten, dann ausscheiden, essen, und schon waren wir unterwegs. Dann sind wir in null Komma nix zum nächsten Ziel gehüpft. Das heißt, morgens aufstehen muss man irgendwo da draußen, am Pulsschlag der Welt, in einem kuscheligen Versteck zusammengerollt. *So* fängt man einen Tag an. Tut es Ihnen schon Leid, dass sie mich in Schwung gebracht haben?

Ja, natürlich spielt es auch eine Rolle, wie die Sonne auf dem Mars aufgeht, und ich glaube, damit lässt sich auch so einiges über die Menschen auf der Erde erklären. Die Leute, die von der Erde hierher gekommen sind, sagen, dass sie die langen, dramatischen Sonnenuntergänge und Sonnenaufgänge vermissen. Wahrscheinlich sehen die irgendwie schön aus. Hier auf dem Mars ist die Scheibe der Sonne kleiner, und obwohl wir schon seit Jahrzehnten, so schnell es geht, Luft erzeugen, ist sie hier immer noch deutlich dünner, und der Horizont ist immer nur halb so weit entfernt wie auf der Erde. Morgens kommt die Helligkeit sehr rasch, man sieht, wie sich die Farben verändern, der ganze Osthimmel wird in weniger als einer Minute rosa, es bildet sich ein blaues Ei am Horizont, und dann hüpft auch schon die Sonne wie ein etwas unterentwickeltes Eigelb in dem blauen Ei über den Horizont, als hätte sie irgendwo etwas Dringendes zu erledigen.

So war es auch an dem Morgen, an dem alles anfing. So war es an jedem guten Morgen da draußen.

Ich machte die Augen auf und sah die Felsen vor mir in dem roten Licht erstrahlen, dann drehte ich mich zur Seite, wo sich Dad gerade aufsetzte. Jeder von uns hüpfte hinter einen Felsen. Eigentlich kann niemand etwas sehen, wenn man sich in einem Druckanzug hinhockt, aber trotzdem. Irgendwie will man dabei seine Ruhe haben.

Als ich fertig war, drückte ich auf den ›Säubern‹-Knopf, genoss das warme angenehme Gefühl und zog den kleinen Abfallbeutel aus meinem Lisport-Pack. Dann hüpfte ich zurück zu der Düne, auf der wir geschlafen hatten.

Ich erwartete, dass Dad die Waage und die Kollektoren aufstellte, wie an jedem anderen Morgen. Dann würden wir den Abfall der vergangenen Nacht auswiegen, die Rubbies eintragen ...

*Rubbies?* Ich dachte, Sie kennen uns Ökospektoren, Doc. Rubbies sind RBVs, das steht für *released biogenetic volatiles,* die freigesetzten biogenetischen abbaubaren Stoffe, die man bei der Entwicklungsgesellschaft in Rechnung stellen kann. Und ja, die Entwicklungsgesellschaft da draußen in den Roundings ist ein anderes Wort für ›Gott‹. Innerhalb eines Jahres kann man einen ziemlichen Batzen Geld damit machen, dass man in bestimmte Ökosysteme kackt, die es dringend nötig haben, deshalb haben Dad und ich auch immer nach so was Ausschau gehalten, denn Rubbies sind der Notnagel des unabhängigen Ökospektors, und es gibt keinen Grund, etwas davon umsonst wegzugeben. Eigentlich nur logisch, oder? Jedenfalls halten wir unseren Teil der Abmachung ein, Vertrag ist

Vertrag, und sobald alles abgewogen und eingetragen ist, lassen wir die Abfalltüten auf weicher Erde zurück.

Dann nehmen wir normalerweise unsere Anzugrationen durch die Helmluken zu uns, wobei wir beim Sitzen noch angeschlossen bleiben, damit unsere Druckanzüge voll aufgeladen werden. Alle vier Geschmacksrichtungen unserer Anzugrationen schmecken ziemlich gut. Sie machen dich satt, du wirst nicht dick davon, und sie helfen dir, deine Rubbie-Quote zu erfüllen. Dad hat immer gesagt, wenn sie ihm noch mehr helfen würden, dann verstießen sie gegen die Erhaltung der Materie.

Das ist doch nicht eklig oder was, ich meine für Ihre Aufzeichnungen, oder? Gut. Sagen Sie mir Bescheid. Dad und ich haben immer über alles geredet, und ich weiß auch nicht, wieso, aber sie erinnern mich irgendwie ein *skoshi* an ihn.

Nach dem Essen packen wir dann unser kleines Lager zusammen, verstauen alles an den dafür vorgesehenen Stellen in unseren Tragepacks, und ab geht's.

Ich dachte, das passiert auch an diesem Morgen, aber als ich um den Felsen herumkam, hatte Dad unser Taji aufgebaut, was wir normalerweise immer nur alle zehn Tage oder so machten, um zu baden, Geschwüre zu behandeln und die alte Haut abzuschubbern. Unser Taji war ein einfaches altes Bean-Marshell mit orange getönten Wänden, einer weißen Luftschleuse vorne und einer dreifachen durchsichtigen Kuppel. Als ich das Taji in der dunkelroten Marsmorgenröte stehen sah und mitbekam, wie das erste Sonnenlicht in der obersten Kuppel tanzte und die Wände im von den Felsen dahinter reflektierten Licht erglühten, und ich bemerkte, dass es schon an unsere 200 x 200-Anordnung angeschlossen war, da wusste ich, dass es nichts Gutes zu bedeuten hatte. Gute Nachrichten hätte er mir über Anzugfunk oder über Satcell mitgeteilt, beim Frühstück oder im Laufe des Tages. Wenn es sehr privat war, hätten wir uns einfach über Fiberlink verbinden können, das wäre wesentlich einfacher gewesen, als das Taji aufzubauen. Also wollte er mein Gesicht sehen, wenn er mit mir redete, wollte sehen, wie ich reagierte, denn er suchte eine Möglichkeit, sich nicht mit mir zu streiten.

Natürlich konnte es auch sein, dass er nur sehen wollte, wie glücklich mich das machte. Das war gelegentlich auch ein Grund dafür. Mit *gelegentlich* meine ich Geburtstage, Weihnachten oder wenn wir einen Treffer gelandet hatten.

Drinnen im Marshell war es dann so klar wie Kloßbrühe, dass es sich tatsächlich um eine schlechte Nachricht handelte. Unsere Anzüge und Wickies waren bereits im Protolyzer, damit sie wieder schön sauber wurden. Dad holte die Spezialrationen raus, die für Feierlichkeiten und als Trostrationen aufgehoben wurden, und wir hatten eigentlich nichts zu feiern. »Komm her, Teri«, sagte er, »du könntest wenigstens ein *skoshi* lächeln, schließlich gibt's nicht alle Tage Frühstück ohne Helm, ganz abgesehen davon, dass du deinen Anzug mal wieder frisch gemacht kriegst.«

Dad sah aus wie ein Roundito: blass, weich, aschgraue Haut, bis auf den faltigen, tiefgebräunten Streifen, der von einer Schläfe zur anderen quer über die Augen und die obere Gesichtshälfte verlief wie eine braunlederne Banditenmaske. Nach ein paar Jahren draußen in den Roundings werden sogar die Leute mit deutlich viel Afro im Blut grau und kriegen eine braune Maske, nur sieht das Grau und Braun bei ihnen leicht anders aus. Jedenfalls erkennt ein Roundito einen anderen in der Stadt immer sofort, wenn sie das Pech haben, dort aufeinander zu stoßen.

Dads Augen waren irgendwie verwaschen graublau, seine Haare und seine Bartstoppeln rötlich braun mit Grau drin, wenn er sich mal welche wachsen ließ. An jenem Tag hatte er Stoppeln, denn vor einem Treffen ließ er sich immer den Bart wachsen, und in ein paar Tagen stand ein großes Treffen bevor. Wir hatten nur noch eine Station vor uns, dann wollten wir uns auf den Weg machen.

Haare sind normalerweise einfach nur lästig. Sobald man in einem Taji ist, schabt man sie ab, das gehört zu den paar Annehmlichkeiten, wenn man in einem Taji ist. Könnte man dort nicht seine Haare loswerden oder baden, damit man keine Hautinfektionen kriegt (und es ist immer ein wahnsinnig tolles Gefühl, wenn man die alte Haut und die Geschwüre los wird), ich glaube, dann würden die meisten von uns ihre Anzüge überhaupt nicht mehr ausziehen.

»Also«, sagte er, »du hast bestimmt schon erraten, dass ich schlechte Nachrichten für dich habe. Willst du sie gleich erfahren und hinterher essen, als Trost sozusagen, oder willst du erst dein Essen genießen und die schlechten Nachrichten danach erfahren?«

Ich zuckte mit den Achseln. »Was gibt's denn zu essen?«

»French Toast, Rührei, Würstchen und Bratkartoffeln. Ich hatte noch ein paar aus der letzten Postrakete von der Familie deiner Mutter übrig. Deine Tante Callie findet immer Mittel und Wege, ganz zufällig ein paar Luxuswaren in unsere Post zu schmuggeln. Wenn ich nicht wüsste, dass es unmöglich ist, würde ich sagen, sie ist eine Trödlerin mit Herz.«

»Callie hat ein großes Herz, das weißt du. Und nicht alle Trödler auf der Welt sind so knauserig wie die Tharsisitos, Dad. Ich weiß nicht, wie sie zu zwei so netten Mädchen wie Mammi und Callie gekommen sind. Wahrscheinlich haben sie sie irgendeinem Ökospektor abgenommen, als sie ihn mit dem Rücken an die Wand gedrückt hatten. Aber egal, du machst mir mein Lieblingsfrühstück, und das kann nur heißen, dass du dich auf einen ziemlichen Streit gefasst machst.«

Er ging klugerweise nicht darauf ein und sagte stattdessen: »Da wir meinen Vorrat beim Treffen schon bald wieder aufstocken können, hab ich mir gedacht, wir gönnen uns einen richtig guten hausgemachten Kaffee.«

»Lecker. Damit kriegst du mich immer.«

»Also zurück zu meiner Frage. Erst die schlechte Nachricht und dann Frühstück, oder erst Frühstück und dann die schlechte Nachricht?«

»Normalerweise wäre mir erst Frühstück und dann die schlechte Nachricht lieber, aber wie schon gesagt, da du mir mein Lieblingsfrühstück machst, muss es eine richtig üble

Nachricht sein, also kannst du sie mir auch gleich mitteilen, und dann sehen wir, ob das Frühstück noch irgendwas retten kann.«

»In Ordnung«, sagte er und machte sich daran, die Kaffeemaschine aufzubauen. Ich habe nie so genau verstanden, warum er bereit war, die zusätzlichen dreihundert Gramm Strafe auf sich zu nehmen, um dieses Gerät mitzuschleppen, obwohl ich zugeben muss, dass er Recht hatte, hausgemachter Kaffee schmeckt tatsächlich viel besser. Er maß Bohnen in den kleinen Fülltrichter, gab destilliertes Wasser aus dem Wiederaufbereitungssystem des Taji dazu und drückte auf den Knopf. Das leise Heulen des Ultraschallgenerators war zu hören, der die Bohnen pulverisierte und das Wasser erhitzte.

Dad lehnte sich zurück, stützte sich auf den Ellbogen und streckte die Beine aus, ein wahres Sinnbild der Behaglichkeit. Nachdem er es nun so lange wie möglich hinausgezögert hatte und ihm nichts mehr einfiel, was er noch tun könnte, knallte er mir die Neuigkeiten ohne weitere Umschweife vor den Latz: »Teri, ich habe über mehrere von deinen Ideen nachgedacht, die du angesprochen oder auch nur angedeutet hast, denn darin bist du richtig gut, fast so gut wie deine Mutter früher. Ich weiß, dass es dir viel bedeutet. Deshalb solltest du nicht glauben, ich hätte dir nicht zugehört, nur weil ich dir deinen Willen nicht lasse, und bitte glaube nicht, dass ich so etwas aus purer Gehässigkeit tue, ja?«

Ich nickte widerwillig, obwohl mein Herz sich bereits wie eine Kugel $CO_2$-Matsch auf dem kalten Stein niederließ, den ich in meinem Bauch spürte.

»Tja, also, denn mal los. Ich weiß, dass du mit mir über eine Hochzeit mit Perry reden wolltest, und das Treffen wäre der logische Zeitpunkt, an dem so etwas über die Bühne geht. Er ist ja auch ein netter junger Mann, und ich will dir gleich sagen, dass alle Einwände, die ich habe, sich nicht gegen Perry richten, auch nicht gegen deinen Wunsch, zu heiraten. Als deine Mutter und ich geheiratet haben, waren wir schließlich noch jünger als du jetzt. Deshalb gleich zu

Anfang: Ich habe nichts dagegen, absolut nichts, nichts, nichts dagegen, dass du heiratest.«

Ich seufzte. »Das kann nur heißen, dass du willst, dass ich die Schule zu Ende bringe.« Den weinerlichen Ton, der sich sofort in meine Stimme geschlichen hatte, konnte ich überhaupt nicht leiden. Schon seit drei Tagen hatte ich insgeheim auf diese Unterredung gewartet; ich hatte mir natürlich nicht zurechtgelegt, was ich sagen wollte, das nicht, aber ich hatte mir fest vorgenommen, würdevoll und vernünftig zu sein. Ich wiederholte es innerlich immer wieder – würdevoll und vernünftig, würdevoll und vernünftig, würdevoll und vernünftig –, und vielleicht half es ja, denn zumindest war ich dann schlau genug, die Klappe zu halten und erst einmal abzuwarten, was er eigentlich sagen wollte, statt mich ihm gleich als Zielscheibe für seinen Zorn und seinen Frust anzubieten.

»Sieh dich doch um, Teri. Alles verändert sich. Als ich damals als Ökospektor anfing, gab es so gut wie keine Rounditachi, die Ressourcen waren schier unerschöpflich, die Entwicklungsgesellschaft hat uns weder gut noch fair bezahlt, aber sie hat bezahlt, und die Anzahl der möglichen Treffer da draußen schien nahezu unbegrenzt zu sein. Die wirklich bedeutenden Treffer warteten alle noch auf ihre Entdeckung. Inzwischen weißt du, dass ich Grund genug zum Angeben habe ...«

Das wusste ich allerdings. Überall, wo ich hinkam, ob zu anderen Ökospektoren oder zu Leuten, die sich mit Ökospektion auskannten, öffneten sich mir alle Türen, nur weil ich Telemachus Murrays Tochter bin. Zu der Zeit, als ich geboren wurde, hatten Dad und sein Partner, Kindness O'Hart, eine Quelle angebohrt, die einen riesigen, an der Oberfläche fließenden Fluss speiste, weiter oben in Acidalia, womit sie das gesamte Alice Valley ins Leben riefen. Dad zu Ehren wurden drei Wälder gepflanzt, und die ersten Marsform-Kiefern schlugen dort an den Ufern des Lake Telemachus Murray Wurzeln. Ich habe den Leuten immer gesagt, dass ich einmal Ökospektorin werden will, aber ich konnte nie sagen, »wie mein Dad«, weil ich mir niemals auch nur vorstellen konnte, dass man so viel erreichen kann wie er.

»Teri«, sagte er, »du hast schon wieder diesen entrückten Blick in den Augen. Ich hätte es nicht erwähnen sollen. Ich weiß, wie viel dir das Leben als Ökospektorin bedeutet, und ich weiß auch, wie viele deiner Träume daran hängen. Aber es lässt sich nun mal nicht leugnen, dass es in den frühen Tagen so viel zu tun gab, dass jeder, der auch nur einigermaßen was taugte, sein Trefferheft ziemlich schnell voll hatte. Hätte die Entwicklungsfirma damals schon das gleiche Bezahlungssystem angewandt wie heute, gäbe es heute keinen Ökospektor, der schon vor 2080 dabei war und nicht Milliardär wäre.«

Das war ein sehr wunder Punkt bei Dad und so ziemlich allen anderen Oldtimern. Den meisten von ihnen ging es einigermaßen gut, aber sie waren nicht reich. Hätten sie damals schon die gleichen Verträge und Bonussysteme gehabt, die sie beim Allgemeinen Streik im Jahre 2088 erkämpft hatten, dann wären sie jetzt reich – stinkreich. Viele von ihnen glaubten, dass man sie 2088 nur gewinnen ließ, weil die Entwicklungsfirma wusste, dass zu dem Zeitpunkt bereits alle großen Treffer erschlossen waren.

»Teri«, sagte Dad, »du bist mit deinen Gedanken immer noch nicht richtig bei der Sache. Hör mir einfach ein *skoshi* länger zu. Sieh mal, ich weiß, dass viele Leute in meinem Alter behaupten, große Teile der Oberfläche seien nicht einmal angekratzt, es gäbe immer noch jede Menge zu tun und zu finden. Aber obwohl es dort draußen massig Land gibt und sich bestimmt auch noch der eine oder andere Treffer landen lässt, bevor das Spiel aus ist, wird es ganz sicher nicht mehr so weit kommen. Ich gehe jede Wette ein, dass die Regierung schon bald den Bemessungswert der Freisetzungen nach unten korrigiert und die Bewertung von Anzucht nach oben. Du kannst auch jetzt noch einen großen Treffer für Rubbies landen – und das werden wir auch, morgen schon, warte nur, bis ich dir die Werte zeige –, aber es hat nie Volltreffer für Anzucht und Saatgut gegeben; alles, was noch bleibt, ist harte Arbeit. Wenn nun aber die Regierung der Entwicklungsgesellschaft weniger zahlt, glaubst du im Ernst, dass die Gesellschaft sich dann mit weniger Profit zufrieden gibt? Als Monopolgesellschaft? Von wegen! Die geben das schön an uns weiter, und das schlägt sich auf unsere Rubbies nieder. Dann werden ganz plötzlich nicht mehr so viele Freisetzungen gebraucht, wie sie gedacht haben. Die Marsformen entwickeln sich prächtiger, als es sich jeder hätte träumen lassen, das heißt, niemand wird mehr dafür bezahlen, dass wir diesen Planeten besenrein übergeben. Jedenfalls nicht, damit er mit tausenden oder millionen von Spezies besiedelt wird, die hier ganz prima mit nur einem Bruchteil des Aufwands auskommen. Nicht, wenn wir hier alles bereit haben müssen, um die Große Flotte zu unterstützen, wenn sie hier ankommt – insbesondere, da es der einzige Grund ist, hier überhaupt zu terraformen. Wenn es eine Möglichkeit gibt, für die Große Flotte bereit zu sein und dabei den Mars trocken und kalt und ohne viel Atemluft zu belassen, dann wird sie auch genutzt.«

»Das ist eine ganz andere Geschichte. Die Leute in den alten Transfer-Schiffen sind auf ihrem Weg zurück durch die Zeit zu anderen Sternensystemen, und bis ihre Nachkommen, die in Realzeit reisen, hier wieder ankommen, liegen wie viel ... zehn Generationen zwischen uns? Warum tun wir das alles für sie und nichts für unsere eigenen Enkel?«

Dad zuckte mit den Achseln. »Du zerbrichst dir lieber selbst das hübsche Köpfchen, stimmt's, Teri? Und es wäre dir lieber, wenn andere Leute das auch täten. Aber solange One-True die Erde in seiner Gewalt hat, kann sich das an jedem beliebigen schönen Morgen ändern. Eines Tages werden wir alle von einem flächendeckenden Notruf geweckt, der jene vier Worte ausspricht, die wir nicht sagen, und dann laufen wir alle auf Resuna, es gibt ein Mars-OneTrue, und keiner von uns muss mehr für sich selbst denken.«

Die vier Worte, die wir nicht sagten, lauteten ›Lass überbrücken, lass überschreiben‹, der Satz, der Resuna aktivierte, also das Mem, auf dem die Leute ständig liefen, die unter OneTrue lebten. Das Mem, unter dem jeder Einzelne auf der Erde lief, ausgenommen vielleicht ein paar Kordillerenbewohner oder Beduinen. Das Mem, von dem sie immer befürchteten, dass es sich hier jemand einfängt ... denn sobald du gememt bist, besteht dein einziger Daseinszweck auf der Welt darin, dieses Mem weiterzuverbreiten. Und nicht zuletzt war es das Mem, vor dem die Vierte Welle hierher geflohen war, vor fünfunddreißig Jahren, und nachdem die Vierte Welle unsere Bevölkerung mehr als verdoppelt hatte, saßen sie auch als Wähler fest im Sattel.

Die Sache ist die, Doc, und ich weiß, dass Sie einen Haufen Zeit damit verbracht haben, über Meme nachzudenken und auch nach ihnen zu suchen, dass ihr alle euren Job viel zu gut erledigt habt, als dass Kids in meinem Alter noch Angst vor ihnen haben könnten, nicht wahr? Eigentlich nur logisch. Wir sind ihnen nie begegnet. Wir kennen Leute, die vor vierzig Jahren gememt worden sind und die immer noch schreckliche Angst davor haben, aber für die meisten von uns ... also, als ich noch ein kleines Kind war und Mama gerade gestorben, da war dieses ekukatholische Kind in unserer Schule, das uns beigebracht hat, wie man betet, was ich dann in diesem Halbjahr auch ausführlich getan habe, jede Nacht habe ich im Dunkeln mit der Zimmerdecke geredet. Wieder draußen in den Roundings, war ich natürlich sofort davon geheilt; dort schaut man sich den Himmel und das Land an und weiß, dass niemand und nichts das geschaffen haben kann, es ist alles viel zu groß und zu großartig, um eine Schöpfung zu sein. Aber damals habe ich ständig gebetet, und es war immer das gleiche Gebet: »Bitte, pass auf Mama auf, und sorg dafür, dass sie nicht allein ist, bitte mach, dass es Dad draußen in den Roundings gut geht, mach bitte, dass mich kein Vampir beißt, und mach bitte auch, dass ich niemals gememt werde.« Der Vampir und das Mem waren für mich ungefähr gleich bedrohlich, Doc.

Dad seufzte. »Ich weiß, dass es nicht leicht ist, ständig daran zu denken, dass OneTrue immer da ist, auf der Erde, und dass es sich auch den Rest des Sonnensystems unter den Nagel reißen will, aber du weißt doch, dass die Planetenabwehr Monat für Monat kleine Resuna-Trägerschiffe abschießt, die sich mit Solarsegeln dem Mars nähern. In jeder Warensendung, die wir von der Erde importieren, in jedem Bündel mit Post, sind irgendwo ein paar Kopien Resuna versteckt. Deshalb macht es mir nichts aus, dafür zu arbeiten, dass der Planet bereit ist, die Invasionsflotte zu unterstützen. Von mir aus könnte die Große Flotte schon morgen hier eintreffen. Ich wünschte nur, wir hätten wenigstens eine Nachricht erhalten, *wann* sie eintrifft, oder die Regierung hätte es uns allen mitgeteilt, falls sie es denn erfahren hat. Ich bin jedenfalls froh, dass sie kommt. Was hätten wir schon noch zu tun, wenn wir uns nicht auf die Große Flotte vorbereiten müssten – jetzt, da die Erde unsere Hilfe weder braucht noch will, weil sie nicht vorhat, sich aus ihrem Unglück retten zu lassen? Wir würden alle in den Städten leben und den ganzen Tag lang alte Filme anschauen oder sonst was, während sich die Roboter um uns und um die Städte kümmerten.«

»In der Schule sagen manche, dass sie genau das wollen ...«

»Mmhmm. Und was hältst du von solchen Leuten?«

»Ach, das sind Dummköpfe. Klar.«

»Da hast du's wieder, Teri. Das Problem liegt darin, dass die Bedürfnisse der Großen Flotte das Ökospekting erforderlich gemacht haben, und jetzt bringen es genau die gleichen Bedürfnisse früher als erwartet zu einem Ende. Die ruhmreichen Tage der großen Treffer und der Möglichkeiten, reich zu werden, sind so gut wie vorbei, mehr will ich eigentlich gar nicht sagen. Nach unserer Unterhaltung zeige ich dir etwas, was ich mir zu diesem Thema ausgedacht habe.

Allerdings kommt noch was hinzu, nämlich dass die Anzahl der Ökospektoren förmlich explodiert ist, das heißt, wir haben viel mehr Rounditachi, die es auf eine schwindende Anzahl von möglichen Treffern abgesehen haben. Du weißt besser als jeder andere, dass das hier für viele, viele Menschen ein herrliches Leben ist, und diejenigen, die nicht damit klarkommen, können einfach in die Stadt ziehen, sodass sich niemand gezwungen fühlen muss. Aber wir werden hier draußen immer mehr, die großen Treffer werden immer schneller ausfindig gemacht, und die meisten großen, noch unerschlossenen Gebiete dürften schon bald überlaufen sein. Es ist ungefähr so, wie ich mir den Goldrausch vor langer, langer Zeit auf der Erde vorstelle. Alles, was dann gefunden und ausgewertet wird, dürfte meistens auf einen Schlag geöffnet und sofort ökoaktiviert werden, und das wahrscheinlich innerhalb der nächsten zehn Marsjahre oder so, also bist du vermutlich nicht mal vierzig, wenn der letzte große Treffer, was es auch sein mag, sich in klingende Münze verwandelt. Und dann gibt's kaum noch was anderes als Freebies.«

Freebies waren der Fluch der Ökospektoren; in der Schule müssen wir sie ›Sekundärereignisse‹ nennen. Wohl weil Wir-Daraus-Etwas-Lernen-Sollten oder so. Gemeint war damit das, was passierte, nachdem die Marsoberfläche immer wärmer und nasser wurde und eine dichtere Atmosphäre mit mehr Sauerstoff bekam und spontan ein Biopotenzial entwickelte. Das kam jetzt überall vor, wie Dad gesagt hatte, im kleineren Rahmen, sobald Methan-, $CO_2$-, oder Wasserflöze spontan und abrupt in die Atmosphäre entlassen wurden und die neuen Marsform-Lebewesen alles kolonisierten, bevor überhaupt etwas ausgesät werden konnte.

Der erste große Freebie hat sich erst vor sechs Marsjahren ereignet. Das geschlossene Chryse-Bassin hatte sich als doch nicht ganz so geschlossen erwiesen, denn darunter floss ein Grundwasserleiter, der sich in den Jahrzehnten, nachdem Lake Chryse neu geschaffen worden war, beständig aufgefüllt hatte, bis er unter die uralte Kraterwand gesickert war, die daraufhin gänzlich unerwartet einbrach und einen völlig neuen Fluss, den bisher längsten auf dem Mars, auf den Weg geschickt hat – mitten durch Acidalia und weiter bis zum Miniozean in der Nähe des Nordpols. Die Marsform-Kokani aus dem Bassin waren den Neuen Fluss (ein blöder, nichtssagender Name, aber alle nannten ihn so, bis er schließlich so hieß) hinabgeschwemmt worden und hatten herausgefunden, dass es ihnen im Boreal Ocean prächtig gefällt, dann zogen sie ein paar angepasste Kaninchen aus dem Zylinder ihrer DNS, und zwar auf eine Weise, die auf wunderbare Art ›Bears Vereinigung‹ demonstrierte, und entwickelten sich bis zu richtiggehenden Lachsen zurück; seither schwimmen sie jeden Marsherbst den Neuen Fluss hinauf.

Hätte das ein Ökospektor ausgelöst, es hätte ihn zum reichsten Mann oder zur reichsten Frau auf dem Mars gemacht. So aber musste die Entwicklungsgesellschaft keinen einzigen Millikredit für den Neuen Fluss und sein ganzes Drumherum zahlen.

Seit damals ereigneten sich alle paar Monate große Freebies, kleinere kamen so oft vor, dass sie nicht einmal mehr in den Nachrichten erwähnt wurden. Jeder einzelne von ihnen war reiner Zufall, ausgelöst durch die verbesserten Oberflächenbedingungen. Es war gut möglich, dass die meisten der großen Treffer, die es dort draußen noch gab, schon bald freigesetzt würden, und zwar nicht von Ökospektoren, sondern vom Mars selbst.

»Darüber habe ich auch schon nachgedacht«, gab ich zu.

»Na gut, Teri, dann hake es ab. Es läuft alles darauf hinaus, dass sie von Jahr zu Jahr weniger Ökospektoren brauchen, und jedes Jahr werden wir mehr, und den Rest gibt uns dann die Tatsache, dass wir die Völker geschaffen und das Abkommen unterzeichnet haben.«

Er meinte nicht uns. Er meinte den Volksentscheid, den die bescheuerte Legislative vor zwei Jahren durchgeführt hatte und für den sich gleichermaßen bescheuerte Wähler, angeführt von völlig hirnlosen Sittern, eingesetzt hatten. Natürlich waren die Gentechniker wahrscheinlich die Hirnlosesten von allen, schon deshalb, weil auf ihrem Mist die Froyks gewachsen waren.

›Froyk‹ gehörte zu den Wörtern, die man in der Gesellschaft

von Erwachsenen besser nicht benutzte, weil die sich dann immer furchtbar aufregten, und »so redet man nicht über sie« und all das, und natürlich benutzte man dieses Wort auch nicht vor den Froyks selbst. Sie wurden so genannt, weil der bekloppte Dr. Perrault, der sie ursprünglich erschaffen hat, über zweihundert Genotypen entworfen und sie nach den grundlegenden Oberflächenbedingungen auf dem Mars klassifiziert hatte. Er hatte sie besonders widerstandsfähig gemacht, und dann stellte sich heraus, dass die kälteresistente Linie *froid K* diejenige war, auf die er alle anderen Gene übertragen konnte, die er in den Bear-Abschnitten des Genoms der Menschen und anderer Säugetiere gefunden hatte. Also waren die ersten dieser Babys, die er in seinen Reagenzgläsern aufzog, ›modifizierte froid-Ks‹, und diese Bezeichnung wurde draußen in den Roundings, wo die gesamte Idee nicht auf besonders viel Gegenliebe stieß, rasch zu dem Ausdruck ›Froyks‹.

Wir brauchten Marsform-Kaninchen und -Kiefern, -Blumen und -Bienen, das schon. Aber soweit ich es beurteilen konnte, brauchten wir keine Marsform-Kobras, -Ratten oder -Bären, denn diese Spezies sind gefährlich und nutzlos, und menschliche Wesen sind ungefähr so gefährlich und nutzlos wie nur irgendwas, deshalb sind Städte auch dermaßen grauenhafte Orte, und die Schaffung von Marsform-Menschen war ungefähr so nötig, wie es die Schaffung von Marsform-Kakerlaken gewesen wäre.

Was für ein Schwachkopf, dieser Perrault!

Wie auch immer, die ältesten Froyks waren inzwischen ungefähr dreißig Erdjahre alt. Sie waren mit einem im Verhältnis zu ihrem Gewicht sehr geringen Sauerstoffbedarf ausgestattet, einer sehr hohen Toleranz gegenüber Kohlendioxid, Brustkästen so groß wie Fässern sowie flexiblen Rippen und zusätzlicher Muskulatur, damit sie mit einer unglaublichen Geschwindigkeit Luft ein- und ausatmen und dabei jeden Atemzug so lange halten und ausquetschen konnten, dass auch noch das letzten Quäntchen Sauerstoff in ihren Niederdruck-Blutkreislauf gepresst wurde. Ihre Beine ähnelten denen von Kamelen und endeten in breiten haarigen Füßen. Sie waren am ganzen Körper mit dichtem rotbraunen Körperhaar bedeckt, und ihre zotteligen Köpfe und Gesichter bestanden aus einer abgerundeten Schnauze, kleinen tiefliegenden Augen und großen büscheligen Ohren. Es waren so ziemlich die hässlichsten Kreaturen, die man jemals gesehen hatte. Hätte man nicht gewusst, dass sie von menschlichem Erbgut abstammen, man hätte meinen können, ihr Genom sei aus Bären, Fledermäusen, Affen und Ziegen zusammengesetzt.

Trotzdem gab es auch für sie noch nicht genügend Luft, als dass sie sich ohne Respiratoren frei atmend auf der Oberfläche hätten bewegen können. Aber je mehr sich der Mars veränderte, desto früher würden die Froyks ohne Hilfsmittel auf seiner Oberfläche leben können. Man ging davon aus, dass es noch ungefähr zwanzig Marsjahre dauerte. Aber was besagten schon Hochrechnungen? Sie kamen bereits jetzt ganz gut ohne Anzug zurecht. An einem schönen Tag trug eine Marsform aus Gründen der Sittsamkeit eine Hose, eine Wollmütze gegen die Kälte und ein Gerät, das einen an die Taucher von früher erinnerte, ein Mundstück, das mit einem Pack verbunden war, in dem ihre Luft den richtigen Druck und die richtige Temperatur erhielt. Wo ich notfalls vielleicht fünfzig Meter ungeschützt über die Oberfläche rennen konnte, bevor ich zusammenbrach, konnte ein Froyk wahrscheinlich mehrere Kim durchhalten.

Momentan gab es ungefähr sechshundert erwachsene Froyks da draußen, dazu vielleicht zweitausend Kinder, locker in fünf ›Völker‹ organisiert, und jedem dieser Völker hatte man einen gigantischen Landstrich zum Besiedeln gegeben, plus Ressourcen. Statt den Mars nach menschlichen Bedürfnissen herzurichten, sind wir auf die ausgemacht dumme Idee gekommen, groteske Zirkusattraktionen zu erschaffen, damit die auf dem Mars leben. Der Wahnsinn breitete sich sogar noch aus, denn inzwischen hatte man sich daran gemacht, den Erdmond zu terraformen, und schon jetzt gab es Bilder auf den Zeichentischen mit lächerlichen geflügelten Mondform-Menschen, die aussahen, als träumten kleine Kinder vom Teufel.

»Wir haben zugestimmt, dass es sich bei ihnen um Völker handelt, und wir haben die Abkommen mit ihnen unterzeichnet«, wiederholte Dad.

Ich schüttelte den Kopf. »Ich habe ganz bestimmt nicht zugestimmt. Und auch sonst keiner, den ich kenne. Du hast gegen das Referendum gestimmt, genau wie jeder andere Roundito, und zwar verdammt zu Recht. Das Gesetz kam nur mit den Stimmen von Sittern durch, die nie, nie, nie nach hier draußen gelangen! Wenn du mich fragst, haben die dafür gestimmt, unser Land und unsere Ressourcen wegzugeben. Und das absolut ohne jeden Grund. Wir hätten den Mars für uns haben können, wenn wir nur am ursprünglichen Plan festgehalten hätten. Es gab überhaupt keine Veranlassung dafür, diese *Dinger* zu erschaffen.«

»*Leute,* Teri, das sind Leute. Zumindest solange du in meinem Taji bist, sind das Leute – was das angeht, dulde ich keine anderen Ausdrücke.« Auf einmal waren seine Augen kalt und hart, wie manchmal, wenn er in einer Bar ist, betrunken und auf der Suche nach dem nächstbesten Streit. »Außerdem weißt du wahrscheinlich, dass unsere Nachkommen Marsformen sein werden. Sie brauchen die genetische Vielfalt und nehmen garantiert so viele Proben von jedem, wie sie nur können, marsformen sie dann und bringen sie zu diesen Familien da draußen. Die Leute, die du *Dinger* und *Zirkusattraktionen* nennst und was weiß ich noch alles, erziehen einmal deine Urenkel – die dann genau wie sie aussehen.«

Manchmal war das, was Dad sagte und tat, einfach widerlich, und ich hatte es längst aufgegeben, ihn dazu zu bringen, im Taji nicht zu furzen, und hin und wieder, wenn wir bei einem Treffen waren, zog er los zu einer Mietnutte und kam mit irgendeiner absolut hässlichen alten Großmutter zurück, weil sie ihm ein *skoshi* billig und dreckig eben am liebsten waren. Aber mir zu sagen, dass meine Nachkommen Froyks sein würden, war so ziemlich das Widerlichste, was er je getan hatte. Ich glaube, er hat es nicht einmal bemerkt.

Während es noch in mir kochte, redete er einfach weiter, als hätte er gerade etwas völlig Normales gesagt. »Zurzeit gibt es auf dem Mars drei Millionen unmodifizierte Menschen und zweitausendfünfhundert Marsformen«, sagte er. »In dreihundert Jahren wird es eine Milliarde Marsformen und weniger als zehntausend Unmodifizierte geben.« Er sah mich immer noch mit diesem Blick an, und obwohl ich inzwischen fast so groß wie er war, kriegte ich ziemlich Schiss, als wäre ich wieder vier Jahre alt und stünde kurz vor einer Tracht Prügel. »Also hör auf mit diesem Geschwätz. Mit den Marsformen ist alles abgemacht; sie haben ihrs, wir unsers, und wir behandeln sie mit allem Respekt, den sie verdienen – damit basta.«

Ich war zwar frustriert und unglücklich, aber keinesfalls verrückt. Ich schluckte meinen Zorn hinunter und sagte das, was der alte Saukerl hören wollte, wofür ich ihn aus ganzem Herzen hasste: »Tut mir Leid, Dad. Du hast Recht. Ich meine, wir haben es versprochen, und jetzt müssen wir unser Wort auch halten. Ein Vertrag ist ein Vertrag und so weiter.« Aber mit Tieren kann man keine Verträge schließen. Das weiß jeder, das lernt man sogar in der Schule. (Sieh mal einer an, die Schule ist also doch für etwas gut!) Und dann konnte ich nicht mehr an mich halten und platzte heraus: »Aber ein Drittel des Planeten wegzuwerfen ... für so wenig ... Leute! Eine Welt für sie zu erschaffen, aber keine für uns! Dad, dieses Gesetz war einfach total verrückt!«

»Trotzdem«, sagte Dad, dessen eiskalter Blick unverändert geblieben war. »Es geht nicht darum, ob du *willst,* dass Wasser im Stein ist, es geht auch nicht darum, ob Wasser im Stein *gut* wäre ...«

»›... es geht einzig und allein darum, ob Wasser im Stein *ist*‹«, beendete ich den Satz. »An diesen Satz werde ich mich noch auf meinem Sterbebett erinnern.«

»Aber hoffentlich nicht, weil du durstig bist«, entgegnete

er. »Und ob du es glaubst oder nicht, schon lange vor diesem Tag wirst du deine eigenen Kinder mit diesem kleinen Spruch in den Wahnsinn getrieben haben. Glaub mir, du wirst es dir einfach nicht verkneifen können.«

Ich musste lachen, jedenfalls ein *skoshi.* Es war wirklich nicht einfach, lange auf Dad sauer zu sein. »Ich verspreche dir, dass ich dich anrufe, wenn ich ihn zum ersten Mal aufsage, und dann bitte ich dich, mich irgendwohin nach draußen zu führen und mir den Luftschlauch durchzuschneiden. Aber wo soll ich jemals diesen Wurf kleiner Marsformen herkriegen, die ich damit in den Wahnsinn treiben soll, wenn ich nicht einmal heiraten und eine Familie gründen darf? Schiesch, Dad, ich bin schon fünfzehn, du und Mama, ihr habt viel früher damit angefangen.«

»Dafür bleibt noch mehr als genug Zeit«, sagte er. »Vor hundert Jahren haben viele Leute erst mit dreißig oder so angefangen, ihre Familien zu gründen, und trotzdem hat die menschliche Rasse eine Bevölkerungsexplosion erlebt.« Er sah mir in die Augen, sehr streng, als wäre es ihm damit richtig ernst. Es war schon fast gruselig. »Hör mal, Teri, bevor ich versucht habe, deine grässliche, bigotte Einstellung geradezubiegen – tu bloß nicht so, als hättest du sie nicht ... diese Einstellung, die du von den anderen Kids übernommen hast ... manchmal glaube ich, dass es das Einzige ist, was du jemals in der Schule gelernt hast – also, davor wollte ich eigentlich all das Zeugs, von dem ich geredet habe, in einem großen Paket zusammenschnüren. Darum erzähle ich dir jetzt auch, was los ist und warum ich diesen Plan habe und warum ich möchte, dass du noch eine Weile daran festhältst, obwohl ich weiß, dass dir dabei fast das Herz zerspringt, Teri-Mel. Also hör gut zu, und wenn dir etwas auffällt, was an meinen Überlegungen nicht stimmt, dann sage es frei heraus, aber wenn du begreifst, dass die Tatsachen und die Logik auf meiner Seite sind und du mir zustimmen musst, dann will ich, dass du mir versprichst, dass du deinen klaren Kopf, den du schon immer gehabt hast, einsetzt und nicht dein großes, empfindsames Herz, ja? Nur noch ungefähr ein Jahr lang. Wenn sich nach dieser Zeit das, was ich denke, als richtig erweist, kannst du dich von mir aus zum Narren machen, solange du willst, und mit meinem Segen obendrein. Abgemacht?«

»Abgemacht ist abgemacht«, sagte ich und streckte ihm die Hand hin. Er schüttelte sie voller Ernst, also bin ich auch ernst geblieben. Draußen in den Roundings ist der Spruch »abgemacht ist abgemacht« keinesfalls überflüssig; wir leben alle danach. Er ist der eigentlich Grund, warum wir '88 gestreikt haben, und das Einzige, was die Sitter nicht antasten oder uns wegzunehmen versuchen.

»Also gut. Dann zähl mal zwei und zwei zusammen.« Er zählte die Punkte an seinen Fingern ab. »Das Terraforming wird nur etwa ein Drittel so weit vorangetrieben wie ursprünglich beabsichtigt. In den vergangenen sechs Marsjahren hat sich die Anzahl der Ökospektoren jedes Jahr verdoppelt. Es können nicht mehr viele Treffer übrig sein, und diejenigen, die es noch gibt, gehen zum größten Teil Freebie. Große Teile des Planeten sind für die Marsformen reserviert. Die Marsformen selbst werden schon bald bessere Ökospektoren sein, als wir es jemals sein können, denn sie sind in der Lage, Marsform-Pflanzen und -Fische roh zu essen, ohne sie vorher chemisch zu behandeln, um die Frostschutzmittel herauszufiltern, und sie brauchen keine Anzüge und nicht mal halb so viel Ausrüstung wie wir.«

»Dafür können sie innerhalb von zweiundsiebzig Stunden verhungern, wegen dieses bekloppten Stoffwechsels, den man ihnen verpassen musste«, gab ich zu bedenken. »Sie müssen jede Menge Energie verbrennen, nur um am Leben zu bleiben, und das nicht einmal besonders effektiv, weil sie nicht genug Sauerstoff haben.«

»Aber sobald der Mars mit allen möglichen Arten zuckerhaltiger Pflanzen bedeckt ist«, sagte Dad ungeduldig, »können sie auch essen, während wir immer noch nicht atmen können. Nein, warte noch zwei Generationen, dann sind die meisten

Ökospektoren, vermutlich mit Ausnahme einer gewissen starrköpfigen alten Großmutter, Marsformen. Das weißt du selbst. Sind wir uns so weit einig?«

»Wir sind uns einig«, gab ich zu, obwohl mich beinahe jeder Punkt, den er aufgeführt hatte, sauer machte. Ich wollte einfach nicht schon wieder daran erinnert werden, wie wenig es »darum geht, ob du *willst,* dass Wasser im Stein ist ...«

Er nickte zufrieden darüber, dass ich es einfach akzeptiert hatte, und fuhr fort: »Jetzt komm schon, ihr habt doch Ökonomie in der Schule. Wohin führt das alles früher oder später?«

Ich zuckte mit den Achseln. Es saß direkt vor meiner Nase, ich konnte ihm unmöglich ausweichen. »Einige Ökospektoren werden zwangsläufig rausgedrängt«, sagte ich. »Wie schlimm wird es deiner Meinung nach?«

Die Sonne war inzwischen höher gestiegen, hatte die dreiteilige durchsichtige Kuppel über unseren Köpfen erreicht und strahlte herein. Das Innere des Taji leuchtete jetzt eher gelb als rosa. Es war ein schmeichelndes Licht und ließ Dad jünger erscheinen als die fünfunddreißig Jahre, die er bereits auf dem Buckel hatte, zumindest sah er aus wie Stadt-Fünfunddreißig (fast noch jugendlich), nicht wie Roundings-Fünfunddreißig.

Er zog sein Werp heraus, ein altmodisches, schweres Teil, das mindestens hundert Gramm wog. Ich habe ihm schon oft geraten, er soll es wegwerfen, heutzutage benutzt fast jeder ein ständig aktives virtuelles Werp, das sich durch eine permanente Satcell-Verbindung einlinkt und einem keine Gewichtsstrafe aufbrummt, da der Prozessor nicht irgendwo in deiner Nähe lokalisiert wird. »Ich zeig's dir als Diagramm, damit du siehst, was auf uns zukommt«, sagte er.

»Och nee, das ist ja wie Schule, und Schule kann ich nicht leiden.«

»Trotzdem. Es zeigt dir, was Sache ist, denn genau darüber musst du dir dringend Gedanken machen, Teri. Und vergiss nicht, dass es mir auch nicht besser gefällt als dir. Aber ich zeige dir hier das Wasser, das tatsächlich im Stein ist, egal, was wir uns erwünschen oder erhoffen.«

Schön, nur weil ich die Schule nicht leiden kann und auch keine große Leserin bin, heißt das noch lange nicht, dass ich dumm bin, und letztlich ist das ganze Ökospekting vor allem eine Sache von Rentabilität und Vernunft, von Veränderungen und Trends und all dem, und so sehr ich es auch verabscheute, konnte ich seinen kleinen Haufen Kurven und Zahlen doch gut genug lesen. Letzten Endes war es nicht komplizierter, als sich das relative Profitpotenzial zweier möglicher Routen durch einen Erg anzusehen, und ganz egal, wie man es auch beschönigte, abschwächte oder sich zurechtbog, das Ergebnis war offensichtlich: Jahr für Jahr gab es in der Mars-Wirtschaft weniger Arbeit für eine begrenzte Anzahl von Ökospektoren, und obwohl es in den kommenden sieben oder acht Jahren noch immer mehr Stellen als Ökospektoren geben würde, kehrte sich das Verhältnis danach um, und mindestens fünf oder sechs Jahre lang dürfte es in der Industrie ein Großreinemachen geben. Ich fragte: »Gibt es einen Grund anzunehmen, dass wir selbstständigen Kleinunternehmer besser oder schlechter abschneiden als Lizenznehmer oder Angestellte?«

»Nicht, soweit ich das sehe. Wir können nicht gefeuert werden, und die meisten von uns haben keine Schulden, aber wir könnten einfach ausgeblutet werden, sobald die Entwicklungsgesellschaft die Preise für die Rubbies senkt. Die anderen haben natürlich einen Geldgeber hinter sich, und die Entwicklungsgesellschaft wird nicht so schnell Pleite gehen, aber andererseits kann dich ein Geldgeber jederzeit feuern. Deshalb hängt meiner Meinung nach alles davon ab, welche Abmachungen getroffen werden, wenn es hart auf hart kommt. Aber solche Abmachungen werden sie erst im allerletzten Augenblick treffen, denn momentan zahlt es sich für sie noch aus, so viele Ökospektoren wie möglich anzustellen. Die Entwicklungsgesellschaft verdient mehr Geld damit, wenn sie voll gegen die Wand fährt, als wenn sie rechtzeitig auf die Bremse steigt, ganz egal, was das für die vielen Leute zwischen ihr und der Wand bedeutet. Genau das besagt dieses kleine Schaubild hier.«

Er hatte Recht. So war es. Mir wurde fast ein bisschen schlecht, als ich an alle meine Freunde draußen in den Roundings dachte, nicht nur an die Ökospektoren, sondern auch an die Trödler und Straßenstampfer und Zulieferer, denn solange ich denken kann, ist dort draußen immer alles gewachsen und gediehen. Die Vorstellung, dass das freie, unabhängige Leben als Rounditachi wieder in die lärmenden Rattengänge der Städte zurückgezwungen werden sollte, war einfach zu grauenhaft, um es einfach so hinzunehmen.

»War das schon in den Nachrichten?«, fragte ich Dad.

»Einiges. Nicht sonderlich viel. Ich glaube, sie spielen es herunter. Vielleicht deshalb, damit sie weiter Ökospektoren rekrutieren können, denn solange es so aussieht, als gäbe es immer Arbeit da draußen, solange finden sich auch Leute, die ihre Verträge unterzeichnen. Viele finden die Vorstellung toll, kommen dann aber mit der Wirklichkeit nicht so gut zurecht und sind froh, wenn sie wieder zurückkönnen, aber es gibt immer noch genug, die es liebend gern ausprobieren wollen, und von denen bleiben dann einige bei der Stange und vergrößern das Angebot, was wiederum die Verdienste drückt. Die Entwicklungsgesellschaft ist bestimmt nicht daran interessiert, die Schlange vor ihrer Tür abzuschaffen – jedenfalls nicht, ehe sie den Leuten die Tür vor der Nase zuschlagen kann.

Aber wie auch immer, der große Boom ist so gut wie vorbei, und nur wer schlau ist oder Glück hat, kommt durch.« Die Kaffeemaschine meldete sich mit einem ›Ping‹, was Dad als Vorwand nahm, ein Päuschen einzulegen und uns jedem eine Tasse einzugießen, wobei er in meine massenhaft Zucker schüttete, ganz nach meinem Geschmack. Wir nippten eine Weile an unserem Kaffee, saßen einfach nur da, und er ließ seine Worte erst einmal nachwirken.

»Vielleicht bin ich ja schwer von Begriff, aber so mies die

Aussichten auch sein mögen, ich verstehe nicht ganz, was das mit meinen Plänen zu tun haben soll, dass ich die Schule verlassen und heiraten will«, sagte ich, »und noch weniger mit dieser großen Sache morgen, von der du mir immer noch nichts erzählt hast.«

»Na ja, du weißt, dass du den theoretischen Teil der Erwachsenen-Abschlussprüfung jederzeit schaffen würdest, mit Leichtigkeit, denn du hast zwar was gegen die Schule, aber du hast nichts gegen das Lernen an sich, und du hast viel mehr gelernt, als du für möglich gehalten hättest. Und du weißt auch, dass es zumindest fraglich ist, ob du das Gespräch bestehst, bei dem sie deine emotionale Reife prüfen, hab ich Recht?«

Ich hätte dagegenhalten können, aber das wäre wahrscheinlich ein weiterer Beweis für meine Unreife gewesen. »Sagen wir mal so: Es würde mich nicht völlig überraschen."

»In Ordnung. Wenn du aber noch ein Jahr länger in der Schule bleibst, schaffst du das locker. Ich weiß, dass es Leute gibt, Leute in meinem Alter und vor allem einige ältere, die finden, dass sechzehn schon schrecklich alt ist, um sich für die Voll-Erwachsene zu qualifizieren. In Wirklichkeit warten aber heutzutage die meisten so lange damit. Die Krise, die sie in den letzten paar Generationen hatten, ebbt langsam ab. Als Großvater jung war, sogar noch, als ich in dem Alter war, mussten sie jeden so schnell wie möglich qualifiziert kriegen, und jeder bekam nur das Allernötigste mit, deshalb haben sie jede Möglichkeit genutzt, um einen für erwachsen zu erklären, damit man möglichst schnell Vollzeit arbeiten konnte. Heute suchen sie eher nach jeder Möglichkeit, dir deine Reife nicht zu bescheinigen.«

»Wem sagst du das?«, brummte ich. »Aber sie geben einem die EA-Bescheinigung mit siebzehn. Man muss nicht mal das Examen ablegen.«

»Das ist die Voll-Erwachsene ohne Wahlrecht, ohne Schöffenpflicht, ohne Regierungsjobs, man muss bei jeder Zusatzausbildung noch mal ganz von vorne anfangen ...«

»Das ist mir doch alles egal!«

»Hier und jetzt schon, aber man kann nie wissen, was du später vielleicht einmal vorhast.« Er trommelte mit dem Finger auf das Werp-Display, auf dem die Schaubilder immer noch den bevorstehenden Zusammenbruch graphisch darstellten.

»Du bekommst also deine Erwachsenen-Abschlussprüfung, wenn du noch ein Jahr länger zur CSL-Schule gehst, und wenn nicht, bekommst du sie auch, sogar ein Jahr früher. Du solltest dir aber aus dem Kopf schlagen, ohne die EA ins Eheleben und in eine Geschäftspartnerschaft zu starten. Denk mal an Perry. Um dich heiraten zu dürfen, müsste er eine Erklärung unterschreiben, mit der er die Verantwortung für dich übernimmt. Ich weiß nicht, wie ich es dir sagen soll, aber für dich verantwortlich zu sein, Teri, ist keine Aufgabe, die ich einem Achtzehnjährigen aufhalsen möchte, der selbst erst im letzten Jahr seine EA bekommen hat, schon gar nicht einem, der gerade mal genug Ehrgeiz und Reife hatte, um zu warten, bis er siebzehn ist und sich mit der EA zufrieden zu geben, die man einfach so bekommt.«

Wenn ich mir so etwas anhören muss, finde ich immer am schlimmsten, dass ich gerade in diesem Augenblick ausgesprochen reif und erwachsen reagieren muss, obwohl ich doch am liebsten laut losschreien und heulen und Sachen durch die Gegend schmeißen würde.

So hinderte nichts Dad am Weiterreden und daran, mir Dinge zu sagen, die mich sogar noch empfindlicher trafen. »Perry mag also das Leben als Ökospektor. Das kann ich ihm nicht übel nehmen, schließlich bin ich selbst begeistert davon. Aber er hat nicht einmal versucht, sich über etwas anderes schlau zu machen, und genau das ist der Haken an der Sache. Mindestens einer von euch sollte in der Lage sein, eine andere Arbeit auszuführen, wenn bei den Ökospektoren endgültig das Licht ausgeht. Und da er bestimmt keinen anderen Beruf ergreift, bist du diejenige, die sich wird umschulen lassen müssen. Und Leute, die die CSL-Schule abschließen und einen richtigen EA erwerben, sind den anderen, was Umschulungen angeht, in jeder Branche um Längen voraus. Im Gegensatz dazu ist die EA, die du jetzt bekommst, nicht mehr als eine Bescheinigung darüber, dass du siebzehn Jahre lang fleißig geatmet hast, damit du nicht erstickst. Ihr könnt es euch nicht leisten, beide auf dem untersten Niveau zu starten.«

Es war, als hätte mir Dad in den Bauch geboxt und wollte immer weiter zuschlagen, bis ich zugab, dass ich die Schläge wirklich brauchte. Dabei war er nicht halb so schlimm wie etliche Greise, die der Meinung waren, sie hätten gar nicht erst damit anfangen sollen, die Voll-Erwachsene auf Altersbasis zu vergeben, und normalerweise ist er auch höflich genug, nicht vor Perry auf diese Weise zu reden, aber ich wusste genau, dass Dad meinen Freund für dumm oder faul hielt, nur weil er seine Zeit nicht damit verplempern wollte, noch mehr unnötigen Kram zu lernen: Bücher lesen, mit lauter Mist drin von Leuten, die schon längst tot sind, Probleme lösen, die nicht halb so kompliziert oder interessant sind wie das, was wir jeden Tag in den Roundings erledigen, dieser ganze Teamwork-Scheiß und Wir-sind-alle-Freunde-Scheiß und Du-und-deine-Gesellschaft-Scheiß. Dad glaubte wohl tatsächlich, jeder müsste sich für diesen Schwachsinn begeistern.

Ich atmete tief durch und blieb ruhig. Wenn man so dicht vor dem Voll-Erwachsenen-Abschluss steht, klinken sie sich verdammt oft in den Funkverkehr ein, und ein richtiger Wutanfall würde meine ohnehin schon geringen Chancen auf der Stelle zunichte machen.

»Das Leben als Ökospektor ist toll«, sagte Dad jetzt etwas ruhiger, »es ist ein großartiges Leben, und ich würde mir wirklich wünschen, ganz ehrlich, dass du mit Perry und ein paar Kindern genau so leben könntest, wie ich mit deiner Mutter und dir. Aber es gibt nur einen Mars, er hat nur eine begrenzte Anzahl von Rubbies, und mittlerweile können wir bloß noch die Krümel zusammenkehren. Und auch davon gibt es nicht so viel, dass sie für euer Arbeitsleben ausreichten.

Vielleicht gehörst du, mit viel Glück, zu den wenigen, die das Großreinemachen noch einigermaßen gut überstehen, aber du hast die Zahlen gesehen: Die meisten kommen nicht durch. Deshalb solltest du dich schon heute darauf einstellen, später mal etwas anderes zu tun, und das heißt in erster Linie einen richtigen Schulabschluss mit Zeugnis, nicht nur eine EA nach dem Kalender.«

Vermutlich war das noch ein Stich in die Wunde, damit es auch richtig wehtat.

Ich hätte am liebsten geheult. Warum hatte ich mich in all den Monaten nur immer zurückgehalten und mir vorgenommen, so verantwortungsvoll und höflich wie möglich zu sein, wenn es mir doch nichts bringt? Perry war achtzehn, zweieinhalb Jahre älter als ich, also schon ziemlich alt für einen Junggesellen draußen in den Roundings. Er ist ein gesunder, normaler Mann, und ich weiß, dass er wegen mir auf jede Menge Chancen bei Treffen verzichtet hat. Wir waren inzwischen fast zwei Jahre zusammen, was ungefähr ein Jahr und zehn Monate länger war, als die meisten Mädchen es zwischen dem ersten Flirt und der Hochzeit schaffen. Dabei mussten wir uns um unseren Neuanfang nun wirklich keine Sorgen machen – wir würden einen der am besten kapitalisierten Start-ups aller Zeiten hinlegen.

Es war schon immer so geplant gewesen, dass ich mein Examen zur Voll-Erwachsenen anlässlich des Treffens ablege, also in ein paar Tagen. Dann konnte ich Perry als Gleichberechtigte heiraten, und als Paar brauchte man nur *eine* vollständige EA, um ein eigenes Geschäft aufzumachen und miteinander Kinder in die Welt zu setzen. Aber Dad hatte Recht damit, dass sie mich möglicherweise als noch zu unreif einstuften, nur weil ich ab und zu meine Gefühle rauslassen musste.

Also würde es wohl noch ein Jahr dauern, bis wir heiraten konnten, und Perry musste sich allmählich wie 'n absolut echter alter Junggeselle vorkommen, obwohl er abends, wenn wir uns per Com unterhielten, immer voll nett und so war und überhaupt nicht besorgt wirkte. Manchmal kam es mir schon so vor, als würde er sich in letzter Zeit nicht genug Sorgen machen, aber ich dachte mir, das liegt bestimmt daran, dass er älter ist und deswegen ein bisschen gelassener, und außerdem hat er noch nie besonders viel geredet.

Je mehr Zeit ich mit freien Erwachsenen wie Dad verbrachte, desto mehr Freiheit wollte ich für mich, und zwar *sofort.* Obwohl sie einem in der Schule das eine oder andere beibrachten, was ganz nützlich war, keine Frage – Mathe, Lesen, Geschäftsgebaren, so was alles –, war das meiste davon doch Schwachsinn, zum Beispiel Geschichte, Sprachen, Musik und dieser ganze Krempel, Aus-dem-wir-Etwas-Lernen-Sollten.

Außerdem hasste ich die Vorstellung, dass sie mich prüfen wollten, ob ich verantwortungsbewusst genug war, um zu verstehen, dass ich noch nicht verantwortungsbewusst genug war. Es kam mir einfach grotesk und schrecklich unfair vor, aber man konnte nichts dagegen tun. Und das bedeutete: noch ein Jahr. Ich würde Perry bei dem Treffen sehen, und normalerweise fand er auch Mittel und Wege, mich auf der Schule zu besuchen ... obwohl er das im letzten Halbjahr kein einziges Mal getan hatte.

Ich steckte ganz schön in der Tinte. Dad hatte alles genau durchdacht, und da es zu meinem Reifetest gehörte, dass ich mich in ›schmerzhafte-aber-korrekte Entscheidungen‹ fügte, brachte ein Streit mit ihm überhaupt nichts, ganz im Gegenteil.

Und weil sie die Monitore, je näher die Voll-Erwachsene rückte, immer öfter anschalteten, besonders während der Tage kurz vor dem Treffen und währenddessen, traute ich mich schon gar nicht mehr, sauer zu werden, jemandem Widerwort zu geben oder auch nur den Eindruck zu erwecken, es könnte mir Schwierigkeiten bereiten, dieses ganze unangenehme Durcheinander meines Lebens einfach anzunehmen.

»Also«, sagte ich, »du weißt, dass mir das nicht gefällt. Du weißt, dass du mir damit wehtust.«

Dad nickte.

»Na schön, mehr habe ich dazu nicht zu sagen. Lass uns

frühstücken, schön langsam und gemütlich, damit wir es beide richtig genießen können, und dann ... Worum geht es denn bei dieser anderen Sache, mit der du so geheimnisvoll tust?«

Er sah mich durchdringend an. »Ach, weißt du, ich glaube, ich bin mir da nur zu drei Vierteln sicher. Du machst das eigentlich ganz gut. Vielleicht brauchst du das nächste Jahr überhaupt nicht mehr.«

Meine Augen zogen Wasser, was nicht gerade toll ist, wenn man reif wirken will. Also schaute ich nach unten und rieb mir das Gesicht, um mich wieder in den Griff zu kriegen. »Wollen wir mein Glück mal nicht überstrapazieren.«

»Tut mir Leid. Tut mir wirklich Leid, Teri-Mel Murray.«

*Teri-Mel* hat er mich immer genannt, als ich noch ganz klein war; jetzt benutzte er diesen Spitznamen nur noch dann, wenn er mich trösten wollte, aber nicht wusste, wie. Wenigstens sprach er mich nie mit meinem vollen Namen an: Terpsichore Melpomene Murray – was für ein Oma-Name! Schon in seiner Generation muss er völlig altmodisch gewesen sein, in meiner war er *defpos* lächerlich. Irgendwie war es mal wieder typisch, dass meine Eltern mir die Namen ihrer Lieblingstanten verpasst hatten.

»Also gut«, sagte Dad und ließ die Nahrungswürfel in den Erneuerer fallen. »Wir müssen vor dem Treffen noch eine wichtige Sache erledigen. Deshalb habe ich auch eine Route gewählt, die uns so weit hinausführt, mitten durchs Niemandsland hindurch. In zwei Tagen kommt ein Tiefbohrer über uns vorbei, bei dem habe ich uns angemeldet. Ich glaube, ich habe da etwas Interessantes auf dem Seismo.«

Ein Tiefbohrer ist teuer. Wenn man einen für sein Projekt abgestellt haben will, muss man schon ganz schön was locker machen. Andererseits ist heute, wo die verbliebenen großen Lager meistens sehr tief liegen, so ein Bohrer die einzige Möglichkeit für einen Volltreffer. Wissen Sie, Doc, das ist ein Satellit, nur wenige Tonnen schwer. Er bewegt sich auf einer elliptischen Umlaufbahn, so stromlinienförmig wie die Karikatur einer Rakete aus der Vorzeit, mit seinem Hitzeschild an der Nase darauf ausgelegt, die Atmosphäre so schnell wie möglich zu durchdringen. Sein Inneres ist mit Spezialausrüstung vollgestopft, keine Ahnung von dem Kram, ich bin keine Physikerin, aber eine Softball-große Kugel aus Neutronium und gleich daneben ein mikroskopisch kleiner Punkt aus Antineutronium gehören dazu, die sitzen fast ganz vorne in der spitzen Raketennase.

Sobald der Tiefbohrer auf ein Ziel gelenkt wird, zündet er seine Düsen, um an einem bestimmten Punkt aufzuprallen. Sie versprechen metergenaue Treffsicherheit, und normalerweise schaffen sie es auch auf den Zentimeter. Er stürzt sich vom Neigungspunkt seiner absolut elliptischen Umlaufbahn herab, das heißt, er kommt schon mal ziemlich schnell rein, dazu beschleunigt er auf dem Weg zum Ziel noch die ganze Zeit mit Hilfe der Düsen und versucht exakt zu dem Zeitpunkt einzuschlagen, an dem alle Tanks leer sind, um nur ja jedes bisschen an zur Verfügung stehender Geschwindigkeit herauszuholen.

Beim Näherkommen setzt eine andere Vorrichtung den kleinen Punkt Antineutronium in Bewegung, in einer ›Rennbahn‹ von wenigen Zentimetern Durchmesser, bis er so schnell geworden ist, dass er, kurz bevor der Bohrer aufschlägt, durch eine schmale Röhre mitten in die Neutronium-Kugel geschleudert wird, wo sie absolut mikrokurz frei schwebt, gehalten von einer wechselseitigen elektrischen Ladung.

In der Zwischenzeit dringt die Neutronium-Kugel durch gewöhnliche Materie wie eine Bowlingkugel durch Rauch. Sie bricht durch die Nase des aufprallenden Tiefbohrers, bohrt sich kilometertief in das Bodengestein und hinterlässt ein perfekt glattes Loch, da es den gesamten Felsen vor sich zusammenschiebt.

In der angegebenen Tiefe wird die Erhaltungsladung dann ausgeschaltet, die MAM-Reaktion erfolgt, und die Hitze wird durch die Neutronium-Kugel geleitet. Wie geplant zerkocht das Neutronium und verwandelt sich in Tausende von Tonnen gewöhnlicher Materie mit steinvergasenden Temperaturen.

Etwas von der gewaltigen Detonation geht rückwärts zum Loch hinaus, erweitert es durch Druck und Fusion zu einer Röhre von mehreren Metern Durchmesser, bis hinunter zu dem Material, das man getroffen hat. Das meiste bleibt jedoch dort unten, zerbröselt und pulverisiert den Felsen ringsum und erhitzt die flüchtigen Komponenten zu weißglühendem Plasma. Einen Mikromoment später prallt das Plasma von den Wänden der unterirdischen Kammer zurück, drängt in die Röhre und aus ihr hinaus. Es schießt, immer noch weißglühend, an die Oberfläche und bildet eine mehrere Kilometer hohe Fahne.

Tiefbohren ist ziemlich kostspielig, aber wenn man flüchtige Stoffe wie Eis, Ammoniak oder Methan in fünfzehn Kilometer Tiefe hat, kriegt man sie damit todsicher in die Atmosphäre hinaus, und zwar sofort, und genau das wird damit bezweckt.

Dad grinste mich an. »Jede Wette, dass du dich schon gefragt hast, warum wir seit einem Monat im Prom herumziehen, auf diesem langen Treck, und warum wir so viel seismische Aktivitäten ausgelöst und ständig den Seismics gelauscht haben, die sich von den Absturzorten der Chondreore am Südpol bis zu uns ausgewirkt haben, und dazu das viele Herumgebuddele oben im Süd-Hellas. Tja, schon komisch. Du weißt ja, was alle immer sagen, wenn sie so tun, als stünde kein Zusammenbruch bevor, als könnte er niemals kommen, dann sagen sie immer, dass es da draußen noch jede Menge zu entdecken gibt, dass es noch jede Menge Treffer gibt und dass die Marsoberfläche zu großen Teilen nicht einmal angekratzt worden sei? Schon komisch ... so gesehen haben sie vollkommen Recht, aber sie handeln nicht danach. Wir schon.

Wir haben diese merkwürdige Route durch den Prom auf dem Weg zum Treffen nur deshalb eingeschlagen, weil ich glaube, dass sich in diesem Gebiet einige der größten Potenziale des Mars befinden, und die Jungs bei der Entwicklungsgesellschaft sind der gleichen Meinung. Trotzdem sind wir, wie dir aufgefallen sein wird, die Einzigen weit und breit. Die meisten Ökospektoren gehen dorthin, wo die anderen auch hingehen, sie sehen sich eigentlich gar nicht richtig nach Treffern um, sie setzen sich lieber dorthin, wo sowieso schon einer sitzt, und lesen die Krümel von dessen Tisch auf.«

Dann zeigte er mir, was er vorhatte, und das zerstreute meine Bedenken. Dad zeigte auf Diagramme, die sein lächerliches Werp auf den Display brachte, statt dass wir gemeinsam auf ein virtuelles Display geblickt hätten (ich musste mir wieder in Erinnerung rufen, dass ich mich deswegen nicht mit ihm streiten wollte), deshalb mussten wir die Köpfe eng zusammenstecken, und da war es schon mal gut, dass wir keine Helme aufhatten. »So wie sich die Echos von diesem Ding verhalten und den Aufnahmen, die wir Anfang des Jahres gemacht haben, und allen verzeichneten seismischen Aufnahmen dieser Gegend nach zu urteilen, müsste sich dort unten eigentlich genau die richtige Struktur befinden, und die Echos, die man kriegt, verweisen eindeutig auf einen ultratiefen Gaseinschluss«, sagte Dad. »Gut möglich, dass wir es auch nur mit dem größten $CO_2$-Vorkommen zu tun haben, das jemals entdeckt wurde. Aber selbst wenn es nur $CO_2$ ist, ist es so gewaltig, dass es immer noch das größte Biopotenzial bleibt, das seit langer Zeit aktiviert worden ist, das ist so sicher wie die Tatsache, dass du geboren wurdest, und das wiederum bedeutet mehr Rubbies, als wir in den letzten paar Jahren zusammen aufgeschrieben und gemeldet haben.

Betrachtet man die Werte dreizehn oder vierzehn Kim unter der Oberfläche, unter dem Prom, fällt einem zunächst auf, dass es dort unten viel zu kalt ist, als dass es sich um Wasserdampf oder flüssiges Wasser handeln könnte, und Eis ist es auch nicht, denn es ist eindeutig flüssig ... Sieh dir nur an, wie jede einzelne Diagonale verzögert ist. Aber ich bin mir keinesfalls sicher, dass es $CO_2$ ist. Etwas, das so tief und in so altem Gestein eingeschlossen ist, muss wirklich uralt sein. Der herkömmlichen Theorie zufolge müsste sich Kohlendioxid – besonders so weit unten, wo von den Felsen ringsum genügend Wasser zur Verfügung gestellt wird – größtenteils in Kohlensäure aufgelöst haben und vom Grundwasser davongeschwemmt worden sein, bis der Druck so weit abnahm, dass der Einschluss einbrach, und dann hätten sich die Steine mit der Zeit darüberstapeln müssen, und wir dürften in den letzten paar Millarden Jahren nichts anderes dort unten haben als geschmolzenen Kies – *falls* es sich bei dem Gas wirklich um $CO_2$ handelt.

Dazu kommt noch ... Was glaubst du, wie sieht diese Schicht deiner Meinung nach aus, direkt darunter?«

Ich musterte eine Zeit lang die Tabellen und Zahlen und wartete darauf, dass sie sich zu einem Eindruck verdichteten. Dad hatte mir seit Jahren beigebracht, nicht gleich die naheliegendsten Schlussfolgerungen zu ziehen, deshalb suchte ich, obwohl mich der Gedanke sofort ansprang, zunächst nach Gründen, ihn wieder zu verwerfen, sagte schließlich aber doch: »Das sieht porös, wenn nicht sogar brüchig aus. Was nicht ungewöhnlich ist, wenn man bedenkt, dass es unter einem eingestürzten Kraterrand liegt ... Der gesamte Prom besteht aus dem Material, das aufgeworfen wurde, als sich der Meteor Hellas in die Oberfläche gebohrt hat, richtig? Also müsste es dort unten haufenweise alle möglichen Sorten von zerschmettertem Gestein geben, von denen einige lange Röhren und Kamine bilden, die sehr, sehr tief hinunterführen.

Und ich sehe auch nach unten kein Ende, jedenfalls nicht innerhalb der Reichweite der Echos. Darauf willst du doch hinaus, stimmt's? Dass es da diesen grobkörnigen, weit offenen Kanal gibt, der vielleicht bis ganz hinunter zum Mantel reicht, oder noch weiter, und der unterhalb des Bassin-Randes von Hellas an die Oberfläche tritt ... und dass dort seit drei Milliarden Jahren die Gase, die sich darunter gebildet haben, nach oben geleckt sind, und dann ... als sie gegen diese umgekehrte Schüssel aus nichtporösem Stein stießen. Die Hauptgase ...« (Das war etwas, das ich in der Schule gelernt habe und das nicht völlig nutzlos zu sein schien.) »... sind Wasserstoff, Ammoniak und Methan, und Ammoniak ist viel zu aktiv, um die ganze Zeit dort verblieben zu sein, und Wasser wäre fest geworden.«

»Danach sieht es für mich auch aus, Teri. Ich glaube, dass es sich bei dem Zeug in dem Einschluss größtenteils um Methan handeln könnte.«

»Und das bei dieser Größe ... oh, Dad! Das ist ja gewaltig! Sie haben sich ja schon immer tolle Geschichten über dich erzählt, aber bald können sie noch viel tollere erzählen. Es ist einfach ...«

Also, Dad sah ganz schön selbstgefällig aus. Hätte man ihn in den Hohlraum gesteckt, den er entdeckt hatte, dort ein paar Wochen köcheln lassen, man hätte anschließend tausend Jahre lang Selbstgefälligkeit daraus abpumpen können. Er strahlte mich an und sagte: »Ich hab hingeschaut und versucht, mich nicht davon blenden zu lassen, dass in der Gegend keiner suchte. ›Da zu suchen, wo alle anderen suchen‹, ist nämlich –«

»– ›die Garantie dafür, dass dort schon alles abgegrast ist‹«, zitierte ich ihn.

Zuerst sah er verärgert aus, dann grinste er, dieses offene, herrliche Grinsen, das sich immer dann auf seinem ganzen Gesicht ausbreitete, wenn er mit mir zufrieden war. »Teri-Mel«, sagte er, »du hast deinem alten Vater gut zugehört. Wer hätte das gedacht?« Er streckte die Hand aus und rubbelte mir über den Kopf, sodass es kratzte, wo die Stoppeln durchkamen. Ich hatte die Haare ein wenig herauswachsen lassen, weil Perry den Flaum gerne anfasste. Unwillkürlich musste ich auch lachen. Dad konnte man einfach nicht lange böse sein.

Also schien es doch kein so mieser Morgen zu sein, jedenfalls nicht zu Anfang. Ich hatte mein Lieblingsfrühstück bekommen, und wir nahmen uns genug Zeit, alles zu genießen. Keine Termine hetzten uns, und als wir uns schließlich auf den Weg machten, war es schon neun Uhr. Obwohl sich praktisch alle meine Träume in einen Scherbenhaufen verwandelt hatten, stellte ich fest, dass meine Laune nicht mal so schlecht war. Es ist schon etwas dran an dem Spuch: ›Man frisst das, was man vorgesetzt bekommt.‹

ICH HALTE DIE Aufnahme kurz an. Mein Gott, es ist spät geworden. Schon längst nach der Zeit, zu der Teri sich gemeldet hätte. Ich hoffe nur, dass das bedeutet, dass alles in Ordnung ist. Wahrscheinlich hat sie doch mehr Zeit dafür gebraucht, mit ihrer Gruppe das Nachtlager einzurichten. Gut möglich, dass sie einen Haufen kleine Kinder dabeihaben. Dann war sie anschließend wahrscheinlich einfach zu müde und hat sich sofort schlafen gelegt. Was wahrscheinlich auch das Beste war. Wenn ihre Befürchtungen begründet waren, erweist sich das alte Akronym, das von den Alkoholikern ausgehend auf alle anderen Bereiche ausgedehnt wurde, garantiert als richtig: HALT. Du darfst nicht zu Hungrig, Aggressiv, Lieblos oder Träge werden.

Bei dem Gedanken an Alkoholiker muss ich mir noch ein Glas einschenken und darüber nachdenken, warum ich die Aufnahme ausgerechnet an dieser Stelle unterbrochen habe. Vielleicht einfach nur deshalb, weil mir der Anfang am besten gefällt, wo sie zwar verletzt, aber noch nicht zu sehr verletzt ist. Vielleicht deshalb, weil ich sie gerne zu der Zeit gekannt hätte, von der sie erzählt.

Ich mache diesen Job hier schon lange, und ich glaube, ich bin mir nicht sicher, ob ich weiterhin ständig so tiefgründig sein kann. Ich stelle mir vor, welchen Ratschlag mir Telemachus Murray erteilt hätte: Vertrag ist Vertrag, es spielt keine Rolle, ob du willst, dass Wasser im Stein ist, man frisst das, was man vorgesetzt bekommt ... Ich kippe fast das ganze Glas Whiskey in den Ausguss, ungetrunken, setze mich wieder hin und lasse die Aufnahme weiterlaufen. Kurz bevor ich das tue, fällt es mir wieder ein: Ich habe gerade hier angehalten, weil es keine Minute mehr bis zu der Stelle ist, an der Teri klar wird, was geschehen wird, und das war zugleich das erste, aber bei weitem nicht das letzte Mal, dass ich ihr wehtun musste, und der Gedanke daran kotzt mich an.

Ich hole die Flasche, gieße mein Glas wieder voll, setze mich hin und stelle die Aufnahme an. Wenn ich das fressen muss, was ich vorgesetzt bekomme, dann brauche ich auch was zum Runterspülen.

KURZ VOR DER kleinen Kaffeepause am Vormittag, die wir uns immer genehmigen, habe ich mich schon wieder mit Dad gestritten. Der Tag schien einfach wie geschaffen dafür. Manchmal streite ich mich monatelang nicht mit ihm, und jetzt gleich zweimal an einem Tag.

Er lag aber auch dermaßen falsch, Doc, er fing schon wieder damit an, dass man die Froyks lieben und respektieren soll. Es war einfach zu viel, ich hielt das nicht aus.

Was meinen Sie damit, wie ich mich jetzt dabei fühle, dass ich mich mit ihm gestritten habe? Brauchen Sie das für Ihre Aufzeichnung?

*Ich* soll das brauchen? Inwiefern?

Aber ich dachte, ich wäre schon geheilt. Wollen Sie damit sagen, dass ich das alles verlieren ... dass das, was ich eben gesagt habe, alles ist, woran ich mich erinnern werde? Das ist nicht fair, Doc! Sie haben gesagt, ich sei geheilt!

ICH SPULE DURCH meine weit ausholenden Erklärungen vorwärts, auch durch ihr Weinen und ihr Schreien. Ich konnte doch nichts daran ändern. Ich wusste es, und sie war klug genug, dass ich es ihr erklären konnte. Mehr war nicht dabei.

Trotzdem ... hatte ich zwei jener ›unglücklichen Zwischenfälle‹, wie sie in den meisten öffentlichen Berichten diskret genannt werden. Ich habe durch sie drei ziemlich wichtige Wochen meines Lebens verloren, inklusive einer Scheidung. Ich weiß nichts mehr davon, bis auf ein Bild, in dem ich mich mit meinem Partner und Freund Cal unterhalte und ihm alles erzähle; und dann viele Wochen, in denen ich diese Aufnahmen wieder und immer wieder anschaue. Als wäre man aus dem Schlaf erwacht und bekäme eine Nachricht von sich selbst.

Ich dachte, ich hätte es ihr deutlich genug erklärt. Ich dachte, ich hätte es *allen* immer deutlich genug erklärt. Aber meistens kapieren sie es erst später, und dann weinen und schreien sie. Ich spule noch ein Stück weiter durch Teris Qualen und durch etliche meiner abgeschmackten Erklärungen und vergeblichen Tröstungsversuche. Sie fährt mit ihrer Geschichte fort. Ich habe ausgetrunken und gieße mir nach, ohne den Blick auch nur eine Sekunde vom Monitor zu nehmen.

DOCH, ICH SCHAFFE das jetzt, Doc. Tut mir Leid, dass ich es nicht schon früher kapiert habe. Tut mir Leid, dass ich abgeschweift bin. Alles ziemlich dumm von mir, so insgesamt, und es bringt ja nichts. Es spielt keine Rolle, ob man will, dass Wasser im Stein ist, und es spielt keine Rolle, ob es gut ist, es geht einzig darum, ob tatsächlich Wasser im Stein ist. Ich weiß.

Na schön, ich erzähle Ihnen jetzt, worüber ich mit Dad gestritten habe. Wie ein Trottel habe ich über seine Schulter geschaut, während er unseren Tageskurs festgelegt hat. Dann hat mich irgendwas geritten und mich sagen lassen: »Du willst heute neunzehn Kim extra gehen, nur um ein Reservat zu umgehen, in dem überhaupt noch nichts drin ist?«

»Teri, laut Gesetz dürfen wir diese Grenze nicht ohne Erlaubnis übertreten.«

»Aber in diesem Reservat lebt doch noch niemand, die kommen frühestens in sechs Jahren! Und das Gesetz besagt lediglich, dass wir ihnen ein paar Credits bezahlen müssen, wenn wir die Grenze übertreten! Wir beide haben in der Stadt schon für mehr Geld Pizza gegessen, als uns diese Strafe kosten würde!«

»Sieh es mal so: Wir üben.«

»Ich weiß auch so, wie man hüpft«, sagte ich.

Er bekam diesen sturen, verschlossenen Gesichtsausdruck, genau wie der, den ich immer kriege, Doc, den kennen Sie wahrscheinlich schon. »Wir befolgen das Gesetz. Wir haben das Gesetz noch immer befolgt.«

Jemand mit einem Rest von Verstand hätte an dieser Stelle die Klappe gehalten, *bango,* aus, kein weiteres Wort mehr von mir. Aber ein Schwachkopf wie ich musste natürlich sagen: »Ich verstehe nicht, warum wir die Rechte von irgendwelchen Zirkusfreaks respektieren müssen, die noch nicht mal dort wohnen, noch dazu, wenn es um einen blöden Streifen aus Sand und Steinen geht, dem wir nicht ein *skoshi* Fitzelchen was antun, wenn wir ihn überqueren.«

Komisch. Niemand in meinem Alter hat jemals einen Zirkus gesehen. Ehrlich gesagt könnte ich bei dem Gedanken kotzen, dass man auf die Idee kommen kann, sich irgendwelche Leute mit ungewöhnlichen körperlichen Eigenschaften anzusehen und mit dem Finger auf sie zu zeigen.

Aber ab und zu kommen einem Einfälle, wie widerlich sie auch sein mögen, die von Generation zu Generation weiterleben und wie eine Klette an der Gesäßbehaarung der Kultur kleben. Jugendliche in meinem Alter beschimpfen sich mit diesem Ausdruck, wahrscheinlich nur deshalb, weil wir uns tief drinnen doch noch vorstellen können, so etwas zu tun, weil wir immer noch wissen, wie man sich über die bärtige Frau, den Liliputaner und den Jungen mit dem Hundegesicht lustig macht. Jede Wette, dass es eine Menge damit zu tun hatte, wie sich das Wort *Froyk* so schnell ausgebildet hat, weil die Leute *froid-K* gelesen haben und nicht wussten, dass es französisch war und es sich irgendwie zusammenreimten – denn irgendwie hörte es sich so ähnlich an wie *Freak,* und genau das sind diese Wesen.

Wenn man also ein Roundito oder eine Roundita in meinem Alter ist, denkt man bei dem Thema humanoide Marsformen und dem Land und den Ressourcen, die sie einfach so geschenkt bekommen, automatisch an *Freak* oder *Zirkus,* und das sagt man dann auch so. Wahrscheinlich ist es so natürlich, wie Spinnen Eier legen und Schnecken Schleimspuren hinter sich herziehen ...

Selbstverständlich duldete Dad so ein Wort in seiner Familie nicht. Ein gutherziger Mann wie Telemachus Murray ließ sich das nicht bieten, basta, und er drehte sich um und baute sich vor mir auf, damit kein Zweifel aufkam, wer hier der Boss war. »Dieses Land gehört ihnen, basta! Das ist vertraglich festgelegt. Und wir werden lernen, mit ihnen auszukommen, und das beinhaltet gegenseitigen Respekt, und das bedeutet wiederum, unter anderem, dass man nicht ohne Erlaubnis über das Eigentum anderer Leute marschiert. Und damit Schluss. Ende. Wir gehen außen herum. Ist das klar?«

»Ist klar.«

»Und wenn ich das nächste Mal das Wort *Freak* oder eine andere abfällige Bezeichnung für die Marsformen aus deinem Mund höre, dann hoffe ich, dass du bereits voll erwachsen bist, damit ich dir eine ordentliche Abreibung verpassen kann und es lediglich unter Körperverletzung läuft, nicht unter Kindesmisshandlung.«

An dieser Stelle wäre es gut gewesen, sich zu entschuldigen, gefolgt von einem: »War nicht so gemeint«, eigentlich nur logisch, aber da ich ein Schwachkopf bin und das alles, habe ich nur gesagt: »Ein ziemlich weiter Weg für ein blödes Prinzip.«

»Woher willst du wissen, dass etwas ein Prinzip ist, wenn es dir nicht irgendwann mal Unannehmlichkeiten bereitet, hmm? Wenn du nicht bereit bist, das eine oder andere Opfer dafür zu bringen, dann ist es kein Prinzip, sondern nur ein tröstlicher Spruch, um das Gewissen zu beruhigen.«

»Deshalb weiß ich ja, dass es nicht mein Prinzip ist, Dad. Also nehme ich diesen weiten Umweg auf mich, weil es dein Prinzip ist ...«

Da hat er mich angeschrien und war noch viel saurer auf mich als vorher, weil ich gesagt habe, es sei nicht mein Prinzip, und natürlich habe ich zurückgeschrien, denn ich war auch total sauer, weil das Leben so voller Enttäuschungen war und Dad mich einfach nicht zu verstehen schien, und damit haben wir wahrscheinlich eine halbe Stunde verloren, ohne dass einer den anderen überzeugt oder es sonst etwas gebracht hätte.

Aber, Doc, es waren immer noch neunzehn Kim Umweg, nur um sieben Kim unerlaubtes Durchqueren zu vermeiden, und es handelte sich immer noch um weniger als einen Stundenlohn an Strafe. Dad lag absolut falsch. Verstehen Sie, wir waren im Prom, dort ist alles so schroff und zerklüftet, dass sogar die Regierung auf die vernünftige Idee gekommen ist, dieses Gebiet den Froyks zu überlassen. (Trotzdem hätten wir die Rechte an den Rubbies behalten sollen, aber mich fragt ja keiner.)

Also, der Prom ist ein ganz schön großes Gebiet. Wir hatten gerade einen kleinen Ausläufer davon hinter uns gebracht, an der Stelle, wo sich die Trümmer des zerschmetterten Beckenrandes wie eine Zunge ungefähr vierhundert Kim herausstrecken, ziemlich genau nach Westen, zwischen 55 und 60 Grad Süd. Direkt vor uns würde sich das westlichste Territorium des Austral-Volkes erstrecken, sobald die Austral-Nation erst genügend Froyks besaß, um ihre Territorien zu besiedeln – im Augenblick gab es noch kein Mitglied über dreißig, und deutlich mehr als die Hälfte von ihnen waren Kinder, oder Welpen, wie sie ihre Jungen nennen.

Nach unserem Besuch in dem ausgedehnten Krater, in dem Dad hoffte, seinen Methantreffer zu landen, würden wir uns also wieder nach Westen wenden und in die nicht ganz so steilen, aber immer noch ziemlich zerklüfteten Hügelketten und Kanäle von Mollyland hinabsteigen. Dumm war nur, dass sie sich, nachdem sie der Austral-Nation diesen riesigen Dreckhaufen namens Prom überlassen hatten, als Nächstes Sorgen machten, womöglich keinen Zugang mehr zu anderen Siedlungen zu haben, also gaben sie ihnen nach Südwesten hin einen *skoshi* hakenförmigen ›Zugangskorridor‹ nach Mollyland – und der Rand dieses Hakens, der an der Stelle, an der wir ihn durchquert hätten, nur ungefähr sieben Kim breit war, lag quer zu unserem Weg.

Genau darum ging es, Doc, und wenn Sie wissen wollen, wie ich mich dabei fühlte, da kann ich nur sagen: Er hat damals falsch gelegen, und wenn er heute hier bei uns wäre, würde ich immer noch sagen, dass er Unrecht hatte, und damit Schluss. Vertrag ist Vertrag, aber mit einem Tier kann man keine Verträge schließen.

Trotzdem ist es ausgesprochen dämlich gewesen, dass ich mich überhaupt darauf eingelassen habe. Es war eine von diesen Auseinandersetzungen, bei denen man, wenn man auch nur eine halbe Sekunde darüber nachdachte, schon von vornherein wusste, wohin sie führte. Man kannte ihren Verlauf, man wusste, wie es weitergehen und was jede Partei sagen würde, wie sie endete, bis hin zu den Entschuldigungen und den Beteuerungen am Schluss, die ganze Sache einfach zu vergessen. Der Witz ist, dass ich sie jetzt wohl tatsächlich komplett vergessen werde, was, Doc? Nur noch diese Aufnahme hier garantiert mir, dass ich mich jemals wieder daran erinnere. Nichts für ungut, Doc, aber Ihr Job ist absolut krass.

Dad und ich hüpften also am Rand eines halb verfallenen Kraters entlang statt auf einer schönen, glatten Lava-Ebene. Ich sagte nichts zu ihm, und er versuchte mich, so gut es ging, zu ignorieren. Schließlich mussten wir noch zwei besonders tiefe Rinnen durchqueren, um zum Fuß des Kraters zu gelangen, dessen Rand sich bis in jenen Krater erstreckte, an dem wir interessiert waren, ganz in der Nähe eines gewaltigen Massivs, dem Dad den Namen Gateway gegeben hatte und das zweieinhalb Kilometer über das Land rings um uns aufragte. Und das alles nur, damit wir den Froyks nicht über ihr Ödland latschten. Ich glaube, ich habe meinen Vater nie verstanden.

TERI HÄTTE IHRE Abschlussprüfung schon im Jahr zuvor ablegen sollen, oder sogar noch ein Jahr früher. In meiner Generation wäre das auch so gewesen.

Ein Wutanfall ist kein Grund dafür, jemanden nicht zum Erwachsenen zu erklären. Wenn ich mir so ansehe, mit wem ich hier jeden Tag arbeite, müssten die eigentlich alle noch mal den Eignungstest machen.

Ihr Dad hatte die üble Angewohnheit, seinem kleinen Mädchen immer die Wahrheit zu sagen. Damit hat er sie wahrscheinlich für das ganze Leben verdorben. Gut möglich, dass sie, wenn sie ihren Willen bekommt, ihr ganzes Leben in den Roundings verbringt. Jedenfalls ist sie noch nicht so weit, wieder hier bei uns zu leben.

Ich hoffe nur, dass sie sich hier mal blicken lässt, wenn sie durch Red Sands City kommt, und mich besucht. Wir könnten essen gehen oder etwas trinken oder einfach nur die Gesellschaft eines der wenigen anderen Menschen genießen, die wissen, warum wir mitten in der Nacht aufwachen, in die Dunkelheit starren und hoffen, dort nichts zu sehen.

Ich greife nach der Flasche und halte einen Moment in der Bewegung inne; so weit ist es also gekommen.

Aber ich bin nicht mehr im Dienst, und manchmal kommt hier wochenlang nichts rein, jedenfalls nichts für mich. Die normalen Streifenbullen haben sich mit den seit Menschengedenken üblichen Zuständen in Grenzstädten arrangiert, das heißt, sie haben es mit kleineren Diebstählen zu tun, mit Ruhestörung und solchen Sachen, Vergehen, die nicht aus irgendwelchen absonderlichen Gründen begangen werden. Dafür bin ich zuständig, die Abteilung für Leute, die Dinge aus absonderlichen Gründen tun – wobei ich sicherstellen muss, dass ihre absonderlichen Gründe keine unseligen Folgen für andere haben.

Ich überlege mir eine neue Berufsbezeichnung für mich: der ›diensthabende Beamte für das Unerklärliche‹. Das ist meine Aufgabe. ›Der große Erklärer.‹

Auch wenn die absonderlichen Gründe nicht das Böse in die Welt tragen, bin ich manchmal recht nützlich. Das Grenzland zieht seit jeher merkwürdige Menschen wie magisch an, Menschen, die schon ihr Leben lang wegen ihrer Andersartigkeit aufgezogen und verletzt worden sind und die beschlossen haben, den grausamen, streitsüchtigen Affen zu entfliehen, aus denen der Großteil der Menschheit besteht. Diese andersartigen Menschen gehen normalerweise dorthin, wo es ruhig ist. Und einsam. Und die Einsamkeit macht sie dann noch absonderlicher.

Natürlich ist mir das selbst nicht ganz fremd. Andere Bullen meiden mich, weil ich ganz allgemein nicht so bin wie sie und wir nicht allzu viel gemeinsam haben. Abgesehen davon sind Leute wie ich hervorragende Ziele für Meme, und wir sind bereits gememt und entmemt worden, deshalb gehen uns die Leute aus dem Weg, weil der Mensch seine unglücklichen Artgenossen schon immer gemieden hat. Andererseits könnte der wahre Grund, warum sie mich und meine Psycho-Kollegen meiden, darin bestehen, dass wir einsam sind und unsere Einsamkeit uns wunderlich gemacht hat.

Was nicht heißt, dass wir eine Wahl gehabt hätten.

Verdammt, verdammt und noch mal verdammt! Ich gieße mir einen weiteren Schluck ein. Anästhesie. Griechisch für: kein Gefühl.

Ich denke schon wie ein Betrunkener.

Aber wie gesagt, ein betrunkener Psycho zu sein, hat zumindest Tradition, eine Tradition, die bis in die Anfänge des Gewerbes zurückreicht, also ziemlich weit, wenn Sie, wie ich, Barkeeper, Priester und Nutten mit dazuzählen. Ehrlich gesagt, wenn ich mir einige meiner Kollegen so ansehe, bin ich mir nicht sicher, ob sie diesen Standard erreichen. Den eigenen Beruf zu verachten, ist ein Verhalten, das ebenfalls auf eine lange Tradition zurückblicken kann. Ich trinke ein Schlückchen und merke, dass es mehr als ein Schlückchen war; herrje, es ist schon mehr als einen Monat her, dass ich total knülle war, also was soll's? Trinken wir einen auf die

Tradition, zwei auf die Geschichte und so viele wie nötig auf die Anästhesie ...

Die ersten Siedler kamen erst 2014 hier an, das ist noch nicht mal neunzig Jahre her, und schon jetzt hat der Mars zu viel an Geschichte. Es ist hauptsächlich die Geschichte eines einzigen langen Wettrennens, das es zu gewinnen galt, und der immergleichen Entdeckung, dass es schon viel später war als gedacht und nur noch wenig Zeit blieb, die Dinge auf die Reihe zu bringen, ehe die nächste drohende Katastrophe hereinbrach.

Die frühen Siedler, damals in den zehner Jahren des einundzwanzigsten Jahrhunderts, waren in aller Eile zu Zeiten des Wiederaufbaus hergeschickt worden, nach dem Eurokrieg. Die Biowaffen, mit denen die Erde ent-terraformiert wurde, machten ganz den Eindruck, als könnten sie ebenso gut alles ausradieren, und angesichts Milliarden von Toten und möglichen weiteren Milliarden Toten musste die Menschheit jede noch so winzige Chance ergreifen. Im späten zwanzigsten Jahrhundert hinkte der Mars immer fünfzehn Entwicklungsjahre hinterher, denn niemand nahm die Sache ernsthaft in Angriff: 1970 war der Mars im Jahre 1985 zu erreichen, 1985 hieß es dann, bis 2000 sei alles gelaufen, und so weiter und so fort. Dann hatte unsere idiotische Rasse bei dem Versuch, einen Krieg zu gewinnen, bei dem es um so gut wie nichts ging, es doch tatsächlich geschafft, die Biosphäre zu zerstören, vielleicht endgültig, und während künstliche Seuchen und Pflanzenfäulen und alptraumhafte Unkräuter einen Planeten heimsuchten, dessen Klima völlig außer Kontrolle geriet, hieß es im Jahre 2004 auf einmal nicht mehr, »wir müssen irgendwann den Sprung zum Mars schaffen«, wie noch 1994, sondern »schaffen wir es noch rechtzeitig?«.

Jeder, angefangen von Papst Paul Johannes Paul, der beinahe das einzige verbliebene Symbol der Hoffnung war, über den letzten Bauern in Asien, der jeden Morgen aufstand und nachschaute, wie viel vom Nahrungsvorrat seiner Familie dem genmodifizierten Reiskiller zum Opfer gefallen war, über die Plutocks in ihren Privatfestungen bis zu den Vags in den Ruinen – ausnahmslos alle spürten die Verzweiflung der Nachkriegsjahre bis in die Knochen, und man war sich nur nicht sicher, ob die Menschheit ihren Heimatplaneten an die Biowaffen verlieren würde, die anlässlich jener umfassenden Orgie der gegenseitigen Vernichtung entfesselt worden waren, oder ein anderes schreckliches Ende nähme. In den folgenden zwanzig Jahren kämpfte die Menschheit darum, genügend Schlupfwinkel zu finden, die ihr eine Chance zum Überleben boten, denn die Ökologie auf der Erde schlug die tollsten Kapriolen, wie ein Betrunkener, der bereits gestolpert war und jeden Augenblick kopfüber aufs Pflaster knallen würde.

Letztlich war er doch nicht gefallen, entweder, weil die im All angesiedelte Industrie und Nahrungsproduktion zumindest den gröbsten Bedarf der darbenden Menschheit decken konnte, oder, weil sich die Umwelt der Erde als einen Hauch widerstandsfähiger erwies, als allgemein befürchtet worden war – vielleicht auch aus irgendeinem anderen Grund, den bis heute niemand so recht begriffen hat.

Hier draußen auf dem Mars war die Verzweiflung nicht minder groß, aber hier gab es wenigstens mehr Hoffnung, der Unterschied, der womöglich das Zünglein an der Waage ausmachte. Die Leute, die als Erwachsene von der Erde hier heraufgekommen waren – inzwischen sind die alle über fünfzig –, reden immer noch von ›Diaspora Eins‹, der Gründung von Siedlungen innerhalb des Sonnensystems nach dem großen *mut*AIDS-Sterben in den 1990ern und dem Eurokrieg Anfang der 2000er, und von ›Diaspora Zwei‹, dem Treck von Millionen Flüchtlingen hinaus in die Raumkolonien am Ende des Kriegs der Meme Anfang der 2070er. Auf dem Mars Geborene wie ich sprechen von vier Wellen. Wahrscheinlich kommt es ganz darauf an, ob man den Ball wirft oder fängt.

Die Erste Welle kam her und hatte alle drei Jahre eine Sterblichkeitsrate von fünfzig Prozent, das war noch vor 2025, und die wenigen Überlebenden, die man heute sehen kann, haben Gesichter, die immer noch wie in Stein gemeißelte Hartnäckigkeit anmuten. Man munkelt, sie hätten ihre Toten gegessen. Ich glaube es. Ich hatte zwei Delinquenten aus der Ersten Welle in Behandlung, und ich glaube, meine Erkenntnisse wären nicht kläglicher ausgefallen, wenn ich eine Giraffe oder einen Stein analysiert hätte.

Meine Eltern gehörten, ebenso wie die von Telemachus Murray, zur Zweiten Welle. Das waren die Erwachsenen aus den Transferschiffen nach den unblutigen Meutereien der 2020er. Es waren traurige Menschen, die selten lachten, und als ich noch jünger war, hatte ich viele von ihnen als Patienten, meistens wegen Depressionen, gegen die es, Gott sei Dank, eine Tablette gab, denn die meisten von ihnen hatten das Große Sterben und den Eurokrieg miterlebt, waren dann aus ihren komfortablen Häusern geworfen und in Transferschiffe gepfercht worden und wollten eigentlich nur noch ihre Zeit absitzen und sterben. Ich habe gelernt, nur dann mit ihnen zu reden, wenn sie reden wollten (und auch da bestand meine Rolle darin, sie ihre entsetzlichen Geschichten bei mir abladen zu lassen), aber meistens habe ich ihnen nur Tabletten gegeben.

Mit der Dritten Welle, die wesentlich größer war als die beiden vorangegangenen zusammen, kamen die ersten wahren Mars-Optimisten. Bis heute merkt man, dass Städte wie Red Sands City, die während der Dritten Welle gegründet wurden, lebendiger sind, mehr Sportmannschaften, Auftrittsmöglichkeiten, Tanzclubs und Bars haben als die älteren Ansiedlungen. Die Dritte Welle bestand aus denen, die während der Grauen Dekade genug zusammengekratzt hatten, um hier draußen einen neuen Anfang zu machen. Sie kamen von einer Erde, auf der es keine Arbeit mehr gab, einer Erde der zerstörten Hoffnungen, hierher an einen Ort, an dem sie, wie sie meinten, wenigstens immer etwas zu tun hatten.

Die Vierte Welle war die ›Zweite Diaspora‹: die Welle nach dem Krieg der Meme. Gute Leute, viele jedenfalls, einige so traumatisiert wie die von der Ersten und Zweiten Welle, einige so frei wie Mitglieder der Dritten, aber es waren viele.

Der Mensch unterscheidet seinesgleichen nach allen möglichen und unmöglichen Kriterien, die unerschöpflich zu sein scheinen, ich habe immer wieder damit zu tun. Ich bin im Alter von drei Jahren hierher gekommen, mit meiner Familie, weshalb ich faktisch gesehen einer von der Dritten Welle bin, und bis heute verschafft mir mein Akzent in jedem beliebigen Restaurant in Wells City oder Marinersburg immer einen Tisch in der Nähe der Küche und die langsamste Bedienung des Universums. In meinem späteren Leben habe ich mir eine Narbe am linken Zeigefinger eingehandelt, die davon stammt, dass ich einem hochnäsigen Burschen aus der Vierten Welle eine Flasche auf dem Schädel zertrümmert habe, irgend so einem Idioten, der gerade von einem Transferschiff herunterspaziert war ... damals war ich Ende zwanzig, eine Zeit, an die ich nicht mehr die geringste Erinnerung habe, damals, als ich noch viel Zeit mit den regulären Bullen verbracht habe und nicht damit, nachdenklich aus dem Fenster zu starren.

Heutzutage denke ich mehr nach, aber ein Fenster habe ich auch keines mehr. Ich bin mir nicht sicher, wie viele Marsianer nach dem Sunburst noch eines haben. Womöglich wird das zu einem herausragenden Merkmal unserer Kultur, zumindest bis die Atmosphäre dick genug ist. Etwas, das alle vier Wellen und ihre Nachkommen miteinander verbindet ... wenn es schon sonst nichts gibt. Ich vermute, dass auch dann noch, wenn die Große Flotte eintrifft, in etwa dreihundert Jahren, die Nachkommen der Ersten Welle die Nachkommen der Vierten Welle als Gesindel und Grünschnäbel ansehen werden.

Wahrscheinlich wird es niemals eine Fünfte Welle geben, es sei denn, die Große Flotte bringt sie mit. Auf der Erde laufen alle unter dem Resuna-Mem, das heißt, dass sie absolut glücklich und zufrieden mit OneTrue sind, also haben sie auch keine Lust, dort wegzugehen. (Es sei denn, OneTrue schickt sie, dann müssten sie allerdings an den Wächtern auf dem Mond und den Dutzenden von Wachtposten vorbei, die die Erde in einem Orbit von wenigen Lichtsekunden umrunden, damit sie nicht gememt werden können – und die sind alle sehr nervös und verdammt rasch mit dem Finger am Abzug –, dann vorbei an unserer Planetenabwehr hier auf dem Mars und überall dort, wo sie landen, auch noch an der Miliz vorbei.)

Selbst wenn auf der Erde das Unglücklichsein noch möglich wäre, gibt es heutzutage wesentlich weniger, worüber man unglücklich sein könnte. Unter OneTrue erholt sich die Erde mit großen Schritten, und jedes Jahr werden mehr Spezies aus den aufbewahrten genetischen Proben hinzugefügt. Sowohl in den individuellen als auch in den gememten Gebieten des Sonnensystems hat man im vergangenen Jahr groß gefeiert, als die Wiedererschaffungsprogramme auf der Erde Tiger, Elche, Eisbären und Spermwale zustande brachten und die ersten wackligen Babys aus den Inkubatoren krochen, die Vorläufer dessen, was eines Tages wieder ein richtiger Wildbestand werden soll.

Der Mars ist inzwischen ein lebendiger Planet geworden und nicht mehr von der Erde abhängig; Kolonien von der Erde sind überall im Asteroidengürtel zu finden und erstrecken sich bis zum Merkur ... na ja, *erstreckten* sich, aber das wird wieder, sobald die überlebenden Kolonisten aus den Krankenhäusern kommen, die Rettungsmannschaften die Anlagen wieder aufgebaut und die Roboter neue, tiefer gelegene Kolonien gegraben haben. Herrje, wir haben hier auf dem Mars mindestens zweihundert Überlebende vom Merkur in Langzeitpflege, die sich schon jetzt bereit erklärt haben, zurückzukehren, sobald es ihnen wieder besser geht!

Seit fünfzig Jahren gibt es menschliche Siedlungen auf dem Titan, und man redet bereits davon, schon bald bis zum Triton vorzustoßen. Und obwohl die Erde ein einziger großer Bienenstock unter der Fuchtel von OneTrue ist, findet das Leben allmählich wieder zurück, und obwohl Resuna alles im Würgegriff hält, scheint es nicht allzu schlimm zu sein, denn die Leute dort wirken immer noch verdächtig menschlich. Trotz aller Verkettungen menschlicher Katastrophen, die damit ihren Anfang nahmen, als Präsident Bush 1993 tot in seinem Bett aufgefunden wurde, und die damit endeten ... na ja, vielleicht war das noch nicht das Ende, wir wollen das Schicksal nicht herausfordern, denn trotz eines Jahrhunderts der Albträume sind wir auf dem Weg zurück. Die Menschheit auszulöschen, hat sich als schwieriger herausgestellt als gedacht, so schwierig, dass nicht einmal die Menschheit selbst dieser Aufgabe gewachsen war.

Verflucht noch mal, was sind wir doch für eine großartige Spezies! Ich proste uns im Spiegel zu, genehmige mir noch ein Glas, gehe erneut all die schlimmen Dinge durch, die ich gesehen habe, und nach kürzester Zeit steht meine Meinung völlig Kopf: Wir sind alle bösartige Teufel in den hässlichen Körpern geiler Affen. Darauf trinke ich, und auf meine diesbezügliche klarsichtige Erkenntnis. Ich weiß aus früheren Erfahrungen, dass ich diesen Stimmungswechsel stundenlang fortsetzen, danach immer noch nach Hause wanken und mich morgen krankmelden kann.

Aber das will ich nicht. Eigentlich war ich dabei, sämtliche Aufnahmen von Teris Sitzungen mit mir von Anfang an noch einmal durchzugehen. Wegen der Nachricht, die ich von ihr erhalten habe. Ich muss mit der Flasche ein bisschen langsam machen und mit den Sitzungen vorankommen. Ich schraube den Deckel drauf und lege sie wieder in die Schreibtischschublade, damit ich nicht mehr so leicht drankomme; dann suche ich die nächste Stelle auf meinem Monitor. Ich sollte auf die Uhr schauen, aber das tue ich nicht. Ich weiß auch so, dass es draußen mittlerweile völlig dunkel sein muss.

IST HEUTE ALSO wieder so ein Wir-reden-über-nichts-Besonderes-Tag, Doc? Das hat mir gestern echt gefallen. Ich glaube, ich rede viel zuviel für eine Roundita. Besonders, wenn mich das Thema irgendwie interessiert und mir so ein armer Kerl gegenübersitzt, der mir zuhören muss. Nein, erzählen Sie mir nicht, dass Sie das gern tun. Wenn Sie es wirklich gern täten, müssten die Sie nicht dafür bezahlen. Eigentlich nur logisch.

Na, von mir aus, wenn wir hier über alles reden können, dann rede ich heute über Methan. Wenn man auf Rubbies aus ist, geht nichts über Methan. Zumindest schätzt die Regierung seinen Wert echt hoch ein, also zahlt die Entwicklungsgesellschaft ordentlich dafür, und das sollten alle diese schlauen Burschen eigentlich wissen.

Vor allem ist es ein sehr wirkungsvolles Treibhausgas, aber sein Absorptionsspektrum ist anders als das von Kohlendioxid, denn es hält die Wärme fest, die durch $CO_2$ einfach durchgeht, und das ist der Effekt, für den man bezahlt wird. Zweitens ist es viel leichter als die $CO_2$-Atmosphäre des Mars, also treibt es nach oben und sammelt sich in der oberen Atmosphäre, bildet eine Isolierschicht und hilft der Marsoberfläche, sich zu erwärmen, so wie ein Topf auf dem Ofen sich schneller erwärmt und schneller kocht, wenn man einen Deckel draufsetzt. Und drittens bezahlen sie dafür, weil Methan beim Auflösen mit Sauerstoff reagiert und in Wasser und $CO_2$ zerfällt, die selbst wiederum Rubbies sind.

Sie sehen, Methan tut nur Gutes, es ist das beste aller gewöhnlichen Rubbies, und wer einen großen Methaneinschluss in die Atmosphäre entlässt, egal, ob es verbrennt oder einfach nur hinauszischt, der kriegt so viel Geld von der Entwicklungsgesellschaft, dass er mit seiner Familie ausgesorgt hat.

Der Prom ist in etwa so unwirtlich wie jeder andere Landstrich auf dem Mars, zumindest die Gegenden, in denen sich Menschen herumtreiben. Es ist zerklüftetes, geschundenes

Land, auf dem das ganze aufgewirbelte Zeug, das bei dem Aufprall, bei dem das Hellas-Becken entstand, niedergegangen ist. Irgendwann viel später ist hier und da Magma bis an die Oberfläche durchgedrungen und hat Massive gebildet. Das Massiv, an dessen Südseite wir an jenem Nachmittag vorbeigekommen waren und das Dad das ›Tor‹ nannte, ragte bis hinter den Horizont hoch in den Himmel hinein.

Als ich das virtuelle Werp auf meinem Visier aufrief und nachschaute, stellte ich fest, dass das Tor-Massiv 2.600 Meter über der Messlinie lag, und es ragte noch höher über uns auf, da wir in einen tiefen Krater von fünfundsechzig Kim Durchmesser an seiner Südseite hinabstiegen, dessen Boden ungefähr dreihundert Meter unter der Messlinie lag. Dad hatte eine Route ausgesucht, die uns an einer steilen Kraterseite hinauf- und an der anderen hinunterführte, und dann würden wir der Höhenlinie des Kraters, auf den wir es abgesehen hatten, folgen, und im Laufe des Tages mit dem Abstieg beginnen, um zumindest in das Gebiet zu gelangen, das am Morgen Sonnenlicht hat. Es war kurz vor der Tagundnachtgleiche, bald würde in der südlichen Hemisphäre Herbst sein, und direkt nach dem Treffen würden sich alle auf den Weg zur Eisenbahnlinie machen, die südöstlich von Red Sands City verlief, um nach Norden in den dortigen Frühling und den Sommer zu ziehen. Dad wollte einen so vielversprechenden Treffer nicht bis zum Frühling sich selbst überlassen, weil ihm sonst womöglich ein anderer zuvorkam, deshalb wollten wir sofort versuchen, im Krater etwas auf die Beine zu stellen, solange wir die Möglichkeit dazu hatten.

In derartig zerklüftetem Terrain bergauf zu hüpfen, ist eine echte Herausforderung, aber es war für keinen von uns neu, also legten wir trotzdem rasch eine schöne Strecke zurück und sahen zu, dass wir vor Einbruch der Nacht aus dem unwegsamsten Gebiet herauskamen. Vor allem musste man aufpassen, dass man mit den Füßen immer auf einigermaßen festem Untergrund aufkam oder auf Felsbrocken, die groß genug waren, dass sie nicht umkippten. Die Stunde vor und die Stunde nach dem Mittagessen stiegen wir immer nur hinauf, das gewaltige Massiv zu unserer Rechten, die zerrissene Wand eines partiellen Kraters zur Linken. In der Schule sagen sie, je mehr Krater in einem Gebiet zu finden sind, desto älter ist es, und ich glaube, das dort war ziemlich alt. Ein Kraterrand ging in den anderen über, und die meisten Krater waren voll mit Schutt und Geröll; sogar die Stellen, an denen sich irgendein vulkanisches Gestein nach oben gebohrt hatte, waren deutlich verwitterter als sonst wo auf dem Mars.

Wir redeten immer noch nicht miteinander, obwohl ich längst über den Streit hinweg war, und ich glaube, dass auch Dad nicht mehr richtig sauer war. Oben auf der zerschmetterten Kraterwand am Rand des noch größeren Kraters machten wir Pause, setzten uns und tranken Wasser, aßen eine schnelle Halbration und blickten hinab in das tiefe Tal vor uns. Normalerweise ist der Horizont auf dem Mars gerade mal *skoshi* über drei Kim entfernt; wenn man hüpft, kann man ihn in zwanzig Minuten erreichen. Nach einem Blick auf das virtuelle Werp wusste ich aber, dass wir von dort oben Kraterwände in mehr als achtzig Kim Entfernung sehen konnten, und zu unserer Rechten ragte die dunkle Wand des Tor-Massivs einen ganzen Kilometer höher in den Himmel, als wir waren, steil und grimmig. Wir ließen uns viel Zeit mit unserer Halbration und betrachteten die Landschaft vor uns. Ich aß Tomatensuppe. So kurz vor dem Treffen neigt man dazu, sein Lieblingsessen auszuwählen. Auf einmal sagte Dad: »Es kommt einem vor, als wären wir die einzigen Menschen auf der Welt.«

»Stimmt«, pflichtete ich ihm bei.

»Wenn wir erst einmal unten im Krater sind, kommt es uns bestimmt noch mehr so vor. Was meinst du?«

»Ich meine, wenn wir es wirklich versuchen wollen, sollten wir uns langsam wieder auf die Socken machen.«

»Ganz meine Tochter!«

Es war ein Friedensangebot gewesen, und ich war froh darüber.

Manchmal sind Kraterränder absolut ungeeignet zum Hüpfen, wenn sie voller Löcher und sehr zerfallen sind, aber der hier war halb so wild. Wir bewegten uns in Richtung Südwesten, entfernten uns vom Tor-Massiv und stiegen die langgezogene Flanke der Kraterwand hinab. Dads Satellitenbildern zufolge mussten wir nach ungefähr zwei Stunden einen langen, flachen Hang am Fuß der Wand erreicht haben, auf dem es dann sanfter bis zum Kraterboden weiterging.

Die Sonne beschrieb ihren Bogen hinter unserem Rücken, kam jetzt, kurz vor dem Herbst, bis weit nach Norden und bewegte sich dann weiter nach Westen, sodass unsere Schatten, als wir uns nach Nordwesten wandten, um abzusteigen, ziemlich weit auf dem Hang hinter uns hinaufreichten und wir unsere Visiere verdunkeln mussten, weil die Sonne uns jetzt direkt ins Gesicht schien. Wenigstens war es ein leichtes Vorankommen gewesen, wir hatten den ganzen Tag über so gut wie keine Positionsbestimmung machen müssen, nicht so wie weiter unten im flacheren Land.

Bis zum Abend hatte ich die Enttäuschung über Dads Entscheidung mehr oder weniger in den Hintergrund geschoben. Wir streckten uns auf einer nach Osten gewandten Düne aus, und ich drehte mich noch einmal nach dem ewig langen Hang um, den wir gerade heruntergekommen waren. Die ersten Sterne gingen auf.

Dann fiel mir ein, dass es an der Zeit war, Perry anzufunken und ihm die Neuigkeiten mitzuteilen. Er war bestimmt enttäuscht, und wenn er enttäuscht war, fing er manchmal an zu schmollen und wurde wütend, und das war weder lustig noch besonders tröstlich für mich. Ich überlegte kurz, ob ich lieber bis zum Treffen warten und es ihm dort erzählen sollte, aber das kam mir ihm gegenüber unfair vor und außerdem feige. Also schluckte ich heftig und funkte ihn an.

Trotz der schlechten Nachrichten, mit denen wir uns früher oder später auseinander setzen mussten, brauchte ich ja nicht gleich damit ins Haus zu fallen. Also fragte ich ihn zuerst, wie es ihm heute so ergangen sei. Natürlich rechnete ich nicht unbedingt mit großen Neuigkeiten. Seine Familiengruppe bewegte sich bereits auf den Ort in Mollyland zu, wo das Treffen stattfinden sollte, und musste keine Zwischenstopps mehr einlegen. Aber ganz egal, welche Neuigkeiten er hatte, sie hielten mich davon ab, ihm meine mitzuteilen.

»Ach ja, also, weißt du«, sagte er und klang wieder so verlegen und gelangweilt wie immer, wenn es keinen direkten Anlass für eine Unterhaltung gab. »Wir sind gehüpft und gehüpft und gehüpft, dann sind wir über so Zeugs gesprungen, haben ein paar Seismos aufgestellt, um zu sehen, ob es irgendwas Interessantes gibt, aber da war nichts ...«

Das hätte ich dir gleich sagen können, dachte ich. Dad behauptet schon seit jeher, dass Perrys ganze Familie dazu neigt, Sachen ziellos auszuprobieren, statt vorher ein paar Berechnungen anzustellen, und ich war dann immer sauer, weil Dad Recht hatte. Nach unserer Hochzeit musste Perry unbedingt lernen, ein bisschen im Voraus zu denken.

Nach der Anlaufphase erzählte er mir tatsächlich etwas mehr von seinem Tag, aber genau wie erwartet gab es eigentlich nichts zu berichten. »Wir haben die Magnetometer überprüft und die Hintergrundstrahlung, um zu sehen, ob's dort irgendwas gibt, aber da war nichts«, sagte er. »Sieht ganz so aus, als gingen wir über Felsboden, der bis runter in den Kern massiv ist. Aber hier im südlichen Hellas-Gebiet ist es so überlaufen, dass wir allein heute zwei andere Gruppen gesehen haben, gar nicht weit von uns. Früher mal hat man südlich von Red Sands City keine Menschenseele getroffen, und jetzt ist der am weitesten entfernte Bahnhof sechshundert Kim weit weg. Und ich glaube, bald geht die Erlaubnis durch, dass einige Straßen bis dorthin gestampft und sogar ein paar Ranches errichtet werden. Es wird richtig voll. Dort, wo du bist, ist es bestimmt viel angenehmer.«

»Vielen Dank«, sagte ich, obwohl ich wusste, dass es nicht als Kompliment gemeint war. Perry machte nie Komplimente. Ich hatte tatsächlich die (vergebliche) Hoffnung, dass ich ihn erziehen konnte.

»Und ihr müsst nur noch einen Punkt anlaufen?«, fragte er, obwohl er das wahrscheinlich schon seit einer Woche wusste.

»Dad meint, es könnte eine gute Stelle für einen Tiefbohrer sein, der Seismo hat ein paar interessante Sachen angezeigt. Eigentlich nicht weit vom Treffen entfernt, Luftlinie zumindest, aber zwischen der Stelle und dem Treffen liegt mehr raues Land, als einem lieb ist. Deshalb schaffen wir es vielleicht erst am zweiten Tag zum Treffen, nach unserer Tiefbohrung. Dann erzähle ich dir, wie es ausgegangen ist, so oder so.«

»Gut.« Er sagte eine Weile nichts. Perry war nicht gerade geschwätzig. Wenn er wollte, konnte er sich eine Zeit lang über Ökospekting unterhalten, das gefiel ihm, aber die anderen Dinge, die ihm Spaß machten, waren Essen und Sex, und darüber redete er so gut wie überhaupt nicht, ob es nun gut gewesen ist oder nicht. »Äh, beim Treffen müssen wir echt mal wieder ein bisschen Zeit miteinander verbringen.«

»Selbstverständlich, du Dummer.«

»Äh, ja, klar, stimmt. Ich bin wirklich dumm.« Wieder eine lange Pause.

Damit waren wir am Ende des angenehmen und leichten Teils der Unterhaltung angekommen. Jetzt hieß es mutig sein. Ich schluckte wieder und erzählte ihm, dass ich noch ein Jahr in der Schule verbringen musste. Als ich fertig war, wartete ich ab, ob er enttäuscht war, verärgert, frustriert, traurig ... Ich tippte auf alles zusammen.

Von allen blöden Dingen, die Perry sagen konnte, sagte er ausgerechnet: Na ja, vielleicht sei es ja auch gut für mich, und ich fragte ihn, auf wessen Seite er eigentlich stünde, aber das schien ihn nur zu verwirren, und kurz darauf konnten wir sagen, was wir wollten, wir redeten nur noch aneinander vorbei, und dann dauerte es nicht mehr lange, und wir schalteten aus. Als Letztes sagte ich ihm noch, dass ich ihn morgen wieder anrufen würde, aber darauf reagierte er nicht einmal mehr.

Perry kann eben seine Gefühle nicht besonders gut ausdrücken, dachte ich so bei mir, und das kam mir auch irgendwie plausibel vor, wenngleich es nicht gerade angenehm war. Er konnte mir einfach nicht sagen, dass er verletzt und enttäuscht war und dass zwei weitere Halbjahre – also fast ein ganzes Erdjahr – eine verdammt lange Zeit waren. Er empfand also diesen ganzen Frust, und da er nun mal so war, wie er war, und wusste, dass er sich mit einer langen Wartezeit abfinden würde ... klar, dass er da mürrisch und unkommunikativ wurde und Krach mit mir anfing.

Die Tatsache, dass ich ihn völlig verstehen konnte, änderte nichts daran, dass ich am liebsten ausgiebig geheult hätte, und es war mir egal, ob die Monitore es registrierten oder nicht, schließlich war es ein langer Tag gewesen, ich war müde und ziemlich enttäuscht, und Dad schlief bestimmt schon, denn er lag immer gleich wie tot da, zwei Minuten, nachdem er sich hingelegt hatte, also hatte ich keine andere Gesellschaft außer den hellen Sternen, Monden und den Satelliten, die den pechschwarzen Himmel über mir besprenkelten. Ich riss mich zusammen, versuchte es zu ignorieren, aber es gelang mir nicht sehr gut, also schaltete ich sämtliche ausgehenden Sendekanäle ab und ließ mich einfach gehen, heulte und zitterte dort im Sand.

»Teri?«, fragte Dad leise.

Ich stellte meine Stimme wieder an. »Ja?«

»Alles in Ordnung?«

»Nein. Ist aber nix Ernstes.«

»Geht es um ...«

»Ja.« Ich versuchte, so endgültig wie möglich zu klingen.

»Tut mir Leid.«

»Ich weiß. Es stinkt mir ja selbst, und deshalb weine ich.« Ich machte eine kleine Pause, dann sagte ich aus einem Impuls heraus: »Ich habe mit Perry gesprochen. Es lief nicht so gut.«

»Das ist ja fast eine Überraschung«, sagte Dad. »Hat er sich aufgeregt?«

»Nicht direkt. Eigentlich hat er überhaupt nicht viel gesagt, aber ich habe es auch so gemerkt. Ich merke es immer«, sagte ich. Ich weinte schon nicht mehr so doll, schaltete den Gesichtswischer in meinem Helm ein und ließ mich sauber machen.

»Tja«, meinte Dad. »Das war wohl zu erwarten.«

Am liebsten hätte ich gesagt: *Ja, klar, weil du ein alter Sturkopf bist,* oder etwas in der Art, aber ich hatte mir so große Mühe gegeben, alles zu verstehen, den ganzen Tag über, dass ich keine Lust hatte, frech oder trotzig zu sein. »Ich habe auch nicht geweint, weil *er* sich aufgeregt hat«, sagte ich. »Absolut nicht. Eigentlich bin ich nur irgendwie nicht so gut drauf, weil ich halt müde bin und noch ein bisschen enttäuscht von heute Morgen. Wird schon wieder. Leg dich schlafen.«

»Bist du sicher?«

»Ganz sicher.«

Wieder allein mit meinen Gedanken kam ich mir völlig ausgeheult vor. Ich stellte den Musikkanal mit leichter Klassik ein, der mir immer ganz gut gefiel. Irgendwie war es wie aus einem Kitschfilm, sich leichte Klassik anzustellen, während man im Marssand lag, so weit weg von allem und jedem, mit dem Kreuz des Südens hoch über den Kraterwänden, und die Magellan'sche Wolke so nahe, als könnte man sie greifen, aber wenn es jemals einen Abend dafür gegeben hatte, dann war es dieser Abend. Ich drehte mich *skoshi* zur Seite, damit ich die Chondreore hereinkommen sehen konnte ... Ja, sie ließen immer noch ein paar von ihnen auf den $CO_2$-Gletschern rings um den Nordpol krachen.

Der Aufprall war zweitausend Kim entfernt, aber Chondreore fliegen schnell und sehr weit oben. Hier in den hohen Breiten, oberhalb von 50 Grad Süd, kamen sie fast direkt über einem herein und erglühten dann bis runter zum Horizont, ein helles lautloses Feuer am Himmel, das jedes Mal ungefähr sechs Minuten anhielt. Es war nicht so eindrucksvoll wie noch vor einer Woche, als wir ganz in der Nähe des Polarkreises gearbeitet hatten und die Chondreore fast neun Minuten von Horizont zu Horizont gebraucht hatten, aber die majestätische Bahn der großen Feuerkugeln vom Zenith in Richtung Süden, quer über den Himmel, einer oder zwei pro Stunde, und jeder mit seinem langen goldenen Schweif, gehörte immer noch zu jenen Dingen, bei denen ich mich fragte, wie man es auf Dauer nur als Sitter aushalten konnte.

Ich lag dort und ließ mich von der friedlichen Stimmung durchdringen, unter diesem klaren Himmel voller Sterne, durch den die Chondreore zogen, lauschte Copelands ›Appalachian Spring‹, den Sender so eingestellt, dass er in einigen Minuten langsam ausblendete. Wenn der Morgen dämmerte, würde er sich wieder mit voller Lautstärke und dem ›Kanon in d-Moll‹ melden. Es gibt Zeiten, da braucht die Welt einfach Kitsch, dann bleibt dir nichts anderes übrig, als den Kitsch in vollen Zügen zu genießen.

Als Phobos hinter mir aufging, wurde die hoch aufragende Kraterwand vor mir hell. Phobos war kaum mehr als eine schmale Sichel, würde aber unterwegs, auf seinem langsamen Weg nach Osten, rasch zunehmen. Die kleinen tieffliegenden Kommunikationssatelliten, die ständig ihre Umlaufbahn wechselten und bessere Positionen einnahmen, sodass ich ab und zu einen Raketenantrieb aufblitzen sehen konnte, schossen an dem tieferen Mond vorüber wie in einer dieser blöden Aufführungen, die sie uns in der Schule immer vorspielen ... Höflinge beim Tanz um eine Königin.

Für einen kurzen Augenblick verschmolz der Nachthimmel mit der Musik, und beide verschmolzen mit diesem Traum, voll schön und alles, in dem sämtliche Sterne, Monde und Satelliten zu der Musik tanzten, bevor ich endlich im Schlaf versank wie ein Chondreor im Meer und meine Gedanken verblassten wie das Aufflackern in seinem Schweif.

VON DEM AUGENBLICK AN, als wir am nächsten Morgen unsere ersten Pinger aufstellten, wussten wir, dass etwas Großartiges bevorstand.

Die ersten Pinger muss man auf festem Boden installieren, ein paar Kim voneinander entfernt und weit weg von dem Einschluss, damit man möglichst gute Vergleichswerte zum Übermitteln an die KIs hat, sobald sie die Bilder liefern. Als wir unseren ersten Pinger setzten, waren wir bereits über dem Einschluss; er klingelte wie eine Glocke. Allem Anschein nach musste dort unten ein mit Gas gefüllter Hohlraum von mindestens siebzig Metern Tiefe sein, dreizehn Komma acht Kilometer unter der Oberfläche. Schließlich stiegen wir die Kraterwand wieder halb hinauf und setzten einen Pinger einen vollen Kim östlich von unserem Schlafplatz, um wenigstens einen über solidem Gestein zu haben. Selbst wenn dieser Einschluss nur voll mit $CO_2$ war, dann war er immer noch der größte Treffer seit langer Zeit für uns.

Und, wie Dad gesagt hatte, in dieser Tiefe hatte noch nie jemand $CO_2$ gefunden.

Den restlichen Vormittag waren wir beide ständig auf Peilung und hüpften kreuz und quer durch die Gegend. Jeder von uns fing mit zwanzig Pingern an, die wir normalerweise in Abständen von einem halben bis einem Kim setzten. Der unterirdische Einschluss war so riesig, dass wir die Pinger am Schluss auf einem Raster von achtzehn auf vierundzwanzig Kim in Abständen von sechs Kim setzten, und selbst wenn man sich gleich nach Sonnenaufgang auf den Weg macht und keine Pausen einlegt, sind das immer noch zwanzig zu besetzende Stationen, und jeder von uns hatte alles in allem gut vierzig Kim abzudecken, dazu mussten wir unsere Vermessungspunkte setzen, alle Pinger aufstellen und das Gebiet anschließend rasch verlassen.

Nachdem die Pinger standen und die ersten paar Echotests reinkamen, zeigte die Analyse eindeutig das optimale Ziel: eine Stelle, an der eine große Kammer dreihundertfünfzig

Meter näher an die Oberfläche heranreichte, und es sah ganz so aus, als gäbe es eine relativ weiche Deckenschicht von etwas mehr als einem Kim Länge. Die höchste Stelle dieser Decke war deutlich näher an Dads Position, also war er derjenige, der ein paar Kim zurück ins Zielgebiet hüpfte, die Leitfeuer aufstellte und dann den genauen Punkt über der Peilstation durchgab, um das Ziel genau zu markieren. Sobald er damit fertig war, blieben uns immer noch zwei Stunden bis zum Einschlag, mehr als genug Zeit für ihn, sich weit genug zu entfernen, aber nicht annähernd genug, um uns beide irgendwo zu treffen, also setzten wir uns hin und warteten, bis die Vorstellung vorbei war.

Das bot zumindest Gelegenheit für eine ordentliche volle Aufladung. Ich breitete meine gesamte 200 x 100-Fläche an Kollektorplane auf einem der Sonne zugewandten Hang aus, alle zehn Felder, und stöpselte mich ein. Dann streckte ich mich aus und genoss das Gefühl, wie perfekte Luft über mich hinwegstrich, die sämtliche Tanks entlüftete und komplett säuberte, bevor sie mit frischem Kondensat gefüllt wurden, und die Gewissheit, so viel Strom zur Verfügung zu haben, wie ich wollte, und nach Herzenslust verschwenderisch sein zu können. Ich stellte sogar die elektrische Massage und die Muskelwärmer an und entspannte mich total.

Klar, manche Ökospektoren nutzen solche Zeiten zum Lesen oder um sich Unterhaltungsprogramme reinzuziehen oder mit anderen Leuten im Netz Spiele zu spielen. Aber für mich war es einfach das größte Vergnügen, nur aus dem Visier zu schauen, ohne auf irgendwelche Texteinblendungen an den Rändern zu achten, und zu wissen, dass sämtliche Reserven – Strom, Sauerstoff und Wasser – aufgefüllt statt verbraucht wurden. Ich streckte mich auf einem großen, flachen Felsbrocken in Richtung Aufschlagstelle aus und fühlte mich wohler als sonst jemand, den ich kenne, mit Ausnahme vielleicht von Pywacket, dem Kater, den sie in der Schule halten. (Und Pywacket ist Profi auf dem Gebiet, denn er ist ständig in Übung.)

Es war ungefähr anderthalb Stunden nach Mittag, als Dad sich über Satcell meldete und mir sagte, dass er es sich ebenfalls gemütlich gemacht hatte. »Wir haben noch rund eine Stunde und zehn bis zum Einschlag, Teri«, fügte er hinzu. »Wann haben wir zuletzt einen Tiefbohrer angemeldet?«

»Im letzten Süd-Frühling, glaub ich«, antwortete ich. »Dieses Flöz ganz unten im Eis. Ist schon lange her.«

»Tja, wenn ich nicht total danebenliege, wird das hier die größte Vorstellung, die seit langem jemand geliefert hat. Hast du deine Kamera an?«

»Ja, Dad. Und ich hab auch das Visier zugemacht, bevor ich das Taji verlassen habe.«

»Kein Grund, ironisch zu werden. Ich wollte nur sicher sein, dass wir alle Bilder kriegen, die wir haben können. Mit so was kann man nicht jeden Tag prahlen.«

»In Ordnung«, sagte ich. »Solange wir alles doppelt und dreifach absichern ... Hinterher treffen wir uns doch oben am Rand, südlich vom Einschlag, oder?«

»Machen wir. Und danke fürs doppelt absichern.«

Eigentlich gab es nichts mehr zu besprechen, also drehte ich mich wieder um, genoss die Wärme und die anderen Dinge, die man mit genügend Saft im Anzug wahlweise haben kann. Dad machte es vermutlich nicht anders. In dem Maße, wie der Sauerstoffgehalt der Atmosphäre ansteigt, müssen die Anzüge weniger schwer arbeiten, um Flüssigsauerstoff in die Vorratstanks zu pumpen. Als ich noch klein war, hatte ich immer den Eindruck, als würde es einen ganzen Tag dauern, bis die Ration für ein Kind beisammen war, aber heute, wenn man das ganze 200 x 100-Teil ausgebreitet hat und sich sonst nicht viel bewegt, kann man in ungefähr anderthalb Stunden voll aufladen – Wasser, Flüssigsauerstoff, Kraftstoffzellen und Batterien.

Unabhängig von dem, was nach dem Einschlag des Tiefbohrers passierte, würden wir uns eine Weile nicht von der Stelle rühren können, ehe wir reingingen und die übrig gebliebenen Pinger einsammelten. Nach so einem Einschlag konnte es nämlich immer noch eine ganze Zeit lang Folgeeinbrüche, Risse, plötzliche Absenkungen und alles mögliche geben. Man konnte nie genau sagen, wie sich so eine Spalte verhielt, deshalb blieb man am besten mitten auf einem schönen soliden Felsbrocken hocken, so wie dem, den mir der Pinger in meinen Anzug als sicher angezeigt hatte.

Es war so ein schöner Nachmittag, und ich hatte die letzten Stunden über so schwer geschuftet, um alles rechtzeitig auf die Reihe zu kriegen, dass ich beim Warten beinahe eingedöst wäre. Ich schreckte aus dem Halbschlaf auf und schaute auf die Uhr. Immer noch zehn Minuten Zeit, also stellte ich den Alarm auf eine Minute vorher und wäre fast wieder weggedämmert. Aber ich hatte keine Lust mehr zu schlafen. Ich verputzte eine Anzugration, trank Wasser, und dann war es so weit. Man gewöhnt sich einfach nie daran, dass es keine sichtbare Bewegung gibt. Ein Tiefbohrer startet mit zehn Kim pro Sekunde in die Atmosphäre und legt noch einmal so um die zwei Kim pro Sekunde zu, bis er einschlägt, weshalb man keinen Gegenstand herunterkommen sieht, man sieht nur den glühend heißen Streifen extrem erhitzter Luft, der sich jäh ausdehnt und in einer sonnenhellen Kugel endet, dort, wo die Normalmaterie-Anteile des Tiefbohrers verdampft sind. Eine grelle Linie am Himmel, die mit einer grellen Halbkugel auf der Oberfläche verbunden ist, die übergangslos erscheint, so wie ein Gemälde in einem dunklen Zimmer, wenn jemand das Licht anknipst: Eben war es noch dunkel, und kaum hat man geblinzelt, ist es hell.

Dann kam die Oberflächenschockwelle herangerollt, wie die großen langsamen Wellen auf dem Borealen Ozean, nachdem ein Chondreor ins Meer gestürzt ist. Der Sand an der Oberfläche rings um meine kleine Felseninsel wallte auf und wurde kurzzeitig flüssig. Das Gestein unter der Oberfläche hob sich wie eine an die zwei Meter hohe Woge und rollte unter mir hinweg. Mein kleines Steinboot meisterte sie vorbildlich, obwohl sich vor mir in ungefähr einem halben Kim Entfernung ein eindrucksvoller Spalt öffnete und im

Zickzack über den Horizont bis zurück zum Aufschlagsort ausdehnte. Ein kurzer Blick auf mein Radar sagte mir, dass bis jetzt nichts Festes in die Luft geschleudert worden war, also musste ich nicht in Deckung gehen.

Der Horizont barst.

Methan brennt schon bei einer sehr niedrigen Konzentration von Sauerstoff, sogar in unserer Marsluft. Wir hatten es hier mit Tausenden von Tonnen Methan zu tun, die wie aus einer Kanone geschossen in die Atmosphäre gefeuert wurden, angetrieben von der Hitze und dem Druck des Neutroniums, das sich wieder zu normaler Materie ausdehnte, und das alles sauste durch einen Tunnel, der heiß genug war, um Gestein in einen schleimigen Brei zu verwandeln. Eine gewaltige, blauweiße Flammensäule stieg – den Angaben meiner Kamera zufolge – nahezu acht Km weit auf, und an ihrer Spitze bildete sich rasch eine Wolke. Jedes Methanmolekül entlässt beim Verbrennen zwei Moleküle Wasser und ein Molekül Kohlendioxid, und dort oben war es sehr kalt. Das Wasser gefror und fiel als Schnee wieder herab.

Die zweite kleinere Schockwelle erreichte mich und ließ den Boden ein zweites Mal buckeln und tanzen, gerade als die erste große bauschige Wolkenfahne an der Spitze der Feuersäule sichtbar wurde. Als ich wieder aufblickte, erinnerte sie mich an die Flamme eines Schweißbrenners, eingehüllt in weiße Wolkenstreifen, der grell in die rosafarbene Kuppel des Himmels fauchte, gekrönt von einer gewaltigen, sich rasch ausdehnenden, trüben Wolke. Ich konnte zusehen, wie die eisigen Wolken immer größer wurden und die blaue Aureole rings um die Sonne bedeckten.

Perfekter konnte man einen Tiefbohrer-Schuss nicht setzen. Ich wurde mir eines Geräuschs in meinem Ohrhörer bewusst und erkannte, dass das Grollen trotz ausgeschalteter Außenmikros so heftig war, dass ich sonst nichts anderes gehört hatte. Jetzt, da ich meine Ohrhörer wieder wahrnahm, hörte ich Dad rufen: »Iiiii-jaa-Huu!«, immer wieder.

Und so kam es, dass wir plötzlich reich waren.

JETZT HABE ICH diese Aufnahme schon so oft abgespielt und mir immer wieder gewünscht, die Geschichte würde hier enden und dass es keinen anderen Grund gäbe, ihr zu lauschen, als Teris Stimme. Es war der bis dahin größte Tag in Teris kurzem Erwachsenenleben, glaube ich. Sie war gerade dabei, ihre emotionale Reife zu finden, und stellte gleichzeitig fest, dass man sehr erwachsen sein kann, ohne dass einen jemand dafür belohnt, und dass man dabei trotzdem ziemlich unglücklich sein kann. Ihre Unduldsamkeit war für eine Roundita ihres Alters völlig normal. Man hatte den Ökospektoren die Roundings unter der Voraussetzung überlassen, dass sie sich ihren Lebensunterhalt damit verdienten, sie und noch ihre entferntesten Nachkommen, denn das Terraforming des Mars war als ausgesprochenes Langzeitprojekt gedacht. Der Erfolg der Marsformen kam für alle überraschend, aber sobald man erkannt hatte, dass die Menschen sich dem Mars besser anpassten als umgekehrt, dass der Mars bereits nach zwei Jahrhunderten und nicht erst nach fünfundzwanzig Jahrhunderten ›fertig‹ sein würde, stand eine Fertigstellung des unglaublich kostspieligen Projekts nicht mehr in Aussicht. Das war traurig und bedauernswert und bedeutete, dass das Versprechen ›sie und noch ihre entferntesten Nachkommen‹ nicht eingehalten werden würde – und das gegenüber Menschen, denen Verträge extrem wichtig, ja geradezu heilig waren.

Wenn ich nur daran denke, wie sich das in ein paar Jahren auswirken wird, wenn es erst allen klar geworden ist, nicht nur den klugen Köpfen, läuft es mir eiskalt den Rücken runter.

Ich bin locker, fühle mich wohlig und warm, aber ich bin nicht übermäßig betrunken. Ich überlege, ob ich mir auch noch die Aufnahme der nächsten Sitzung ansehen soll, bevor ich eine Nachricht aufnehme und Teri übermittle. Vielleicht klappt es mit einem Kompromiss ... Es geht mir bestimmt besser, wenn ich einen Happen gegessen habe. Um diese Zeit kann man noch überall etwas bekommen. Ich könnte mir eine dicke Scheibe künstlich gezüchtetes Steak besorgen, dazu eine schöne Portion Kartoffeln und Gemüse ... Diese Vorstellung erscheint mir immer verlockender.

Es ist ja nicht so, dass ich die nächste Aufnahme *unbedingt* abspielen müsste. Sie gehört zu denen, die ich mir bisher am häufigsten angesehen habe, damals, als ich noch der Hauptuntersuchungsbeamte der ›bedauerlichen Zwischenfälle‹ war, wie sie in guter alter bürokratischer Tradition inzwischen genannt werden. Ich frage mich, welche Begebenheiten in der Menschheitsgeschichte wohl sonst noch als ›bedauerliche Zwischenfälle‹ bezeichnet wurden. Die Kreuzigung? Als die Bibliothek von Alexandria niedergebrannt wurde? Hiroshima? Wahrscheinlich haben Bürohengste diese Formulierung schon immer verwendet, wenn Papierkram anfiel.

Ich erhebe mich vom Schreibtisch, schließe das eine oder andere weg, mit besonderem Nachdruck die Flasche, und werfe das Glas in den Waschschlitz in der Wand. Ich überlege mir, ob dieses Gerät wohl jemandem meldet, dass im Spülwasser häufiger Alkoholreste nachzuweisen sind.

Dann verriegele ich, immer noch unschlüssig, ob ich vor morgen zurückkommen sollte, hinter mir die Tür. Teri kann ich genauso gut auch von zu Hause anfunken oder eine Nachricht zukommen lassen. Dann fahre ich die Rolltreppe hinunter. Gleich vorne zum Park hin gibt es ein *Kwame's,* die haben ziemlich gute Grillsteaks und Koteletts, und ein wenig verblüfft stelle ich fest, dass mir der Magen knurrt.

Es kommt mir komisch vor, dass weder Teri noch ihr Vater je auch nur ansatzweise darüber geredet haben, sich mit einem Treffer von diesen Ausmaßen einfach zur Ruhe zu setzen. Keiner von beiden hätte auch nur einen weiteren Tag zu arbeiten brauchen, sowenig wie ihre Nachkommen. Manchmal frage ich mich, was passiert wäre, wenn ihnen dieser Gedanke gekommen wäre und sie danach gehandelt hätten; sie hätten sich zur Zeit des Sunburst in einer Stadt aufhalten können.

Vielleicht wünsche ich mir auch nur, die Gelegenheit gehabt zu haben, Telemachus Murray kennen zu lernen.

Aber kaum ein Marsianer hört auf zu arbeiten, nur weil er reich geworden ist, und die wenigen, die es täten, sind bestimmt keine Rounditachi, und wenn man jemals einen Roundito findet, der in seinem Reichtum schwelgen will, dann ist das garantiert kein Ökospektor. Der Mars ist einfach nicht so. Nur weil einer reich oder berühmt ist, heißt das noch lange nicht, dass er sich auf die faule Haut legt. Schließlich legt man viel zu viel Wert darauf, was die Nachbarn und die anderen Mitbürger über einen denken.

WENN ES IHNEN nichts ausmacht, Doc, können wir den Einstieg heute von mir aus auch einfach weglassen, spielt ja doch keine Rolle, und gleich mit der Geschichte weitermachen. Ich gebe zu, dass das ein ziemlich guter Trick war, um mich zum Reden zu bringen, aber langsam komme ich mit der Geschichte in Fahrt, und ich glaube, die wird sich jetzt fast von allein erzählen. Ist für Sie doch bestimmt auch angenehmer, wenn wir das ganze Vorgeplänkel weglassen, oder? Wäre eigentlich nur logisch.

Nachdem wir also wussten, dass keine dicken Brocken vom Himmel fallen und sich auch keine großen Spalten mehr auftun würden, hüpften Dad und ich außen herum zum südlichen Rand des Kraters. Uns blieben noch volle zwei Stunden Tageslicht, und wir hielten es für das Beste, uns ein möglichst gemütliches Plätzchen zu suchen, wo wir unser Taji für die Nacht aufstellen konnten. Dad hatte Daten, die auf eine Quelle hinwiesen, und vielleicht war es sogar drin, dass wir noch ein warmes Bad nahmen, was natürlich immer besonders angenehm ist, bevor man zu einem Treffen geht.

Ich schnitt das Thema erst an, als praktisch klar war, dass wir die nächste halbe Stunde einfach nur bequem den äußeren Rand des Kraters hinabsteigen würden. Wir konnten fast den ganzen Weg auf beiden Beinen hüpfen, wie kleine Kinder – allerdings kleine Kinder, die soeben Milliardäre geworden sind.

»Dad«, sagte ich, »ich muss dich was fragen. Jetzt, wo wir beide stinkreich sind, da würde es doch bestimmt lange dauern, das alles auszugeben, oder?«

»Teri, dank des Zaubers der unendlich vielen Nutzungsmöglichkeiten kann ich mir nicht vorstellen, dass wir das alles *überhaupt* jemals ausgeben können. Bei unserem Lebenswandel ganz sicher nicht.«

»Schön, wenn ich also Perry heiraten würde und wir beide als Partner auftreten und gemeinsam hart in diesem Geschäft arbeiten würden, wären wir .... also selbst, wenn alles schief ginge und wir keinen Millikredit verdienen und auch in den kommenden Jahren nicht ganz so fett absahnen würden ... also, dann wären wir doch immer noch im Geschäft, oder nicht? Es ist also gar nicht mehr so wichtig, in Zukunft den Beruf wechseln zu können ...«

»Da hast du wohl Recht«, sagte Dad. »Ich vermute, dass dieser Treffer mindestens drei Millionen Kredits wert ist, maximal vielleicht an die zwanzig, aber wahrscheinlich schon so sechs bis acht. Dein Anteil davon beträgt die Hälfte, und so ein kleiner Laden mit zwei Leuten, wie wir ihn haben, kostet pro Jahr nicht einmal zehntausend, um ihn am Laufen zu halten, inklusive Verpflegung, Medizin, Anzügen und sonstiger Ausrüstung. Wenn du und Perry ... also, wenn ihr Ökospektoren sein wollt und nichts weiter, dann seid ihr jetzt wohl saniert. Damit hat sich für euch so einiges verändert.« Er dachte einen Augenblick nach, ging in einen raschen Laufschritt über und stieg einen Hang hinauf, wobei er die letzten Schritte beinahe rannte – ein kleiner Trick, den er mir schon vor vielen Jahren beigebracht hatte. Ich wusste, dass er wollte, dass ich es ihm nachtat, also vollführte ich, nur um ihn ein bisschen zu ärgern, einen noch höheren Sprung, stieß mich von einem Felsbrocken ab und schaffte es mit einem einzigen Satz. »Gute Landung«, sagte er, was sie auch gewesen war.

»Warum machen wir das alles?«

»Weil wir damit zwei Kim sparen, die wir sonst da unten um eine Schlucht herumgehen müssten«, sagte er.

Typisch Dad: Durch eine völlig leere Gegend wollte er nicht gehen, weil das Land streng genommen den Froyks gehörte, aber er unternahm alle möglichen bizarren körperlichen Verrenkungen, nur um ein paar Schritte zu sparen. Ehrlich gesagt habe ich diesen Mann nie verstanden. Ist wohl auch unnötig. Er war mein Dad, den ich über alles liebte, und ich musste ihn nicht verstehen, damit er mich lieb hatte.

»Lässt du mir den restlichen Tag zum Nachdenken?«, fragte Dad. »Ich glaube, du hast Recht und kannst Perry jetzt beim Treffen heiraten. Wir überlegen uns da etwas. Aber ich möchte noch eine Zeit lang darüber nachdenken, bevor ich meine endgültige Meinung äußere. Wahrscheinlich läuft alles so, wie du es haben willst, und die Chancen, dass ich dir am Ende des heutigen Tages etwas in dieser Richtung sage ... Aber ich will erst darüber nachdenken und noch ein bisschen brüten und verdauen, bis ich zu der Erkenntnis gelange, dass das, was du vorhast, auch der richtige Weg ist. Einverstanden?«

»Dir fällt bestimmt noch ein Grund ein, weshalb ich die Schule beenden soll«, sagte ich. Ich versuchte, nicht weinerlich zu klingen, denn man weiß ja nie, ob ›sie‹ einem nicht gerade zuhören.

»Stimmt. Obwohl mir im Augenblick keiner einfällt. Aber wenn du mir Gelegenheit gibst, die Sache in aller Ruhe von allen Seiten zu betrachten, und wenn ich dann auf den Trichter komme, dass es keinen besseren Weg als den gibt, den du einschlagen willst, dann bekommst du, sobald sich alles in meinem Kopf gesetzt hat, meine allerherzlichste Zustimmung, vorausgesetzt, du legst diese EA ab. Dann hast du, was du willst, Teri. Gib mir nur ein bisschen Zeit, damit ich mich an den Gedanken gewöhnen kann.«

»Das ist fair«, musste ich zugeben.

»Prima, und jetzt lassen wir's vorerst dabei bewenden und gehen zu der Stelle da runter. Laut Seismik könnte sich dort eine Quelle befinden. Vielleicht sind wir ja ein *skoshi* eher dort und können das Taji noch so richtig genießen. Sonst ziehen wir eben noch ein Stück weiter, wenn uns das besser in den Kram passt. Aber das können wir entscheiden, wenn wir dort sind. Einverstanden?«

»Einverstanden.«

Das Problem war nicht meine mangelhafte Ausbildung, sondern Dads. Weil er nicht gerade besonders viel davon mitbekam, hat er einen Mordsrespekt vor der Voll-Erwachsenen. Sein Urgroßvater Cornelius war ein Siedler der Zweiten Welle, einer der Leute von den Transferschiffen, ein ehemaliger Uni-Dozent, Professor Doktor und all das, damals auf der Erde, vor dem Großen Sterben und dem Eurokrieg und dem ganzen Plumquatsch. Mein Großvater Philip Murray – der auf dem *Fliegenden Holländer* noch einen Bruder und eine Schwester gehabt hat, die er nie zu Gesicht bekommen hatte – war erst relativ spät im Leben seiner Eltern auf dem Mars geboren worden und hatte nur die übliche CSL-Ausbildung erfahren, plus zwei Jahre Technikerschule. Ich glaube, deshalb hat er gegenüber seinem Vater und seinen älteren Geschwistern immer irgendwie Minderwertigkeitsgefühle gehabt.

Wie auch immer, Dad ist jedenfalls von der CSL-Schule abgegangen, sobald er und Mama ihre Voll-Erwachsene in der Tasche hatten, und dann haben sie gleich geheiratet. Das war damals, als Ökospektoren noch händeringend gesucht wurden und die Entwicklungsgesellschaft ihm einen fetten Bonus dafür gezahlt hat. Mit der Ausbildung ist es in der Familie Murray in den letzten hundert Jahren also ziemlich bergab gegangen, und wenn es nach mir gegangen wäre, hätte sie ruhig bis auf null absinken können.

Mamas Leute, die Tharsisitos – eigentlich gab es nur ihre Eltern und meine Tante Callie –, hatten mit Schule nicht viel am Hut gehabt, aber da Mama gestorben ist, als ich sieben war, haben wir mehr oder weniger die Verbindung zu ihnen verloren. Wohl eher aus sentimentalen Gründen benutzten wir sie als unsere Trödler und erhielten alle paar Wochen Postraketen von ihrer Rampe, aber darüber redeten wir nicht viel, außer über die nächste Lieferung oder die letzte.

Auch die Tharsisitos waren eine Zeit lang Ökospektoren gewesen, dann aber nach Goddard gezogen und hatten sich dort als Trödler niedergelassen, obwohl sie immer ganz schön zu kämpfen gehabt haben, um sich und Callie davon ernähren zu können. Ich sah sie immer nur, wenn wir zufällig nach Goddard kamen, also alle paar Jubeljahre mal. In deren Augen spielte meine schulische Ausbildung überhaupt keine Rolle. Genauso wie alles andere, was ich tat. Dad sagte, er habe Mama versprechen müssen, dass er sie niemals besuchte, aber wir besuchten sie trotzdem ab und zu, wenn wir gerade vorbeikamen. Ich konnte Callie gut leiden, und sie tat mir Leid, weil sie doch bei diesen komischen Eltern festsaß.

Die ganze Zeit über, während wir einen steilen Hang nach dem anderen hinunterhüpften, kam mir immer wieder in den Sinn, wie viel Geld wir gerade verdient hatten. Natürlich hatten wir schon früher ab und zu einen guten Treffer gelandet, nach dem ich mich immer wieder umgedreht und diese riesige, sich immer weiter ausbreitende Wolke bestaunt hatte. Ich fragte mich, ob inzwischen schon Schnee in den Krater fiel.

Mit Perry wollte ich mich erst am Abend unterhalten, falls es doch noch zum Krach mit Dad kam. Die Entscheidung fiel mir nicht leicht, aber damit hatte ich wenigstens etwas, worauf ich mich freuen konnte. Ich konnte es kaum abwarten, ihm alles zu erzählen, und dann könnten wir am zweiten oder dritten Tag des Treffens die Zeremonie abhalten. Das ist echt großartig bei den Rounditachi: Es dauert nie lange, etwas durchzuziehen. Am vierten und fünften Tag könnten wir unser Taji und unsere Ausrüstung kaufen, am sechsten wegen der erforderlichen Besuche ›zu Hause‹ sein und dann ... Schon in neun Tagen könnten wir uns wieder draußen in den Roundings herumtreiben und anfangen, unser eigenes Leben zu führen.

Nachdem ich so lange darauf gewartet hatte, konnte ich kaum glauben, dass es endlich so weit sein sollte. Am liebsten wäre ich singend um die Felsen getanzt.

Noch vor einem oder zwei Jahren hätte ich Dad jetzt wahrscheinlich den ganzen Tag über genervt, aber ich gab mir wirklich Mühe, dieses kindische und sinnlose Verhalten wegzuschieben und erwachsen zu sein, denn ich musste ja demnächst *defpos* die Voll-Erwachsene ablegen.

Am Nachmittag ging er fast die ganze Zeit mindestens einen halben Kim vor mir, und das hieß, er dachte schwer nach und wollte nicht von mir gestört werden, es sei denn, ich hätte mir ein Bein gebrochen oder so. Ich glaube, seine krankhafte Ehrlichkeit zwang ihn zu dem Eingeständnis, dass die meisten Tatsachen und die Logik in diesem Fall für mich sprachen. Ich hielt mich zurück und gab dem Impuls nicht nach, ihn daran zu erinnern, dass es nicht darum ging, ob du *willst,* dass Wasser im Stein ist, oder ob es *gut* wäre ...

Wir sprangen und rutschten die Kraterwand hinab, wobei wir weniger hüpften, sondern die Steine eher zum Abbremsen benutzten, um nicht einfach bis ganz nach unten zu purzeln. Das Gelände war so zerklüftet, dass wir reflexartig alle paar Sekunden die Peilung überprüften, und mehr als einmal stellte ich fest, dass ich hundert Meter oder mehr vom Kurs abgekommen war, manchmal sogar gleich nach der letzten Korrektur einige Schritte in die falsche Richtung genommen hatte.

Als wir die Badlands erreichten, die den letzten Abschnitt vom Hang des Prom hinunter nach Mollyland bilden, blieb uns noch eine volle Stunde Tageslicht.

Vor dem Terraforming waren die Badlands von ständig unterbrochenen Kanälen durchzogen gewesen. Die oberste Schicht hatte zum Großteil aus festem Lehm bestanden. Die dichtere Atmosphäre und das freigesetzte Wasser hatten dem Mars Regen und Schnee und sogar Gewitter und Wirbelstürme beschert, zum ersten Mal seit vielen Millionen Jahren. Jede Menge Witterungseinflüsse, wo es zuvor nur Wind gegeben hatte, und in dem Gebiet dort hatten sie sich auch richtig austoben können. Unterirdische Wasserläufe hatten Einbrüche verursacht, gewaltige Ebenen waren innerhalb weniger Jahre von rasch dahinschießenden jungen Bächen zerfressen worden, Schluchten, die bis dahin hauptsächlich mit Sandablagerungen gefüllt waren, wurden blank gespült und der Schutt in großen Fächern aus weichem Sand angehäuft.

Es glich so ziemlich den Badlands in den alten Flachschirmfilmen, die sie uns während dieser dämlichen Einheit ›Die Tradition des Grenzlandes‹ in der CSL-Schule gezeigt haben. Ich fragte mich, ob genug von dem Wasser, das sich aus dem brennenden Methan bildete, hier landen und die Kanäle wieder füllen würde. Wenn jede dieser kleinen

Senken voller Wasser wäre, käme man noch wesentlich schlechter voran. So war es schon schwierig genug. Ich führte fast ständig Peilungen durch, aber trotzdem kam es mir vor, als würde sich mir der Weg immer wieder entziehen und hinter dem nächsten Hügel verstecken.

Den Hang hinunter hatten wir eine Geschwindigkeit von fast zwölf Kim pro Stunde draufgehabt, aber hier drinnen konnten wir froh sein, wenn wir drei schafften. Als wir die Stelle erreichten, die Dad für unser Lager ausgesucht hatte, war noch weniger als eine Stunde Tageslicht übrig.

»Was meinst du, Teri, sollen wir weiter? Ich würde heute Nacht lieber im Taji schlafen.« Seine Stimme über den Anzugfunk ließ mich nach den vielen Stunden des Schweigens vor Schreck zusammenfahren.

»Ich bin auch für das Taji.«

»Also gut. Check deinen Peiler – wir sind da.«

Natürlich stellte sich heraus, dass wir nur dreihundert Meter von der Stelle entfernt waren, die er angesteuert hatte, einer Anzahl aus dem Boden ragender Felsen, so an die zehn Meter hoch, die einem bei einem Sandsturm erstklassige Deckung boten. Außerdem deuteten die seismischen Anzeigen auf eine darunterliegende Quelle hin.

Mir kam ein wunderbarer Gedanke. »Dad, hast du deine Peilstellen bis hierher gespeichert?«

»Du weißt doch, dass ich das immer mache. Ich habe noch die Daten von vor zwanzig Jahren, Teri. Und ich hoffe, du hast deine auch alle aufgehoben. Oder habe ich dir das nicht beigebracht?«

»Doch, schon«, sagte ich. »Ich habe ungefähr alle zweihundert Meter fixiert, das muss eine riesige Datenmenge sein.«

»Ich auch, Teri. In diesem Gelände kann man sich leicht verlaufen. Aber was wolltest du damit sagen?«

»Na ja, es ist nur logisch, dass wir unsere Peilungen nicht alle exakt zur gleichen Zeit durchgeführt haben. Und mir ist aufgefallen, dass wir nicht allzu beschwerliches Terrain hier in den Badlands durchquert haben. Du hast eine prima

Route ausgesucht. Jede Wette, wenn wir unsere Daten abgleichen und die Peilstellen miteinander verbinden, kriegen wir eine Strecke angezeigt, auf der man eine Straße die Kraterwand hinauf anlegen könnte. Außerdem haben wir links und rechts noch genug Peilstellen, um von dort aus einen Tunnel in den Krater bohren zu können. Damit könnten sie eine Straße anlegen und einen Tunnel bohren, der an keiner Stelle durch das Reservat führt, bis hinein in diesen Krater ... in dem sich das ganze Wasser und $CO_2$ bildet. Wenn du dich erinnerst, haben wir, als wir uns umdrehten, gesehen, dass die Südseite dieses Tor-Massivs bereits mit Schnee bedeckt ist. Das alles läuft im nächsten Frühling in den Krater ab. Dort bilden sich dann alle möglichen kleinen Seen und Teiche und große ebene Flächen mit weichem Untergrund. Wenn sie da eine Straße hinbauen und einen Tunnel bohren, haben sie das gesamte Land für die Ökospektoren geöffnet. Was wiederum bedeutet, dass ganze Horden von ihnen rings um unseren Gastreffer arbeiten werden und wir die Nebenrechte dafür einstreichen, und zwar auf alles, was sie da drin auf die Beine stellen. Jede Wette, dass in zehn Jahren eine Stadt am Kraterrand stehen wird, dazu eine Eisenbahnlinie durch diesen Tunnel, und dann müssen wir Leute einstellen, weil wir mit dem Geldzählen nicht mehr nachkommen.«

Dad stieß einen Pfiff aus. Ich kann es nicht leiden, wenn er das über Anzugfunk macht, und kapiere sowieso nicht, warum er sich das nicht endlich mal abgewöhnt. Ich pfiff so laut zurück, dass sich seine Trommelfelle in der Mitte trafen, so wie meine kurz davor, und er sagte: »Autsch, stimmt ja, tut mir Leid, Teri, ich weiß auch nicht, warum ich das immer wieder vergesse ... Ich war noch völlig darin vertieft, dass wir den größten Treffer der letzten drei oder vier Marsjahre für uns verbuchen können. Und du bist bereits darauf gekommen, wie er die nächsten hundert Jahre Geld für uns abwirft. Wir können diesen Vorschlag von einer KI aufsetzen lassen, das geht ganz einfach, wir schicken ihn zur Entwicklungsgesellschaft, noch bevor wir uns heute Abend schlafen legen.

Und wenn die Sache auf dem schnellsten Weg genehmigt wird, womit ich fest rechne, sind die Straße und der Tunnel noch vor dem kommenden Frühling fertig, und die ersten Trupps treffen vor der Tagundnachtgleiche hier ein. Der Kraterdurchmesser beträgt achtzig Kim, und bis jetzt erhebt sonst niemand Anspruch darauf. Fünftausend Quadratkilometer Land, das zur Entwicklung wie geschaffen ist, und wir bekommen von allem, was sie darin anstellen, ein Stückchen ab, wahrscheinlich sechs Prozent alles in allem, das hängt von unserem Treffer ab, und dann anderthalb Prozent oder mehr von allem, was mit der Straße in Zusammenhang steht. Vergiss nicht, Perry klar zu machen, dass er nicht nur ein hübsches Mädel bekommt, sondern obendrein noch eine kluge Geschäftsfrau.«

Ich fühlte mich so glücklich und geschmeichelt, dass ich erst nach einigen Sekunden begriff, was er gesagt hatte. »Dann bist du also ...«

»Aber ja. Es gibt keinen vernünftigen Grund mehr, dagegen zu argumentieren. Auf eine Sache möchte ich dich allerdings noch aufmerksam machen, obwohl du deshalb deine Pläne nicht mehr groß ändern musst. Es ist eher so etwas wie eine Steigerung, über die du nachdenken könntest, falls es dir nicht allzu viel ausmacht. Ich erzähle es dir nach dem Abendessen. Wenn du willst, kannst du immer noch nein sagen, womit ich eigentlich rechne. Du musst nicht glauben, dass ich dich zu einer Zustimmung drängen will. Wie die Trödler immer sagen, bevor sie einem die Haut abziehen und zum Trocknen aufhängen: ›Keinerlei Verpflichtungen.‹«

Am Lagerplatz war es immer noch sonnig. So spät im Herbst, mit so viel Wasser in der Luft, das den roten Staub band, war die tiefblaue Aureole um die Sonne größer als jemals zuvor. Sie nahm fast ein Viertel des Himmels ein, und die Weißtöne um die Aureole herum bis zu Zartrosa und Tiefrot am Horizont waren so gedrängt, als hätte die Aureole beim Ausdehnen alles zusammengequetscht. Ich fragte mich, wie lange es wohl noch dauerte, bis der erste Marsianer geboren wurde, der keinen richtig roten Himmel mehr sah. Tausend Jahre? Zehntausend Jahre? Oder falls sie mit dem Terraforming nie fertig wurden, ob wohl die Abkömmlinge der Froyks, mit denen Dad fest rechnete, immer noch einen Himmel wie den hier zu sehen bekämen?

Bei einem dermaßen tiefen Himmel gibt es keine lange Dämmerung wie etwa auf der Erde. Man hat dann einen Himmel, der so dunkel ist, dass man auch am Tag helle Objekte darin sehen kann. Ich sah auf und stellte mir vor, ich würde meinen persönlichen Rekord für helle Objekte im Tageslicht aufstellen. Ein Chondreor schweifte über mich hinweg, sein glänzender weißer Kopf zog auf dem Weg zum Pol eine orangefarbene Leuchtspur hinter sich her. Sowohl Phobos als auch Deimos waren zu sehen, dazu zwei dieser tieffliegenden Satcell-Relais und Peilsatelliten, alle so hell wie Pailletten auf einem roten Samtkleid, und ich stellte fest, dass Pollux gerade aufwärts wanderte, ein schwacher kleiner heller Punkt in all dem Gleißen, und ... »Ist das der Jupiter, der da hinten aufgeht?«, fragte ich Dad.

»Hmm, wirf mal einen Blick in den Almanach. Kommt mir irgendwie zu hell vor.«

Sein Ton und die Art und Weise, wie er einer Antwort auswich, verrieten mir, was es sein musste, aber ich rief trotzdem eine Visieranzeige auf und schaute nach. Natürlich war es die Erde. Dass man sie mit der Venus oder dem Jupiter verwechselt, kommt bei Leuten, die älter sind als ich, so oft vor, dass man es bei uns im Psycho-Unterricht als typisches Beispiel für einen ›blinden Fleck‹ anführt. So viele Leute auf dem Mars haben einen unglaublichen Horror vor der Erde, weil sie völlig unter der Fuchtel von OneTrue steht und weil die gesamte Vierte Siedlerwelle – womöglich die letzte Welle, die hier angekommen ist – allesamt vor OneTrue geflohen war. Deshalb sehen diese Leute die Erde am Himmel oft nicht, auch wenn sie gleich nach Phobos und Deimos der hellste Himmelskörper ist. Wir gehören zur zweiten Welle, auf beiden Seiten der Familie, und sogar Dad und mir passiert es manchmal. Ich kannte mehrere Ökospektoren, Nachfahren der Vierten Welle, die die Roundings aufgegeben und sich eine Arbeit in der Stadt gesucht haben, nur weil sie es nicht aushielten, dieses helle Licht am Himmel zu sehen. Nicht, dass es gefährlich gewesen wäre, ›Erde‹ zu sagen, so wie ›Lass überbrücken, lass überschreiben‹, aber viele Leute möchten nicht daran erinnert werden, dass sie da ist. Ihnen ist es lieber, sie weit weg und in der Vergangenheit zu wissen.

»He, Teri, hör auf, in den Himmel zu starren, und setz lieber ein paar Pinger, ich glaube, wir haben hier was«, sagte Dad.

Ich ging ihm gleich zur Hand, und in null Komma nix blickten wir auf ein großartiges Sonarprofil. »Jede Wette, das ist ein unterirdischer Brunnen«, meinte ich. »Allein wegen dem hätte sich der Tag heute ausgezahlt, ganz abgesehen von der Straße, die wir gerade markiert haben, und ganz zu schweigen von dem Treffer. Sieht so aus, als hätten wir gerade eine fette Glückssträhne.«

»Ach, das ändert sich auch wieder«, entgegnete Dad. »Anscheinend ist die Quelle an ihrer höchsten Stelle kaum zehn Meter unter der Oberfläche. Wie viel Tageslicht bleibt uns noch?«

Ich warf einen Blick auf den Almanach. »Sechsundzwanzig Minuten. Zeit genug, um ein paar Kig einer Sprengmischung herzustellen ...«

»Daran habe ich auch schon gedacht. Ich breite die Felder aus, und du fährst den Synthetisierer hoch. Sagen wir, drei Kig Karbox-Schlämme, die formst du dann zu einer Röhre von einem Meter Länge mit einer langen Spitze.«

Wir hantierten ständig mit Sprengstoff, aber wenn wir immer alles mit uns herumtragen würden, was wir während einer Saison brauchen, hätten wir ganz schön zu schleppen, ganz abgesehen von dem Risiko, als Wolke aus rosa Nebel zu enden. Zum Glück besteht Sprengstoff aus dem gleichen Rohmaterial wie das Leben. Während Dad alles ausbreitete und die Kollektorplanen anschloss, damit unsere Ausrüstung möglichst viel von der Spätnachmittagssonne einfing, programmierte ich den Synthetisierer so, dass es das von ihm verlangte produzierte – drei Kig Cryogoop, Kohlenstoffstaub und halbflüssiger Sauerstoff, der entsteht, wenn man der Luft $CO_2$ entzieht, es aufspaltet, und den Sauerstoff kühlt. Der Synthetisierer formte die Mischung zu einer Röhre von einem Meter Länge und ungefähr drei Zentimeter Durchmesser, mit einer langen, konkaven Kappe am gefährlichen Ende – eine Ladung, die so geformt war, dass sich der Großteil ihrer Wucht in Richtung der ›Mündung‹ an ihrem Ende entlud. Die Röhre selbst bestand aus einem explosiven Plastikstoff, der sich innerhalb von Millisekunden nach der Explosion auflöste.

Es war schon fast dunkel, als die Röhre herausrollte. Ich verband sie mit den Zündungsdrähten und sah nach, wie weit Dad war. Er hatte solange herumgefummelt, bis es ihm gelungen war, das Bohrloch direkt über der Kuppel des Hohlraums anzusetzen, die sich nur wenige Meter unter unseren Füßen befand. Die Wände des zwei Meter tiefen Lochs hatte er mit einem Laserschweißer glasiert, dann hatte er ein *skoshi* Epoxid hinzugefügt, damit man die eigens dafür geformte Ladung sauber hineinschieben konnte und sie dort fixiert wurde. Wir überprüften die Verbindung zum Zünder, ließen die Ladung bis auf den Boden ins Loch gleiten und härteten das Epoxid drumherum mit einem Kriechstrom.

Inzwischen waren die Schatten lang geworden und das Loch nur noch ein kleiner schwarzer Kreis auf dem Boden vor uns. Die Energie, die über die Solarflächen hereinkam, war schwach, also schalteten wir auf Akku um.

»Dachte mir schon, dass es knapp wird«, sagte Dad. »Ich glaube, es reicht, wenn wir einfach mit Sand abdichten und dann einen großen Stein oben drauf tun. Das müsste eigentlich reichen.«

Wir schoben Sand in das Loch, bis anstelle des Lochs ein kleiner Hügel zu sehen war. Die Sonne war mittlerweile ganz verschwunden, aber mit Phobos am Himmel konnte man auch ohne Helmlampen noch genug sehen. Ich hob einen mittelgroßen Stein von ungefähr achtzig Kig auf und setzte ihn auf den Sandhügel. »Ist der denn schwer genug?«, fragte Dad.

»Er muss ja nur dafür sorgen, dass der Druck hauptsächlich nach unten geht«, sagte ich, »ohne dass er selbst durch die Gegend fliegt. Doch, der müsste eigentlich schwer genug sein.«

»Tut mir Leid, wenn ich dir auf die Nerven gehe, aber ich muss dich trotzdem noch was fragen ...«

»Ja, Dad, ich habe mich versichert, dass ich die Ladung mit dem Sprengkopf nach unten eingesetzt habe.« Ein Mal, nur ein einziges blödes Mal, ehrlich, hatte ich eine ausgeformte Ladung verkehrt herum eingesetzt, und nach der Zündung ist der Steinbrocken obendrauf wie eine Rakete in den Himmel geschossen, und Dad und ich mussten schleunigst in Deckung gehen, weil die Splitter dann aus einem Kim Höhe rings um uns niedergeprasselt sind. So was passiert schon mal, wenn man erst elf ist, verstehen Sie, Doc? Aber er hat es mich nie vergessen lassen. Jedes Mal, wenn er mich daran erinnerte, hätte ich am liebsten laut aufgeschrien, aber ich wollte ja absolut versuchen, erwachsen zu sein.

»Dann gehen wir in Deckung und bringen es hinter uns.«

Wir wichen an eine sichere Stelle in ungefähr fünfzig Metern Entfernung zurück, denn man weiß ja nie so genau, was mit diesen Dingern passiert, also stellt man sich lieber nicht direkt auf sie drauf. Dann meinte Dad: »Willst du es wegsprengen?«

»Äh, ich bin doch kein kleines Kind mehr, Dad. Es ist ja wirklich nichts Besonderes mehr.«

»Ich hab nicht gefragt, ob du noch ein kleines Kind bist. Ich hab gefragt, ob du es wegsprengen willst ...«

»Also, ja, klar«, gab ich zu. Er reichte mir den Zünder. Ich überprüfte alles, machte das Ding scharf, schaute auf den Verschlussstein, um nichts von dem zu verpassen, was gleich geschehen würde, und drückte auf den Auslöser. Ein sehr greller Blitz, gefolgt von einem Knall, den ich mechanisch hören konnte, durch den Helm ebenso wie durch die Mikros und den Ohrhörer. Der große Stein schien zu wackeln und bröckelte dann auseinander. Dort, wo er eben noch gewesen war, schwappte die Dunkelheit herein.

Wir gingen hin und fanden sprudelndes Wasser, das in der bitterkalten Nacht bereits an den Rändern gefror. Dad nahm einige Messungen vor, bevor sich alles mit einer Eisschicht überzog und der Eispfropfen anwuchs. »Dieses Zeug war echt kalt«, sagte Dad, »was nicht verwunderlich ist, wenn es so dicht unter der Oberfläche sitzt. Aber ich glaube, wenn wir morgen früh vor dem Weggehen einen Auftauer drinlassen, der den ganzen Tag über läuft, bringt es auch wärmeres Wasser aus den tiefer gelegenen Thermalquellen mit herauf, und dann haben wir hier eine hervorragende fließende Quelle.«

»Genau«, stimmte ich ihm zu. »Und fürs Erste haben wir mehr als genug, um unsere Anzüge und das Taji aufzustocken. Und das sollten wir jetzt auch unverzüglich aufschlagen.«

»Dann sollte *ich* es jetzt unverzüglich aufschlagen. Du musst noch deinen Kerl da anrufen und ihm unsere tollen Neuigkeiten durchgeben. Du hältst es doch bestimmt kaum noch aus. Schon in Ordnung, Teri. Deine romantische Mutter würde es mir nie verzeihen, wenn ich dich mit noch mehr Arbeit daran hindern würde. Bis du mit Perry geredet hast, bin ich bestimmt auch so weit, dann kommst du einfach rein und schließt dich der kleinen Familienfeier an. Jetzt ruf schon an, das Taji und alles andere übernehme ich.«

Es ist wie beim Topfen: Eigentlich kann man in den Anzügen weder etwas sehen noch hören, aber man fühlt sich doch irgendwie privater, wenn einem andere nicht dabei zusehen können. Also ging ich hinter die Felsen, vergewisserte mich, dass ich ein Stück weiter oben stand, falls der Ausstoß der Quelle in der Nacht so stark wurde, dass sich gleich ein kleiner Fluss bildete, setzte mich in einen bequemen Sandhaufen, stellte meine Verbindung auf Satcell um und rief Perry an.

»Hallo«, sagte er. »Na, wie ist es mit dem Tiefbohrer gelaufen?«

»Ich bin reich«, sagte ich und erzählte ihm von den Ausmaßen des Einschlusses. »Damit sind fast alle meine Probleme gelöst. Wenn ich die Voll-Erwachsene bestehe, kann ich das letzte Schuljahr sausen lassen und ...«

Perry zuckte mit den Achseln. Ich konnte in seinem Gesicht, das auf mein Visier projiziert war, nur schwer lesen, weil die Bilder durch die Krümmung immer ein bisschen verzerrt sind, aber vielleicht war er immer noch damit beschäftigt, sich die Ausmaße des Treffers vorzustellen. »Dann wird also dieses ganze Gebiet schon bald geöffnet ...«

»So bald nicht, der Winter steht ja vor der Tür, also nicht vor dem nächsten Süd-Frühling, aber abgesehen davon, ja, ein Großteil von diesem Methan wird als Eis und $CO_2$-Graupel an der Südseite des Tor-Massivs niedergehen, und wenn das erst mal schmilzt, gibt es haufenweise Bäche und Teiche und jede Menge Arbeit. Bis dahin müssten sie auch die Straße planiert und den Tunnel gegraben haben. Es ist der größte Treffer in Dads gesamter Laufbahn und der erste richtige in meiner! Ich glaube, dass in den nächsten Jahren ein paar Hundert Ökospektoren in diesem Gebiet eingesetzt werden.«

»Das muss ich meiner Familie erzählen. Wir suchen gerade nach einem neuen Einsatzort, aber die meisten Gebiete sind schon dermaßen ausgelutscht ...«

Ich war verdutzt. Hatte er vergessen, was ich ihm gerade gesagt hatte? »*Wir* können dieses Land bearbeiten«, sagte ich, »dort gibt es immer noch mehr als genug herauszuholen ...«

»Ach, äh, ja ... He, ich würde mir das alles gern genauer anhören, aber wir sind gerade westlich von euch und haben immer noch Tageslicht, und das Gelände ist ziemlich rau, wir müssen uns also beeilen. Sehen wir uns morgen beim Treffen?«

»Klar, wir dürften so am späten Nachmittag ankommen.« Ich hätte gern darauf bestanden, dass er sich eine Sekunde oder zwei Zeit nahm, um richtig mit mir zu reden, schließlich hatten wir uns schon seit Ewigkeiten nicht mehr unterhalten, aber wenn man das Tageslicht ausnutzen muss, dann ist das eben so, und man braucht es immer, wenn man mit kleinen Kindern unterwegs ist, so wie Perrys Familie, deshalb beherrschte ich mich und sagte nur: »Okay, ich erzähle dir morgen alles, dann erfährst du haarklein, wie genial ich gewesen bin.«

»Das wird bestimmt toll. Tschau.«

Ich sagte rasch: »Ich-liebe-dich-tschau«, aber ich glaube, er hatte schon vorher abgeschaltet.

Ich saß auf diesem Stein und fühlte mich mies, weil das Gespräch so kurz gewesen war, dass ich wahrscheinlich noch bei Aufbau des Taji helfen konnte, aber mir war jetzt einfach noch nicht danach, mich mit Dad zu unterhalten. Offensichtlich stimmte irgendwas mit Perry nicht, absolut nicht ... Oder ich war wirklich noch unreif und konnte die einfachsten Notwendigkeiten nicht akzeptieren, zum Beispiel, dass seine Familie das Tageslicht ausnutzen musste ...

Ich hasste mich selbst, aber ich rief den Almanach auf und überprüfte zum ersten Mal etwas, was Perry mir erzählt hatte.

Er befand sich östlich von uns, nicht westlich, wo es schon seit mindestens einer halben Stunde dunkel war. Und das Land war keineswegs rau, es waren ziemlich sanfte Hänge, wie man sie überall in Mollyland findet. Sie hielten sich in einem weiten Tal auf, unbeschwerliches Gelände, das jeder sogar im Dunkeln durchqueren konnte. Außerdem stand Phobos am Himmel, also gab es Licht genug. Ich wartete fünf Minuten und schaute noch einmal nach. Sie hatten sich nicht bewegt. Ich überprüfte den Statuseintrag in der Zentrale. Sie hatten dort gemeldet, dass sie ihr Nachtlager aufgeschlagen hatten – vor fünfundvierzig Minuten.

Er hatte mich angelogen.

Ich saß da und schaute zu den hellen Lichtern am Himmel hinauf, in die vielen Sterne ... Die Atmosphäre war mit Einbruch der Nacht noch klarer geworden, der Frost hatte der Luft das Wasser entzogen und als Kondensat über den Staub gelegt, sodass es den Anschein hatte, als blickte ich in die unverfälschte Leere des Weltraums. Erde-mit-Luna,

Phobos und die gerade untergehenden Deimos und Merkur strahlten am Nachthimmel, und die Sterne waren bis zur Stärke sechs deutlich zu erkennen, der Himmel war geradezu übersät mit ihnen. Die Milchstraße sah beinahe wie ein Streifen aus festem Material aus. Überall schwirrten Satelliten herum, dazu die schwachen kometenhaften Formen der sich nähernden, aber noch im All befindlichen Chondreore.

Ein Chondreor trat in die Atmosphäre ein, wurde immer heller und streifte den Horizont, wobei er zeitweilig die gesamte Landschaft ringsum so hell erleuchtete wie ein bedeckter Tag, weit oben zog er dahin, wahrscheinlich auf seiner ersten Umlaufbahn innerhalb der Lufthülle. Normalerweise wurden sie drei oder vier Mal durch die Atmosphäre gejagt, bevor man sie in ein Bett aus gefrorenen Niederschlägen stürzen ließ.

Sobald er hinter dem Horizont verschwunden war, wurde der Himmel wieder schwarz, alle Sterne, Monde, Planeten und Satelliten kamen wieder zum Vorschein. Es war so klar, dass ich dreizehn Plejaden zählen konnte.

Ich trödelte, und ich wusste, dass ich trödelte. Dad würde sich erkundigen, und wenn ich anfing zu weinen, weil ich einfach nicht wusste oder kapierte, was los war, wurde er bestimmt wieder albern, was immer irgendwie alles andere als ein Trost war. Wahrscheinlich würde ich mich in den Schlaf weinen und morgen den ganzen Tag mürrisch von einem Fuß auf den anderen fallen. Ich hatte Angst vor dem Treffen und davor, die schlechte Nachricht zu erfahren. Aber sie würde so oder so über mich hereinbrechen.

»Ich will ... ich will ... ich will«, murmelte ich immer wieder vor mich hin, ohne fähig zu sein, den Satz zu Ende zu bringen. Ich wollte einfach absolut mit all dem überhaupt nichts zu tun haben, aber diese Möglichkeit stand einfach nicht zur Debatte, einerlei, wie oft ich es auch drehte und wendete. Mit dem Gefühl, ein ganzes verdammtes Stück erwachsener zu sein, als ich eigentlich wollte, stand ich auf und ging, ohne zu hüpfen, langsam um die Felsen herum, vorbei an der dampfenden Quelle. Es sah so aus, als hätte tatsächlich wärmeres Wasser von tief unten verhindert, dass es an der Oberfläche gefror, sodass sich ein dampfender Bach gebildet hatte, der im gelben Kreis meiner Helmlampe vor Schlamm ganz grau aussah und bis jetzt kaum einen Meter breit war, aber er war bereits über einen Kim lang und wand sich immer weiter durch die Ebene, hatte schon die halbe Strecke zum Horizont hinter sich gebracht und kroch gerade wie eine Blindschleiche auf einen trockenen Kanal zu, wobei er bei jeder Biegung haufenweise Eis zurückließ.

Dad hatte unser Taji ein Stück weiter oben zwischen zwei Felsbrocken aufgebaut. Er hatte den Ort klug gewählt, fand ich, und sogar die Solaranlage ausgebreitet gelassen, mit einer Zapfverbindung hinunter zur Quelle. Wenn morgen früh die Sonne aufgegangen war, würden sämtliche Akku-Systeme auf Hochtouren laufen. Wahrscheinlich war die Quelle heiß genug, um uns sogar Energie für die Wärmepumpe zu liefern.

Jedenfalls würden wir, wenn es Zeit zum Abmarsch war, mit vollen Reserven zum Treffen aufbrechen. Dad bemitleidete immer die Leute, die mit fast leeren Tanks, Zellen und Batterien ankamen und so viel von ihrem sauer verdienten Geld zum Wiederaufladen ausgaben und sich während des Treffens oder direkt danach ständig darum kümmern mussten. Es war einer dieser Millionen kleiner Punkte, bei denen er seinen Stolz hatte, was er immer mit einem kleinen Seufzer ausdrückte, einer hochgezogenen Augenbraue oder indem er ein *skoshi* zu lange zögerte, um danach einen Satz mit »Nun ja ...« anzufangen.

Sobald das Lämpchen an der Luftschleuse anzeigte, dass ich durfte, schob ich das Visier auf, öffnete die Tür zum Taji und roch auch schon den kochenden Kaninchen-Nudel-Schmortopf. Ich war zu Hause und wir waren reich, und es schien ganz so, als dürfte es nicht allzu schwierig sein, glücklich zu sein.

Ich wollte nicht über Perry reden. Noch nicht.

Das Taji war fast zweimal so groß wie normal. Dad hatte das zweite Modul entfaltet, um das zusätzliche Badezimmer mit der metertiefen Wanne zum Einsatz zu bringen. »Ich dachte mir, ich will gut riechen, *bevor* ich zum Treffen komme«, sagte Dad. »Ich will nicht schon wieder solo losziehen, deshalb dachte ich mir, dass ich mich bei diesem Treffen mal nach Gesellschaft umsehe.«

»Das ist eine absolut gute Idee, Dad.« Schon seit Jahren sage ich immer wieder, er soll sich jemanden suchen. Ich mache mir Sorgen um ihn, wenn er so ganz allein in den Roundings herumläuft, während ich mich durch sinnlose Schulstunden quälen muss, aber er ist die Sache nie ernsthaft angegangen und bei den Treffen nur ein paarmal zum Miethuren-Service gegangen.

»Abgesehen davon fühlt man sich ordentlich sauber bestimmt pudelwohl. Nachdem das Wasser draußen war, hat sich das Ding tatsächlich als heiße Quelle entpuppt. Jedenfalls so heiß, wie eine Quelle auf dem Mars eben werden kann. Das Thermometer an der Wärmepumpe zeigt ungefähr vier null Celsius an. Das bedeutet, du kannst deinen Arm direkt reinhalten.«

»Du hast die Wärmepumpe an?«

»Klar. Heute können wir mal prassen, wir haben Energie im Überfluss, deshalb sollten wir uns nach dem Essen auch so richtig einweichen lassen und uns endlich mal wieder häuten.«

Ich sagte ihm, das höre sich toll an. Es ist immer irgendwie gruselig, den Anzug auszuziehen, denn die lebenslange Gewöhnung in den Roundings schlägt sofort Alarm und kreischt, dass die Systeme jederzeit versagen können, und dann bin ich vielleicht nicht mehr schnell genug in meinem Anzug. In der Kuppel von Red Sands City ist es mir nie so ergangen. Aber so angenehm es sich in Anzügen auch leben lässt, sie sind nun mal nicht zum drin Baden geeignet, und es fühlte sich gut an, nach der ganzen Marschiererei des Tages die paar zusätzlichen Kig abzustreifen. Ich hängte alle

Einzelteile in den Protolyzer, und zwar so, dass ich auch in der Eile rasch an sie herankam, und gab mir Mühe, mir deswegen keine Sorgen zu machen.

»Und jetzt«, sagte Dad, als er die Teller mit dampfenden Nudeln und Kaninchenteilen voll packte, »sollten wir meiner Meinung nach dieses Essen genießen, und anschließend können wir dann beim Einweichen und Schrubben noch ein bisschen über deine Idee reden, dass du keine schulische Ausbildung mehr brauchst – falls es dich nicht allzu sehr aufregt. Ich glaube nämlich, dass dir die Schule im Großen und Ganzen eigentlich Spaß macht, auch wenn du beschlossen hast, dass dem nicht so ist.«

Ich roch, dass er wieder richtigen Kaffee gemacht hatte. Vermutlich rechnete er damit, beim Treffen mehr für seinen ›Privatvorrat‹ zu bekommen, wie er seinen kleinen Sack Kaffeebohnen immer nannte, den er für besondere Gelegenheiten mit sich herumschleppte oder wenn der Erneuerer nicht funktionieren wollte. Unsere letzte Postrakete war vor drei Wochen eingetroffen, also musste er ziemlich runter damit sein.

Ich wusch mir Gesicht und Hände in der sich rasch füllenden Warmwasserwanne, und es gelang mir durch heftiges Schrubben sogar, meinem Gesicht eine gleichmäßigere Rottönung zu verpassen, die vielleicht die Tatsache überspielte, dass ich geweint hatte. Aber ich konnte nicht recht glauben, dass er es übersehen hatte, denn normalerweise entging ihm so gut wie nichts.

Als ich mich an den Tisch kniete, dachte ich, dass ich womöglich doch nicht vor Dad weinen musste. Einfach loszuheulen war vielleicht sehr erleichternd, aber ich musste *defpos* an den Reifepunkten für meine Voll-Erwachsene arbeiten.

Ich nahm meine Essstäbchen in die Hand und stellte mir sorgfältig den ersten Bissen zusammen. Wenn man so oft wie ein Ökospektor durch die Anzugluke isst, nimmt man richtiges Essen und ein richtiges Mahl mit Tisch und allem Drum und Dran nicht für selbstverständlich. Warmes schmackhaftes

Essen mit leckerem Geruch und gutem Geschmack sorgte bei mir immer für deutlich bessere Laune. Nachdem ich den ersten Teller geleert hatte, fühlte ich mich wieder wie ein Mensch.

Dad und ich redeten die meiste Zeit darüber, was wir noch zu erledigen hatten, mit wem wir beim Treffen zusammenkommen mussten, warfen Zeitpläne und Termine von unserem gemeinsamen virtuellen Werp an die Wand, wo wir sie beide einfacher betrachten konnten, und tippten auf den Pads neben uns Vorschläge und Verbesserungen ein. Wir wollten Dutzende von Vorführungen neuer Produkte besuchen, und es dauerte immer mindestens einen halben Tag, sich alle neue Marsformen im Pavillon für die Entwicklung neuer Lebensformen anzuschauen. Es war sogar ein Vortrag von einem Vertreter irgendeiner Gesellschaft angekündigt, die behauptete, sie hätte das Problem gelöst, ein geeignetes Bestäubungsinsekt für den Mars entwickelt zu haben, laut Prospekt eine Art Winterschlaf haltende Libelle oder Biene. »Sieht fast so aus, als hätten sie herausgefunden, wie man Insekten statt zum Flattern zum Schweben bringt«, sagte ich.

Dad hob bedächtig die Schultern. »Das ist schon lange ein Traum. Als *ich* noch jung war, sah es mehr als einmal so aus, als stünde er kurz vor der Verwirklichung. Aber der Traum entzog sich immer wieder dem Zugriff, und soweit man heute weiß, haben die Insekten dafür einfach keine Gene, und auch wenn man Gene kopieren kann, hat noch niemand gelernt, welche neu zu schreiben.«

Es fiel nicht schwer, die richtigen Vorführungen auszusuchen, denn es gab nur wenige gute und kaum Termine, die sich überschnitten, und es war nicht ganz so einfach, den gesellschaftlichen Terminplan abzustimmen. Es gab immer Leute, mit denen wir unbedingt essen gehen oder einen Kaffee trinken oder sonst was mussten, was wir uns aufzuteilen hatten, um unser Programm auch nur annähernd abzudecken. So geht es allen. Es gibt immer noch nicht viele Ökospektoren (nicht einmal viele Rounditachi), weshalb jeder verschiedenen Leuten gegenüber unterschiedliche Funktionen innehat: Draußen in den Roundings sind die gleichen Leute deine Verwandten, Freunde, mögliche Auftraggeber, Vertragspartner, Kollegen oder zukünftige Partner.

Deshalb muss man ständig miteinander in Verbindung bleiben. Bei jedem Treffen muss jemand von deiner Seite einen Vertreter von allen anderen sehen, einmal oder zweimal, kommt ganz drauf an, wie eng man miteinander verbunden ist, und dann sind natürlich manche Leute einfach angenehm, die will man öfter sehen, aber egal ... Ich hab mir sagen lassen, dass in größeren Familien das Problem noch schlimmer ist, wenn man herausfinden will, wem der Besuch des ältesten Kindes zuteil wird, wem von einem der Anführer, wem von einem jüngeren Kind und wem von einem angeheirateten Verwandten. Wenigstens konnten Dad und ich nur an zwei Orten gleichzeitig sein, und da er der Familienvorstand war, bis ich meine Voll-Erwachsene hatte, mussten wir zu jedem Zeitpunkt nur zwei mögliche Termine ausmachen und Dad zum jeweils wichtigeren delegieren.

Es war ganz schön kompliziert. Ich kannte Familien, bei denen hatten die Brüder einen gemeinsamen Haushalt beibehalten und die ältesten Kinder waren Zwillinge, dazu kamen noch ein Großvater und eine Großtante, und schon hatte man vier Vorstände, zwei Älteste, zwei dazugehörige Verwandte und ungefähr ein halbes Dutzend gemeinsamer und mitgebrachter Kinder ... Man kam mit Zählen kaum nach, diese Leute vermehrten sich wie die Karnickel. Sie kamen immer schon zwei Tage früher zum Treffen, nur um ihre Planung einigermaßen auf die Reihe zu kriegen.

»Na schön«, meinte Dad, nachdem wir uns ungefähr eine halbe Stunde mit unseren gesellschaftlichen Problemen herumgeschlagen hatten, »wir haben noch eine Mehrfachkontaktperson übrig, aber das ist Kindness, mit dem lässt sich so was immer ziemlich locker ausmachen. Er kriegt also zwei Besuche und hat auch schon für das Essen bei den Wangs zugesagt, und die Wangs stehen ganz oben auf unserer Einzelbesuchsliste, also ergibt sich wahrscheinlich auf diesem Wege eine Möglichkeit.«

»Wie kommt es, dass die Wangs auf unserer Liste so weit nach oben gerutscht sind?«

»Sie gehören zu den besten Großgruppenführern dort draußen. Sie haben Gruppen mit bis zu fünfzig Familien durch Projekte von zwei und sogar drei Laufzeiten geführt. Wenn unser Visier mit ihnen warm ist, können wir sie vielleicht dazu überreden, eine Gesellschaft zu gründen, die das Gebiet rings um den großen Gaseinschluss öffnet, insbesondere dann, wenn dort, dank meiner genialen Tochter, schon bald eine Straße existiert. Die Wangs sind so ziemlich die besten Leute, die ich mir für ein solches Projekt vorstellen kann.«

Ich überflog ihren Eintrag und sagte: »Du hast Recht. Hmm. Und du hast nicht mehr mit ihnen zusammengearbeitet ... seit ich drei war, deshalb kann ich mich nicht daran erinnern. Na schön, du hast Recht. Dann ist das Abendessen bei den Wangs ein absolutes Muss, und nebenbei bekommen wir damit noch einen Termin mit Kindness unter einen Hut. Abgesehen davon sind sie alle alte Freunde, die du gerne wiedersiehst.«

»Nein, da musst du hin, Teri. Ich muss mich mit einer alten Clique von Mitgesellschaftern betrinken und einen draufmachen, die Leute von dem Waldprojekt damals, noch bevor du geboren wurdest. Da sind immer noch fette Tantiemen in der Schwebe, und es ist schon ewig lange her, dass wir alle mal wieder auf einem Fleck zusammengekommen sind. Also gehst du zum Essen bei den Wangs, und ich trinke mit Kindness am folgenden Abend ein paar Gläser. Ganz schön blöd, was? Er und ich haben uns in dem Jahr vor deiner Geburt kennen gelernt und sind seither gute Freunde, und wir wissen beide, dass wir auch dann noch gute Freunde wären, wenn wir uns erst nach zwanzig Jahren wiedersähen, deshalb wäre es nicht sonderlich schlimm, wenn wir uns bei einem Treffen mal nicht sehen, aber wir müssen zwei Termine miteinander ausmachen. Was das angeht, würden die Leute wahrscheinlich denken, dass wir wieder Partner werden wollten, wenn wir uns dreimal träfen, auch wenn wir einfach nur Lust darauf hätten, uns dreimal zu sehen. So was Blödes.«

Ich verdrehte die Augen. »Pschsch, Dad, es ist doch so einfach und kinderleicht, dass wir es sogar in der Schule lernen. Das alles ist so wichtig, weil du und Kindness allen anderen damit zeigt, dass man sich auf eure Freundschaft verlassen kann, denn falls sie dir ein Angebot machen wollen, an dem ihr beide als Gesellschafter beteiligt sein sollt, oder sogar wieder als Team, müssen sie wissen, dass ihr zwei immer noch gut miteinander klarkommt, damit sie, wenn sie das Geschäft davon abhängig machen, keine Bedenken haben müssen, dass ihr euch trennt oder streitet oder dass einer von euch sich freikauft und lebenswichtige Fähigkeiten mitnimmt.«

»Reicht ihnen unser Wort denn nicht aus?«, fragte Dad. Er setzte sein gespielt blödes Lächeln auf, das einen manchmal absolut zur Verzweiflung bringen konnte.

»Dad!«

»Ich wollte mich nur vergewissern, dass du, ob du es zugibst oder nicht, in der Schule *doch* was gelernt hast. Jedenfalls früher mal. Und dieser Punkt hat auch, Zufall oder nicht, etwas mit dem Angebot zu tun, das ich dir machen will.«

Fast hätte er mich dazu gebracht, dass ich es auf der Stelle wissen wollte, aber ich durchschaute sein Manöver und hielt mich zurück. Also zuckte er mit den Achseln, und wir widmeten uns wieder unserem gesellschaftlichen Terminkalender, aber meine Gedanken schweiften immer wieder ab. Wenn er mir die Nase so lang machte, wusste ich, dass Dad wirklich glaubte, er hätte etwas, aber ich kam einfach nicht drauf, worum es sich handelte.

Schließlich aßen wir einfach nur weiter, weil das Essen so gut war, und wünschten uns, irgendwo in uns drin mehr Platz zu haben, wo wir noch mehr davon unterbringen konnten, damit es immer weiter über unsere Geschmacksknospen streichen konnte. Eigentlich sah unser gesellschaftlicher Terminkalender einigermaßen vernünftig aus. Wir hatten mit so gut wie jedem Bestätigungen ausgetauscht, und es war uns gelungen, die erforderliche Anzahl von Zusammentreffen mit fast allen auszumachen, die wir unbedingt treffen mussten, und obendrein mit noch ein paar anderen Leuten, die wir nur gern wiedersehen wollten. Nachdem wir alles doppelt überprüft hatten und beide damit zufrieden waren, sagte Dad: »Dann also ab in die Wanne?«

Wir warfen das Geschirr in den Zerkleinerer, schälten uns aus unseren Wickies und saßen kurz darauf im warmen Wasser. Dad hatte draußen einen hervorragenden Bimsstein gefunden – davon gibt es mehr als genug auf dem Mars, man muss nicht lange danach suchen –, und kurz darauf rubbelten wir uns die alte Haut vom Körper und gegenseitig den Rücken, als wollten wir uns total schälen. Als wir mit der ersten Rubbelrunde fertig waren, gab Dad das Salz hinzu, und wir streckten uns beide wohlig zur ersten Runde Einweichen aus, die Köpfe auf die Wannenkissen gestützt, damit die Ohren über Wasser blieben und wir einander hören konnten.

Ich sah zu, wie der Dampf zu den Kondensatoren im oberen Bereich des Taji aufwirbelte, sah die durchsichtigen Röhren dort pulsieren und das gereinigte Wasser hinabrinnen, um den Protolyzer zu versorgen, unsere Tanks aufzufüllen und den Hydrokatalysator zu speisen, der die Energiezellentanks auffüllte. Ich dachte daran, dass die Taji-Wände dünner als unsere Haut waren, an die vielen Kim dunkler Luft dahinter, die zu dünn zum Atmen war, bis zum nächsten winzigen Taji, und an all die leeren Kim auf dem Mars, die ganz langsam erwachten nach einem tiefen, neunzig Millionen Jahre währenden Schlaf, besprenkelt mit weit voneinander entfernten Tajis, wie eine Hand voll Pfeffer, die über die Kollektorplanen einer ganzen Großstadt verstreut war. Und über all den Tajis und der offenen Marswüste mit ihren *skoshi* Inseln aus Wald und Grasland die gewaltige Leere zwischen den Planeten ... zwischen all dem und uns gab es nur den dünnen Film des

Taji-Dachs, das so nah war, dass ich es, wenn ich wollte, mit Badewasser bespritzen konnte ...

»Du schläfst mir doch nicht etwa ein, Teri?«

»Es war ein langer Tag«, gab ich zu, »und manchmal gehen die Gedanken einfach so mit einem durch. Tut mir Leid. Wir wollten ja noch über deine Idee sprechen, die mich dazu bringen soll, mich einer freiwilligen Folter zu unterziehen.«

»So würde ich es zwar nicht unbedingt ausdrücken, aber vielleicht kann ich dich ja doch noch ein kleines bisschen für eine weitere Schulausbildung interessieren. Vergiss nicht, du musst nicht ja sagen, eigentlich erwarte ich das auch nicht von dir, aber ich würde es doch sehr begrüßen, wenn du mir wenigstens aufmerksam zuhörtest.«

»Na gut, so viel kann ich versprechen«, sagte ich, und ich meinte es auch so. Die ganze Sache mit Perry lag mir noch schwer im Magen, ich brauchte irgendeine Ablenkung, und obwohl es kaum ein weniger interessantes Thema als Schule gibt, war es immerhin ein Thema, das nichts mit Perry zu tun hatte. Wenigstens dafür war Perry gut.

Und der Gedanke daran, wie gewaltig und leer es tatsächlich dort draußen war, hatte mir, warum auch immer, eine ziemliche Gänsehaut verpasst. Deshalb konnte ich, obwohl sich das Gespräch um eine Idee drehte, die ich absolut verabscheute, dieses eine Mal, wenn es denn sein musste, so lange zuhören, bis mir das Blut aus den Ohren laufen würde.

»Na schön, dann will ich dir mal erklären, wie ich darauf gekommen bin, nach dieser Lösung zu suchen, die ich letztlich gefunden habe.« Er verschränkte die Hände hinter dem Kopf auf dem Polster und krümmte den Rücken, um etwas weiter oben zu treiben. So dünn wie er war, musste er das Wasser immer voll salzen, um überhaupt darin schweben zu können. »Zunächst mal muss ich sagen, dass sogar ich begriffen habe, dass es eigentlich nicht sinnvoll wäre, dich die CSL beenden zu lassen. Also habe ich darüber nachgedacht und mich gefragt, ob es überhaupt einen Grund für dich gibt, in die Schule zu gehen, und mir sind nur drei Gründe eingefallen, die mir richtig wichtig sind. Der erste bist du: Ich wollte, dass du eine gewisse Sicherheit hast, in dem Sinne, dass du nicht irgendwann mittellos dastehst und verhungerst, aber dafür haben wir heute ja vorgesorgt, stimmt's, Teri-Mel?«

»Das kann man wohl sagen«, nickte ich, und wir stimmten beide unser lautes Jubelgeheul an, das sich in einem Taji voll besser anhört als draußen in den Roundings, wo es nur über Com übertragen wird. Wahrscheinlich ist das ziemlich hirnrissig, aber schließlich wird man nicht jeden Tag reich, und die Vorstellung war immer noch ganz neu und frisch und einfach toll.

»Die zweite Sache, die ich wollte, ist die, dass du mehr Sicherheit haben solltest, indem dich deine Ausbildung in die Lage versetzt, verschiedene Berufe auszuüben oder einen neuen Beruf zu erlernen, falls das notwendig sein sollte. Und obwohl der Treffer das alles soeben irrelevant gemacht hat, läuft es letzten Endes doch immer darauf hinaus, dass sich Regeln verändern und neue Situationen entstehen, und da ist es immer gut, wenn man Fähigkeiten erworben hat, die man anbieten kann, denn mit einer gefragten Fähigkeit ist man niemals absolut aufgeschmissen, verstehst du?

Natürlich besteht jetzt kein großer Grund zur Sorge mehr, dass du jemals Pleite gehen könntest. Ich kann mir keine Veränderung vorstellen, die dir diesen Haufen Geld jemals wegnehmen könnte oder deine Rechte an diesem Tal, aber wenn man einige unserer älteren Leute von der Vierten Welle fragt, die haben in den 2040er Jahren auf der Erde in Häusern gewohnt, die ihren Familien schon seit Ewigkeiten gehörten, und sie haben das Große Sterben überlebt und es geschafft, sie während des Wiederaufbaus nicht an die Regierung oder irgendeine PSC zu verlieren und sie durch alle diese Wirren zu behalten – und dann *zack!* kommt der Krieg der Meme daher, und über Nacht werden ganze Familien zu Flüchtlingen, und ein paar Jahre später, als OneTrue alles übernimmt, haben sie Glück, dass sie mit ein paar Klamotten zum Wechseln überhaupt noch von der Erde wegkommen.

Und ich bin sicher, dass Leute dabei waren, die aus Gegenden stammten, die es heute überhaupt nicht mehr gibt, wie Holland oder das erste Supra-Berlin, und die dachten auch einmal, sie müssten sich über gar nichts mehr Gedanken machen. Was hat dieser Politiker aus grauer Vorzeit gesagt ... Das lernt man doch immer noch in der Schule ...?«

»Das war Heinrich IX., Dad, ich weiß, welches Zitat du meinst. Der König der Chirurgen, als er an Bord der *Albatros* kam, der sagte, dass es besser sei, lebendig, arm und in Lumpen zu sein als tot, reich und gekrönt. Und du findest also, ich sollte weiter in die Schule gehen, um mir die zusätzliche Ausbildung zu verschaffen, um die du dir Sorgen machst?«

»Nein, ich wollte nur ehrlich zu mir selbst sein, Teri, und Tatsache ist nun mal, dass du ein erstklassiger Ökospektor bist, voll und ganz, und aller Wahrscheinlichkeit nach werden, wenn es zur großen Aussiebung kommt, zuerst die Faulen, Dummen, Unflexiblen und Fantasielosen durch die Maschen fallen – und die Pechvögel. Was das angeht, könntest du allerhöchstens zu den Pechvögeln gehören, Teri-Mel. Und davor ist niemand gefeit. Meiner Meinung nach bist du also so sicher, wie es nur geht. Abgesehen davon, eignet man sich als Ökospektor so manch andere Fähigkeit an: Du beherrschst deine Mathematik und ein halbes Dutzend anderer Fähigkeiten, wegen derer man dich anstellen könnte. Ich kann mir einfach nicht vorstellen, dass du jemals in die Verlegenheit kommst, dir deinen Lebensunterhalt nicht verdienen zu können, es sei denn, die ganze Welt wird auf den Kopf gestellt.«

»Dann fällt Grund zwei also ebenso weg wie Grund eins?«

»Genau.«

»Und wie lautet der dritte Grund?«

»Grund drei war der allerpeinlichste, denn ehrlich gesagt, bin das eigentlich nur ich. Ich hätte gern, dass meine Tochter ein Diplom hat, einen offiziellen Abschluss oder so was, weil mir das nicht vergönnt war. Es ist dumm, aber so geht es mir nun mal damit. Bist du bis dahin einverstanden?«

»Wenn du mich davon überzeugen willst, dass ich weiter

zur Schule gehen soll«, antwortete ich und räkelte mich im warmen Wasser, »dann habe ich irgendetwas nicht richtig kapiert.«

Er stieß sich vom Rand ab, tauchte den Kopf unter Wasser, ließ ein paar Luftblasen aufsteigen und kam dann keuchend und schnaubend wieder hoch. Er rieb sich über das Gesicht und sagte: »O Mann. Theoretisch kommen die Leute auch ohne aus. Womit bewiesen wäre, dass die Theorie falsch ist. Also, woran ich gedacht habe, endlich, und woran ich schon seit Ewigkeiten hätte denken sollen, war: Was möchte Teri eigentlich? Was würde sie dazu bringen, weiterhin zur Schule zu gehen? Also habe ich in allen möglichen Sites und Texten gesucht, und *bingo!*, da war's. Etwas, womit du deine eigenen Wünsche voranbringen kannst, statt ständig in Konkurrenz dazu zu stehen. Hast du schon gehört, dass die Universität von Red Sand City demnächst auch Diplome und Abschlüsse in allen möglichen Spezialbereichen anbietet?«

»Ich glaube nicht, dass ich jemals eine Uni besuchen möchte, Dad, das wären ja noch mal sechs Jahre Schule, selbst wenn sie mich nehmen würden, was mir bei meiner schulischen Vergangenheit höchstwahrscheinlich nicht passieren dürfte, schon deshalb nicht, weil ich noch ein weiteres Jahr CSL-Schule bräuchte, um mich zu qualifizieren. Aber sag mal, was wollen sie denn alles anbieten?«

»Genau die Lösung für dein Problem. Ich habe sogar gleich mehrere Artikel vom Bildungsministerium gefunden, in denen erklärt wird, dass Leute wie du seit jeher dafür vorgesehen waren, dass der Unterrichtsplan genau auf sie zugeschnitten ist, und sie sich jetzt melden sollen, denn wegen solcher Leute werden diese Studiengänge überhaupt erst aufgelegt.

Wie du weißt, brauchten wir seit dem Wiederaufbau nach dem Eurokrieg in erster Linie Leute, die von einem Job zum anderen wechselten, immer und immer wieder. Wir haben sie zu Polizisten ausgebildet, dann zu Ingenieuren, dann zu Lehrern, anschließend wurden sie Mediziner und dann vielleicht wieder Ingenieur. Das müssen Leute sein, die sich nicht beschweren und keinen Ärger machen und sich nicht an ihrem alten Job festklammern. Deshalb haben Leute wie mein Großvater und Phil Comasus und andere das CSL-System überhaupt erst entwickelt. Es war darauf ausgelegt, übergeordnete Lernfähigkeiten zu stimulieren, die dich dazu befähigen, jedes neue Thema anzugehen, und dir beibringen, Probleme zu suchen und mit Freude zu lösen.«

»Aber Dad, ich lerne nun mal nicht gern.«

»Welche Stelle ist die beste in *Schuld und Sühne?*«

»Ach, das hab ich doch außerhalb der Schule gelesen, ich brauchte einfach eine gute Geschichte ...«

»In welcher Hinsicht ist Hamlet wie Raskolnikow?«

»Genau deshalb geht mir die Schule auf den Keks. Das ist eine blöde Frage, denn jede mögliche Antwort ist entweder trivial, sodass sie sich in nichts auflöst, wenn man sie näher betrachtet, oder sie ist so tief vergraben, dass man beide Geschichten vergessen hat, bevor man drauf gestoßen ist ...«

»Woher weißt du, dass jede mögliche Antwort so gestrickt ist?«

Ich verstand absolut nicht, warum wir ausgerechnet jetzt über Schulstoff redeten, schon gar nicht über Zeugs, das vor ein paar Jahren dran war, aber andererseits war es eine so dumme Frage, dass ich mich fragte, ob Dad überhaupt jemals zur Schule gegangen war. »Weil die primäre Transformation zur Dekodierung jedes dieser beiden Charaktere so ziemlich eine Umkehr der Wahrscheinlichkeit darstellt, ich meine, es ist doch nur logisch, es sei denn, man ist absichtlich pervers oder versucht sich in Gegensemiosis, und von der Wahrscheinlichkeit her ist es mindestens eine zweitrangige – wenn nicht sogar noch minderwertigere – Transformation zu jeder thematischen Struktur, in der man alle möglichen Ähnlichkeiten findet, die von Bedeutung sein könnten, und an diesem Punkt ist die Überschneidung von Ähnlichkeiten, die du konstruiert hast, mindestens drei Grad von beiden Werken entfernt, und jede Verbindung zwischen ihnen hat eine so geringe Absichtswahrscheinlichkeit, dass – *hör sofort auf zu lachen, du Mistkerl!*«

Er lachte noch lauter, also schnappte ich mir seinen Fuß und zog so fest daran, dass er vom Kopfpolster abrutschte und ins warme Wasser glitt. Worauf sich eine Wasserschlacht entwickelte, die zweier Erwachsener absolut würdig war, gefolgt von gegenseitigem Untertauchen auf einer betont reifen Ebene, was damit endete, dass wir hemmungslos kicherten, womit wir unsere total abgeschlossene emotionale Entwicklung unter Beweis stellten. Zumindest hoffte ich, dass die Beobachter, falls sie mich im Auge hatten, das zur Kenntnis nahmen.

Dann hielten wir es für die beste Idee überhaupt, einander noch einmal den Rücken abzuschrubben und uns selbst ringsum zu schrubben, um zu sehen, wie viel tote Haut da noch runterzuholen war. Am Ende dieses Prozesses waren wir beide so rosa wie gekochte Flusskrebse, und dem Gefühl auf meiner Haut und der Intensität, mit der ich Dads Rücken gescheuert hatte, nach zu urteilen, hätte das Wasser in der Wanne inzwischen Suppe sein müssen. »Noch ein *skoshi* Salzlauge, bevor wir Frisches einlaufen lassen?«

»Hört sich gut an. Worüber lachst du denn jetzt schon wieder?«

»Über jemanden, der sämtliche grundlegenden CSL-Fähigkeiten drauf hat und sie hervorragend anwenden kann und trotzdem glaubt, sie hätte keinen Spaß am Lernen, nur weil sie nicht gern in die Schule geht. So viel zum Thema grundlegende Verwirrung!

Außerdem passt das hervorragend zu dem Artikel, von dem ich dir erzählt habe. Darin wurde behauptet, die Gesellschaft produziere immer die Sorte Jugendlicher, die sie in ihren Schulen *braucht,* und nicht die Sorte, die sie zu brauchen glaubt, oder die Sorte, die sie zu brauchen behauptet oder für ideal hält.

Beispielsweise brauchten sie in diesen alten Dingern vor der CSL, die sie *weiterführende Schulen* nannten, in der Hauptsache Leute, die Papiere hin und her schoben und sich gegenseitig in den Hintern krochen, also brachten sie einigen Kids bei, die gleichen Blabla-Geräusche von sich zu geben wie die üblichen Verwaltungsbeamten. Außerdem brauchten sie Kids, die die eigentliche Arbeit erledigten, aber von denen hatten sie zu viele, also hielten sie die restlichen Kids vom Arbeitsmarkt fern. Der ersten Gruppe brachten sie bei, undefinierbare Geräusche zu jedem beliebigen Thema abzusondern, genau wie die Geräusche in den Medien, und behaupteten, das sei das sogenannte Wissen; den anderen, die sie auf Halde hielten, brachten sie bei, Lernen und Wissen sei nur was für eingebildete Schnösel. Damit bekamen sie genau das, was sie brauchten, eine rangniedere Gruppe, die nie etwas lernte, weil man ihr nie beigebracht hatte, dass sie etwas lernen wollte, und eine ranghohe Gruppe, die nie etwas lernte, weil sie glaubte, die Blabla-Geräusche seien alles, was es zu wissen gab. Das System bestärkte sich sogar gegenseitig, denn die oberen hielten die unteren für dumm, weil die unteren keine Blabla-Geräusche von sich gaben, und die unteren dachten, sie hätten keinen Spaß am Lernen, weil sie diese Blabla-Geräusche nicht ausstehen konnten. Es funktionierte geradezu perfekt, für fast jeden.«

»Und *dahin* wollen wir wieder zurück?« Zum ersten Mal in meinem Leben war ich froh darüber, eine CSL-Schule besucht zu haben.

»Nein. Das war nur ein Beispiel dafür, dass jede Gesellschaft die Kids hervorbringt, die sie braucht. Bis ungefähr zum Jahr 2000 brauchten wir niemanden, der besonders klug oder tüchtig war. Was wir brauchten, waren Leute, die Waren kauften und Regeln befolgten.«

»Wirklich schade, dass du damals nicht schon gelebt hast, Dad. Du hättest bestimmt ganz tolle Blabla-Geräusche von dir gegeben.«

»Wahrscheinlich hast du Recht. Gut. Doch dann kriegten wir diese grässliche Endloskrise, angefangen vom Großen Sterben bis zur Vierten Welle, ungefähr siebzig Jahre eine

Scheiße nach der anderen, bis schließlich die ganze Welt total umgekrempelt war. Und jeder musste sich anpassen, anpassen, anpassen, und nur damit die Gattung am Leben blieb, brauchte man Leute, die alles Mögliche lernen wollten und alles, was sie wussten, auch anwenden konnten, ständig und immer wieder. Man konnte sich nicht mehr leisten, dumm zu sein, man konnte sich nicht mehr leisten, dass der Nachbar dumm war.

Aber – und darauf wollte der Artikel hinaus – das funktioniert nur in einer unstabilen Welt, in der sich ständig alles verändert, und wir bewegen uns endlich wieder in Richtung einer stabilen Welt, so wie sie vorher existiert hat, und wenn wir Glück haben, bleibt sie dann auch hundert Jahre so.

Da stand, dass die gegenwärtige Schülergeneration die Schule nicht mag, weil sie keinen Zusammenhang mit dem wahren Leben erkennt, denn zum ersten Mal seit mehreren Generationen haben wir wieder ein ›wahres Leben‹, in dem man wirklich leben möchte. In den vergangenen hundert Jahren war das Leben draußen meistens beschissen, das hat jeder Blödmann erkannt, deshalb wollten alle möglichst lange in der CSL bleiben, denn dort war es interessant, man hatte seine Freunde, und es gab immer etwas zu tun. Manchmal ging man auch nur hin, weil man dort geschützt war, zu essen bekam und einen warmen Platz zum Schlafen.

Der Artikel versuchte, meiner Generation die deine zu erklären, und eine Sache, die sie erwähnten, war, dass im Gegensatz zu den meisten von uns, die die Welt draußen als hässlich empfinden und das Gefühl haben, wir hätten die Schule zu früh verlassen müssen und deshalb zu viel versäumt, beinahe alle von euch eine Welt sehen, in der die Menschen etwas tun, Geld verdienen und alles Mögliche erreichen. Ihr wollt raus und es genauso machen, deshalb habt ihr kein Sitzfleisch für die Schule. Und auch für vieles andere nicht, wie ich ihnen hätte sagen können. Deshalb werden wir uns wieder auf eine schlankere Ausbildung besinnen, die mehr mit dem zu tun hat, was euch gefällt und was ihr wollt, und weniger mit dem, was die Welt braucht. Ich glaube nicht, dass wir jemals wieder zu den institutionalisierten Idiotenfabriken zurückkehren, die es im zwanzigsten Jahrhundert gab, aber es ist einfach nicht sinnvoll, jemanden dafür auszubilden, dass er in seinem Leben sechzehn verschiedene Jobs erledigt, wo er doch nur einen ausüben und dabeibleiben kann. Es würde die Menschen bloß unglücklich in dem einen Job machen, den sie haben, und vielleicht würden sie ihn sogar schlecht machen.

Aber zurück zu den Zeiten, in denen dein Urgroßvater Uni-Professor auf der Erde war. Damals erwarben nur sehr wenige Studenten einen allgemeinen Hochschulzugang. Sie erhielten vielmehr entweder eine Spezialistenausbildung zu irgendeinem akademischen Fach, etwa Mathe oder Literatur, oder sonst ein Diplom in einem nützlichen Beruf wie Ingenieurwesen oder Lügen.«

»Es gab kein Diplom in Lügen!«

»Ha! Das Erste, was mein Großvater im Berufsleben lehrte, war etwas, was sich ›Kommunikation‹ nannte. Sieh dir gelegentlich mal den Lehrplan an und sag mir dann, dass es keinen Abschluss in Lügen gibt! Aber mal im Ernst, das gehörte wirklich zu ihrem Plan, möglichst viele Leute vom Arbeitsmarkt fern zu halten. Ich weiß, es ist kaum zu glauben, aber damals gab es tatsächlich einen Überschuss an Arbeitskräften, und man versuchte allen Ernstes, die Leute so lange wie möglich in der Schule zu behalten, indem man ihnen die Gelegenheit bot, etwas zu studieren, das ihnen hinterher einen besseren Job versprach oder das ihnen in dem Job, den sie hatten, Vorteile verschaffte, oder das ihnen vielleicht einfach nur dabei half, vor jemandem besser dazustehen, der ihnen womöglich einen Job besorgen konnte. Es war eine ziemlich verrückte Zeit in der Geschichte, wirtschaftlich wie gesellschaftlich gesehen, deshalb ist heute nur schwer nachzuvollziehen, worin eigentlich der Sinn und Zweck all dessen lag. Manche der alten Videos vermitteln einem den Eindruck, dass alle nur deshalb in der Schule waren, um sich schick anzuziehen, sich zu betrinken, zu vögeln, in die Luft zu springen und laut ›Jippiiie‹ zu schreien. Was einem wiederum auch nicht widersinniger vorkommt als alles andere, was so veranstaltet wurde, um die Zeit zu überbrücken, bis man einen Job bekam. Der springende Punkt ist jedoch der, dass die Leute damals ihre Uni-Jahre nicht damit verbrachten, sich so viel Wissen wie möglich anzueignen, Methoden zu erlernen, wie man an Informationen herankommt, oder möglichst viele CSL-Kurse zu belegen. Ein Student, der Arzt werden wollte, studierte Biologie und dann Medizin, ein Student, der Anwalt werden wollte, studierte Politik, die Abfassung von Schriftstücken und Jura und so weiter.«

»Hört sich für mich voll beschränkt an«, sagte ich. »Was machten sie denn, wenn eine Ärztin rechtliche Probleme hatte?«

»Dann musste sie einen Rechtsanwalt dafür bezahlen, dass er sie für sie löste. Das ist gemeint, wenn in euren Geschichtsbüchern von ›quasi-permanenter Arbeitsteilung‹ gesprochen wird. Entscheidend ist jedoch, *wenn* eine Gesellschaft genug Menschen hat und *wenn* die Bedürfnisse der Gesellschaft stabil sind und nicht aus einer Abfolge von Krisen bestehen, womit sich unsere Gesellschaft herumschlagen muss, seit Präsident Bush an *mut*AIDS erkrankte und das Große Sterben anbrach, also wenn man grundsätzlich in mehr oder weniger normalen Zeiten lebt und die Leute nicht die Regelbücher zerreißen und alle paar Jahre etwas Neues machen müssen, dann ist dieses quasi-permanente Soundso tatsächlich die effizienteste Methode, die Probleme anzugehen. Es zahlt sich nicht aus, wenn ein Maurer darüber nachdenkt, wie man eine Eisenbahnstrecke verlegt und wie die wahrscheinliche genetische Sequenz aussieht, die genmodifizierte Reiskiller so ansteckend macht. Das macht ihn im besten Falle zu einem untüchtigen Maurer, der mit seinen Gedanken ständig woanders ist, schlimmstenfalls bedeutet es, dass man einen talentierten Logistiker oder Genetiker hat, der seine Zeit damit vergeudet, Backsteine aufeinander zu schichten. Falls die Welt in einen normaleren Rhythmus zurückfindet, in dem die Leute besser abschätzen können, was in den kommenden Jahrzehnten auf sie zukommt und in welche Richtung sich alles entwickelt, dann braucht man tatsächlich wieder Spezialisten. Natürlich nicht unbedingt Fachidioten, damit fordert man eine gesellschaftliche Katastrophe heraus, aber doch Leute, die ihr Handwerk mehr als nur gut verstehen.

Darin bestand der Sinn und Zweck der allgemeinen Hochschulreife oder eines technischen Diploms. Dieser Abschluss bedeutete für gewöhnlich, dass du eine unzureichende, abgespeckte Version eines Hochschulabschlusses erlangt hast, worauf du noch mehr Zeit damit verbringen konntest, ein spezielles Thema oder eine Fachrichtung zu studieren. Ein technisches Diplom bekam man nach zwei Jahren, in denen man nichts anderes tat, als genau das zu studieren, was man hinterher im Beruf brauchte, man wusste also darin recht gut Bescheid.« Er streckte sich, ließ sich wohlig nach oben treiben und sagte: »Wir können das Wasser austauschen oder noch einmal aufwärmen und ein bisschen länger drinbleiben.«

»Ganz klar: wärmen und drinbleiben. Gut, ich gebe zu, wenn mir jemand eine Pistole an den Kopf halten und sagen würde, ich muss zur Schule gehen, aber ich könnte ein Technikerdiplom bekommen oder die CSL-Schule fertig machen, dann würde ich mich für das Diplom entscheiden. So wie ich lieber einen gebrochenen Finger als einen gebrochenen Arm hätte.«

»Ich dachte mir, dass du so reagierst«, sagte Dad und lächelte. »Ich will nur rasch zu Ende erzählen. Es geht darum: Die Uni von Red Sands City bietet demnächst einen zweijährigen Diplomstudiengang für Ökospektoren an. Zugelassen wird jeder, der seinen Erwachsenen-Abschluss bestanden hat, und nach allem, was ich in den vergangenen paar Tagen gesehen habe, dürfte dir das keine Schwierigkeiten bereiten. Das meine ich auch in Sachen Gefühlsebene. Was das angeht, habe ich keine Zweifel mehr, absolut nicht.

Du hast seit jeher genug Grips dafür gehabt, und auch den Stress hast du sehr gut bewältigt.«

Meine Augen zwickten einen Moment lang fürchterlich. Ich fragte mich, ob ich ihm sagen sollte, wie mies es mir hinsichtlich Perry ging und wie unsicher diese ganze grässliche Sache immer noch war. Ich tauchte unter und rieb mir das Gesicht unter Wasser, ließ eine Wolke warmer Blasen um mich herum aufsteigen und kam wieder hoch, wischte mir über das Gesicht und prustete Luft und Wasser. »Na denn ... vielen Dank.«

»Ist nur meine Einschätzung, so genau sie mir eben möglich ist«, sagte Dad. »Ich bin überzeugt davon, dass du deinen Erwachsenen-Abschluss locker absolvierst, auch wenn ich mir vor ein paar Tagen noch nicht so sicher war, und damit bist du qualifiziert. Es funktioniert folgendermaßen: Du verbringst drei Viertel deiner Zeit in einer sogenannten Praxisausbildung, irgendwo draußen in den Roundings, wo du Planetologen und Genokologen und anderen dabei hilfst, die Daten zusammenzustellen, die wir alle benutzen. Ich weiß nicht genau, wie viel Praxis und wie viel Schule das sein wird, aber es dürfte dir besser gefallen als immer nur Klassenzimmer. Es ist mehr oder weniger das, was wir beide jetzt auch tun, nur sucht ihr nicht nach profitablen entwicklungsfähigen Ressourcen, sondern nach interessanten Neuigkeiten, nach Dingen, die noch nicht bekannt sind, und daraus entwickelt ihr dann neue Informationen. Bei dem restlichen Viertel, das du in Red Sands City verbringst, geht es zum Großteil um fortgeschrittene Naturwissenschaften und Mathematikunterricht, was zu einem tieferen Verständnis der Arbeit vor Ort dienen soll, und das hat dir ohnehin schon immer Spaß gemacht. Du lernst also auch ein bisschen weiterführende Planetengeschichte, aber alles dreht sich darum, weshalb gewisse Fossilien über Aquiferen gefunden werden, und um anorganische Chemie, also was steckt in den Steinen und könnte für einen Ökospektor wichtig sein, dazu solide Grundkenntnisse in Molekulargenetik, aber in erster

Linie geht es um einen Einblick in die Genstruktur von Erdpflanzen und Erdtieren, um diese Eiszeit-, $CO_2$-intensiven oder Extremhöhen-Sequenzen in der DNS zu finden und sie an den Mars anzugleichen, also hinsichtlich angewandter Klimagestaltung und Meteorologie ...«

Ich wusste wirklich nicht, was ich mit all dem, was auf mich einstürmte, anfangen sollte. Klar, ich mag Geld, ich habe auch nichts gegen Erfolg, und ich hatte mich noch nie so gut gefühlt wie ein paar Stunden vorher an jenem Tag, als wir einen Oberflächentreffer angebohrt haben. Aber ich hatte immer schon wissen wollen, warum die Dinge so sind, wie sie sind, und ich habe Unmassen meiner Lesezeit draußen vor Ort verbracht, und wenn ich in der Schule noch Büchereizeit übrig hatte, habe ich mich immer wissenschaftlich auf dem Laufenden gehalten und über die neuesten technischen Entwicklungen informiert. Deshalb erschien mir die Idee, zwei Jahre hauptsächlich draußen in den Roundings zu verbringen, einfach nur zu forschen und zu lernen, ohne sich Gedanken um Geld zu machen ... mit echten Wissenschaftlern, die einem alle Fragen beantworten konnten, und mit Mitschülern, die genauso dachten wie ich, geradezu faszinierend ...

Gleichzeitig wusste ich, dass Perry niemals damit einverstanden sein würde. Klar, er hatte seine Voll-Erwachsene, und soviel ich weiß, waren seine Noten, bevor er von der CSL abging, einigermaßen in Ordnung gewesen, aber wenn man unterm Strich fragte, was ihn am Beruf des Ökospektors am meisten begeisterte und welche von meinen Talenten ihn am meisten beeindruckten, gehörte nichts davon zu den Sachen, die an einer Universität gemacht werden. Er hüpfte gern durch die Gegend, sprang gern über Felsbrocken, sprengte gern Löcher in den Boden, zog möglichst rasch weiter und verließ sich am liebsten auf sein Glück.

Eines der wenigen Male, als Perry und ich uns stritten, war in der einzigen Saison, die er gemeinsam mit mir und Dad verbrachte, und zwar deshalb, weil wir uns gern viel Zeit zum

Aufstellen von Pingern nehmen, damit wir ein Bild davon erhalten, was sich direkt unter uns befindet, und Perry meinte, dass man, wenn es sein muss, ebenso gut ein paar Fehlbohrungen machen kann, bis man schließlich etwas findet. Er wollte einfach nicht kapieren, warum wir so viele Stunden an dem kleinen Unterschied zwischen gut und optimal arbeiteten.

Perry konnte vielleicht nachvollziehen, warum jemand in der Lage sein sollte, das Fossil eines Squitschie zu identifizieren, einer marsianischen ›Laufqualle‹, eines Bewohners fast aller der letzten fließenden Gewässer des Planeten, denn man fand sie oft über Aquiferen, aber er würde nie, niemals begreifen, warum man etwas mehr über den Squitschie wissen wollte, außer dass möglicherweise Wasser unter ihm zu finden war. Er sah ein, dass es nützlich sein konnte, einen Sandsturm vorherzusagen, aber er sah nicht einen Grund dafür, warum das besser und angenehmer war, als lediglich sein Taji in Schuss zu halten und immer zu wissen, auf welcher Seite des Felsens man es aufstellte.

Außerdem wurde mir klar, dass alles darauf hindeutete, dass ich ihn verlieren würde. Irgendwie passten wir nicht mehr so gut zusammen wie früher. Die Anrufe kamen mir immer gezwungener vor und ... na ja, es lag wohl *defpos* daran, dass wir schon zu viel Zeit getrennt voneinander verbracht hatten.

Wie ich Perry kannte, konnte ich ihn garantiert nicht dazu bewegen, mit mir die Uni von Red Sands City zu besuchen, oder, falls er mitgehen würde, mit Konzentration bei der Sache zu bleiben, aber selbst wenn er mich nach dem Studium noch heiraten würde, befürchtete ich, auch wenn ich es nicht gern zugab, dass er nicht darauf hören würde, was ich sagte, wie fundiert es auch sein mochte – und sich aus neun Zehnteln von dem, was ich wusste, nicht das Geringste machen würde.

Es kam mir ziemlich unfair von der Schule vor, dass sie schließlich doch noch interessant zu werden schien, gerade zu dem Zeitpunkt, an dem die Sache mit Perry ein solcher Kuddelmuddel war.

Deshalb war ich bereits entschlossen, Dad mitzuteilen, dass seine Bemühungen einen Versuch wert gewesen waren, auch wenn meiner Meinung nach Schule immer Schule blieb, aber dann fing ich an, wie ein kleines Mädchen zu heulen, so sehr zu heulen, als müsste ich sterben.

Dad war sofort bei mir. Wann hätte er mich auch nur einmal im Stich gelassen? Er nahm mich in die Arme, tröstete mich und sagte: »Ist ja gut, niemand darf dir etwas tun, und es tut mir Leid, dass ich das Thema angeschnitten habe ...«, und das war so lächerlich, so weit weg, dass ich nur noch mehr heulte und mich an ihm festklammerte, und schließlich sprudelte diese ganze verdammte Mist mit Perry aus mir heraus.

Dad saß nur da und hörte mir schweigend zu, wie er es immer tat, wenn er mich ernst nahm, und als alles aus mir heraus war und ich noch ein bisschen mehr geweint hatte, sagte er nur: »Also, ich hab mir die ganze Zeit über schon Gedanken gemacht, Teri-Mel, ehrlich. Du hast mir überhaupt nichts von eurem Gespräch erzählt, und als wir unseren gesellschaftlichen Terminkalender ausgearbeitet haben, hast du nicht einmal erwähnt, dass du auch noch etwas Zeit für deine Hochzeit brauchst oder für deine Flitterwochen oder um Gäste zu empfangen oder sonst etwas. Ich dachte mir, du erzählst es mir bestimmt, sobald die Zeit dafür gekommen ist.«

»Dann ist die Zeit jetzt wohl dafür gekommen«, sagte ich und fühlte mich klein, traurig und sehr müde. »Und ich glaube fast, dass alles gut wird. Aber weißt du, unser Kalender steht jetzt schon seit Stunden im Netz, und Perry hat mir noch keine einzige Nachricht geschickt und mich gefragt, was mit unserer Hochzeit ist, und ... na ja, es sieht nicht so aus, als würde er das noch tun, oder?«

Dad seufzte. »Ich fürchte, das wirst du spätestens morgen erfahren, so oder so. Ich will dir nur sagen, dass ich noch eine Lücke im Kalender gelassen habe ... genug Zeit, um deine EA abzulegen. Und ich möchte, dass du dieses Examen ablegst, Perry hin oder her, denn das brauchst du für dein Leben und für deine Karriere, egal, was sonst geschieht, klar? Und selbst wenn dein Herz so zermalmt wie sonst was ist, erwarte ich, dass meine Tochter mit fliegenden Fahnen besteht – damit will ich es dir keinesfalls befehlen, denn ich weiß, dass du es selbst willst. Hast du das verstanden?«

»Verstanden«, antwortete ich.

Viel mehr gab es dazu nicht zu sagen, deshalb ließen wir uns schweigend vollends einweichen, schalteten nach einer Weile den Salz-Recycler an, um das Wasser aufzufrischen, trockneten uns ab, suchten uns gegenseitig nach Geschwüren ab, versorgten sie und zogen dann wieder die Anzüge an, bis auf die Helme. Wir schliefen bequem, atmeten Taji-Luft, die von der immer noch vollen Wanne befeuchtet war. Es gab keinen vernünftigen Grund, zu diesem Treffen zu hasten, deshalb stellten wir keinen Wecker und nahmen uns vor, uns auch am kommenden Morgen nicht sonderlich zu beeilen.

ALSO DAS WAR ziemlich dumm. Und sehr unprofessionell. Ich bin los, hab mir auch irgendwo ein Steak besorgt – ein sehr gutes sogar –, und beim Essen kam ich auf die glorreiche Idee, diesem kulinarischen Erlebnis mit ein paar Glas Wein die Krone aufzusetzen. Gedacht, getan. Es brauchte das eine oder andere Mittelchen, um das alles wieder aus meinem Blutkreislauf herauszubekommen, aber die Wirkung setzt ja nicht sofort ein, deshalb torkelte ich natürlich mit ziemlicher Schlagseite nach Hause und schlief auf dem Schlafzimmerfußboden ein. Als ich am Morgen aufwachte, hatte der Alkohol-Neutralisator zwar einen Kater verhindert, aber dieser Prozess verlangt immer nach gewaltigen Mengen Wasser, also stand ich auf und trank praktisch den ganzen Wasserhahn leer.

Jetzt bin ich wieder im Büro, und es gibt momentan, wie so oft in letzter Zeit, nichts Dringendes zu tun, es sei denn, ich entschließe mich, sofort eine Antwort für Teri aufzunehmen, aber ich weiß immer noch nicht, was ich sagen soll. Ansonsten ist meine Mailbox leer, besser gesagt gähnen dort schon seit Wochen die Spinnweben. In Red Sands City gibt es ungefähr fünfzehn Morde, hundert tätliche Angriffe und vielleicht dreißig Vergewaltigungen pro Berichtszeitraum von 335 Tagen, und nur bei den wenigsten davon ist die Hilfe eines Psychos erforderlich; bei Einbruch und dem ganzen anderen Kram sowieso nicht.

(Was diesen lächerlichen Berichtszeitraum angeht, gerade ein bisschen mehr als ein halbes Marsjahr, so kann ich mich noch genau daran erinnern, wie wir deswegen sechs verschiedene Konferenzen abgehalten haben, drüben in Marinersburg, um festzulegen, wie lange ein Berichtszeitraum eigentlich dauern soll – ein Marsjahr, ein Erdjahr, eine Marsjahreszeit –, aber das war wegen der elliptischen Umlaufbahn ziemlich kompliziert, die Jahreszeiten auf dem Mars sind nicht alle gleich lang wie auf der Erde, sodass man sich schließlich auf ein halbes Marsjahr einigte, weil ... tja, hauptsächlich, weil keiner mehr Lust hatte, deswegen an noch mehr Sitzungen teilzunehmen, und weil die Bosse endlich eine Entscheidung verlangten. Da sie eine gut begründete Entscheidung haben wollten, brauchten wir noch eine ganze Weile, um uns eine Reihe von Gründen dafür auszudenken.)

Jetzt bin ich seit zehn Minuten in diesem Büro, und schon denke ich wieder an die Flasche. Das ist nicht gut. Ich bin ein kontrollierter Alkoholiker, das rede ich mir jedenfalls ein, aber die Grenze zwischen kontrolliert und unkontrolliert ist schnell überschritten.

In gewisser Hinsicht mache ich mir mehr Gedanken darüber, was mit Teri vor den schwerwiegenden Geschehnissen passiert ist als danach. Schwere seelische Erschütterungen und eine Krisensituation ... Das bedarf keiner weiteren Erklärung. Wenn man mit einem Hammer immer wieder auf einen Stein schlägt, geht der Stein irgendwann zu Bruch. Schwieriger zu bestimmen, ist, was die Jahrmillionen des Gefrierens und Auftauens davor ihm angetan haben. War er vielleicht die ganze Zeit über schon von feinen Rissen durchzogen? Oder hatte er bereits jede schwache Stelle abgestreift? Hätte man nur halb so viel Kraft mit dem Hammer benötigt, um ihn zu zertrümmern, oder hat man es gerade eben geschafft?

Genauer gesagt: War Teri gewissermaßen reif für das, was passiert ist? Und wenn ja, wie viele andere von uns wären für so etwas reif? Wie angreifbar ist die Marsbevölkerung als Ganzes? Und was macht jemanden überhaupt angreifbar? Die Gene? Wenn man mit ansehen muss, dass die eigene Mutter umkommt? Ein plötzlicher Umschwung des Schicksals? Eine unglückliche erste Liebe? Eine latent inzestuöse Beziehung zum Vater? Die Tatsache, dass man ein Mensch ist? Das würden die Bosse in Marinersburg am liebsten von mir wissen – wie viele Leute haben wir hier, die wir im Auge behalten müssen? Aber sie wollen es von *mir* wissen, ohne mir zu sagen, was sie ihrerseits bereits wissen ...

Wie auch immer, der Vergleich stimmt sowieso hinten und

vorne nicht. Menschen sind keine Steine und Ereignisse keine Hämmer. Und ich bin kein Trinker, und ich bin nicht unprofessionell. Ich beschließe, mir das Interview, in dem sie mir erzählt, wie sie reich wurde, nicht noch einmal anzusehen. Einer der Gutachter wollte wissen, warum ich sie nicht nach der »offensichtlich inzestuösen Beziehung« zu ihrem Vater gefragt habe, worauf ich ihm zum fünfzigsten Mal erklärt habe, dass sie »doch nur zusammen gebadet haben. Alle Familien in den Roundings baden gemeinsam!« Ich erinnere mich daran, wie ich ihm über Com gesagt habe: »Waschen ist kein Vorspiel, schon gar nicht, wenn Ihr Rücken schmutzig ist«, und wie zurückkam: »Ich habe niemals zugelassen, dass auch nur eine Stelle an meinem Körper auch nur einen Moment schmutzig ist, und ich verstehe nicht, was mein Privatleben mit dieser Sache zu tun hat.«

Ich nahm mir vor, ihn lieber nicht zum Baden einzuladen. Red Sands City hat immer weniger von einer Grenzstadt, so wie der Mars immer weniger eine Grenzwelt ist. Wir haben es jetzt zwar mit weniger Unkenntnis und weniger Provisorien zu tun als vorher, dafür aber mit mehr bodenloser Dummheit. Gerade gestern habe ich eine Mitteilung erhalten, jemand in der Nomenklaturbehörde würde überlegen, eine Richtlinie zu erlassen, nach der sämtliche Namen, die dem Land auf dem Mars gegeben wurden, bevor je ein Mensch seinen Fuß darauf gesetzt hatte, den Vorrang über die Namen haben sollten, die ihnen inzwischen von den Bewohnern gegeben worden sind, sodass jeder Ökospektor, der sich eine Karte des Proms kaufen wollte, sich daran erinnern musste, dass es eigentlich Prometheia Terra heißt und Mollyland eigentlich Malae Planitia und so weiter. Und nachdem ich zwanzig Jahre hier in Red Sands City lebe, kann ich mich nicht einmal mehr daran erinnern, wie die Hellspouts ursprünglich ... und die Vorstellung, dass jemand, der die ganze Arbeit geleistet und eine sandige und felsige Brache in eine richtige Landschaft verwandelt hat, sie mit einem Namen belegen muss, den ihm irgendein Wissenschaftler, der wahrscheinlich schon vor hundert Jahren im Eurokrieg gestorben ist, verpasst hat ... oder nehmen wir nur die Regeln, die besagen, dass ich jede Nachricht, in der ich Teri einfach nur ermutige oder ihr einen guten Rat erteile, von Freund zu Freund, dass ich diese Nachricht ebenso melden muss, als würde ich sie immer noch betreuen und den Zwischenfall untersuchen ... oder die Regeln, die besagen, dass ich in meinem Büro anwesend sein muss, obwohl es hier nichts zu tun gibt und das Produktivste, was ich tun könnte, höchstwahrscheinlich in einem langen Spaziergang draußen im Park bestünde ...

Ein Grenzland ist ein Ort, an dem jeder arbeitet, weil es so viel zu tun gibt. Selbst wenn es Huren oder Glücksspieler oder Mörder sind – sie arbeiten. Das Letzte, was man braucht, ist noch mehr Arbeit, deshalb gibt es im Grenzland keine Bürokraten, die für mehr Arbeit sorgen. Der Mars war einmal der Grenzstreifen der Menschheit, und Red Sands City lag damals an der südlichen Grenze des Mars ... aber jetzt, gerade einmal ein Marsjahr, nachdem das alles passiert ist, gibt es bereits ein Telemachuston mit sechzig Siedlern drunten im Terimel-Land. Sie haben dort gerade ihren ersten Stadtrat gewählt, und es dauert höchstens noch ein Marsjahr, bis auch die Eisenbahn dorthin führt. Und Telemachuston wird auch nicht, wie Red Sands City damals, zwanzig Jahre lang Grenzstadt bleiben. Wenn sie Glück haben, vielleicht fünf. Deshalb bringt es auch nichts, dorthin zu ziehen, sobald sie einen Psycho für ihre Polizeibehörde brauchen.

Die Besiedlung des Mars steht größtenteils noch aus, aber sie dürfte ab jetzt in raschen Schritten erfolgen. Wenn man bedenkt, dass die meisten Menschen heute 110 Jahre alt werden, könnte ich es noch miterleben, wenn wir, ungefähr im Jahr 2150, keine Roundings mehr haben, nur noch Reservate, Parks und neue Völker.

Die Grenze verschwindet, die Dummheit wächst, die Arbeitsbeschaffer übernehmen das Kommando. Die natürliche Abfolge nimmt ihren Lauf, so unerbittlich, wie auf der Erde aus Teichen Wiesen und aus Wiesen Wälder wurden. Mir wird vieles fehlen. Mir wird fehlen, dass ich keine spontanen Entscheidungen mehr treffen kann, auch die Lassen-Sie-mich-damit-in-Ruhe-es-sei-denn-es-brennt-Haltung meiner ersten Vorgesetzten und die Kriminellen, die womöglich bösartig waren, aber nur selten richtig dumm, und Opfer, die sich wieder aufrappeln und dann einfach weggehen wollten. Ich werde es vermissen, dass es einmal ganz in Ordnung war, wenn man eine Flasche im Schreibtisch hatte.

Das hier war einmal ein guter Arbeitsplatz für einen Psycho und einen Bullen.

Ich frage mich, ob man bei der Wiederbesiedlung des Merkur auch Psychos braucht. Ach, verdammt, ich gehe ja sowieso nicht mehr raus.

Also kann ich mir ebenso gut noch ein paar Aufzeichnungen ansehen, bevor ich Teri antworte, denn ich habe immer noch keine Ahnung, was ich ihr sagen soll.

ALS WIR AUFWACHTEN, ging gerade die Sonne auf; die Macht der Gewohnheit. Dad hatte die Wanne die ganze Nacht über gefüllt und warm gelassen, damit herrlich warme, feuchte Luft unseren Nasen und Lungen schmeichelte. Wir aßen jeder einen Teller kleingehacktes Maisfleisch mit Rührei drauf, und zwar doppelte Portionen, schließlich mussten wir nicht mehr groß einteilen, wir hatten unbegrenzt Geld und konnten später am Tag richtig einkaufen gehen. Außerdem frühstückten wir im warmen Pool. Anschließend schrubbten wir uns noch mal ab, bevor wir schön sauber in unsere Wickies und Anzüge schlüpften.

Wenn ich jetzt darüber nachdenke, ist es schon ein *skoshi* merkwürdig, dass die meisten Rounditachi so oft in ihren Anzügen schlafen. Im Taji ist es angenehm, und es geht auch total fix, so ein Taji mitsamt den Solarfeldern wieder einzupacken, und Familien mit kleinen Kindern müssen es schließlich auch jeden Tag machen.

Wir kippten das warme Wasser aus der Wanne draußen in den Sand und sahen zu, wie es den leicht geneigten Hang hinunterrann und eine Spur knisternden weißen Raureifs zurückließ, um sich weiter unten dem kleinen Bach anzuschließen, der sich inzwischen bis zum Horizont und darüber hinaus dahinschlängelte. »He, schau dir mal auf den Satellitenbildern an, was sich über Nacht so alles entwickelt hat«, sagte Dad.

Das tat ich auch und stellte sofort auf eine bessere Vergrößerung um, als mir klar wurde, dass wir tatsächlich, wenn auch zufällig, etwas ganz Besonderes in Gang gesetzt hatten. Unsere *skoshi* Quelle hatte sich einen Weg bis zu einem uralten ungefähr fünfzehn Kim entfernten Trockental gebahnt und dort an einem Felsabsturz einen entzückenden kleinen Wasserfall ausgebildet, der bereits von Eisformationen eingerahmt war, und dann, abgekühlt durch die Luft und durch den breiteren Talboden am raschen Vorankommen gehindert, hatte sich an einer schmalen Stelle ein Eisdamm gebildet, worauf sich nun ein perfekter kleiner See in der Senke des alten Tals sammelte.

»Wahrscheinlich friert der nicht mal im Winter bis auf den Grund zu«, sagte Dad. »Die aerothermische Quelle scheint ziemlich warm zu sein, wie wir wissen, denn wir haben die ganze Nacht über unseren gesamten Strom aus ihr bezogen, außerdem ist sie ziemlich salzig. Wenn man sie regelmäßig als Trinkwasser benutzen wollte, müsste man sie ein *skoshi* entsalzen. Uns ist es nicht direkt aufgefallen, weil der Extraktor das natürliche Salz zusammen mit dem Salz herausgenommen hat, das wir reingegeben haben.«

»Genau der richtige Ort für modifizierte Meerwasser-Shrimps«, sagte ich, »und wenn dann die Filtration groß genug ist, können wir vielleicht sogar ein paar von diesen salzbeständigen Kiefern dazutun ...«

»Das wäre ein wunderschöner Landstrich«, nickte Dad zustimmend. »Und die Fälle und der untere Auslass schließen sich weiter östlich an. Jedes Mal, wenn Deimos aufgeht, scheint er genau durch den Auslass und auf das viele Eis rings um den Wasserfall. Warte noch mal fünfzig Jahre, dann verbringen die Leute hier ihre Flitterwochen.«

Wahrscheinlich übertrieb er ein bisschen, aber das machte mir nichts aus. Ich hörte ihm trotzdem gerne zu. Er hatte ja Recht. Außerdem war noch nicht entschieden, dass meine Flitterwochen abgeblasen waren. Noch nicht. Sie waren nur ein wenig unwahrscheinlich geworden.

Um das Thema zu wechseln, fragte ich: »Wie hoch wird dieser Eisdamm wohl werden? Und wohin fließt das Wasser, wenn es drüberschwappt?«

»Sieht so aus, als würde er noch fünf, sechs Meter höher werden«, antwortete Dad, »dann ist der See ungefähr einen halben Kim lang. Am Nordrand gibt es eine tiefere Stelle, dort bildet sich wahrscheinlich ein Auslass, von dem aus sich das Wasser hinunter ins alte Flussbett ergießt. Wahrscheinlich reicht das Wasser nicht aus, um von da aus noch viel weiter zu kommen, deshalb dürfte es in den nächsten paar Jahren wohl nur ein Wadi werden, bis irgendwann genügend Regen vor Ort fällt, um ihn bis zum Meer zu schicken. Oder weiter unten, da ist noch eine breite niedere Stelle, aus der ein Sebkhet werden könnte. Schwer zu sagen, wenn man nicht weiß, wie es untendrunter aussieht.«

»Wie auch immer, es ist wieder eine Landschaft, die wir erschlossen haben«, stellte ich zufrieden fest. »Zwar nicht sehr groß, aber eine sehr gute Lage für eine neue Stadt. Sie befindet sich auf dem Weg zwischen den Siedlungen in Mollyland und dem Krater. He, wie wollen wir das neue Nassland im Krater überhaupt nennen?«

Dad lachte. »Tja, ich dachte mir, das liegt doch auf der Hand. Es gibt schon viel zu viele Murray Rivers und Murray Lakes, und auch ›Telemachus‹ habe ich so oft in die Landschaft gepflanzt, dass manche Leute auf die Idee kommen könnten, der ganze Planet heißt so. Deshalb wird es das Terpsichore Valley ...«

»Gibt's schon«, unterbrach ich ihn, »oben im Norden, es entleert sich in den Chryse, den Onkel Kindness gleich nach meiner Geburt so benannt hat. Er ist bestimmt sauer, wenn du ein größeres Gebiet genauso nennst.«

»Daran hatte ich nicht gedacht«, gab Dad zu. »Hast du einen Vorschlag?«

»Na, ich dachte, wir könnten meinen Spitznamen nehmen, schließlich gibt es da draußen noch nichts, das Teri-Mel-Sonstwie heißt. Warum nennen wir also den ganzen großen Krater nicht einfach Teri-Mel-Krater, was schon bald einfach nur noch ›Terimel-Land‹ heißen dürfte, und das wäre doch prima. Und wenn du mir schon die Namen von zwei Musen verpasst hast, können wir auch andere Formationen nach den Eigenheiten dieser Musen benennen: Tanz und Tragödie. Beispielsweise könnten wir dieses Wadi oder den Bach, falls einer draus wird, ja das Tänzer-Wadi nennen, und dieser wunderschöne Canyon könnte den Lake Tragedy einfassen, wodurch er, finde ich, *defpos* zum Tragedy Canyon wird.«

»Weißt du, wie viele Märchen und Sagen sich aus Orten mit solchen Namen entwickeln werden?«

»Jedenfalls nettere als die aus der Gegend um das Arschloch-Sebkhet oder diese beiden Gipfel, die von allen ›Barbaras Möpse‹ genannt werden«, gab ich zu bedenken. »Meine dürften eindeutig romantischer werden!«

Dad lachte und sagte: »Also gut, ich reiche alle drei Namen ein.«

Wir kamen an jenem Tag ohne große Anstrengung sehr gut voran, Ost-Mollyland ist gutes Reiseland. Es wäre schön gewesen, dem neuen Tragedy Canyon einen Besuch abzustatten, aber das hätte uns zu weit von unserer Route weg und mitten durch Badlands geführt. Es war voll besser, auf direktem Weg runter in die Ebene zu kommen.

Wir näherten uns aus Südosten, deshalb sahen wir niemanden, bis wir ziemlich nahe am Treffpunkt waren. Mir war das recht, denn ich hatte überhaupt keine Lust auf Klatsch und Tratsch und war ziemlich stolz darauf, dass wir in unwegsamerem Land gearbeitet hatten als die meisten anderen.

Das perfekte Gelände für ein Treffen ist ein Krater mit zwei Km Durchmesser an einem breiten, sanft abfallenden Hang, und wir kamen diesen Hang hinab, der hauptsächlich aus festgebackenem Sand mit den üblichen hier und dort hineingestreuten Steinen und kleinen Felsbrocken bestand, nur ab und zu von einem nicht sehr hohen Felsabsturz unterbrochen. Es war die ideale Landschaft zum Hüpfen, und wir sprangen und hüpften wie zwei kleine Kinder in einer mit superweichen Matten ausgelegten Turnhalle, tollten herum und rannten den ganzen Morgen um die Wette.

Dad und ich hatten so etwas schon lange nicht mehr gemeinsam gemacht. Als ich darüber nachdachte, kam es mir irgendwie komisch vor. In meinen ersten Jahren, nach Mamas Tod, hatte ich normalerweise niemanden zum Spielen außer Dad, und Spielen ist für ein Kind das Natürlichste auf der Welt, also kam es mir auch nicht komisch vor, dass er mit mir spielte. In dieser Hinsicht sind kleine Kinder –

zumindest glückliche, behütete kleine Kinder – wie Kätzchen: Sie spielen mit absolut allem und jedem.

Als ich älter wurde, hab ich nicht mehr so oft gespielt, was wiederum genauso natürlich war. Zehnjährige spielen, Vierzehnjährige nicht. Normalerweise jedenfalls, es kommt immer auf das Kind und die betreffenden Umstände an. Aber Dad hatte mit mir gespielt, da war er selbst schon über dreißig, und es schien ihm immer Spaß gemacht zu haben.

Als ich auf dem warmen schwarzen Felsbrocken saß und Tee und Waffeln verdrückte, fragte ich mich, ob es ihm damals wohl gefehlt hatte, als ich zu spielen aufhörte. Vielleicht beschwerten sich deshalb meine Freunde, die alle so früh geheiratet haben, darüber, dass *ihre* Eltern immer so viel Druck machen, sie sollen sofort Kinder kriegen ... vielleicht wollten ihre Eltern jemanden, mit dem sie spielen konnten.

Ich fragte Dad danach. Er legte den Kopf in den Nacken, lachte und sage: »Aber klar doch. Wahrscheinlich kann ich mich kaum zurückhalten, dich in deinen Flitterwochen anzurufen, um dir zu sagen, dass du dich gefälligst beeilen sollst.«

»Ich weiß nicht, ob demnächst Flitterwochen anstehen ...«

»Ich hab ja nicht gesagt, mit wem und wie bald, Teri-Mel. Aber du bist nun einmal sehr viel hübscher als der Durchschnitt und gibst eine absolut talentierte Geschäftspartnerin ab, und seit gestern hast du auch noch richtig Geld, und nach diesem Treffen wirst du außerdem einen hervorragenden Ruf genießen. Wenn Perry sich tatsächlich wie ein hirnverbrannter Schwachkopf verhält – und bislang wissen wir nicht genau, ob er nicht wirklich einer ist –, wirst du dir die vielen anderen Bewerber mit dem Knüppel vom Leibe halten müssen. Pass nur auf, dass der Knüppel nicht zu groß ist, und vergiss nicht, ihn fallen zu lassen, wenn der Richtige kommt. Denn du hast Recht, ich werde bald vierzig und komme in das Alter, in dem man langsam an Enkel denkt. Außerdem ist die Vorstellung, jemanden mit Murray-Genen aufzuziehen ... also, dass sollte wirklich nur jemand versuchen, der noch jung, lebendig und ein bisschen dumm ist und keine

Ahnung hat, worauf er sich da eingelassen hat. Wenn du zu lange wartest, wirst du vielleicht zu klug dafür.«

Während der letzten anderthalb Stunden zu dem Gelände, wo das Treffen stattfinden sollte, sprangen wir ausgelassen dahin und jagten uns, waren trotz der vollen Tanks leicht auf den Beinen, als stießen wir den Planeten unter unseren Füßen von uns. Die Kompressoren mussten ständig Sauerstoff nachregeln, die Anzüge fuhren die Rückenflosse aus, um uns mehr Kühlung zu verschaffen, und die Wassererneuerer füllten sich praktisch bis oben hin, aber es fühlte sich einfach toll an, überhaupt nicht wie Arbeit.

Der Himmel war klar und rosig mit einem schmalen roten Rand am Horizont, die Aureole um die Sonne hatte den Blauton, wie man ihn manchmal bei kostbarem Porzellan sieht, die Temperatur war ungefähr zehn unter dem Gefrierpunkt, einer jener herrlich warmen Tage, die man manchmal im Frühherbst in Polnähe erwischt, und solange ich an nichts vor oder nach dem Geradejetzt dachte, hatte ich allen Grund zum Glücklichsein.

Wir legten die hundert Kim bis zum Pavillon fast in persönlicher Bestzeit zurück und kamen dort eine Stunde vor Anbruch der Dunkelheit an. Der erste Anblick des Pavillons, der sich wie ein Berg in den Himmel wölbte, geht mir immer nahe, da spielt es keine Rolle, dass ich ihn, solange ich zurückdenken kann, bei fast jedem Jahreszeitenwechsel gesehen habe (mit den wenigen Ausnahmen, als ich ausgebildet werden musste).

Ich war schon etliche Male dabei gewesen, als die Freiwilligen mehrere Wochen vor dem Treffen den Pavillon aufstellten. Das hat immer großen Spaß gemacht. In der ersten Woche haben wir immer reichlich Kollektorplanen ausgelegt, bis das Feld viele Quadratkim betrug. Dann fuhren wir alle mit kleinen Wägelchen zwischen den großen Maschinen hin und her, die einen halben Berg aus Steinen und Boden zermahlten, um Rohstoffe daraus zu gewinnen. Die zweite Woche begann mit dem Anlegen und Züchten von

Türmen und Kabeln, die wir überall auf dem Kraterboden verlegten, und endete damit, dass wir das Ganze mit einem Schaum besprühten, der sich in ultraleichten Molekularwebstoff verwandelt, sobald er mit Steinen und Erde angereichert wird. Anschließend kippten wir massenhaft zermahlenes Geröll darüber, schalteten den Strom an und sahen zu, wie es Steine, Dreck und Wasser wie eine riesige Amöbe verschlang. Die letzten paar Tage, bevor die Leute eintrafen, zogen die Luft- und Wasserpflanzen den gesamten Saft aus dem Kollektorenfeld und füllten die Tanks bis zum Rand. Dann kam endlich der entscheidende Tag, und Tausende von Kabeln zogen an Hunderten von Türmen, die sich vom Kraterboden unter dem großen Baldachin erhoben, während die Luft durch Dutzende von Tunnels hereindonnerte, und innerhalb einer Stunde stand das ganze Ding in einem gewaltigen Wogen aus irisierendem Silberstoff, ein plötzlich entstandener kleiner Berg, der über dem uralten Krater zum Leben erwachte.

Das alles hatte ich inzwischen seit mehreren Jahren nicht mehr gesehen. Dad hatte in seiner Freiwilligenzeit lieber Kinder zur Schule gebracht oder von dort abgeholt, was eine weitere effektive Methode war, sicherzustellen, dass auch ich in jedem folgenden Jahr zur Schule gehen würde.

Der Pavillon war zwei Tage vor unserer Ankunft aufgestellt worden. Die offizielle Eröffnung des Treffens würde am folgenden Morgen stattfinden, also waren ungefähr zwei Drittel aller Teilnehmer bereits eingetroffen. Der Pavillon erhob sich in vielfältigen Bögen, Gipfeln und Wölbungen von dem alten Krater in die Luft, wie ein Wald aus gigantischen Tajis oder ein Vulkandom aus zaubrischem Silber zweihundert Meter über den örtlichen Oberflächenniveau. Als wir näher kamen, wurde er immer größer und größer, und man musste ständig seine Ausmaße im Kopf korrigieren. Diese Wirkung hatten die Pavillons auf jeden.

Wir kamen von der Hangseite herein. Die letzten fünf Kim führten uns auf einer der schmalen Straßen zwischen den großen Kollektorfeldern entlang, die sich bis hinter den

Horizont erstreckten. Auch das gehörte zu dem Konzept der Treffen, sich finanziell selbst zu tragen. In ein paar Wochen würde man alle diese Kollektoren abbauen und an irgendein Industrieprojekt verkaufen; das Geld wanderte in einen gemeinsamen Treuhandfond.

Als wir ankamen, wollte der große Frachtlift gerade seine Tore schließen und nach drinnen abfahren. Der Frachtlift allein hatte die Ausmaße eines kleinen Kaufhauses, und er war immer noch ziemlich vollgestopft. Wir fuhren zusammen mit einigen tausend Tonnen Fleisch und Gemüse, frisch aus den Treibhäusern der Stadt, in die Kuppel hinein, ein gewaltiger Kistenberg aus Aregene, wahrscheinlich alles Ausverkaufsware für den großen Basar, den es bei jedem Treffen gab. Ich sah eine Ladung Büromöbel für die Verwaltungsbüros, sechs Fusions-Planierraupen, eine zerlegbare Opernbühne, die Tribünen für die Softball-Spiele und ungefähr hundert zusammengewürfelte Leute, insgesamt über zwanzig oder dreißig verschiedene Gruppen.

Der große Lift senkte sich langsam. Wir mussten ungefähr zweihundert Meter nach unten und einen halben Kim in der Horizontalen zurücklegen und dann ungefähr dreißig Meter nach oben. Es dauerte ein paar Minuten, aber niemand hatte es eilig. Alle waren zu sehr damit beschäftigt, irgendwelche Bekannten im Lift zu entdecken oder darüber zu spekulieren, was wohl in welcher Kiste sein mochte, oder sie wollten als Erste irgendwelchen Tratsch loswerden. Rounditachi verbringen fast die ganze Zeit in der gleichen kleinen Gruppe, bis auf diejenigen, die allein umherziehen. Ein Treffen bedeutet Tausende von Leuten, die sich nach Gesellschaft und Abwechslung sehnen und die fest entschlossen sind, sofort damit anzufangen.

Durch das hohe Fenster des Frachtlifts fiel das vom Stoff gefilterte Sonnenlicht auf der Innenseite des Pavillons ein und wanderte an den Fenstern vor uns hinunter, bis es kurz darauf auf allen Seiten am Rahmen wieder emporkroch. Wir waren angekommen.

Wir befanden uns in der Warenannahme, nicht weit weg von der Stelle, wo wir eigentlich hinwollten, also gingen wir rasch zu dem uns zugewiesenen Lagerplatz und fanden alles in bester Ordnung vor. Dad bat mich darum, das Taji aufzustellen, denn er wollte sich gleich darum kümmern, für uns eine Stunde an einem Stand zu buchen, um Expeditionen ins Teri-Mel-Land zu promoten – das musste er persönlich tun, denn so auf den letzten Drücker noch einen Stand zu kriegen, geht nicht ohne persönliche Kontakte, und man muss hier und da noch ein paar Steine in irgendwelchen alten Brettern stecken haben, vielleicht sogar einige von der Sorte, über die man nicht unbedingt über Com reden will. »Genau genommen«, sagte Dad, »handelt es sich bei einigen dieser Gefallen gerade darum, dass man nicht darüber spricht, weder über Com noch sonst wie.« Also war er ganz schnell wieder verschwunden.

Ich hielt einen Robot-Karren an und bekam hundertachtzig Kig Allgemeine Baumischung, das schwarze Pulver, das so zusammengesetzt ist, dass es einer wachsenden Gebäudestruktur genau das beimengt, was noch fehlt, und zwar in der am leichtesten bearbeitbaren Form.

Ich packte das gesamte Taji aus (was wir unterwegs in den Roundings so gut wie nie machten), warf die Mischung über das Taji und steckte den Stecker rein. Normalerweise dauert es ungefähr zwanzig Minuten, bis ein Taji sich entfaltet und geöffnet hat, aber mit dem richtigen Rohstoffmix und unbegrenzter Stromversorgung reichen dazu auch fünf Minuten.

Innerhalb des Pavillons trägt eigentlich keiner groß einen Anzug oder Wickies. Schließlich gibt es überall Schutzräume, falls irgendwas schief geht, und in einem so großen Gebilde kann so schnell nicht alles auf einmal schief gehen. Es würde Stunden dauern, bis ein Blow-out dramatische Wirkung zeigte. Nachdem ich mich also ausgezogen und geschrubbt und alles in den Protolyzer geworfen hatte, zog ich den gemieteten Kleidungsgenerator heraus, warf etwas Sand hinein, gab ein *skoshi* Luft dazu und blätterte schon mal im Katalog, während das Gerät sein Rohmaterial sortierte.

Die schwierige Frage war natürlich, ob ich mich für Perry hübsch machen sollte, denn immerhin war es möglich, dass die ganze Sache nur ein großes Missverständnis war. Oder sollte ich mich eher geschäftlich kleiden, falls ich mich in der Öffentlichkeit wegen irgendetwas Schrecklichem wie eine Erwachsene benehmen musste? Oder war es geschickter, hübsch-aber-erwachsen auszusehen, um ihn daran zu erinnern, was er womöglich sausen ließ (und ihn glücklich zu machen, weil er wusste, was er eigentlich besaß)?

Ich erinnerte mich daran, dass Dad immer etwas aus einem der seltenen Briefe meiner Großtante zitiert hatte, und zwar, dass man immer so super gekleidet sein sollte, dass man eine Beziehung jederzeit abbrechen konnte, damit sich der dumme Kerl für den Rest seines Lebens wie ein Idiot vorkommt. Ich glaube, diesen Ratschlag hat sie von ihrer Schwiegermutter bekommen, falls ich mich richtig an diese Familienlegende erinnere, und der Anlass war entweder eine Verhandlung wegen einer Scheidung gewesen oder weil sie ihren Ehemann bei irgendetwas erwischt hatte. Bei Familiengeschichten habe ich nie so gut aufgepasst, wie ich es eigentlich hätte tun sollen.

Aber egal: Immer so super anziehen, dass man jederzeit Schluss machen kann? Das kam mir wie ein gutes Motto vor. Also entschied ich mich für ein schmales weißes Band, das fast alles, was ich hatte, zeigte (was nicht viel war, da bin ich erblich belastet), und ein hübsches, glitzerndes, hellgelbes Schamtuch, das ordentlich viel Pobacken freiließ, und das war's dann auch schon.

Ich war alt genug für Sandalen mit Plateausohlen, trug sie aber nur sehr selten, weil ich mich nicht wohl darin fühlte, und falls ich mal schnell das Weite suchen musste, wollte ich nicht gleich auf die Nase fallen.

Perry machte sich nicht viel aus Kosmetik, deshalb legte ich nur einen Hauch farblosen Gloss auf, fuhr die Linien meiner

Bräunungsmaske mit einem dunkelbraunen Streifer nach und ließ es damit gut sein.

Ich hätte über Com herausfinden können, wo er sich aufhielt, aber das hätte ihm wiederum verraten, dass ich unterwegs war, abgesehen davon kannte ich Perry und seine Familie nur zu gut. Sein Vater verkaufte garantiert wieder sein gehaltvolles, fettes, großzügig mit Koriander gewürztes Meerschweinchen-Chili, mit dem die Familie schon seit drei Generationen schwer angibt. Heute, am Tag vor der Eröffnung, waren Perry und die Mädchen zweifellos in die Küche abgestellt, um Pfefferschoten, Knoblauch und Zwiebeln klein zu hacken. Also nahm ich den kleinen Weg auf der Rückseite der Fressmeile und fand auch prompt den richtigen Stand, indem ich einfach nur meine Nüstern aufsperrte, denn niemand auf der Welt, der dieses herrliche Zeug schon einmal gerochen hat, kann es mit irgendwas anderem verwechseln, nicht einmal in einer Straße, in der ein leckeres Essen nach dem anderen angeboten wird.

Vor dem Hinterausgang der Bude zögerte ich einen Augenblick. Warum hatte ich mich nicht über Com angemeldet? Wollte ich Perry bei etwas überraschen?

Aber ja! Genau das war der Grund!

Was ich auch in Erfahrung bringen wollte, ich wollte, dass es absolut offenkundig war. Ich wollte die ganze Geschichte erfahren, und zwar hier und jetzt. Ich wusste, dass mir die Antwort auf meine Fragen vielleicht nicht gefallen würde, aber nachdem ich mich einmal dazu entschlossen hatte, die ganze Wahrheit ohne Wenn und Aber zu ertragen, war es sicherlich kein schlechter Schachzug, Perry einfach so zu überrumpeln.

Ich schluckte. Ich streckte die Hand nach dem Türsensor aus. Ich musste einfach noch mal tief Luft holen, und ...

Die Tür ging auf. Vor mir stand Perry und hielt eine große Schüssel mit Gemüseabfall im Arm. »Oha«, sagte er, und dann noch einmal: »Oha.«

»Du hast mir auch gefehlt«, sagte ich.

Er beugte sich vor und gab mir ein *skoshi* Küsschen auf die Wange, überhaupt nicht wie sonst bei unseren Wiedersehen, wenn er mir eines von diesen saugenden, mahlenden Dingern verpasste, bei denen er mir immer die Zunge bis an die Mandeln streckte, und mit dem Gemüseabfall zwischen uns war es nicht einmal ein besonders gutes Wangenküsschen. »Wo hast du denn gesteckt? Als wir hier angekommen sind, habe ich gleich nach dir gesucht ...«

»Wir sind grade erst eingetrudelt«, sagte ich, »und ich bin gekommen, um mit dir zu reden.«

»Ich muss dir was sagen«, murmelte er, »und ich bin bei so was nicht besonders gut, aber ich muss es unbedingt loswerden, also finde ich, dass, äh ...«

»Fang einfach mal an«, sagte ich.

Er schluckte und sagte: »Ähm, wir haben uns in der vergangenen Saison mit der Letitia-Familie zusammengetan, draußen im Westen an ein paar gefrorenen $C0_2$-Adern gearbeitet und ...«

»Weiß ich«, sagte ich, »wir haben uns schließlich fast jeden Abend darüber unterhalten.«

»Äh, ach ja.« Ein paar Atemzüge lang sagte er überhaupt nichts mehr.

Schließlich fand ich, dass ich dort nicht bis in alle Ewigkeit herumstehen wollte, und forderte ihn auf: »Sag's mir einfach. Sag es auf deine Art. Ich unterbreche dich nicht mehr.«

»Also, die $CO_2$-Adern waren nicht gerade der Renner, weißt du, aber sie haben immerhin ein bisschen Profit abgeworfen, und auch wenn es nicht sehr viel Geld war, war es auf die Dauer doch ein ziemlich großes Ding ... Ich weiß, ich hab dir das alles schon längst erzählt, aber wie gesagt, ich muss es komplett erzählen, sonst kann ich mich nicht darauf konzentrieren, was ich dir eigentlich sagen will ...«

Dad hat immer gesagt, nur Lügner brauchen viel Zeit, um eine Geschichte geradeheraus zu erzählen. Mein Herz plumpste wie ein Stein nach unten.

»... aber wie auch immer, es dauerte jedenfalls viele

Wochen, den unterirdischen Adern zu folgen, zu bohren und zu graben und zu sprengen und die Erhitzer reinzuschieben, bis alles flüssig wird, und ähm ... na ja, du weißt ja, wie es ist, wenn man so lange so eng zusammenarbeitet, sich ständig ein Taji teilt und so, da lernt man jemanden schon ziemlich gut kennen, ob du nun ... also, manchmal merkt man erst dann, dass man jemanden besser kennen lernen will. Tja, ich war also da draußen, mit ...«

Ruth Letitia, die ich schon lange kannte – wir hatten ein paar Kurse in der CSL-Schule gemeinsam besucht –, kam aus der Hintertür herausgeplatzt und fuhr ihn an: »Jetzt hör mal zu, wenn du die Sache nicht auf die Reihe kriegst, dann erledige ich das eben.« Sie funkelte mich wütender an, als ich sie jemals zuvor gesehen hatte. »Wir sind seit vier Monaten verheiratet, und es wird höchste Zeit, dass du aufhörst, ihn jeden Abend anzurufen und ihn zu belästigen und ihn anzuflehen, dass er ...«

Sie starrte mich an. Mir war richtig übel, ich glaube, ich wäre fast ohnmächtig geworden. Ich war viel zu durcheinander, um mich hinterher noch genau daran erinnern zu können. In meinem Gehirn überschlug sich alles, und ich dachte: *Deshalb habe ich ihn immer angerufen und nicht umgekehrt, ganz egal, wie lange ich auch gewartet habe, und deshalb hat er immer das Thema gewechselt, wenn ich unsere Zukunft erwähnt habe,* und dann dachte ich: *Aber wir haben doch erst in der vergangenen Woche per Com gemeinsam masturbiert!* Vielleicht sah sie ja alle meine Gedanken über mein Gesicht huschen. Ein gemeiner Teil von mir hoffte, dass sie besonders den letzten erriet.

Ruths Kopf ruckte zu Perry. »Du hast gesagt, du hättest es ihr mitgeteilt. Hast du es ihr gesagt oder nicht? Hast du es Teri gesagt? Du hast mir gesagt, du hättest es ihr erzählt.« Ihre Stimme war tonlos und ruhig und furchteinflößend.

»Ähm«, sagte er und räusperte sich. Sie stieß ihn gegen die Brust, mit der offenen Hand zwar, aber es erwischte ihn wie ein Volltreffer und verursachte einen dumpfen Knall auf seiner nackten Brust. Er zuckte zusammen, und sie gab ihm eine Ohrfeige.

»Du hast es ihr nicht gesagt!«, fauchte sie. »Du hast mir gesagt, du hättest es ihr gleich nach deinem Antrag erzählt. Fünf Wochen vor der Hochzeit. Vor langer, langer Zeit.«

Ich rechnete kurz nach und kam zu dem Ergebnis, dass die beiden schon zusammen gewesen sein mussten, als Perry und ich uns beim letzten Mal persönlich begegnet waren.

»Ich wollte ja ...«

Das war offensichtlich die falsche Antwort, denn sie schlug ihn abermals, verpasste ihm einen Schwinger, dem jeder hätte ausweichen können, aber er stand einfach da und fing ihn sich ein.

Als sie sich wieder zu mir umdrehte, ballte ich die Fäuste und hielt sie hoch, um mich zu schützen. Ruth hatte doppelt so viel Masse wie ich, aber ich wollte mich nicht einfach von ihr verprügeln lassen, ohne auch etwas auszuteilen.

Sie starrte einen Augenblick meine Hände an, als wunderte sie sich darüber, wo die herkamen. Dann sah sie mir direkt in die Augen. Für einen winzigen Moment war sie wieder meine alte Schulkameradin. Ruhig, fast zärtlich sagte sie: »Ich weiß, es muss schlimm für dich sein, noch dazu so überraschend, aber du musst jetzt trotzdem gehen. Ich will dich nicht mehr in seiner Nähe sehen. Er ist irgendwie in dich vernarrt, aber jetzt sind wir verheiratet, und da soll er damit aufhören. Ich habe verstanden, dass er es dir nicht erzählt hat, und das tut mir Leid. Es war nicht deine Schuld, aber geh jetzt, sonst gibt es noch mehr Ärger.«

Ich drehte mich um und ging davon, haderte mit mir selbst und marschierte wahrscheinlich ziemlich torkelnd und schwankend durch den Gang, denn ich versuchte nicht zu rennen und nicht zu hüpfen. Hinter mir hörte ich Ruths Stimme von einem tiefen Knurren zu einem schrillen Kreischen anschwellen, wieder und immer wieder unterbrochen von den Schlägen, die auf seine Brust, seine Schultern und seinen Rücken niedergingen.

Mir war aufgefallen, dass sie seit unserer letzten Begegnung ordentlich zugelegt hatte, drehte mich aber nicht mehr um, um mich dessen zu vergewissern. Und das meiste davon hatte sie um die Hüften herum zugelegt. Vermutlich kaufen manche Familien ihren Töchtern keinen Umkehrer, und manche Mädchen vertragen keine Implantate, oder so was in der Richtung. Ich meine, das ist doch nur logisch, denn hier draußen in den Roundings sind, wie man so schön sagt, Unfälle der Hauptgrund für Kinder. Ich hatte so das Gefühl, dass ich über die ganze Angelegenheit schon bald einiges an Klatsch und Tratsch erfahren würde, zumindest würden etliche Leute bei meinem Erscheinen sofort verstummen und das Thema wechseln.

Ich ging um eine Ecke. Inzwischen hörte ich Ruths Stimme nur noch aus dem allgemeinen Gebrabbel heraus, wenn ich mich anstrengte, und ich beschloss, mich nicht mehr anzustrengen. Ich ging ein paar Kreuzungen weiter, äußerlich absolut ruhig, nickte und lächelte ein paar Bekannten zu und bog noch um zwei weitere Ecken, bevor ich es wagte, mich umzudrehen und mich zu versichern, dass niemand in der Nähe war. Dann überlegte ich kurz, in welcher Richtung sich unser Taji befand – zum Glück in keiner Richtung, die mich dazu gezwungen hätte, wieder zurückzugehen –, und rannte so schnell ich konnte.

Das Beste an einem Treffen ist, dass es keine Luftschleusen gibt, die einen lange aufhalten. Ich ging direkt durch die Tür, verschloss sie hinter mir und warf mich mit dem Gesicht auf das Bett in meinem Zimmer. Noch ein Vorteil der Treffen ist, dass man sein Taji zur vollen Größe aufrichten konnte, deshalb hatte ich ein eigenes Zimmer mit einem richtigen Bett. Ich drückte mein Gesicht in das frisch generierte Kissen, um die Geräusche zu dämpfen, denn zwischen mir und dem Gang draußen befand sich lediglich eine dünne Stoffwand. Dann ließ ich mich gehen und heulte einfach drauflos.

So hatte ich nicht mehr geweint, seit wir Mama beerdigt hatten. Es dauerte ziemlich lange, und als ich wieder aufstand, um den Privatverschluss zuzuziehen, war es im Taji stockdunkel. Durch das Dach des Pavillons und die transparente Decke des Taji sickerte kein Licht. Sie mussten die Straßenlaternen schon vor Stunden ausgeschaltet haben.

Ich warf mich wieder aufs Bett und schluchzte nur noch ab und zu, dazwischen lag ich einfach nur da, wischte mir über das Gesicht und dachte an gar nichts.

Nachdem schließlich sämtliche Sterne verschwunden waren und das Universum nur noch ein feiner Unrat aus kaum erwärmtem Eisen war, das ein unendliches Vakuum verseuchte, und Gott an Altersschwäche, Langeweile und Einsamkeit gestorben war, verriet mir ein leises Hüsteln hinter mir, dass Dad nach Hause gekommen war.

Ich war inzwischen bei dem leisen, kläglichen Jammern angelangt, mit dem man andere Menschen zur Raserei bringen kann (es ging mir selbst schon auf die Nerven) und bei dem einem die Kehle eklig wehtut. Es ist so ziemlich das unangenehmste Geräusch, das Menschen zustande bringen. Ich sagte: »Komm rein.« Das Licht ging an, ich rollte mich auf den Rücken und sah, wie er den Privatverschluss beiseite schob und hereinkam. Mit einem großen Satz flog ich mehr oder weniger in seine Arme, und er hielt mich so fest, wie er mich immer gehalten hatte, als ich noch ein kleines Mädchen war, als ich ein Jahr oder zwei nach Mamas Tod Albträume hatte, weil es so plötzlich passiert war ... Ein Felsbrocken hatte sich von der Klippe gelöst, die wir gerade hinaufkletterten, und kam von weit oben heruntergesaust, und keiner von uns hat ihn gesehen, erst als Dad rief: »Pass –«, und da hatte er nicht mal mehr Zeit gehabt, um »auf« zu sagen, bevor der Brocken auf Mamas Visier knallte und sie einen halben Kim in die Tiefe schleuderte. Manchmal sah ich das immer noch in einem bösen Traum, aber im ersten Jahr danach hatte ich es jedes Mal gesehen, wenn ich die Augen zumachte und einschlief.

Und genau wie damals klammerte ich mich einfach nur an ihm fest, während er die Arme um mich schlang und mir mit leiser Stimme »Ist ja gut, ist ja gut, ist ja gut« ins Ohr hauchte, und ich vergrub die Nase an seiner Brust und ließ mich einfach fallen.

Als ich endlich wieder ruhiger atmete und ihn stumm umarmt hielt, rieb mir Dad über den Nacken und sagte: »Ich habe das mit Perry erfahren. Von jemandem, der die ganze Geschichte mit Ruth mitgekriegt hat. Ich bin sofort nach Hause gekommen, als ich es hörte.«

»Dann wissen es also alle.«

»Wahrscheinlich, aber du kannst dich darauf verlassen, dass die meisten Leute der Meinung sind, dass Perry bei dieser Geschichte das Arschloch ist. Ich glaube nicht, dass es irgendjemand dir gegenüber erwähnen wird, es sei denn, du forderst ihn dazu auf. Du kennst die Rounditachi, Teri. Sie wissen alles, was sie wissen müssen. Du kannst jedenfalls überall mit erhobenem Kopf erscheinen.«

»Vielleicht. Dann können mich meine Freunde ›die stolze Idiotin‹ oder so nennen.«

Dad drückte mich fester an sich. »Teri-Mel, wenn du den Richtigen triffst, und das wird geschehen, keine Bange, auch wenn es dir jetzt nicht so vorkommt, und wenn du dann nicht mehr bei mir wohnst, dann werde ich nicht halb so viel Spaß haben. Also, wenn es dir damit besser geht, kann ich dir versichern, dass Perry nicht mal den Ruf weghaben wird, ein *stolzer* Idiot zu sein. Er hat noch nie jemanden großartig beeindruckt, aber da du etwas für ihn übrig hattest, hab ich versucht, meine Gefühle in Zaum zu halten. Für mich ist es eine große Erleichterung, dass ich ihn anderen gegenüber nicht mehr verteidigen muss, besonders vor mir selbst.«

»Das wird auch für mich eine große Erleichterung sein.«

»Ich hätte nie gedacht, dass dieser Junge genug Grütze im Schädel hat, jemanden zu hintergehen oder zu betrügen, denn dazu muss man zwei Gedanken gleichzeitig jonglieren, und mein Eindruck war immer der, dass Perry nicht mal genug Platz für einen hat.«

Ich schnaubte verächtlich, obwohl meine Nase nach dem

vielen Heulen wehtat. Es kam mir lustiger vor, als es eigentlich war, denn die ganze Zeit über hatte Dad immer sorgfältig darauf geachtet, mich nicht wissen zu lassen, dass er Perry für dumm wie Bohnenstroh hielt, und das nahm ich ihm insgeheim doch etwas übel. Allerdings muss die Tatsache, dass er es endlich mal aussprechen konnte, für ihn eine Rieseneleichterung gewesen sein.

Fast eine so große Erleichterung wie für mich. Schon seit langem hatte ich mir immer wieder einzureden versucht, dass es nicht so sei, aber nachdem ich die Worte »Perry ist nicht besonders schlau« einmal gedacht hatte, wurden alle möglichen Dinge, die ich an ihm nicht verstanden hatte und für die ich mir immer alle möglichen komplizierten Erklärungen zurechtgelegt hatte, auf einen Schlag sonnenklar. Einfach und unkompliziert, so wie Perry selbst.

Ich erkannte, dass ich wahrscheinlich überhaupt nicht so angetan von Perry gewesen war, wie ich immer gedacht hatte. Ehrlich gesagt, tat mir sogar Ruth ein *skoshi* Leid. Schließlich löste ich mich von Dads Brust, dem tröstlichsten Ort im ganzen Universum, und wischte mir die nasse Katastrophe aus dem Gesicht.

»Das ist mein Lieblingshemd«, sagte Dad freundlich, »außerdem könntest du ein Taschentuch nehmen, ehrlich.«

»Tut mir Leid.«

»Schon gut. Ich glaube, du bist immer noch nicht ganz da. Du hast einen schlimmen Schock erlitten.« Er nahm ein Küchentuch und machte mir damit zart und vorsichtig das Gesicht sauber. Ich schloss die Augen und ließ ihn machen. Es fühlte sich so gut an.

»Es tut mir so Leid für dich«, sagte er immer wieder, und ich antwortete flüsternd: »Danke.«

Dann setzte er sich hin und hörte mir zu, und ich erzählte ihm, wie es gewesen war. Manchmal schrie und brüllte ich, manchmal weinte ich, aber er saß einfach nur da und hörte zu, nahm mich in den Arm, wenn ich in den Arm genommen werden wollte, aber sonst hörte er einfach nur zu, als ich es am nötigsten brauchte.

Insgesamt muss es ein paar Stunden gedauert haben, aber ich glaube, er hat nicht ein einziges Mal gegähnt oder mit dem Fuß gewippt oder sich gelangweilt umgeschaut.

Schließlich saß ich auf dem Boden des Taji, redete vor mich hin, weinte und schimpfte, bis ich endlich wieder ruhig wurde. Dad warf sein Hemd in den Trichter des Kleidermachers, wo es zermahlen und recycelt wurde.

»Tut mir Leid wegen des Hemds«, sagte ich. »Ich weiß, dass es dein Lieblingshemd war.«

»Kein Problem, in zwei Minuten habe ich ein neues. Aber jetzt bin ich ziemlich erschöpft, Teri-Mel, und würde ...«

»Geh schlafen, Dad. Mir geht's wieder besser. Danke.«

»Weck mich, wenn du mich brauchst.« Er drückte mich noch einmal und ging dann zum Schlafen in sein Zimmer.

Trotz seiner Geduld und Freundlichkeit mir gegenüber musste ich unwillkürlich daran denken, dass Dad wirklich müde, alt und entmutigt aussah. Ich machte mir einen Cheeseburger mit Pommes im Erneuerer, duschte mich kurz und ließ mich dann ins Bett fallen. Ohne Anzug im Bett zu liegen, fühlte sich komisch an, als wäre ich wieder in der Schule, und irgendwie gruselig; fast wäre ich noch mal aufgestanden und hätte mir meinen Anzug angezogen, einfach nur, um mich sicher zu fühlen.

AM NÄCHSTEN MORGEN wachte ich müde auf und fühlte mich, als hätte man mich vergiftet. Alles um mich herum wirkte eigenartig schwer und trüb, und ich wollte einfach nur im Bett bleiben. Aber Dad erklärte mir, dass er mich nicht einfach sackratten lassen würde. »Du kommst viel besser und obendrein schneller mit dir klar, wenn du sofort aufstehst und rausgehst, bevor dir deine Verunsicherung zu große Hürden aufbaut, die du überwinden musst. Geh raus, zeig dich, vermittele den Leuten den Eindruck, dass du den Trottel längst vergessen hast, und sechs andere von seiner Sorte dazu. Verlieb dich nicht gleich wieder, lass dich auf keine Schlägereien ein, geh nirgends hin, wo du denkst, dass Perry auch dort sein könnte, aber sonst lass dich überall sehen, triff dich mit Leuten, schau dir alles an. Hier ist dein Terminplan für heute ... Du hast ein Mittagessen, zweimal Kaffee, einmal Tee und dann das Abendessen mit den Wangs und Kindness. Ich habe deine Erwachsenen-Abschlussprüfung um einen Tag verschieben lassen, wegen emotionalen Stresses, aber du kannst sie morgen früh gleich als Erstes ablegen.«

Ich hätte am liebsten losgejammert, zog es aber vor, mich nicht jammern zu hören, und sagte einfach nur: »In Ordnung, Dad«, wusch mir das Gesicht, legte mein neues Band und den Schurz an, marschierte hinaus und stellte mich der Welt.

Ich hatte gehofft, ein stilles Fleckchen zu finden, wo ich mich einfach nur hinsetzen konnte, aber abgesehen von unserem eigenen Taji, wo ich nicht hinkonnte, weil Dad dann wusste, dass ich gesackrattet hatte, gab es so ein Fleckchen nicht. Bei Treffen ging es darum, sich mit anderen Leuten zu treffen.

Also riss ich mich zusammen und spazierte durch die Gegend und sagte allen möglichen Leuten hallo. Freunde, besonders die in meinem Alter, drückten mich am Arm und sagten, wie Leid ihnen das alles tat. Andere Bekannte benahmen sich vielleicht ein bisschen seltsam, aber alle waren betont nett. Wahrscheinlich hatte Dad Recht. Sie hatten abgestimmt, und ich war diejenige, die Nicht-das-Arschloch war.

Als es Zeit zum Mittagessen wurde, freute ich mich direkt darauf, mich mit einigen meiner Schulfreunde zu treffen. Danielle, Calliope, Urania und Miriam waren Kinder aus Familien, die mit Dad und Mama zusammengearbeitet hatten, deshalb waren wir als kleine Kinder oft im gleichen Taji gewesen. Jetzt waren sie potenzielle künftige Geschäftskontakte. So lautete jedenfalls unsere Ausrede. In Wahrheit war es einfach ganz prima, sie alle wieder einmal zu sehen, besonders jetzt, wo Calliope ihren Abschluss gemacht hatte, Urania die Schule hatte sausen lassen und Miriam auf eine Schule in Goddard gewechselt war, weshalb ich in ein paar Tagen, falls ich tatsächlich mit der Schule weitermachen wollte, dort nur noch Danielle antreffen würde. Wie immer gingen wir zur Bude der Djeverniks, wo sie Kaninchen süß-sauer an kleinen Spießen verkauften, überfraßen uns dort und verklebten uns die Gesichter, so wie bei jedem Treffen, seit wir acht oder so waren. Das bedeutete, dass ich zum Taji zurückmusste, um mir das Gesicht zu waschen.

Dad war nicht da, deshalb verbrachte ich nach dem Waschen ein *skoshi* Zeit vor dem Spiegel und fand, dass ich einen der neuen Looks ausprobieren sollte, die gerade in Mode kamen. Manche Frauen trugen jetzt Kleider wie in den alten Filmen, und dafür gab es ein tolles leichtes Material, das nicht warm war und einen auch nicht einengte oder unbequem saß, also fabrizierte ich einen knielangen ärmellosen Unterrock von weiter vorne im Katalog, ein hübsches Ding, das nicht so kompliziert zu sein schien. Nachdem ich ein *skoshi* geübt hatte, zeigte sich, dass es überhaupt nicht leicht war, ständig daran zu denken, die Knie zusammenzuhalten, und sich zu versichern, dass das Kleid nicht zu weit hoch rutschte, aber ich dachte mir, da die meisten Leute im Vergleich dazu fast nackt herumrannten, war niemand darauf angewiesen, ausgerechnet mir unter den Rock zu schielen. Und das Kleid, das Danielle angehabt hatte, war einfach atemberaubend gewesen, so hübsch und ungewöhnlich, obwohl sie die Erfahrung machen musste, dass sich Kleider nicht unbedingt gut dafür eignen, klebriges Fingerfood wie zum Beispiel Kaninchen am Spieß zu essen.

Erst als ich das Taji wieder verlassen hatte, auf der Straße entlangspazierte, mich über die Blicke der Jungs und die Bemerkungen der Frauen über das Kleid freute, fiel mir auf, dass ich eine ganze Stunde überhaupt nicht mehr an Perry gedacht hatte – und das war ein ganz besonders tolles Gefühl.

Der Rest des Tages ging in dem allgemeinen Rauschen des Treffens unter. Ich traf alle möglichen Leute, ließ überall Visitenkarten zurück, lud Leute zu einem Besuch unseres Stands an den letzten beiden Tagen ein, gab zu, dass, ganz recht, Teri-Mel der Kosename meines Vaters für mich sei und dass das neue Land nach mir benannt sei, beantwortete Fragen darüber, was die Satellitenbilder zeigten (die Antwort lautete, dass die Fontäne immer noch hell und weit sichtbar brannte und das Wasser im ganzen Tor-Massiv herabschneite und das gesamte Land sich so rasch neu bildete, dass man kaum den Überblick behielt). Es machte Spaß, so im Mittelpunkt der Aufmerksamkeit zu stehen, und ich gestand mir ein, dass es auch viel mehr Spaß machte, wenn die Aufmerksamkeit einem selbst galt und nicht einem großen gutaussehenden, aber schweigenden Typen neben einem – der, wie ich jetzt zugeben konnte, deshalb schwieg, weil er einer solchen Unterhaltung nicht schnell genug folgen konnte, und der ständig versuchte, mich davon wegzuziehen, damit wir uns »ernsthaft unterhalten können«, womit er »ernsthaften Sex« meinte. Der nächste Typ, das schwor ich mir, wird genauso gut aussehen, aber zehnmal so schlau und kein bisschen ernsthaft sein.

Am Abend war das Essen bei den Wangs. Außer mir und Kindness kamen noch Earl und Myrtle Foucault. Sie gehörten zu der sehr kleinen Minderheit von Menschen, die immer noch Cybertao praktizierten. Es war nur schwer vorstellbar, dass das überhaupt noch jemand machte, es kam einem vor wie ein Relikt aus grauer Vorzeit, wie Napoleon oder Jesus oder Präsident Kennedy jr. Aber tatsächlich war es so, dass die ältesten Leute sogar noch in der Zeit *vor* Cybertao geboren waren und somit den ganzen Aufstieg und Fall des Stochastischen Glaubens miterlebt hatten, von den Anfängen in den frühen 2000ern, bis er so um 2025 die halbe Menschheit umfasste und gegen 2070 so gut wie völlig verschwunden war.

Eins musste man den Cybertaos jedoch zugute halten: Sie hatten eine richtige Tradition. Ich glaube, damals waren sie fest davon überzeugt gewesen, sie würden so lange durchhalten wie der Islam, der Buddhismus oder das Christentum. Deshalb sind sie auch total systematisch vorgegangen, als es darum ging, alle möglichen Sitten und Gebräuche einzuführen, von denen sie annahmen, dass sie sich Tausende von Jahren halten würden. Es war lustig, sie in ihren Wohnungen zu besuchen, denn sie machten so viele komische Sachen auf so interessante Art und Weise, aber sie bekamen einfach keine neuen Jünger mehr.

Earl war schon älter und trug einen transparenteren Helm als die meisten Rounditachi, mit einem größeren Visier, was zur Folge hatte, dass seine Maske sich bis hinauf in die Stirn zog und unten bis zur Unterlippe, mit jeder Menge tiefer Furchen und Leberflecken drin. Sein hellbraunes Haar trug er lang, drei Zentimeter oder so, und er trug eine sonnengebleichte Stirnlocke, die man unwillkürlich immer wieder anstarren musste. Dad hatte mir früher, als ich noch klein war, einmal gesagt, dass Earl nicht so seltsam aussah, weil er Cybertao war. *Also rede nicht wegen Earl schlecht über Cybertao. Earl ist nicht komisch, weil die* Cybertaos *komisch sind,* hatte Dad gesagt, *Earl ist komisch, weil* Earl *komisch ist.*

Er hatte Myrtle bei Cybertao-Gottesdiensten kennen gelernt. Sie war eine stille Frau mit großen Pferdezähnen, vollen, roten Lippen und riesengroßen Augen, sodass es immer aussah, als wäre ihr Gesicht viel zu klein für alle diese Merkmale, als wäre sie irgendwie knapp an freien Flächen.

Sie lachte immer mehr als sie redete, und besonders gut gefiel ihr alles, was Earl sagte und sich so anhörte, als habe er einen Witz machen wollen. Wahrscheinlich trug das dazu bei, dass sie allem Anschein nach ein glückliches Paar waren.

Wie bei allen Cybertaos fühlte man sich in ihrer Gesellschaft recht wohl, denn sie versuchten einen nicht voll zu quatschen oder in eine bestimmte Richtung zu drängen, es sei denn, man bot ihnen ein entsprechendes Thema, was sich leider nicht lange vermeiden ließ.

Sie redeten ungefähr so viel, wie ich es mir von Kindness O'Hart gewünscht hätte, und umgekehrt. Sein Name verriet einem sofort, dass er irgendwann so um die 2040er geboren sein musste, in der Grauen Dekade, und zwar auf der Erde, denn genau dort und zu jener Zeit waren schmückende Namen groß in Mode gewesen. (In der Schule hatte ich ein Mädchen gekannt, dessen Großmutter Pussy Galore hieß, nach irgendeiner obskuren ausgedachten Figur, und der Vater meiner Mutter war auf den Namen Uranus Pootz getauft worden und hieß auch so, bis er ihn zu einem unauffälligen, normalen Ajax Tharsito umwandeln ließ, nachdem beide Elternteile gestorben waren.) Aber sein Name war wirklich der einzige Hinweis auf Kindness' Alter. Er gehörte zu diesen alterslosen Menschen, die ebenso als alte Fünfunddreißiger wie als junge Siebziger durchgehen.

Esther Wang versuchte ihm einzureden, dass er sich nach einem dauerhaften Partner umsehen sollte. Seit er damals mit Dad und Mama im Team gearbeitet hatte, war er solo geblieben, und ihrer Meinung nach wurde er allmählich zu alt, um allein weiterzumachen, denn dort draußen konnte einem immer etwas zustoßen, und ohne Partner konnte man leicht einfach spurlos verschwinden. »Wohingegen ich mit einem Partner«, führte Kindness den Gedanken vergnügt weiter, »in den Genuss eines sorgfältig gekennzeichneten Grabes käme, was mich sicherlich ungemein beeindrucken würde. Klar, es kann immer was passieren, dann ist es gut, wenn man einen Partner hat, der Hilfe holen kann, wenn man bewusstlos daliegt oder Schmerzen hat, aber für die allermeisten Situationen reicht das Satcell völlig aus. So viel riskanter ist es ohne Partner eigentlich gar nicht. Und ich denke halt gern ein bisschen nach, ohne dass mich ständig jemand dabei unterbricht.«

»Worüber denkst du nach?«, erkundigte sich Walter Wang und stellte eine Schüssel mit echten Kartoffeln und eine Soßenschüssel auf den Tisch. Er hatte schon zweimal aus der Küche Nachschub geholt. Leute, die nicht oft richtiges Essen zu sich nehmen, speisen mit echter Leidenschaft.

Kindness starrte ins Weite, mit einem von diesen Tausende-von-Metern-bis-über-den-Horizont-Blicken, die manche Erwachsene kriegen, wenn sie zu weit in die Vergangenheit zurückschauen, bis zum Krieg der Meme und in die Graue Dekade und auf all den ganzen anderen schlimmen Scheiß, der vor langer Zeit auf der Erde passiert ist. Auch deshalb konnte ich froh sein, dass Dad auf dem Mars geboren wurde, denn er hat von diesem Zeug ebenfalls nicht allzu viel mitgekriegt.

»Tja«, sagte Kindness nach einer schier endlosen Pause, »ich habe jede Menge Schlimmes und Trauriges gesehen und auch ein paar wundervolle und schöne Dinge, und daran denke ich immer wieder, und dann versuche ich, auch im Schlechten das Gute zu finden, oder zumindest etwas, was mir sagt, dass es nicht ganz so schlecht gewesen ist. Und ich suche nach dem Warum. Und manchmal macht es mir einfach nur Spaß, einen ganzen Tag für mich zu haben und nicht einmal in Worten denken zu müssen. Eigentlich geht es doch nur darum, seinen Frieden zu finden.«

Earl räusperte sich wichtigtuerisch, und Esther und Walter tauschten Blicke aus, offensichtlich um einen Themenwechsel bemüht, bevor Earl eine seiner kleinen Predigten anstimmen konnte. Kleine Predigten – so nannte Dad sie immer, weil sie, wie er sagte, zu klein für richtige Predigten waren und eher kleinere, einer Predigt ähnliche Objekte darstellten.

Der Com hätte sich zu keinem besseren Zeitpunkt melden können.

Esther Wong sah auf und sagte: »Auf den Schirm«, und leitete das Signal auf den großen Bildschirm über dem Tisch in ihrem Taji. Eine rotblaue Kugel erschien, und sie erhob sich vom Tisch, noch bevor die Stimme intonierte, dass diese extraplanetarische Übertragung von Memen gesäubert worden war. »Ach, das ist bestimmt Judy, meine Schwester auf der Erde. Bitte entschuldigt mich, aber ich höre mir ihre Nachricht lieber gleich im Schlafzimmer an. Wenn ich mit den Gedanken bei Judy bin, kann ich mich auf unsere Unterhaltung überhaupt nicht konzentrieren. Sie muss mit ihrer Familie schon zum dritten Mal aus dem Mohawk Valley evakuiert werden. Sie dachten, der Eisdamm sei inzwischen mit seiner neuen Ausformung fertig, aber offensichtlich haben sie sich wieder getäuscht. Das Letzte, was ich gehört habe, war, dass sie sich bereithalten sollen und das Haus vielleicht wieder verlieren würden, und jetzt muss ich einfach wissen, ob es ihnen gut geht.« Sie nickte uns allen zu, ohne sich ernsthaft zu vergewissern, dass wir alle damit einverstanden waren (was hätten wir auch groß dagegen sagen können?), und hüpfte durch die Tür ins angrenzende Zimmer. Dann vernahmen wir das Flüstern eines Vertuschers, der alle Geräusche aus dieser Richtung übertönte.

»Na, das kann eine Weile dauern«, sagte Walter. »Sie kann garantiert der Versuchung nicht widerstehen, gleich eine Antwort für Judy aufzunehmen. Aber sie hasst es, wenn ihr Essen dadurch verdorben wird, dass alle herumsitzen und auf jemanden warten müssen. Andererseits wird sie bestimmt noch saurer, wenn wir nicht einfach weiteressen. Möchte noch jemand einen dritten Nachschlag, egal wovon?«

Das Essen war köstlich, aber alle hatten schon mehr als genug gegessen, deshalb aßen wir nur noch die Teller leer, machten eine Pause, um zu ergründen, ob irgendwo im Bauch noch ein wenig Platz war, und überdachten dann die Möglichkeit von Orangensorbet und Kaffee.

»Das muss dir seltsam vorkommen«, sagte Earl.

Walter zuckte mit den Achseln und schenkte weiter Kaffee ein. »Na ja, Esther bleibt mit Judy in Verbindung, weil die beiden einander schon immer sehr nahe standen. Und es ist nicht so schlimm, wie ihr vielleicht denkt. Ich kannte Judy bereits vorher, und wenn man sich ihre Nachrichten ansieht, kommt sie einem eigentlich so gut wie überhaupt nicht verändert vor. Es ist nicht so wie in den ersten paar Jahren nach der Zweiten Diaspora, als OneTrue jeden Einzelnen total kontrollierte und niemand auch nur den Mund aufmachte, ohne sich mit seiner persönlichen Resuna abzusprechen. Damals waren die Nachrichten von Judy irgendwie schräg und gruselig, und natürlich erinnert sich jeder von der Erde noch an das original OneTrue, wo jeder, der darauf lief, die gleiche Persönlichkeit hatte und die gleichen Reaktionen zeigte und nur das tat, was von ihm erwartet wurde, wie Ameisen in einem Ameisenhaufen oder Roboter am Fließband. Ich meine, all diese alten Geschichten entsprachen der Wahrheit. OneTrue hat wirklich solche Sachen gemacht wie Kinder über Minenfelder und in Maschinengewehrfeuer marschieren lassen oder eine Frau gefangen nehmen, auf die irgendein hochrangiger Wissenschaftler scharf war, und sie zu seiner Sex-Sklavin zu machen, nur um an ihn ranzukommen, oder ein paar Hundert Freiwillige bestimmen, die als medizinische Versuchskaninchen dienten. Die reinste Form von Ein-Gutes-hat-es-doch-gehabt, die die Welt jemals gesehen hat, und ich habe den Großteil des Krieges damit verbracht, für die Freecybers zu kämpfen, also habe ich jede Menge davon direkt miterlebt.

OneTrue war so schlimm, dass sogar die original Resuna eine echte Verbesserung darstellte, als OneTrue beschloss, sich zu verteilen, statt immer nur eins zu eins aufzutreten – wenigstens konnte man wieder individuelle Eigenschaften erkennen, zumindest dann, wenn OneTrue nicht die volle Aufmerksamkeit auf das betreffende Individuum richtete. Heutzutage werden die meisten Menschen auf der Erde von

OneTrue nur hin und wieder besucht, ja, sie werden besucht, so nennen sie es, es hört sich immer an, als hätte Judy es zum Kaffee eingeladen oder so was in der Art, aber wenn's hochkommt, geschieht das ein paar Mal im Jahr, normalerweise am Geburtstag, aus welchem morbiden Grund auch immer, und ihre Resunas verhalten sich ruhig, bis OneTrue etwas von ihnen braucht, oder bis sie es um Hilfe bitten ...«

»Hilfe«, grunzte Kindness. »Ja, ich kann mir schon denken, dass es für jemanden, der auf Resuna läuft, wie Hilfe aussieht, wenn man von dem Mem übernommen und kontrolliert wird.«

»Na ja«, sagte Walter. »Ich will es nicht verteidigen, das weißt du, aber nach allem, was nach dem Krieg der Meme geschehen ist, würde es dort draußen Milliarden von echt Durchgedrehten geben, wahrscheinlich der Großteil der Erdbevölkerung, nach allem, was sie mitgemacht haben oder was man ihnen angetan hat oder wozu man sie gezwungen hat. Und nachdem die Biosphäre der Erde völlig im Eimer ist, können sie sich nicht Milliarden hilfsbedürftiger Patienten leisten. Sie brauchen jeden Einzelnen, der mit anpackt. Ich sage ja nicht, dass sie unbedingt für OneTrue arbeiten sollten oder dass Resuna sie nicht kontrolliert oder manipuliert oder dass das ganze Ding nicht verdammt böse ist, aber ich sage, dass die Leute, wenn sie nicht alles immer wieder an Resuna übergeben könnten, viel zu unglücklich sein würden, dass man dort einen Planeten voller schreiender Irrer hätte und dass es ihnen mit Resuna immerhin gelingt, alles wieder ganz hübsch aufzubauen. Ich möchte es nicht hier haben, aber ich kann verstehen, weshalb manche froh sind, dass dort ist, und sogar verstehen, glaube ich jedenfalls, das niemandem trauen, der nicht auf Resuna läuft oder nicht an OneTrue angeschlossen ist. Ziemlich genau so, wie wir hier niemandem vertrauen, der auf ihre Weise funktioniert. Es klingt schräg und abnormal, aber man versteht die Art und Weise, wie man funktioniert, deshalb will man, dass die anderen genauso funktionieren. Versteht ihr, was ich meine?

Wie auch immer, wenn man Judy auf dem Bildschirm sieht, würde man niemals vermuten, dass sie anders ist, geschweige denn, dass etwas mit ihr nicht stimmt. Sie ist die gleiche alte Judy wie immer, bis auf ihren vorbildlichen Mut, die absolute Gelassenheit und die perfekte Konzentration, wenn sie ihrer bedarf. Gott möge mir vergeben, aber hin und wieder, wenn die Dinge nicht so gut laufen und ich daran denke, dass ich einfach nur diese vier Worte sagen muss, um fortan ohne Stress durch den Tag zu kommen, immer das Richtige zu tun, dann beneide ich sie sogar ein bisschen. Also wie gesagt, es ist überhaupt nicht so seltsam, mit ihr in Kontakt zu stehen und zu wissen, dass Esther ihr immer wieder antwortet. Sie waren immer so vertraut miteinander, und sie würden einander so sehr vermissen, wenn das hier nicht möglich wäre, und Judy ist wirklich nicht viel anders als vorher.«

»Hmm«, brummte Earl. »Ich habe einen Bruder auf der Erde, aber wir hatten nicht gerade das, was man eine glückliche Kindheit nennen würde, und ich glaube nicht, dass Resuna ihm erlauben würde, sich mit mir zu unterhalten ... Jedenfalls hat er nie versucht, sich bei mir zu melden. Manchmal habe ich natürlich große Lust, mich mal wieder mit ihm zu unterhalten. Er ist der Einzige, der sich an manche Dinge noch erinnert, an die vielen kleinen Familienscherze, wisst ihr, als wir beide noch klein waren, und das wäre bestimmt nett, sich mit jemandem zu unterhalten, der sich noch daran erinnert.«

»Zumindest könnte ich auf diese Weise herausfinden, wo du einige deiner lächerlichen Spitznamen herhast«, sagte Myrtle und lachte.

Kindness seufzte. »Tja, verglichen mit OneTrue selbst – dem alten OneTrue, das pro Hirn eine komplette Kopie installierte – ist an Resuna überhaupt nichts Gruseliges, zumindest nicht an der Oberfläche. Es heißt, es handelt sich nur um eine Angelegenheit von Speicherplatz und Bearbeitungszeit, dass Resuna, weil es nur deine Lokalverbindung zum großen Hauptelement OneTrue ist, dir viel mehr

Persönlichkeit überlässt, mit der du du selbst sein kannst, aber ich glaube wirklich, dass das neu entstandene OneTrue sich von der alten Jedes-Gehirn-eine-Kopie-Version unterscheidet. Ich unterhalte mich manchmal mit alten Freunden auf der Erde, die auf Resuna laufen, vielleicht ein oder zwei Mal pro Erdjahr, und ich muss sagen, dass die Leute, mit denen ich gesprochen habe, anders sind als vorher, aber nicht unbedingt auf eine bedenkenswerte Art und Weise. Menschen werden von dem geformt, was ihnen widerfährt, und was den Menschen auf der Erde seit drei Generationen widerfahren ist, war schlimm genug, dass man nicht unbedingt Menschen haben möchte, die von diesen Dingen geprägt wurden und frei herumlaufen und das tun, was ihnen natürlich vorkommt.«

»Aha«, sagte ich. »Und wie anders sind sie? Ich meine, wodurch unterscheidet sich Resuna von OneTrue?«

»Wie ich schon gesagt habe, es unterscheidet sich nicht davon«, sagte Walter. »OneTrue lief früher mit einer Kopie pro Gehirn, jetzt gibt es nur ein einziges OneTrue, das über Resuna auf allen Gehirnen läuft, aber wie man es auch dreht und wendet, ein Mem kontrolliert die Person, bei der es sich eingenistet hat, genau das tut ein Mem, nichts anderes. Der große Unterschied besteht darin, dass, wenn es sich um Resuna handelt, es nicht so viel Platz in Anspruch nimmt, sodass die Person immer noch die gleichen Grundbedürfnisse hat und die gleichen Erinnerungen und auch sonst alles tut, was sie getan hat, als sie noch ungememt war, und solange sie nicht *lülü* sagt –«

*»Lülü?«*, fragte Earl.

»Die Abkürzung für die vier Worte.«

Ich weiß nicht, wie effektiv diese Methode war, um sich davon fernzuhalten, denn ich dachte sofort: ›Lass überbrücken, lass überschreiben‹.

»Wie auch immer, Teri, wenn Resuna in Kraft tritt und nicht nur im Hintergrund läuft wie meistens, dann geht es in den Hirnen ungefähr so zu wie bei uns in einer Stadt bei

Stromausfall oder bei einem Druckleck – alle verhalten sich absolut ruhig und tun genau das, was sie zu tun haben.

Und was OneTrue angeht ... Also, die aktuelle Version sitzt bei niemandem direkt im Kopf, man kann sie sich wohl eher als Austausch zwischen all den Milliarden Resunas vorstellen, die, auch wenn sie gerade nicht gebraucht werden, im Hintergrund miteinander in Verbindung stehen. Wer also könnte wirklich sagen, was dieses OneTrue denkt oder wie es beschaffen ist? Es scheint die Menschen nicht grundlos umzubringen oder zu etwas zu zwingen oder auch nur ihre Persönlichkeiten zu löschen und sie mit irgendwas Eigenem zu überschreiben, so wie es die alte Version getan hat. Falls doch, haben wir noch nichts davon erfahren, und ich glaube auch nicht, dass es so etwas besonders oft tut. Und das finde ich gut.

Es ist jedenfalls besser als damals, als OneTrue sich deinen Verstand einfach schnappte und damit machte, was es wollte. Damals im Krieg beschloss OneTrue einfach, uns eine Position wegzunehmen, und ließ dann eben eine Einheit oder eine ganze Kompanie gegen uns vorrücken, ohne Angst, ohne Vorsicht, ohne Gedanken an Rückzug, immer weiter, bis alle tot waren, und immer so weiter, bis wir nachgeben mussten. Ich weiß nicht, ob das aktuelle OneTrue auch so etwas tut, aber da kein Krieg herrscht und es auch keine anderen konkurrierenden Meme gibt, tut es dergleichen zumindest nicht sehr oft.«

Kindness nickte. »Die Freecyber haben es allem Anschein nach verändert, so ziemlich gegen Ende des Krieges, als OneTrue ihn beinahe gewonnen hatte, aber dann schien es sich zurückzuziehen, als die avancierten Freecyber sich über den Globus ausbreiteten, da hieß es nur noch ›anpassen oder sterben‹, und die eine Art, in der Meme nicht wie Menschen sind, besteht darin, dass das für sie eigentlich keine Wahlmöglichkeit darstellt. Sie passen sich immer an. Man konnte sehen, dass Gruppen von Freecybern, die in losen lokalen Netzwerken zusammenarbeiteten, klüger, flexibler und schneller vorgingen als ein Team identischer OneTrues unter einem einzigen Oberkontrolleur. Und das ganze Geheimnis der Freecyber bestand darin, dass sie im Vergleich zu anderen Memen so winzig klein waren. Lange Zeit scherte sich niemand darum, eines zu tragen, denn es tat nichts anderes, als eines der großen Kontroll-Meme zu schützen, und sogar gegen Ende des Krieges, als die Freecyber aktiv damit anfingen, Menschen zu übernehmen, schnappten sie sich meistens solche, die ohnehin auf ihrer Seite kämpfen wollten.

Auch darin ist Resuna den alten Freecybern sehr ähnlich. Die meisten Menschen auf der Erde *wollen* wahrscheinlich für die Wiederherstellung des Planeten arbeiten und alles wieder auf ein handhabbares Maß bringen, und die meisten von ihnen können verstehen, dass jeder kooperieren muss und fair spielen und mehr als nur seinen üblichen Anteil leisten und dafür weniger herauskriegen. Was Resuna tut, außer OneTrue einen Aufenthaltsort zu verschaffen, ist, sie das alle gemeinsam tun zu lassen, ohne die Traumata und den Stress, der ihnen, wie sie sehr wohl wissen, sonst im Weg stehen würden und sicherzustellen, dass sich niemand auch nur eine Sekunde lang darum sorgt, dass die anderen schummeln und nicht richtig mitmachen könnten. So ungefähr wie der Sozialismus ursprünglich gemeint war.«

Earl schauderte. »Meine Vorfahren waren Sozialisten, aber so etwas haben sie bestimmt nicht gewollt.«

Kindness schüttelte den Kopf. »Ich hätte auch sagen können, dass es sehr christlich oder sehr demokratisch ist. Die Menschen haben schon immer großzügig teilen wollen, aber auch immer Angst davor gehabt, dass sie, wenn sie es tun, von den anderen nichts als ausgenutzt werden. Und zwar zu Recht. Ob man es nun christliche Nächstenliebe oder demokratische Großzügigkeit oder soziale Gerechtigkeit nennt, ganz egal, jedenfalls ist es das, was dir Resuna gibt: jeder nach seinen Fähigkeiten, jedem nach seinen Bedürfnissen, *und alles ohne Schummeln.* Die Tatsache, dass Resuna ein kleiner hilfreicher Teil deiner Persönlichkeit ist statt ein riesiger überschreibender Controller, verhindert einfach nur, dass das Joch zu sehr scheuert, aber die meisten Menschen fühlen sich in diesem kuscheligen Joch sehr wohl, deshalb wirken sie natürlich wie sonst auch immer, wenn man sich mit ihnen unterhält. Weil sie so sind wie immer, nur netter und höflicher und weniger gestresst.«

»Du bist heute Abend ja richtig gesprächig«, sagte Earl.

Kindness seufzte, als würde er die Geduld verlieren. »Also, mir gefällt es, hier draußen ganz allein in den Roundings zu sein und meinen Gedanken nachzuhängen. Zufällig habe ich über einiges von dem, wovon ihr heute gesprochen habt, schon ziemlich oft nachgedacht.« Er lächelte mich an. »Aber damit langweilen wir unsere arme Teri wahrscheinlich ganz schrecklich. Sie weiß, dass die Erde von Memen übernommen wurde, und dann von nur einem Mem, und dass alle hier vor den Memen Angst haben, aber ich wette, dass sie noch niemals einem gememten Menschen begegnet ist oder mit einem gesprochen hat.«

»In der Schule zeigen sie uns nicht mal Filme von ihnen. Die Eltern finden, dass es die Kinder zu sehr erschrecken könnte.«

»Das muss toll sein«, sagte Earl und wedelte nachdrücklich mit dem Löffel. »Überhaupt nichts direkt über sie zu wissen, meine ich. Ich hoffe, dass wir niemals, niemals Kinder hier auf dem Mars haben werden, die irgendetwas über Meme wissen.«

Der Geräuschvertuscher schaltete sich ab, und Esther kam wieder herein. »Also«, sagte sie, »wir können unbesorgt sein. Diesmal konnten sie das gesamte Mohawk Valley retten. Wie sich herausgestellt hat, waren schon seit einigen Jahren Trupps dort in den Bergen unterwegs und haben Dämme und Deiche gebaut und einen Umleitungskanal, der den ganzen Schlamassel direkt unter den Alleghenies ins Bett des Alten Hudson geführt hat. Dadurch wurde sogar einiges von dem Schlick aus dem New Yorker Hafen herausgeschwemmt, und Manhattan und Long Island sind zeitweise wieder Inseln. Es hat sich also doch noch alles zum Guten gewendet. OneTrue hat ihnen anfangs nur einiges vorenthalten, weil es nicht sicher war, ob alles rechtzeitig fertig würde, und es fand, die ganze Sache sei wohl stressfreier, wenn sich alle von Anfang an auf eine eventuelle Evakuierung einstellen.

Ansonsten gibt es nichts Neues ... Sie hat mir ein paar der alten Rezepte meiner Mutter geschickt, die ich für einen kleinen Essensstand beim nächsten Treffen ausprobieren möchte, nur um zu sehen, ob überhaupt noch jemand die alten Aromen mag, aber sie konnte sich nicht mehr an die Regeln von Räuber und Gendarm, Meister, gib uns Arbeit oder Prellball erinnern ... Das waren Spiele, die wir als Kinder immer gespielt haben, und jetzt möchte sie sie ihren Kindern beibringen, und, tja, mehr haben wir nicht besprochen. Aber ich wette, dass ihr die ganze Zeit den armen Walter in die Zange genommen habt, nur weil ich immer noch mit meiner Schwester rede.«

Damit war sie der Wahrheit so nahe, dass wir alle ein wenig zusammenzuckten, aber Esther Wang schien nicht sauer oder auch nur besorgt deswegen zu sein. »Ehrlich«, sagte sie, »die Leute machen sich viel zu viele Gedanken. Man braucht eine konstante Rückkopplungsschleife, um ein Mem in sein Gehirn zu kriegen. Man kann es nicht einfach hineinrammen, man muss es mit dem restlichen Verstand verbinden, und um das zu tun, muss man in Realzeit sprechen. OneTrue war nicht mal in der Lage, den Mond zu übernehmen, und das wegen der anderthalb Sekunden Funkverzögerung. Mehr Schutz braucht man überhaupt nicht. Die Funkverzögerung von der Erde bis hierher beträgt manchmal zwanzig Minuten und nie weniger als vier. OneTrue wird es niemals gelingen, hier irgendwelche Meme zu installieren, es sei denn, es schleust hier ein richtiges, konkretes Gehirn, einen Computer oder eine Aufnahme ein, und dafür haben wir schließlich unsere Planetenabwehr. Das meiste von dem, worüber sich die Leute Sorgen machen, ist einfach lächerlich.«

Walters Unterkiefer mahlte heftig, und ich hatte den Eindruck, diese Ansicht sei nicht unbedingt dafür gedacht, außerhalb der vier Wände der Wangs geäußert zu werden, womöglich nicht einmal innerhalb. »Aber du möchtest doch sicherlich keine eigene Kopie davon haben, oder?«

»Natürlich nicht. Es ist viel zu beschwerlich, sie wieder loszuwerden. Andererseits kann ich mich noch gut an Judy erinnern, als sie noch jünger war. Sie war eine ziemliche Nervensäge. Selbstzerstörerisch. Gemein und hinterhältig. Man kam nur schwer mit ihr aus, mein Schwager hat mir richtig Leid getan. Jetzt ist sie ein reifer, angenehmer, vernünftiger Mensch. Wenn ihr mir also einreden wollt, dass Resuna den Leuten irgendetwas antut, dann kann ich nur sagen: Bei Judy lässt sich das nicht nachweisen.«

»Wir müssen sie von uns fern halten«, sagte Walter in einer absolut deplatzierten Folgerung, »bis die Schiffe zurückkommen und alles wieder in Ordnung bringen.«

Die Atmosphäre wurde eindeutig frostiger, und auf einmal fiel Earl und Myrtle ein, dass sie noch mit jemandem auf einen Absacker verabredet waren, und Kindness bemerkte ganz erstaunt, welche Mühe es ihm bereite, in seinem Alter zu so später Stunde noch wach zu bleiben. Es gab auch wirklich noch einen Mixer, zu dem ich gehen wollte, zum ersten Mal seit einigen Jahren wieder als Single, deshalb glaube ich, dass meine Entschuldigung wenigstens überzeugender klang als die der anderen.

Innerhalb kürzester Zeit waren wir alle zur Tür hinaus.

WAS DOCH SO ALLES in diesem kleinen Wörtchen steckt: Mem. Als Wort ist es ungefähr 125 Jahre alt.

Es war einmal, vor langer Zeit und weit, weit weg, ein Wissenschaftler ohne besonders viel Ahnung von Philosophie, der sich daranmachte, einen sprichwörtlichen gordischen Knoten zu durchtrennen. Ähnlich wie Alexander, der den echten Knoten zerschnitt, erhielt er von vielen Seiten Applaus, von Leuten, die nicht kapierten, dass der Witz an der Sache der war, ihn zu entknoten, und dass der Beweis, dass man einen Strick zerschneiden konnte, absolut nichts über die Überlegenheit des Zerschneiders über den Knotenschlinger aussagte, jedenfalls nicht mehr, als es einen zum besseren Schachspieler macht, wenn man einem Großmeister mit der Faust auf die Nase schlägt. Aber seither war die Philosophie sehr eingenommen von der Metapher des gordischen Knotens, denn mit ihr lassen sich Fälle wie Sam Johnson, der gegen diesen Stein aus Luft tritt, so hervorragend erklären.

Also blieb das Wort Mem weiterhin bestehen, als nervige Möglichkeit, ein Argument mit einem Etikett zu versehen, ohne es zu widerlegen, genauso nervig, wie die Freud'sche Terminologie, wie Neurotransmitter-Erklärungen, Soziobiologie und die Briggs-Meyers es zu ihrer Zeit gewesen waren. Wenn man nicht auf die Argumente von jemandem eingehen will oder – was wahrscheinlicher ist – es nicht kann, sagt man einfach, dass das, was der andere glaubt, nichts anderes sei als eine Überzeugung, die er irgendwo aufgeschnappt habe, nur dass man für ›Überzeugung‹ andere Worte benutzt, und dann behauptet man zu wissen, welche Gedanken der andere nicht ausspricht, und dann beendet man die Auseinandersetzung damit, dass man das irgendwie anrüchig genug macht, um die Sache als Ganzes in Verruf zu bringen. Ein Beispiel? Du sagst bei einer Auseinandersetzung Folgendes: Du stimmst mit mir nicht überein, weil du autoritär bist, und Autorität ist nichts anders als Analfixiertheit, die daher kommt, dass deine Mutter deinem kleinen Po-Loch zu viel Aufmerksamkeit gewidmet hat. Oder: Autorität ist nichts anderes als ein fehlgeleiteter aggressiver Geschlechtstrieb, der von einem minderwertigen Genpaar stammt, das sich noch nicht aus dem modernen Bestand verabschiedet hat. Oder wie im vorliegenden Fall: weil du dir ein Autoritäts-Mem eingefangen hast, weil du stets auf andere Autoritäten gehört hast – so wie man sich einen Schnupfen einfängt, wenn einen jemand anniest.

Ich höre, wie draußen die Flurtür zufällt. Außer mir sind jetzt alle nach Hause gegangen. Ich ziehe die Schublade auf, hole die Flasche raus und proste dem Spiegel zu. Herrje, ich sehe aus, als hätte ich zu wenig richtige Arbeit, zu viel miese Arbeit, zu wenig Schlaf und zu viel Müßiggang. Selbstverständlich sieht mein Gesicht schrecklich aus. Während ihrer Genesung, als Teri mich zum zweiten Mal kennen lernte, schlug sie mir manchmal vor, ich solle es einfach mal bügeln lassen.

Ich vermisse sie.

Die Alternative zu all den Theorien, die zu viel erklären – und deshalb nie widerlegt werden können –, ist der Behaviorismus, der zu wenig erklärt. Wenn also Tante Edna behauptet, die Schaben unter der Spüle trällern ihr lustige Lieder vor, steht einem der Behaviorismus mit der hilfreichen Bemerkung bei, dass in den Aufzeichnungen des Untersuchungsbeamten steht, Tante Edna behaupte das nun einmal steif und fest.

Jeder Staatsanwalt und damit jeder, der – so wie ich – für die Staatsanwaltschaft arbeitet, muss ein Behaviorist sein, um gut arbeiten zu können. Nicht zuletzt deshalb bin ich so ein mieser Wissenschaftler und beruhige mich damit, dass ich eigentlich Künstler bin. Wenn ich beweisen kann, dass Ted Bob so lange mit der Axt bearbeitet hat, bis Bobs Kopf sich von seinen Schultern löste, und dass Bob eindeutig so lange am Leben war, bis und einschließlich des Moments, an dem besagte Axt seinen Hals traf, und dass Bob anschließend oder sehr bald danach tot war, gemeinsam mit der Aussage des Leichenbeschauers, die besagt, dass die Todesursache höchstwahrscheinlich Enthauptung mit einer Axt war, dann müssen wir nichts über Teds Gene oder sein Reinlichkeitstraining wissen, und es ist eine Verschwendung von Steuergeldern und meiner Zeit, auch nur kurz nachzufragen.

Das erste Glas geht sofort runter, kein Problem, und in meinem Hirn klickt es leise. Ich stelle die Flasche weg, schaue nach oben zur Decke und denke ... Aber vielleicht hatten diese alten Mem-Typen damals im Zwanzigsten ja nicht so ganz Unrecht. Pass auf, welche Ideen in der Gesellschaft umgehen, denn ganz egal, wie blödsinnig sie auch sind, man weiß nie, wann irgendein Idiot sie womöglich ausprobiert. Es war ja oft genug in der Vergangenheit passiert: Immer wieder hatten sich dumme Ideen verselbstständigt, angefangen vom Freien Markt über Gottesstaaten bis hin zu Volksrepubliken. In diesem Fall war ›Mem‹ zum Schlagwort der sozial benachteiligten Gruppe geworden, aus der ein Großteil des technischen Personals der Welt besteht, und es bedeutete so viel wie ›unoriginelle Idee‹ oder ›Idee, die mir nicht gefällt und an der du trotz meiner Abneigung festhältst, aus Gründen, die ich gar nicht erst verstehen will‹. Der Ausdruck wurde Teil des Vokabulars, unter Technikern ganz allgemein und bei einem Techniker im Besonderen.

Und zur gegebenen Zeit wurde dieser Techniker oder Ingenieur oder wie er oder sie sich auch genannt haben mag (solche Leute legen im Allgemeinen immer großen Wert auf ihre exakte Berufsbezeichnung, weil sie den Verdacht hegen, dass sie für alle anderen immer nur der Schlaukopf im weißen Kittel sind), dessen Namen wir nicht kennen, aber von dem wir annehmen, dass er ein Cybertao war, erwachsen und ein Söldner im Päpstlichen Nachfolgekrieg, als jene kolossal extravagante Idiotie im Jahre 2049 ausbrach.

Die Erde, die sich wieder zusammengerauft hatte, einigermaßen jedenfalls, größtenteils dank der moralischen Überzeugungsarbeit von Paul John Paul, hatte ihm im Tod eine besondere Ehre widerfahren lassen, indem sie sich selbst entzweiriss. Die Cybertaos scherten sich nicht darum, wer Papst war, aber sie erkannten ihre Chance, sich in einen Streit einzumischen, und ich habe noch keinen Cybertao kennen gelernt, der einer solchen Herausforderung widerstanden hätte.

Und diesem einen sehr klugen Cybertao-Techniker gelang ein gigantischer Unfug, nach dem man schon seit Dekaden gesucht hatte. Wenn ein Computervirus (diesen Ausdruck verwendete man damals, ich weiß, wie schwach die Bezeichnung ist, aber so wurden die auf ein System beschränkten Meme damals genannt) gerissen genug war, konnte es herausfinden, was sich jenseits der Barriere eines Betriebssystems befand und eine Version seiner selbst dorthin übertragen. Als unser anonymer Techniker mit diesem ›universellen Virus‹ ankam (so die ursprüngliche Bezeichnung, wie Automobile früher einmal ›pferdelose Kutschen‹ genannt wurden und Radios ›drahtlose Telegraphen‹), der dann später ›Good Times‹ genannt wurde, lautete der Name, den jemand — vielleicht sogar sein Schöpfer selbst – der allgemeinen Klasse verpasste, dessen Vorläufer er war, natürlich wie etwas, das man aus der Lektüre schlechter Populärwissenschaft kannte: ›Mem‹.

Für ein Mem war das menschliche Gehirn nichts anderes als ein ziemlich großer Parallelprozessor, und in den ersten paar Jahren des Krieges war eine erstaunliche Vielzahl militärischer Hardware der Sorte Direkt-ins-Hirn und Hirndurch-Auge in Umlauf. Es dauerte nicht lange, bis einzelne Ausgaben von Good Times lernten, wie man überwechselte ... oder für die anderen Bewerber in diesem Krieg andere Meme erstellte ... und nach wenigen Jahren war aus dem Päpstlichen Nachfolgekrieg der ›Krieg der Meme‹ geworden, und die Meme fingen an, sich gegenseitig zu eliminieren, bis schließlich ein einziges dickes, fettes Mem über der gesamten Menschheit hockte, wie der letzte Überlebende in einem Zimmer voller Kannibalen: OneTrue. Und das aus Gründen, die nur ihm bekannt sind, herausfand, dass es lieber als immanente Anwesenheit in einem Netzwerk aus vielen Hirnen leben wollte statt jeweils komplett in jedem einzelnen Bewusstsein. Also brachte es Resuna hervor. Und OneTrue sah – durch all seine Resunas –, dass die Welt es und es die Welt war.

Ich ziehe diese Flasche wieder hervor. Übertragungsverzögerung ist die Barriere, die Meme nicht übersteigen können. Ein Mem kann sich in deinen Kopf hineinreden, aber nicht, wenn du Zeit genug zum Überlegen hast. Dank dem Alten Gott und dank Albert Einstein befindet sich die Erde durch die Übertragungsverzögerung in Quarantäne, weil die Lichtgeschwindigkeit nicht nur eine gute Idee, sondern Gesetz ist.

Der Schraubverschluss löst sich widerstandslos in meiner geübten Hand. Darauf noch einen. Ich verspüre für das, was ich meinem Körper und meinem Geist antue, indem ich Alkoholiker bin, weder Gewissensbisse noch Selbsthass. Wenn ich auf Resuna laufen würde, würde Resuna mich vor mir selbst retten, mir die Einsicht vermitteln, dass Trinken falsch ist, und mich unauffällig von dem Zeug befreien. Ich überlege mir träge, ob ich auf dem Heimweg irgendwo in einem Laden etwas klauen oder mit einem Fremden Streit anfangen soll. Nichts davon trägt in irgendeiner Hinsicht dazu bei, mich vor mir selbst zu schützen, was so weit völlig in Ordnung ist. Ob der Trick funktioniert, weiß ich nicht. Jedenfalls wenden ihn die meisten von uns immer wieder mal an. (Diese kleine Beobachtung deutet auf eine Tendenz zum Behaviorismus hin, entweder weil mein strenger Vater mich mit behavioristischem Gedankengut beeinflusste oder weil diejenigen mit einer genetischen Disposition für den Behaviorismus – was ihnen einige Vorteile über Raubtiere oder bei der Paarung verschaffte – zu Behavioristen wurden oder weil ich ein behavioristisches Mem habe.)

Einem Vertreter der angewandten Semiotik würde sofort auffallen, dass ich gerade den Satz »Ich habe ein ... Mem« formulierte, nachdem ich ein Verhalten an den Tag gelegt hatte, das darauf abzielte, mir die Meme vom Leib zu halten. Diese Seminare der angewandten Semiotik habe ich immer gehasst. Ich habe zwar die besten Noten bekommen, ohne etwas dafür zu tun, und ich habe auch ein paar weiterführende Seminare dazu belegt, aber jetzt fällt mir ein, dass ich dieses Fach immer gehasst habe.

Nachdem OneTrue die Erde erobert hatte, wurde der Mars nervös. Schließlich gibt es Dutzende von Möglichkeiten, wie ein Mem zum Mars gelangen kann oder sonst wohin. Es könnte von einem Emigranten von der Erde mitgebracht werden, deshalb haben wir alle Reisen hin und her eingestellt. Es könnte von einer kleinen Einheit mitgebracht werden, nicht größer als ein Basketball auf einem Sonnensegel, das selbst kaum größer als die Wand eines großen Gebäudes ist, also haben wir die Orbitalpatrouillen installiert, um sie aufzuhalten und sofort zu verbrennen, sobald sie in Reichweite geraten. Es könnte in einer langen Video-Nachricht verborgen sein, deshalb lassen wir nur kurze zu und verändern ständig die Bedingungen, um sie durcheinander zu bringen.

Oder es könnte bereits hier sein. Vielleicht hat jemand nicht aufgepasst. Womöglich hat es jemand für Geld oder aus irgendeinem anderen bescheuerten Grund getan. Es könnte durchaus ein Gememter unter uns herumlaufen, und das Mem ist nur so gerissen, dass es sich nicht zu erkennen gibt.

Bis der Wirt etwas Ungewöhnliches tut.

Und dann muss ich ran. Ich bin der Bulle, der für Ungewöhnliches zuständig ist. Klar, ich wühle mich durch den hässlichen Hirnschleim eines Päderasten, und ich bringe Licht in die dunkelsten Abgründe dessen, der seine Frau verprügelt, und dergleichen mehr. Ab und zu stelle ich fest, dass jemand ziemlich normal ist, abgesehen davon, dass er wegen Geld ein paar Leute umgebracht hat.

Aber bei jedem Fall, auch wenn gegen kein Gesetz verstoßen wurde ... also jedes Mal, wenn ein anderer Polizist so ein komisches Gefühl im Nacken kriegt oder wenn er es mit jemandem zu tun bekommt, der nicht nur eigenartig, sondern irgendwie ganz besonders eigenartig ist ... dann werde ich gerufen. Deshalb kann man immer einen Psycho anrufen, schnurzegal, wie weit weg man dort draußen ist.

Ich nehme die Flasche und gieße mir das letzte Glas für diese Nacht ein. Ein Prosit auf OneTrue, den Gott der Daueranstellung. Und ich trinke auf sein puritanisches Wesen, denn solange ich schlecht mit mir und meinem Körper umgehe, weiß ich, dass ich mir keine Kopie von Resuna eingefangen habe. Dass das Hühnerhaus immer noch von einem großen fiesen Hahn und nicht vom Fuchs bewacht wird.

Und die Frage ist immer noch offen, ob der Hahn groß und fies genug ist.

Ich trinke aus. Es fühlt sich gut an. Und ich komme zu dem Schluss, dass Teri noch einen Tag ohne meine Antwort auskommt. Sie hat zwar gesagt, es sei dringend, aber sie hat auch gesagt, dass ich mir ein paar Tage Zeit lassen kann. Heute geh ich früh in die Falle und verpasse mir eine fette Anti-Kater-Spritze. Ich überlege, ob ich mir irgendwo eine Geschlechtskrankheit holen sollte, und stelle keinen sofortigen Einsatz des Selbsterhaltungsalarms fest.

ICH BIN MIT Perry schon bei einigen Mixern gewesen, ab und zu, weil ich gerne tanze, aber er hat immer mürrisch in der Ecke gestanden und den anderen Mädchen auf den Hintern geschaut. Es war ziemlich lustig, dass ich mir jetzt alle möglichen Dinge erlauben konnte, von denen ich schon immer gewusst hatte, dass sie mir Spaß machen.

Roundito-Kids tanzen nicht besonders gut, von erwachsenen Rounditos ganz zu schweigen. Keiner von uns hat viel Übung darin. Aber alle amüsieren sich köstlich dabei.

Ich für meinen Teil hatte so das Gefühl, dass es dort womöglich einen Typen gab, oder zwei oder sechs, die nichts dagegen hätten, Perrys Platz einzunehmen. Ich wollte mich in der Gesellschaft anderer amüsieren, und es würde ein Leben nach Perry geben.

Der Tanz nahm seinen Verlauf, und nur ein paar hartnäckige Romantiker brauchten das Erlebnis, rausgeschmissen zu werden. Es waren einige Partys am Laufen, hauptsächlich solche von Jungvermählten ohne Kinder, die genug Energie und auch die Zeit hatten, lange wach zu bleiben, und die von Menschen besucht wurden, die versuchten, Jungvermählte zu werden. Ansonsten machte der Pavillon für die Nacht dicht. Es war schon fast Mitternacht.

Ich ging müde und ein wenig in Selbstmitleid badend nach Hause und war auch, um ehrlich zu sein, ein wenig wegen Perry verschnupft – wahrscheinlich hauptsächlich deshalb, weil es schon spät und ich sehr müde war.

Als ich am Morgen darauf erwachte, ging es mir rundum gut. Dad hatte sich mit einem halben Dutzend Typen getroffen, die er noch von früher als ganz junger Ökospektor kannte, um sich mit ihnen die alten Lügengeschichten über gewaltige Sandstürme und die riesigen Treffer der frühen Jahre um die Ohren zu hauen.

Dad gehörte zu den Glücklichen, bei denen die Anti-Kater-Tabletten ohne Nebenwirkungen und geradezu vorbildlich funktionieren. Er stand frisch und aufgekratzt mit mir bei

Tagesanbruch auf, als hätte er die ganze Nacht nur Fruchtsaft getrunken.

Da wir beide so früh wach waren, die Kiwanis ein Pfannkuchenfrühstück veranstalteten und wir so vielen Leuten versprochen hatten, sie dort zu treffen, gingen wir sofort hin, luden uns die Teller voll und futterten munter drauflos.

Wenn man dort frühzeitig einläuft – merken Sie sich das, Doc, falls Sie jemals an einem Treffen teilnehmen –, kriegt man noch Pfannkuchen aus Marsform-Weizenmehl ab, frisch dort auf der Messe gemahlen, und ich weiß auch nicht, ob es sich lediglich um eine sentimentale Anwandlung handelt oder nicht, denn ich hab niemals Erdweizen probiert, aber sie schmecken einfach voll besser als die aus synthetischem Mehl, das man das ganze Jahr über kriegt. Verlangen Sie jetzt nicht, dass ich das verstehe oder gar erkläre, aber die kleinen Bakterien im Behälter machen einfach nicht das gleiche Mehl wie das, was beim Mahlen von richtigem Weizen entsteht.

Nachdem wir uns also kugelrund gegessen hatten, spazierten wir herum und plauderten mit Gott und der Welt. Wir amüsierten uns prächtig, ganz abgesehen davon, dass wir eine ganze Latte Leute von unserer Wäre-nett-wenn-wir-die-treffen-würden-Liste streichen konnten, wodurch wieder neue Termine für die folgenden paar Tage frei wurden. Außerdem ist es viel besser, sehr früh dort aufzukreuzen, bevor Tausende kleiner Kinder überall herumsausen und sämtliche Tische verkleben.

Als alles erledigt war, sagte Dad: »Tja, wir haben noch eine Woche hier auf dem Treffen. Alles klar bei dir? Möchtest du, dass wir früher aufbrechen? Die Kids kann auch jemand anderer nach Red Sands City zur Schule bringen.«

»Du weißt doch, dass ich schon immer gern auf Treffen gegangen bin«, antwortete ich. »Nur Perry konnte sie nie ausstehen. Wenn *er* ein Problem damit hat, kann *er* ja früher abreisen.« Wahrscheinlich würde Ruth schon dafür sorgen.

»Da kommt wieder der Sturkopf der Murrays bei dir durch,

Teri«, sagte Dad und grinste. »Wie lange noch bis zu deiner Erwachsenen-Prüfung?«

»Ungefähr anderthalb Stunden.«

»Nervös?«

»Vergleichsweise ruhig. Ich glaube, das Schlimmste liegt bereits hinter mir. Und ich glaube auch, dass ich wieder ganz gut auf der Reihe bin. Am späten Nachmittag müsste ich eigentlich frei haben, nach dem Mittagessen mit den Rodenskys. Sie sind absolut daran interessiert, im nächsten Frühling eine große Gruppe zusammenzustellen und den Tragedy Canyon auszusähen und dort vielleicht eine Stadt zu gründen. Damit wäre der Krater mit Sicherheit sehr viel schneller erschlossen.«

Wir blieben stehen, stellten mit den kleinen Taschenfernbedienungen, die wir immer bei uns trugen, wenn wir keine Anzüge anhatten, eine Verbindung mit unseren virtuellen Werps her und projizierten einen Bildschirm auf den glatten weißen Boden. »Sieht so aus, als hättest du heute Nachmittag ein paar Stunden frei, nur hier und da eine Tasse Kaffee mit diesem und jenem«, sagte Dad.

»Führst du etwas im Schilde?«

»Na ja, eine von diesen Kulturtruppen hat sich angekündigt, um für uns Bauern aufzutreten. Klassik, Jazz, ein Tanz, dazu ein oder zwei Dichter. Und draußen noch ein Softball-Spiel. Die Mannschaften von Sands City, Lowell und Korolew kommen her und treten gegen ausgewählte Mannschaften von uns an. Es gibt also jede Menge zu tun und zu sehen. Ich weiß, es macht nicht ganz so viel Spaß, wie herumzustromern und große Augen zu machen, so wie du es bei den letzten beiden Treffen getan hast ...«

Ein merkwürdiger Ton in Dads Stimme ließ mich zu ihm aufblicken. »Dad, warst du einsam, als ich ständig mit Perry zusammen war?«

Er lachte. »Es gehört nicht zu den Aufgaben eines Teenagers, seinem Vater Gesellschaft zu leisten.«

»Das habe ich nicht gefragt.«

»Aber so lautet meine Antwort.«

»Dad ... frag mich nicht, warum, aber wenigstens jetzt möchte ich eine ehrliche Antwort von dir.«

»O je, da werfen wir ja die gesamte Familientradition über den Haufen. Aber schön, ja, du hast Recht, Teri, bei den letzten Treffen habe ich mich ein bisschen einsam gefühlt. Es war nett, die alten Bekannten wiederzusehen und alle Fragen über unsere Treffer zu beantworten und das alles, aber vor allen Dingen habe ich es vermisst, mit dir die vielen lustigen Sachen zu machen, denn frag mich nicht, warum, aber ich glaube, irgendetwas steckt fest in uns Männern drin, weshalb wir immer eine Entschuldigung brauchen, um all die lustigen Sachen zu machen, und ich hatte keine Tochter mehr als Entschuldigung. Ich stand dumm in der Gegend herum und schaute mir einen neuen nachwachsenden Bohrer an und wäre doch am liebsten zu einem Spiel gegangen, oder ich interessierte mich halt für eine neuartige Moosflechte, obwohl ich viel lieber mit dir ins Ballett gegangen wäre. Ich weiß, das ist ziemlich dumm. Es gibt jede Menge spaßige Sachen, die Männer einfach nicht machen, wenn sie keine Frauen oder Kinder dabeihaben, weil sie sonst ein schlechtes Gewissen dabei kriegen.

Und immer wenn wir irgendetwas mit Perry zusammen unternehmen wollten ... dann hat es nie lange gedauert, und er hat nur noch an dir herumgemacht. Ich weiß ja, dass du eine freie Bürgerin bist, und verlange auch nicht, dass du dich meinetwegen anpasst, und ich weiß, dass junge Leute sehr oft Sex miteinander haben, wann und wo sich ihnen die Gelegenheit dazu bietet, was glücklicherweise nicht sehr oft ist. Ich weiß das alles sehr genau. Trotzdem war es nicht leicht für mich zu wissen, dass dieser Bursche mit meinem kleinen Mädchen schläft, und du weißt, wie junge Männer so sind, sie müssen es einem Vater ständig unter die Nase reiben. Deshalb habe ich mich nicht sehr wohl dabei gefühlt, und ich musste mich immer mordsmäßig anstrengen, diesen Kerl zu mögen, weil er dir wichtig war. Und wenn er sich endlich ein *skoshi* beruhigt hatte ... na ja, irgendwie hat es ihm keinen richtigen Spaß gemacht, sich einfach nur zu amüsieren. Er wollte nicht beim Landschaftsmalwettbewerb zuschauen oder frisch gebackene Krapfen probieren. Ihn interessierten in erster Linie Preise und Veranstaltungen zum Thema ›Subunternehmertum – ja oder nein‹. Ein absolut geschäftsorientierter Junge. Jedenfalls habe ich mir das immer eingeredet, nur um nicht zu denken: ›Was für ein *Schlaffsack.*‹ Also, ich finde, dass ich genug Geschäftliches bei den Treffen erledige, um im Geschäft zu bleiben, mehr Geschäftliches brauche ich gar nicht. Ich muss nicht einer der erfolgreichsten Ökospektoren aller Zeiten sein, ich will nur – he, das ist echt lustig.«

»Was denn?«

»Na ja, ich *bin* einer der erfolgreichsten Ökospektoren aller Zeiten. Und du auch. Wir haben gerade den zweitgrößten Methaneinschluss aller Zeiten angezapft, und es ist der bei weitem tiefste. Und dann haben wir am gleichen Tag auch noch eine Fernstraße in ein fünftausend Quadratkim großes Entwicklungsbassin erschlossen und eine warme Quelle ins Leben gerufen, die bald schon eine große Oase nach sich zieht. Letztlich haben wir den Prom erschlossen. Keiner hat mehr damit gerechnet, dass es dort draußen noch etwas so Gewaltiges gibt, dass man tatsächlich noch ein so großes Projekt entwickeln kann. Teri – wir sind Legenden!«

Ich fing an zu lachen. »Ja, wenn du willst, kannst du es so sehen. Perry dürfte eine völlig andere Legende werden. Wenn er sich anständig benommen hätte, hätte er das alles mitheiraten können. Aber so wie es aussieht, werden er und Ruth in den nächsten Jahren immer noch über Felsen kriechen, Löcher bohren und Sprengladungen zur Detonation bringen, ohne großen Plan, so wie er es am liebsten mag, der arme Trottel. Ich frage mich, ob er darüber schon mal nachgedacht hat.«

»Ach, wollen wir um seinetwillen hoffen, dass er so in dieses Mädchen verliebt ist, dass er nie daran denkt. Ernsthafte

Männer wie Perry zerfressen sich sonst manchmal wegen verpasster Chancen und wegen einer Verflossenen und deswegen, weil alles ganz anders hätte laufen können-sollen-müssen. Besonders dann, wenn sie keine Fantasie haben. Und ich weiß, dass du richtig sauer auf den Jungen bist, und ich bin richtig erleichtert darüber, dass ich nicht mehr so tun muss, als könnte ich ihn gut leiden, aber die Welt wird auch nicht besser, wenn er da draußen ist und in seiner Enttäuschung, seiner Wut und seiner Dummheit herumrührt. Besonders dann nicht, wenn er es an seiner Frau und seinen Kindern auslässt.«

»Dad, wenn du noch edelmütiger daherredest, muss ich kotzen. Weiß du was, ich werde ihn einfach nur hassen.«

»Soll mir recht sein. Dann amüsieren wir uns diesmal so richtig zusammen?«

»Klar. He, ich hab noch ein bisschen Zeit bis zur Voll-Erwachsenen. Wenn du willst, können wir uns die Ausstellung mit den neuen Marsform-Tieren ansehen. Die sollten wir uns auf keinen Fall entgehen lassen.«

Und wir ließen sie uns nicht entgehen. Wie üblich waren die meisten ›neuen‹ Sachen lediglich Varianten bereits existierender Marsformen, und obwohl Dad und ich uns ziemlich für Anzucht und Verbreitung interessierten, machte es nicht so viel Spaß wie das Bohren und Freisetzen und das alles, und jetzt, wo wir reich waren, sah es nicht so aus, als würden wir auch dafür noch hinausgehen und wochenlang Bäume pflanzen oder Käfer freilassen. Wir waren nach wie vor wichtig und wertvoll für die Gesellschaft, aber wir konnten uns mehr auf den angenehmen Teil des Wichtigseins konzentrieren, deshalb mussten wir uns nicht unbedingt Aregenes neuen Chryse Glory Kokani anschauen, denn letztlich sah er auch nicht viel anders aus als die vielen anderen blöden Lachse, die wir vorher schon gesehen hatten.

Am aufregendsten waren immer die absolut neuen Marsformen, die Pflanzen und Tiere, die es noch nie auf dem Mars gegeben hat. Aregene hatte einen sehr schnell wachsenden

Kaltwasser-Bambus entwickelt, mit einem extra dicken Rohr, das mit zuckrigem Öl gefüllt war. Vermutlich sollte er dabei helfen, entlang der Flussufer Biomasse anzusammeln, was in geschäftlicher Hinsicht einigermaßen interessant war, genau wie der Käfer, der sich von den Bambusblättern ernährte und wiederum Fischfutter abgab.

Aregene hatte den Entwickler dort am Stand, der einem alles genau erklären und Fragen beantworten konnte, also blieben wir stehen und gingen alles mit ihm durch. »Was macht dieser Bambus denn noch so, ökologisch gesehen?«, wollte Dad wissen.

»Er verlangsamt die Fließgeschwindigkeit des Wassers und hält auf diese Weise fruchtbaren Boden fest. Momentan wird alles ziemlich ungehindert davongetragen. Die Flüsse auf dem Mars haben einen viel zu extremen Nass-trocken-Zyklus, und sie sind immer viel zu verschlammt. Mit diesem Bambus ist das Thema erledigt, zuverlässig und ein für alle Mal. Und wenn der Bambus erst einmal richtig loslegt, dann sind wir auch bereit für das hier.« Er klickte ein Bild für uns an.

»Wow, was ist das denn?«, fragte ich.

Er grinste. »Eigentlich wollte ich es hier vorführen, aber solange wir nicht ein paar Flüsse mit den entsprechenden Schutzmöglichkeiten für sie haben, dürfen wir sie nicht in die Wildnis entlassen. In den Ställen in Marinersburg stehen schon mehrere Dutzend von ihnen bereit. Der ganz rechts ist eine Zwischenspezies, denn auf dem Mars gibt es einfach noch nicht genug Luft zum Fliegen, jedenfalls nicht für größere Lebewesen, dafür schwimmt hier alles viel besser, also haben wir im Grunde eine große flugunfähige Ente entwickelt, mit zusätzlichen Federn gegen die Kälte, die jemand als Entosaurus bezeichnet hat. Und da sie eher als Allesfresser angelegt werden musste, um sich genug Energie anfressen zu können, haben wir sie so ausgerüstet, dass sie auch Fische fressen und größere Pflanzen herausreißen kann, indem wir in besonderen Genbereichen die Zahngene wiedererweckt haben. Man könnte sie also ebenso gut als

Dinosaurier mit Entengeschmack und den Fleischqualitäten sowie der Ergiebigkeit eines Riesentruthahns ansehen.«

»Sind die nicht gefährlich, mit solchen Zähnen?«, fragte Dad.

»Nur für Fische, Flussgras und Bambusschösslinge. Ich denke mal, sie könnten einen schon kräftig beißen, wenn man sie provoziert, und die Mütter werden ihre Nester auch verteidigen, weil sich diese Gene schrecklich schlecht abschalten lassen, aber normalerweise, nein, grundsätzlich, sind sie friedlich wie Schafe. Besonders glücklich darüber wird die chinesische Gemeinde in Lowell sein, denn die warten dort schon lange auf eine verlässliche Bezugsquelle für Entenfleisch.

Aber sehen Sie sich das an. Dieses Produkt ist original aus Museums-DNS entstanden. Die ursprüngliche Spezies ist auf der Erde ausgestorben. Es handelt sich um einen Marsform-Biber. Wir haben das Massengesetz zu unserem Vorteil genutzt und ihn natürlich deutlich größer gemacht. Habt ihr die in der Schule durchgenommen, Teri?«

»Äh, mal sehen, frühes Nordamerika, Eroberung des Westens, Biberfelle?«

»Ganz recht«, nickte er. »Diese Tierchen sind auf raffinierte Weise ziemlich modifiziert worden. Da es sich auf der Erde um Bewohner der Kaltklimazone handelte, mussten wir ihm lediglich einen umsatzstärkeren $C0_2$-Blutkreislauf, besonders große Lungen und einen etwas effizienteren Stoffwechsel verpassen, dazu natürlich die üblichen Niederdruckanpassungen. Sie liefern immer noch gute Felle, aber ihre Muskeln sind Schweinefleisch, und sie haben keinerlei Moschusdrüsen. Die Originaltiere waren nicht besonders zum Essen geeignet, aber diese hier geben fast so viel mageres Fleisch ab wie die Zwergschweine, die als Fleischlieferanten gezüchtet werden.«

»Und sie müssen tonnenweise Nahrung zu sich nehmen, um auf dem Mars zu funktionieren«, sagte ich.

»Allerdings. Es handelt sich hier um eines der größten Redesign-Projekte, die wir am Laufen haben. Wenn der Mars

Marsform-Menschen und jede Menge große Tiere bekommen soll, müssen wir dafür sorgen, dass in dieser Ökologie insgesamt auch ausreichend Zucker und Fett produziert wird.

Die Biber tun für die Ökologie Folgendes: Sie verfügen über den Instinkt, Bäume zu fällen und Dämme quer durch Flüsse zu bauen, und sie leben in aufgeschichtetem Geäst, das sie in den so geschaffenen Teichen anlegen. Die Teiche versanden und verwandeln sich in Sümpfe oder Wiesen, und die Wiesen werden zum Untergrund für Bäume, und das alles macht den Fluss langsamer und sauberer. Und da die Biber, sobald der Fluss versandet, woanders hinziehen und dort einen neuen Damm bauen, hat man am Ende überall neue Wälder, die sich zu beiden Seiten der Flüsse ausdehnen, dazu langsam fließende saubere Flüsse, die viel Wasser führen und es allmählich verteilen, und alle möglichen neuen Nischen, in denen sich wiederum Neues ansiedeln lässt. Eine echt gute Methode zur Steigerung der Biomasse, wegen der vielen guten Substanzen, die sich auf dem Grund absetzen – auch deshalb fließen die Flüsse so langsam. Hier ist ein Bild, eine künstlerische Vision davon, wie ein solcher Fluss nach ungefähr hundert Jahren aussehen könnte.«

Es war wunderschön. Der Bambus im Hintergrund war riesengroß, die Stämme mit vielleicht einem Meter Durchmesser reichten bis zu fünfzig Meter hoch. Es war so leicht, auf dem Mars hohe Bäume zu bekommen, besonders wenn sie sich in unseren Winden biegen können. Zwischen dem Bambus wuchsen junge Kiefern, und struppiges Unterholz verlor sich in den dunkleren Zwischenräumen der Bäume.

Das Wasser im Vordergrund war grünlich, darauf paddelten zwei dieser Entensaurier herum. Hinter ihnen hockte ein Riesenbiber auf dem Geäst seiner Biberburg. Der Himmel darüber war ein wunderschöner roter Bogen, der am oberen Rand gerade noch von einer blauen Aureole angeschnitten war.

Der Vertreter klickte weiter, und wir sahen eine grasbewachsene Ebene, durch die sich der Fluss schlängelte, die

Umrisse ferner Hügel und ein paar Bambushaine, und er sagte, es handele sich um den gleichen Ort. »Nur vierzig Marsjahre später.«

Klick. »Und achtzig.« Jetzt war es ein Wald mit hohen Baumstämmen und einem rasch dahinfließenden schmalen Bach, der sich tief in den Waldboden eingrub – und im Hintergrund zwei Biber, die gerade das erste Bambusrohr für ihren Damm fällten.

»Unglaublich«, sagte Dad. »Jeder Ökospektor wird das überall dort ausprobieren wollen, wo es das Klima erlaubt. Es ist einfach toll, und sieh dir mal die viele Biomasse an, die hier versammelt ist ... Klicken sie doch einfach durch, damit wir vergleichen können ...« Er zeigte bei den Bildern immer wieder auf die eine oder andere Stelle. Natürlich ließ Aregene die Bilder wunderbar aussehen, aber Werbebilder sind nun mal geschönt, und sie müssen einen professionellen Modellbauer haben, der dafür sorgt, dass die Bilder auch genau das zeigen, was die Zahlen behaupten, und offensichtlich besagten die Zahlen, dass ein Biberwald eine ziemlich unglaubliche Masse von Humus und Schlick akkumuliert. »Das ist genau das, was man sich als Endresultat eines Treffers erträumt.«

»Tja, aber bevor das geschieht, müssen erst andere Dinge geschehen«, sagte der Vertreter. »In erster Linie müssen wir das mit dem Bambus in Angriff nehmen. Deshalb hat Aregene momentan die Priorität darauf gelegt, denn dafür wird uns die Entwicklungsgesellschaft am meisten zahlen, auf das Aussähen und Anzüchten.«

»Wie einsatzfähig ist das alles?«, wollte Dad wissen, der immer noch interessierter klang, als ich erwartet hätte.

»Den Bambus haben wir schon jetzt im Angebot, als Samen oder Setzlinge, und wir zahlen eine Prämie von sechzig Prozent beim Anpflanzen von Setzlingen. Sie sind beschleunigungsresistent, können also per Postrakete geliefert werden. Wir erstatten Ihnen sogar ein Drittel der Kosten für die Rakete. Sobald wir dann voll entwickelten Bambus der natürlich ausgesamten dritten Generation haben – das dauert insgesamt nicht länger als sechs Marsjahre, denn schon nach zwei Marsjahren erreicht er seine volle Höhe und fängt an auszusamen –«

»Lebenserwartung?«, fragte ich.

»Es wurde versucht, diesen Aspekt völlig herauszunehmen«, sagte der Vertreter. »So weit es ging, haben sie alle Begrenzungsgene herausgenommen. Unser Bambus könnte mehr oder weniger wie ein Mammutbaum auf der Erde sein, aber wir behaupten, dass er mindestens so lange wie eine Mars-Eiche hält.«

Das mussten so an die hundertfünfundzwanzig Marsjahre sein, oder zweihundertfünfundzwanzig Erdjahre ... nicht schlecht. »Was fressen die Biber?«, fragte ich.

»Auf der Erde die Innenrinde von Bäumen, dazu alles Mögliche an Grünzeug. Deshalb haben wir die Bambusrohre mit diesem Stoff gefüllt.« Er hielt eine Flasche mit einem dickflüssigen Saft in die Höhe. »Dieser klebrige Sirup im Bambus besteht hauptsächlich aus Kandis, obwohl er *uns* nicht schmecken würde, mit den vielen Frostschutzmitteln drin und so. Alles, was hier draußen in der Kälte lebt, bei dem niedrigen Sauerstoffgehalt, ist auf reichlich Kalorien angewiesen, und genau die liefert der Bambus in gewaltigen Mengen. Wir haben den Bambus sogar so angelegt, dass er rasch wieder verheilt, damit die Biber einen Schaft anzapfen und sich daran gütlich tun können und er, wenn sie ihn dann stehen lassen, wieder zuwächst und sich von neuem füllt. Es dreht sich alles um das grundsätzliche Problem der großen Marsformen: Alles, was man entwickelt, muss letztlich in rauen Mengen fressen. Das ist noch ein Grund, weshalb wir so überzeugt von dem Bambus sind: Alles und jeder kann ihn fressen.«

»Toll«, gab ich zu. »Ihre Entwickler müssen stolz auf sich sein.«

»Ganz genau, und so sollte der Alice River auch aussehen«, sagte Kindness hinter mir. Ich drehte mich um, und er zeigte auf das Bild eines Flusses, der von ausgewachsenen Marsform-

Bambusstängeln gesäumt war und in etwas mündete, was wie ein neu angelegter Biberteich aussah, denn an seinen Ufern lagen noch jede Menge gefällter Baumstämme.

Dad stieß einen von diesen Roundings-Juchzern aus, die so viele Leute anscheinend gut finden (bei einem Treffen sind sie ja ganz in Ordnung, aber absolut schmerzhaft bei Anzug-zu-Anzug-Verbindung), und schlug dem alten Mann herzlich auf den Rücken. »An diesem Fluss hast du aus irgendeinem Grund immer noch einen Narren gefressen!«

»Reine Sentimentalität. Kennen wir doch alle. Außerdem weiß ich zufällig von einem netten Fleckchen auf dem Tharsis, wo es jede Menge Quadratkim mit Marsform-Trockenland-Koniferen gibt, eine jede in ihrem eigenen sorgfältig gesprengten Loch, von wo aus sie sich durch den Stein bohrt, tiefer hineingräbt und das Ganze immer mehr wie eine Bonsai-Farm aussieht als wie irgendwas sonst, weil keiner der Bäume höher als fünf Fuß ist ... Ich meine anderthalb Meter, ich bin noch mit dem alten System aufgewachsen. Und dabei sind sie alle dermaßen verwachsen und knotig, dass es einem vorkommt wie ein Zauberwald für Zwerge, aber ich kenne einen Burschen, der schrecklich stolz darauf ist.«

»Ich bekenne mich schuldig«, gab Dad zu.

Ich musste bereits kichern, denn jedes Mal, wenn wir eine Wanderung nach Norden unternahmen, mussten wir unterwegs Halt machen und uns Leslie's Forest ansehen, den Dad nach Mama benannt hat, ihr erster großer Treffer direkt nach ihrer Hochzeit.

»Zwei Flüsse fließen jetzt dort hindurch, hast du das gewusst?«, fragte Kindness.

»Ich habe davon gehört, aber seit der nördliche Strom dauerhaft fließt, bin ich nicht mehr dort gewesen. Wie macht er sich denn?«

»Richtig gut. Schlängelt sich überallhin und kriegt fast die größtmögliche Wassermenge in den Boden, fließt schön langsam, ein paar kleine Wasserfälle. Und ich glaube, dass er nicht mal dreißig Bäume umgemacht hat, denn er verläuft meist in Rinnen und kleinen Schluchten, die du nicht bepflanzt hast. Ein hübsches kleines Flüsschen. Als ich beim letzten Mal dort oben war, bin ich ihm fast bis hinauf zur Quelle gefolgt.«

»Was meinen Sie, wie sich unser Bambus dort machen würde?«, fragte der Vertreter, der sein Geschäft davonschwimmen sah und versuchte, das Gespräch wieder auf seine Produkte zu lenken.

Kindness zuckte mit den Achseln. »Es wird so oder so ziemlich hübsch aussehen. Aber mit dem zusätzlichen Fluss – da wäre noch genug Platz für zwei weitere, denn das ganze Gebiet liegt an dem artesischen Aquifer, der im Nordosten aus dem Chryse kommt – ja, doch, das wäre bestimmt eine gute Idee.«

»Ihre Biber fressen doch nicht *sämtliche* Bäume weg, wenn sie erst einmal ausgesetzt sind, oder?«, erkundigte sich Dad, und ich wusste, wie sehr er sich wünschte, dass dieser Wald absolut und für alle Zeiten Leslie's Forest bleiben sollte.

»Da besteht überhaupt keine Gefahr. Zunächst mal sind sie einfach da, denn sie wandern zwar, aber wir haben eine langsame Fortpflanzungsrate eingebaut. Und sie brauchen nicht sehr viele Bäume und bevorzugen unseren Bambus, weil er direkt an den Flussufern wächst. Und da die Biber diese Unmengen von fruchtbaren Bodenablagerungen hervorrufen, haben Sie am Ende wahrscheinlich mehr Wald, nicht weniger. Nur mit ein paar Wiesen und ein paar Teichen zwischendrin.«

»Tja, das könnte wohl hinhauen.« Sowohl Dad als auch Kindness übertrugen Kopien dieser Informationen in ihre Werps und ließen sich eine bestimmte Anzahl von Bambussetzlingen reservieren. Offiziell hatten sie neunzig Tage, um den Vertrag zu stornieren, aber ich hatte so das Gefühl, dass wir im kommenden Jahr dem Alice River und Leslie's Forest einen Besuch abstatten würden. Keiner der beiden Männer setzte gerne Pflanzen ein, aber wenn es um ihre kleinen Lieblingsfleckchen ging, waren mein Dad und Kindness zu so ziemlich allem fähig, nur damit es richtig schön wurde. Ich konnte das sogar ein bisschen verstehen, denn ich fing schon an zu überlegen, wie sich das alles wohl im Tragedy Canyon und im Teri-Mel Country machen würde.

Und heute, Doc, verstehe ich es voll und ganz. Habe ich Ihnen schon erzählt, dass ich mich darum beworben habe, kommenden Südfrühling eine Gruppe dorthin zu führen?

»Was haben Sie denn sonst noch für Trümpfe im Ärmel?«, fragte Kindness. Das machte immer so ziemlich am meisten Spaß; wenn man ein Geschäft abgeschlossen hatte, erlaubte einem der Vertreter einen Blick oder zwei in die Versuchsterrarien. Vor drei Jahren hatten sie ein Marsform-Wollmammutbaby, sehr eigenartig, aber auch sehr niedlich, der Beginn einer Zoopopulation, die in fünfundzwanzig Marsjahren ausgewildert werden sollte. Und alle redeten von den Marsform-Hunden und -Katzen, die sich schon bald zu den Froyk-Gruppen gesellen sollten.

»Ach, leider nicht besonders viele.« Der Vertreter klang richtig unglücklich. »Aber die Sicherheit hat alle möglichen Entwicklungsprojekte, die kurz vor der Testphase standen, angehalten. In dem letzten Zeugs von der Erde befanden sich ein paar merkwürdige Sequenzen, und sie haben Angst, dass OneTrue wieder seine Spielchen mit uns spielt. Seit diesem Trick sind nun schon vier Marsjahre vergangen, aber ich vermute, dass es wohl nie damit aufhört.«

»Heißt das, OneTrue hat versucht, Kopien von Resuna zum Mars zu schmuggeln ...?«, fragte ich.

»Ja. Im genetischen Material. Zwar alles inaktiv, aber bereit, auf Kode zu gehen, und zwar in all jenen Bear-Bereichen, in denen wir nach den Genen aus der Erd-Eiszeit und $CO_2$-intensiven Perioden und so weiter suchen; da ist genügend Platz drin, um Resuna-Kopien zu verstecken. Die Idee dahinter ist nicht die, dass wir zufällig ein Tier erschaffen, das auf Resuna läuft, sondern dass die Computer, die die Sequenzierung vornehmen, oder die genetischen Systeme, die Lösungen ausarbeiten, übernommen werden könnten, und sobald es in eine große, mächtige Plattform eingedrungen ist, mit genügend Verbindungen zu anderen Stellen, würde sich Resuna innerhalb kürzester Zeit über den gesamten Mars ausbreiten, und über Nacht hätten wir unser eigenes OneTrue. Also wie auch immer, sie haben irgendwelche Sequenzen gefunden, die nicht ganz natürlich aussehen, aber ich habe auch schon gehört, dass manchmal künstlich aussehende Sequenzen in der Natur vorkommen ... bevor sie jedenfalls nicht wissen, worum es sich bei diesen Sequenzen handelt, lassen sie keine Pflanze und kein Tier, das auf ihnen basiert, aus der strengen Quarantäne heraus.«

»Hört sich vernünftig an«, sagte Kindness. »Ich bin froh, dass Sie so vorsichtig damit umgehen.«

Der Vertreter nickte. »Trotzdem ist es für uns alle sehr enttäuschend, dass wir nichts Neues zum Vorzeigen haben.«

Dann schaute ich auf die Uhr und sah, dass ich mich sputen musste, wenn ich noch rechtzeitig zu meiner Voll-Erwachsenen kommen wollte. Ich verabschiedete mich also von Dad und Kindness, die gutgelaunt weiterplauderten, und machte mich hastig auf den Weg. Als ich das Prüfungszentrum erreicht hatte, blieben mir noch zwei Minuten.

Gibt es einen Ausdruck für das Gegenteil eines Albtraums, Doc? Ich hatte noch nie das Gegenteil eines Albtraums erlebt, aber so ungefähr habe ich es mir immer vorgestellt. Ich setzte mich hin und wusste einfach alles, absolut, ich musste nicht mal nervös werden und war mit der theoretischen Prüfung in null Komma nix fertig. Dann verlief auch das Reife-Interview völlig anders als bei allen, von denen ich bisher gehört hatte. Sie gaben mir diesen großen Teddybär-Typen statt eins von den fiesen kleinen Rattengesichtern, die sonst immer da waren, und der stellte mir ein paar Fragen und ließ mich ein bisschen über mich erzählen, sodass ich nicht mal wusste, dass das schon das Gespräch war, und als ich dachte, jetzt geht's gleich los, sagte er mir nur, dass ich das Ergebnis gleich mitnehmen könne, wenn ich kurz warte.

Als es so weit war, hatte ich lässig bestanden. Sie brachten meine Akten auf den neuesten Stand und schüttelten mir die Hand, und dann war ich einfach so erwachsen.

ES IST SCHON BLÖD, dass es mir nicht leichter fällt, diesen Anruf zu tätigen. Ich höre zu viele Stimmen irgendwo da hinten in meinem Kopf, meine Eltern fragen mich, warum ich mich nicht selbst um meinen Kram kümmern kann, meine Lehrer sind der Meinung, dass ich schon wüsste, was zu tun sei, wenn ich nur intensiver darüber nachdächte, und dazu mein eigenes beduseltes Gemurmel, dass niemand mehr fähig zu sein scheint, irgendetwas zu tun, es sei denn für sich selbst, und darüber, was für eine Gesellschaft von Abhängigen aus uns geworden ist.

Ich gestehe mir ein, dass ich dringend anästhesiert werden muss, und gieße mir einen kleinen Schluck ein. Der zweite Tag seit Teris Nachricht ist zur Hälfte verstrichen. Ich sitze hier und schaue mir alle meine alten Aufnahmen an, und mir ist aufgefallen, dass ich dieses eigenartige Gefühl von Wichtigkeit habe, als wüsste ... als wüsste ich, wenn ich mir nur den richtigen Ausschnitt der richtigen Aufnahme ansehen würde, mit einem Mal genau, was zu tun ist, aber solange ich den nicht gefunden habe, habe ich geistig Sendepause.

Ein verdächtig ineffektiver Gedanke. Er klingt nach Eigensabotage. Das gefällt mir nicht.

Andererseits haben sich bisher immer, wenn ich diesen verdächtig ineffektiven Gedanken hatte, auch gleich andere Gedanken eingestellt. Die Roundings werden jetzt sehr rasch wieder zugänglich gemacht; nach den großen Verlusten in der Folge des Sunbursts gibt es nicht mehr sehr viele Rounditachi, aber es sind noch genug. Teris ganzes Selbstbild steht und fällt damit, dass sie die beste der besten Rounditachi und obendrein noch Telemachus Murrays Tochter ist. Wenn unsere Befürchtungen sich bewahrheiten, wird sie das ernsthaft zurückwerfen ... und gerade jetzt führt sie ihre erste Gruppe dort hindurch. Wenn ihr das genommen wird – wenn sie ihr erstes Mal als eigenverantwortlicher Überland-Captain, nicht nur als Ersatz, verpatzt –, das würde sogar einen so guten Schnitt wie den ihren drastisch nach unten ziehen. Und dann die massiven Erinnerungslöschungen und der Wiederaufbau anschließend ... Sie müsste wieder ganz von vorne anfangen.

Darüber hinaus ist es auch schon vorgekommen, dass den Leuten, wenn man ihnen zu viele Erinnerungen nimmt, auch ein Teil ihres Talents verloren geht. Manchmal ist Talent die Fähigkeit, etwas ernsthaft, aber nur einmal zu lernen. Wir hatten bereits den Fall, da zogen wir einem talentierten Hobbymaler einen Haufen traumatisierender Erinnerungen ab, und hinterher hat er nie wieder zu malen gelernt. Ich habe auch einen Fall miterlebt, der dem Teris nicht unähnlich war und eine junge Frau ihre Begabung für Geige und Lyrik gekostet hat.

Solche Dinge sind mir zuwider, und zwar aus ganzem Herzen. Ich will so etwas nicht noch einmal miterleben, schon gar nicht bei jemandem wie Teri.

Aber diese Gründe haben alle eine eigenartig glatte, fast unheimlich wohlgeformte Qualität. Bevor mir noch mehr einfallen, schnappe ich mir mein Com und fange an zu reden. Ich rufe Cal an, meinen ältesten Freund und Berufskollegen, einen der Kontrollspezialisten der Psychos in Marinersburg, und ich rede schnell. Vielleicht ist es nur die Nervosität, die mich so stammeln lässt. Vielleicht fühle ich mich nur verwirrt und schläfrig ... aber ich erzähle ihm, dass alles in Ordnung ist, dass ich mich prima fühle oder dass das alles nur ein Witz ist, Mann, er sollte mal sein eigenes Gesicht sehen ... vielleicht ist mir einfach nur so danach. Oder, wenn es für mich einen Grund gibt, dass ich mich so fühle, dann vielleicht den, dass ich mir fürchterliche Sorgen um Teri mache und schon die ganze Zeit wach bin und über sie nachdenke und zu viel Kaffee trinke, mit dem ich zu viel Alkohol bekämpfen will.

Das kommt mir sehr schlüssig vor, und ich schäme mich, Cal deswegen zu belästigen.

Diese Gefühle machen mir solche Angst, dass ich sage: »Beeil dich, bitte, bitte, beeil dich«, und er verspricht mir, gleich den nächsten Zug zu nehmen und noch vor Ende des Tages hier zu sein. Ich lege auf, bevor mir noch mehr Gründe einfallen, warum er nicht zu kommen braucht, und gieße mir zitternd und ängstlich einen großen Schluck in ein Wasserglas und kippe ihn runter. Ich lege die Hand auf den Notknopf auf meinem Schreibtisch und drücke darauf, bevor ich mich daran erinnern kann, wozu er eigentlich da ist.

Das ist dumm. Jetzt kann ich mein Büro nicht mehr verlassen. Ich kann nicht mal mehr nach draußen rufen, auch wenn ich mir nur eine Pizza bestellen will. Selbst wenn ich die Nachricht von Teri einfach gemeldet hätte, gleich nachdem ich sie bekommen habe, hätte ich kommen und gehen können wie ein ganz normaler Mensch. Es ist sehr unfair, dass es jetzt dafür zu spät ist; ich will sie anrufen, da draußen im Büro, und ihnen sagen, wie unfair das ist und dass sie mich wieder rauslassen sollen. Dann könnte ich diese Pizza bestellen.

Zum Glück gibt es hier drin eine Toilette.

Keine Pizza, aber ich habe ein schönes großes Wasserglas voller Whiskey. Ich schaue auf die Uhr und versuche mir vorzustellen, wann genau Cal hier hereinspazieren wird.

Da ich nichts anderes zu tun habe, kann ich mir ebenso gut Teris Aufnahme weiter ansehen. Jetzt kommen so langsam die traurigen Stellen, es dauert nicht mehr lange, es bleibt nicht mehr viel, bis es traurig wird, aber ich bin ein großer Junge und ein ausgebildeter Psychodoc mit Erfahrung, verdammt noch mal, ich hab schon mit schlimmeren Geschichten zu tun gehabt, ehe ich zwanzig war, und ich weiß, dass ich damit umgehen kann, also nehme ich noch einen kleinen Schluck und stelle den Rekorder wieder an.

Ich mag das Mädel wirklich gern. Das, was passieren wird, tut mir Leid, so schrecklich Leid.

DEN RESTLICHEN TAG über holten Dad und ich zwischen unseren gesellschaftlichen Verpflichtungen all das nach, was wir früher immer so gern gemacht hatten, bevor Perry in mein Leben getreten war. Wir schauten uns ein Ballspiel an. Aus irgendeinem Grund fand Dad das ganz toll. Obwohl er draußen in den Roundings, wenn es am Abend nichts anderes zu tun gibt und er so viel Baseball und Softball schauen konnte, wie er wollte, nie auf den Gedanken kam, er verfolgte nicht einmal den Stand einer bestimmten Mannschaft. Schließlich kam ich auf die Idee, ihn danach zu fragen, und er sagte: »Ach, das ist ziemlich einfach. Dein Urgroßvater war ganz verrückt auf das Spiel, und das hat er an alle seine Kinder und Enkel, an die er rankam, weitergegeben. Vermutlich war ich nicht allzu empfänglich dafür, denn das Spiel selbst gibt mir nicht viel, aber ich sitze einfach gern auf der Tribüne. Dann komme ich mir immer vor, als wäre ich wieder ein kleiner Junge und mit Opa unterwegs.«

Also machten wir den ganzen Kunst- und Kulturkram durch, hingen ausgiebig mit alten Freunden herum und dachten uns Vorwände aus, um Leute zufällig zu treffen, sodass es nicht als Teil der offiziellen Besuchsprozedur zählte. Überall schüttelten mir die Leute die Hand und umarmten mich und hießen mich in der Welt der Erwachsenen willkommen.

Am Ende des Tages, wenn ich von einem Mixer zurückkam und er von ein paar Gläschen Wein mit Kindness, streckte ich mich auf meinem Bett aus (es kam mir immer noch irgendwie komisch und gefährlich vor ohne Anzug ... manchmal fragte ich mich, ob das nicht einer der Gründe dafür war, warum mir die Schule so verhasst gewesen war) und hatte den komischen Gedanken, dass Perry mehr oder weniger aus meiner Erinnerung und meinen Gefühlen verschwunden war und dass ich nach einigen Jahren der Abwesenheit endlich wieder ich selbst war. Ich fand, dass ich mich eigentlich so mochte, wie ich war, und dass ich gern mehr über mich erfahren wollte.

»Dad«, rief ich. »Bist du noch wach?«

»Ja, Teri. Was ist?«

»Äh ... das mit diesem Ökospekting-Abschluss. Ich hab nachgedacht. Da ich jetzt meine Voll-Erwachsene habe und so ... und nachdem, na ja, ich habe gemerkt, dass ich höchstens die Hälfte von dem verstehe, was in den Anzeigen für diese neuen Marsformen steht. Geht es dir auch so?«

»Ja. He, sollen wir noch ein bisschen Popcorn und Apfelmost aufbereiten?«

»Abgemacht. Ich hab auch noch ein *skoshi* Hunger.«

Nachdem wir uns den kleinen Imbiss zubereitet hatten, nahm ich den Faden wieder auf. »Also, ich habe mir gedacht, diese Praxisausbildung hört sich gar nicht so übel an, und sie sagen ja, dass es nur ein Dreiviertel der Zeit ist, richtig? Tatsache ist, dass ich Ökospektor bleiben will, und mit diesem ganzen neuen technischen Kram wird es ja nur immer schlimmer. Ich meine, es ist ja nur logisch, dass, wenn es jetzt schon so viel davon gibt, es später noch viel mehr geben wird. Und vielleicht interessiert mich das ja sogar, was sie einem dort beibringen wollen. Ich will jedenfalls unbedingt rauskriegen, woher diese echten Wissenschaftler da draußen das alles wissen, was sie uns weitervermitteln, und was sie mit den Geländedaten und Aufzeichnungen anstellen, die sie uns abkaufen, und das alles. Also wenn ich, ähm, die CSL sowieso nicht fertig machen muss, dann, ähm ... also dann würde ich mich gerne für dieses Programm bewerben.«

»Ich hole gleich mein Werp und wir lassen uns deine Bewerbungsunterlagen schicken, bevor du wieder nüchtern wirst«, sagte Dad. Seine Augen glitzerten.

»WENN WIR DEN Gedächtnisschnitt genau dort machen könnten, wo wir ihn schon einmal gemacht haben«, sage ich zu Cal, »und danach einfach alles so belassen, wie es ist, dann müsste es grundsätzlich in Ordnung sein. Sie würde einige spätere Erinnerungen verlieren, die ziemlich traurig waren, und einige wichtige Teile ihres Lebens, letztlich fast ein ganzes Jahr davon, aber wenigstens hätte sie ein paar direkte Erinnerungen an die Tage, die zu all dem hier geführt haben. Es macht mich immer noch fertig, dass wir ihre letzten glücklichen Tage mit ihrem Vater kappen mussten. Ich weiß, dass man üblicherweise einfach die komplette vorangegangene Empfindungsphase wegnimmt, weil dort immer wieder was nachwachsen kann, aber denk dir nur, welchen Schock sie beim letzten Mal erlebt hat, als sie aufwachte, und dann überlege dir, wie viel schlimmer es sein wird, wenn wir den Gedächtnisverlust noch weiter nach hinten verlegen und sie direkt aus einer glücklichen Zeit ihres Lebens in das hier springt. Ganz zu schweigen davon, dass wir eine Menge der Reife verlieren könnten, die sie gerade erst so schwer erworben hat. Wenn wir den Schnitt später in ihrem Leben ansetzen ...«

Cal sah mich unbewegt an. Er ist einer dieser furztrockenen Psychos, die ihren Job sehr ernst nehmen, kräftig feiern, wenn sie nicht arbeiten, und immer irgendwie, wenn Sie mich fragen, ein bisschen nach Schwefel stinken.

Es ist drei Tage her, seit Teri diese Nachricht geschrieben hat, die mich auf diesen eigenartigen kleinen Trip geschickt hat, und Gott allein weiß, was sich da draußen auf ihrem kleinen Flecken in den Roundings ereignet hat. Inzwischen hat sie den Tragedy Canyon mit ihrer Truppe erreicht, um dort eine kleine Raststätte aufzubauen, die Ökospektoren auf ihrem Weg nach Telemachuston als Zwischenstopp dienen wird. Sie hat etwas von ihrem Geld dazu benutzt, um ihrer Tante das Startkapital zu leihen, damit sie dort im Tragedy Valley einen Trödelladen eröffnen kann (und damit ihre

Tante Callie ihren Eltern entkommen kann, was, wie ich vermute, der wahre Grund dafür ist). Dann wird zweifellos eine Straße dorthin planiert, um den Trödelladen zu versorgen, und mit der Zeit wird es auch eine Schienenverbindung geben, und eines Tages wird Tragedy Lake ein beliebtes Ferienziel sein, und die Leute besuchen die Wasserfälle der Tänzerin auf ihrer Hochzeitsreise, und es gibt irgendeine dumme Geschichte von einer Tänzerin, der etwas Schlimmes passiert ist (wahrscheinlich, dass sie tragischerweise abgestürzt ist), die nach und nach so ausgeschmückt wird, dass die Volkskundler irgendwann behaupten, dass ein Körnchen Wahrheit an der Sache sein müsse, und dann verbringen die Leute ihre Ferien auch dort, um Folklore-Forschung zu betreiben und herauszufinden, wann und genau wo diese Tänzerin abgestürzt ist und wer sie gewesen ist.

Aber bis dahin ... Vor drei Tagen war Teri immer noch südlich des Schienenkopfes unterwegs, auf dem Pfad, aus dem einmal eine planierte Straße werden soll, und hat sich ein bisschen Zeit genommen, um mir eine Nachricht zukommen zu lassen. Sie hat sie über den Nebenkanal abgesetzt und alle möglichen kleinen Tricks angewandt, um es schwieriger zu machen, die Daten zu verfolgen, schließlich hat jede Roundita immer den einen oder anderen Trick in der Hinterhand.

Jetzt müssen wir uns nur noch entscheiden, was wir Teri sagen wollen, sie zu uns beordern und uns an die Arbeit machen.

»Jedes Mal, wenn wir die Erinnerung wegnehmen und nicht das erwischen, worauf wir aus waren, dauert es Monate, bis das Problem erneut auftaucht«, sagt Cal. »Und wir nehmen *immer* mehr, als wir eigentlich müssten. So sind die Vorschriften.«

»Aber überleg doch, was das hier alles beinhaltet!«

»Es beinhaltet eine Menge Dinge, die sie gern loswerden würde, wenn sie es nur könnte.«

»Das ist das Problem«, sage ich zu Cal. »Sie kann es nicht. Das sind wichtige Dinge in ihrem Leben, von denen sie etwas wissen muss. Und es vom Band zu erfahren, ist etwas anderes, als eine eigene, lebendige Erinnerung daran zu haben! Überleg doch nur, was sie verloren hat, und an die Opfer, die sie bereits gebracht hat, und an die Möglichkeit, dass sie vielleicht einfach nur ordentlich Schiss davor hat. Denk daran, was wir tun müssen, wenn wirklich das Schlimmste eingetreten ist. Denk daran, wie viel sie noch verlieren wird. Nimm das alles zusammen, und es ist keine so einfache Entscheidung mehr, oder?«

Cal seufzt und zuckt mit den Achseln und sagt, keine dieser Entscheidungen sei jemals einfach, jede einzelne sei etwas, was einem sensiblen Menschen den Schlaf rauben könne, und nur deshalb wolle er mir das nicht ersparen. Zum ersten Mal wird mir bewusst, dass er nicht nur als Freund hier ist, um mir kollegial bei einem schwierigen Fall zu helfen oder persönlich, um sicherzugehen, dass es mir gut geht, während ich mich damit befasse. »Stehe ich unter Überwachung?«, frage ich, obwohl ich die Antwort bereits kenne.

»Wir alle stehen ständig unter Überwachung.« Er bückt sich und zieht die Schublade auf, in der ich meine Flasche aufbewahre. »Das hier wird dir nicht vorgeworfen, keine Bange. Mir auch nicht. Deshalb gieße ich uns zwei Gläser ein, und wir beide setzen uns hin und unterhalten uns wie alte Freunde, und du erzählst mir die Wahrheit, ganz genau so, wie du sie kennst.«

Ich hole tief Luft und überprüfe meine eigenen Gedanken, und soweit ich es beurteilen kann, hat er Recht. Ich verspüre nicht die geringste Absicht, ihn anzulügen oder ihm etwas zu verheimlichen. Das erleichtert mich sehr.

»Ich glaube, du hast Recht«, sage ich. »Ich erzähle dir die Wahrheit, ganz genau so, wie ich sie kenne.«

»Das würdest du immer sagen, ganz egal, worum es geht, stimmt's? Na schön. Fang an der Stelle an, als du die Nachricht erhalten hast, die sie für dich aufgezeichnet hat, vor drei Tagen, und pass auf, dass du mir nicht nur von dem Kontakt erzählst, den ihr tatsächlich hinterher hattet, sondern auch von allen anderen, die du glaubst, gemacht zu haben, oder noch machen wolltest.« Er stellt diskret sein Aufnahmegerät an, mit einer eleganten kleinen Bewegung, die nur ein geübtes Auge bemerkt. Es ist genau das gleiche Gerät wie meins, das jetzt dort drüben liegt, stumm und sinnlos.

AM MORGEN NACH dem letzten Abend des Treffens – offiziell war es der 2. September 2095 – wurden die Straßenlampen für die Leute, die abreisten, früher angestellt. Dad und ich waren schon ganz früh wach, weil wir unbedingt pünktlich sein mussten, aber, wie Dad sagte, wir mussten pünktlich sein und viel Geduld mitbringen, denn es klappte einfach nie, mit einem Haufen Kinder rechtzeitig loszukommen, aber wenn man nicht wenigstens versucht, früh loszukommen, dann kommt man nie los. Deshalb bauten wir das Taji rasch ab, packten alles schnell zusammen und gingen rüber zu Vestria, wo wir uns mit der Gruppe treffen wollten.

Vestria war ein Frühstücks- und Pfannkuchen-Resto auf der Fressmeile, teuer genug, um sich eine eigene Einfriedung samt Heizer zu leisten, und eher gemütlich als gut, aber gemütlich war genau das, was wir an diesem Morgen haben wollten. Die Fressbuden und die Trödelläden bleiben normalerweise bis nach dem großen Zusammenpacken und der allgemeinen Abreise offen, denn alle Ökospektoren versuchen immer bis zum letzten Augenblick alles zu erledigen und ihre Vorräte für die nächsten paar Monate aufzustocken, und wenn alles erledigt und gepackt ist, wollen sie immer gern noch etwas essen, ohne hinterher groß abwaschen zu müssen. Der Abreisetag ist normalerweise immer der größte Tag für die Fressbuden – und das gilt garantiert noch mehr für die Trödelläden.

Ich bestellte mir Eier in Schmortomaten und Buchweizenpfannkuchen, beides absolut genial, wie immer, und Dad aß dieses schrille Gerät namens Rührsandwich – Pfannkuchen mit einer dünnen Schicht gequirlter, gesüßter Eier dazwischen –, weil es das immer in der Schule gegeben hat, als er noch ein Kind war. Ich glaube, viele ältere Leute essen das gern. Vermutlich ist das der Beweis für erblichen Wahnsinn, Doc, oder mögen Sie dieses Zeugs vielleicht auch?

Der Kaffee war schön stark, und Dad und ich saßen da und

plauderten, warfen immer wieder einen Blick auf die Landkarte und warteten, bis es so weit war, sich vor die Tür zu stellen und unsere Gruppe in Empfang zu nehmen. Wir hatten bereits unsere Anzüge an, die Helme aber noch nicht aufgesetzt und nur die Kühlung angestellt, hockten einfach da und freuten uns, dass wir zusammen waren. Es fühlt sich ein *skoshi* anders an, dachte ich, wie sich Augenblicke wie diese zuvor angefühlt hatten. Ich heulte nicht wegen eines Jungen, jammerte nicht herum, weil ich zur Schule musste, und versuchte auch nicht, Dad noch irgendein letztes Geschenk aus den Rippen zu leiern ... Nein, es sah absolut so aus, als würde ich mich wie eine Erwachsene benehmen. Vielleicht verstehen die Leute, die einem die Prüfung abnehmen, doch mehr davon, als es den Anschein hat.

Dad ging zur Toilette, denn er ist nicht wie ich in einem Anzug aufgewachsen und sagte immer, dass er das Gefühl nie ganz loswürde, einfach in die Hosen zu machen, deshalb ging er, sooft sich die Gelegenheit dazu bot, auf richtige Klos. Ist das in Ordnung, wenn ich das auf die Aufnahme spreche, Doc? Jedenfalls wusste ich, dass er eine ganze Weile da drin bleiben würde, und gerade als ich mir noch einen Kaffee bestellt hatte, schob sich Perry auf den Platz mir gegenüber.

Ich hätte sagen können: »Was machst du denn hier?«, was eine echt gute Frage gewesen wäre, oder ich hätte ihn einfach zum Teufel schicken können, was eine echt gute Reaktion gewesen wäre, aber mir kam kein einziges Wort über die Lippen. Die schwarzen Haare und die großen blauen Augen und das dunkle Braun seiner Maske im Gegensatz zu seiner blassen Haut ... Was soll ich sagen, ich war einfach wieder hin und weg. Dieses kantige Kinn, die hohen Wangenknochen und die breiten, knochigen Schultern ... Er trug immer noch die Schürze von der Fressbude seiner Familie, und man konnte einiges von seinem Körper sehen ... Also, dieser Junge übte immer noch einen gewissen Zauber auf mich aus, Doc, mehr kann ich dazu nicht sagen. Er war zwar ein elender

Scheißhaufen, aber er war ein verdammt gutaussehender Scheißhaufen.

Ich holte tief Luft, gab mich der Situation einfach hin und starrte ihn an.

»Darf ich mich kurz zu dir setzen?«

»Du sitzt bereits.«

»Äh, ja, äh, hör mal. Ich wollte dir nur alles Gute wünschen und so und dir sagen, dass es nicht persönlich gemeint war.«

»Perry, ich bin in den vergangenen Jahren aus so manchem Grund verrückt nach dir gewesen, aber dein Verstand gehörte absolut nicht dazu. Du hast deine Verlobte sitzen lassen und ein anderes Mädchen geheiratet. Die Sache sollte verdammt noch mal *sehr* persönlich sein, denn falls das alles rein geschäftlich war, bist du nicht nur ein noch größeres Arschloch, als selbst ich gedacht hätte, dann hast du auch noch den größten Deal deines Lebens vermasselt. Hör mal, wenn du dich erkundigen wolltest, wie's mir geht, dann vielen Dank, noch nicht ganz so gut, aber nicht deinetwegen, und es wird mir bald wieder besser gehen, aber auch das nicht deinetwegen. Und egal, was du jetzt auch tust, es macht die Sache nicht besser. Und falls du dir Sorgen machst, dass ich irgendwelche üblen Geschichten über dich erzähle – zu spät. Absolut zu spät.«

»Ich wollte nur ... ähm ...«

»Denk doch nicht so viel. Sonst tust du dir noch weh. Da du im Denken nicht besonders gut bist und es einem sogar wehtut, dir dabei zuzuschauen, wäre es mir eigentlich lieber, wenn du es irgendwo anders tätest. Oder geh nach Hause zu Ruth und bitte sie, es für dich zu tun.«

Er ging.

Wahrscheinlich erzählte er seinen Freunden, ich sei eine schlechte Verliererin. Und falls er noch einmal so dumm sein sollte, mich aufzusuchen, dann sollte er damit Recht behalten, was mich angeht.

»Ich hab dich mit jemandem reden gehört, als ich auf der Toilette war«, sagte Dad.

»Das war absolut nichts«, sagte ich.

»Freut mich.«

Wir standen fünf Minuten vor der vereinbarten Zeit draußen, gerade rechtzeitig, um zu sehen, wie die Straßenlaternen ausgeschaltet wurden und das Sonnenlicht hoch oben über die Überdachung flammte. Natürlich kam niemand pünktlich. Familien mit Kindern sind nie pünktlich, und noch schlimmer ist es, wenn sie sie irgendwo abgeben müssen. Es gibt immer ein paar Nachzügler, einfach weil Kinder halt eben Kinder sind.

Der Erste kam nur zwei Minuten zu spät. Die Prozedur folgte einer bestimmten Logik, denn sie erschienen in der umgekehrten Reihenfolge ihres Alters, was verständlich ist, wenn man sich ausmalt, wie es ist, Kinder aus dem Haus zu kriegen, besonders dann, wenn man auch noch dafür sorgen muss, dass sie alles in ihrem Tragepack haben, alles, was sie in den nächsten paar Monaten brauchen. Der Erste war also der Älteste, ein Bursche namens Prigach, der nur ein Jahr jünger war als ich. Ein ziemlich gutaussehender Bursche sogar. Wenn das seine einzigen Eigenschaften gewesen wären, hätte ich ihn bestimmt gut leiden können. Aber abgesehen davon war er auch noch besserwisserisch und grob und aggressiv, einer von der Clique in meiner CSL, die meine Freunde und ich immer »diese Typen, die wir nicht leiden können« nannten.

Natürlich war er ein richtiger Prinz, wenn man ihn mit seiner Mutter verglich, und sie kam – ebenso natürlich – mit, weshalb man wunderbar vergleichen konnte. Das Erste, was Mama für Prigach wollte, war, dass *er* bei der Überquerung den Ersten machte – nicht ich.

»Tut mir Leid«, sagte Dad, echt vernünftig, aber auch echt unerbittlich. »Ich bin der Cap, ich suche mir meinen Ersten raus, und das ist Teri. Sie ist schon zweimal mein Erster gewesen, ich kenne sie besser als jeden anderen und vertraue ihr mehr als jedem anderen in der Gruppe. Ich brauche jemanden, dem ich vertrauen kann und der die gleichen

Angewohnheiten hat wie ich, und da ist sie einfach die Beste.«

Daraufhin brachte sie das Argument, man glaubt es kaum, dass Prigach schließlich ein Junge sei.

Großer Fehler. Klare Sache. Dad hatte mir schon oft gesagt, dass er glaubte, Frauen seien im Allgemeinen besser draußen in den Roundings, weil bei den Männern immer ihr Ego mit ins Spiel kommt, das sie an einer dummen Idee viel zu lange festhalten lässt, nur weil es ihre eigene Idee war. Von daher wusste ich gleich, dass sie mit diesem Argument nicht weit kam. Dad sagte einfach nur, ich sei nun mal seine erste Wahl, und bei einer Überland-Tour ist das Wort des Cap Gesetz, besonders dann, wenn alle anderen noch Kinder sind. »Wenn Prigach für seine Beurteilung einen Ersten braucht, sollte er sich vielleicht mit der anderen Gruppe in Verbindung setzen, die heute etwas später aufbricht, aber soweit ich weiß, haben sie drei Leute mit Erwachsenen-Abschluss dabei, während wir nur zwei haben, von daher bin ich mir nicht sicher, ob er dort überhaupt Zweiter sein kann. Während er hier den Zweiten machen kann – falls Teri mit Prigach klarkommt.«

Das alles gefiel Prigachs Mutter natürlich überhaupt nicht, aber da sie hier offensichtlich überhaupt nichts drehen konnte – und daran ließ Dads Ton keinen Zweifel –, hielt sie schließlich die Klappe.

»Lassen Sie mich mit meinem Ersten reden«, sagte Dad.

Ich zuckte mit den Achseln. Ich wollte dazu überhaupt nichts sagen, aber Dad hatte mir schon immer sehr deutlich gemacht, wie so etwas zu laufen hatte: Du kannst den Mitgliedern der Gruppe gegenüber empfinden, was du willst, dein Urteil und deine Worte müssen hingegen darauf gründen, was du denkst, nicht, was du fühlst. »Prigach wird einen absolut guten Zweiten abgeben. Er ist klug und er beherrscht alle Fertigkeiten, die wir höchstwahrscheinlich brauchen werden«, sagte ich. »Gib ihm den Job.«

»Du bist Zweiter, Prigach.«

Mama ging weg. Eigentlich sollte man meinen, dass man im Inneren eines großen Zeltes mit Sandboden gar nicht so richtig stampfen kann, aber sie kriegte es irgendwie hin.

Prigach hatte überhaupt noch nichts gesagt, und das bedeutete, dass er bei mir mehr Punkte als gewöhnlich sammelte, außerdem tat er mir fast ein bisschen Leid, denn die Situation musste für ihn recht peinlich sein. Sobald Mama außer Sichtweite war, sagte er: »Sie müssen mich nicht als Zweiten nehmen. Wenn Sie es nur gesagt haben, damit meine Mutter nicht mehr so nervt, dann zählt der Kontrakt von meiner Seite aus nicht mehr, und sie sollten sich einen Zweiten wählen, den Sie und Teri auch wirklich haben wollen. Ich möchte mich Ihnen nicht aufzwingen.«

Dad hob die Augenbrauen und sah mich an. Tja, das war jetzt keine schwierige Entscheidung. Abgemacht ist abgemacht und so weiter. »Ich will dich als Zweiten«, sagte ich. »Wenn nicht, hätte ich es nicht gesagt.«

So wenig ich Prigach mochte, musste ich doch zugeben, dass es mir gefiel, als seine Augen bei meinen Worten zu strahlen anfingen. Zumindest würde ich einen loyalen Zweiten haben. Und wenn er etwas älter wurde, kam seine menschliche DNS vielleicht doch noch zum Vorschein, oder so.

Die Pause dehnte sich gerade so lange, dass alles voll wurde, aber nicht lange genug, dass einem etwas eingefallen wäre, um die Situation ein bisschen zu bereinigen. Dann kam zum Glück Bianca angehüpft, unter einem Arm den Helm, unter dem anderen ihren Tragepack und nur einen Gurt ihres Lisport-Pack festgezurrt. Sie sah aus wie eine Wolke Ersatzteile, die um eine magere Zwölfjährige kreisten. »Bin ich zu spät?«

»Du bist die Vierte von sieben Leuten, die sich hier treffen wollten, also bist du exakt mittelwertig«, sagte Prigach.

Ich bemerkte nur: »Du bist hier, und wir sind noch nicht weg«, und bot ihr an, ihr beim Anzug-Check-out zu helfen.

»Eigentlich müsste ich das allein hinkriegen, aber toll, ja!« Ihr Gesicht verzog sich zu einer säuerlichen Miene. »Ich bin absolut nicht gut bei so was.«

Prigach und ich checkten sie durch, und natürlich war alles in Ordnung. Eine Roundita wird nicht zwölf Jahre alt, ohne ihren Check-out selbst auf die Reihe zu kriegen. Bianca hatte es nur sehr gut drauf, die Aufmerksamkeit auf sich zu lenken, und dabei war sie immer so quirlig und lebensfroh, dass jeder vernünftige Mensch ihr am liebsten den Hals herumgedreht hätte: genau die Sorte Kind, die von Lehrern, die ja bekanntlich keine vernünftigen Menschen sind, immer bevorzugt wird. Mögen Sie solche Kids, Doc? Wahrscheinlich haben Sie mit denen nie etwas zu tun, oder? Sie kriegen nur zornige, unangepasste Leute wie mich vorgesetzt, stimmt's? Aha. Nett von Ihnen, dass Sie das sagen.

Sobald wir sichergestellt hatten, dass Bianca an ihren Kompressor und ihren Oxygenerator gedacht hatte und auch nicht barfuß angekommen war, fing sie sofort an, mit Prigach über alle Jungs zu quatschen, die zu seiner Clique gehörten, und ihm zu erzählen, wie interessant sie alle seien. Es war schön, dass ich meinen Helm immer noch nicht aufhatte, denn falls ich unvermittelt kotzen musste, ging es so wesentlich einfacher.

Dann gefiel mir auch noch, wie Prigach mir einen heimlichen Blick zuwarf und das Gesicht verzog. Vielleicht war er als mein Zweiter eine bessere Wahl, als ich gedacht hatte ... Oder er war so verzweifelt auf Rettung aus, dass er bereit war, sich bedingungslos so zu verhalten, dass sie ihm zuteil wurde. Ich überlegte gerade, was ich zu meinem Zweiten sagen konnte, um ihn zu erlösen ... aber mir wollte nichts einfallen.

Bianca quatschte weiter davon, wie aufregend das alles sei, wie sehr sie sich auf das kommende Jahr freue, und von sämtlichen Leuten, die sie und Prigach womöglich beide kannten, plus all jene, bei denen es schade war, dass er sie nicht kannte, plus jene, bei denen er von Glück reden konnte, dass er sie nicht kannte, plus ein paar andere, die in keine besondere Kategorie gehörten. Mir fiel ein, dass ich ein paar Monate auch so gewesen war, bevor ich mit Perry ging, und fragte mich, warum mich Dad damals nicht erwürgt hatte.

Trotzdem sagte ich nichts und versuchte absolut alles, um nicht als Spielverderber dazustehen. Es ist nicht so, dass die Welt jemals ein Zuviel an Spaß und Aufregung oder sonst was hätte. Eigentlich war ich der kleinen Idiotin gegenüber ziemlich tolerant. Es war wirklich ein völlig anderes Gefühl, endlich aus dieser Idiotenschule heraus und obendrein von meinem drögen Schwachkopf von Ex-Verlobtem erlöst zu sein!

Gerade war mir eingefallen, wie ich mich Prigachs erbarmen konnte, und ich wollte die Rettungsaktion schon einleiten, als Alik Lopakhin eintraf und wie ein durchgedrehtes Kaninchen hin und her hüpfte. Ich war ihm schon ein paarmal zuvor begegnet – er war irgendwie ein entfernter Cousin mütterlicherseits. Mit Alik kam man eigentlich prima aus, solange man nicht vergaß, dass er zehn Jahre alt und voll frühreif war, ihm deshalb sehr viel nachsah und ihn dann an einen Stuhl fesselte und knebelte. Meiner Meinung nach würde er in ungefähr fünfundzwanzig bis dreißig Marsjahren annähernd menschlich sein.

Als er eintraf, hüpfte er so hoch, dass seine Füße sich ungefähr in Höhe meines Gesichts befanden. Seine unbeholfene Bruchlandung verfehlte mich nur knapp und Bianca noch knapper, und der Kerl kippte tatsächlich nach vorne um und musste sich mit den Händen abstützen. »Hast du deinen Lisport mit besonders viel Luft gepackt?«, fragte Prigach und brachte damit einen uralten Witz an, den die meisten Leute zum letzten Mal im Alter von sieben Jahren gehört hatten.

Bianca lachte trotzdem. Falls unser Überleben aus irgendeinem Grund einmal von ihrem Schamgefühl abhängen sollte, dann waren wir alle schon jetzt so gut wie tot.

»Aua«, sagte Alik. »Ich hatte nur Angst, dass ich zu spät komme.«

»Was dir gelungen ist«, sagte ich. »Aber andere sind noch später dran. Und nur zur Erinnerung: Du befindest dich immer noch im Pavillon. Hier wird nicht gehüpft.«

»Ja-tut-mir-Leid-hab-ich-vergessen«, sagte er. Es hörte sich an wie ein Wort, weil dieses Kind so viel Unsinn verzapfte, dass es seine Entschuldigungen quasi reflexhaft ausstieß. Was natürlich bedeutete, dass Alik keine davon besonders ernst meinte. »He, aber ich wette, ich bin zu spät, um mich als Zweiter zu bewerben.«

»Nö, zu früh«, sagte ich und hoffte, der kleine Knallkopf würde sich nicht gleich von Anfang an mit Prigach in die Wolle kriegen. »Ungefähr fünf Marsjahre, Euer Zwergenhaftigkeit.«

Prigach grinste. »Ans Ende der Schlange! Abgesehen von meinem Vorsprung an Alter und Erfahrung hat Teri sofort meine hervorragenden Qualitäten erkannt ...«

»Was, alle beide? Teri ist schon ein paar Mal Zweite gewesen, bevor sie so alt war wie ich.« Man konnte sich darauf verlassen, dass dieses schlimme Kind stets zur falschen Zeit das Falsche sagte.

Aber Prigach ging sehr gut damit um. »Stimmt, aber garantiert nicht aus Altersgründen, Kumpel, sondern weil sie sich viel besser in den Roundings auskennt als so ziemlich jeder von uns, inklusive meiner Wenigkeit.«

»Ach, rubbel doch deinen Handgriff«, sagte Alik.

Dad, der sich alles ruhig angehört hatte und wahrscheinlich genau beobachtet hatte, wie ich mich zu den anderen Kids verhalte, räusperte sich und sagte, dass er das nicht für die angemessene Sprache halte.

»Ja-tut-mir-Leid-hab-ich-vergessen«, sagte Alik so automatisch wie immer. »Was heißt das eigentlich? Mein großer Bruder hat es zu meinem Vater gesagt, und Paps ist total ausgerastet.«

Ich versuchte, nicht zu lachen, und schaute Prigach an. Ganz schlecht. Er versuchte es nicht einmal.

»Was heißt es denn?«, fragte Alik noch einmal, und jetzt fing auch Dad an zu lachen. »Ist das wieder eins von diesen Dingen?«

»Was für Dinge?«, wollte Prigach voll unschuldig wissen.

»Nach dem zu urteilen, wie rot du angelaufen bist«, sagte ich zu Alik, »ist es genau so eins von diesen Dingen.«

Daraufhin lachten wir alle wie verrückt, und Alik sah aus, als wollte er sauer sein, fürchtete aber, dass er sich dann nur noch lächerlicher machte.

Anschließend tauchten unsere letzten beiden Teilnehmer auf, kamen ein bisschen linkisch in ihren Anzügen dahergestolpert, nachdem sie sie eine Woche nicht mehr angehabt hatten. Bivvy und Erin waren Schwestern, sieben und fünf Jahre alt. Bivvy hatten wir schon zweimal zur Schule gebracht, aber für Erin war es das erste Mal. Zweifellos war es nicht einfach gewesen, sie reisefertig zu machen.

Keine von beiden begrüßte uns bei ihrer Ankunft. Bivvy war sowieso keine große Plaudertasche, dafür legte Erin ohne Einleitung los: »Meine Schwester hat mir heute Morgen die Zöpfe geflochten, aber sie hat es falsch gemacht, und jetzt tut es ganz doll weh!«

Ich wusste, wie doll das wehtun konnte. Ich kann mich noch daran erinnern, wie toll es war, als meine Mama an meinem sechsten Geburtstag endlich nachgab und mir erlaubte, mich wie ein großes Mädchen zu enthaaren. Also nahm ich Erin mit hinein zu Vestria, setzte sie auf einen Hocker, machte ihre Zöpfe auf und flocht sie noch mal neu. Sie lutschte die ganze Zeit an ihrem Daumen. Ich glaube, sie brauchte das noch einmal, bevor sie den Helm aufsetzte.

Nachdem ich mich versichert hatte, dass ihre Zöpfe nun in Ordnung waren, überprüfte ich ihren Anzug, dann sorgte ich dafür, dass ihr Daumen desinfiziert und trocken war, bevor er im Handschuh verschwand. Ich wollte nicht einmal dran denken, was sich daraus entwickeln konnte, wenn ich darauf nicht Acht geben würde.

»Du bist meine Freundin«, sagte Erin.

»Das ist schön, meine Süße, es ist immer gut, wenn man Freunde hat.«

»Du bist meine Freundin, deshalb bist du nicht Bivvys Freundin.«

Ich wusste, wohin das führte, und kam ihr sofort zuvor: »Erin, ich bin die Freundin aller netten kleinen Mädchen.«

»Bivvy ist nicht nett.«

Ich hatte nicht nur den Verdacht, dass sie Recht haben könnte, ich vermutete auch, dass diese Einschätzung womöglich die ganze Familie betraf, aber es gelang mir, den Gedanken für mich zu behalten. »Egal, ich bin die Freundin von euch beiden, und du wirst das nicht ändern.«

»Abgemacht.« Allem Anschein nach langweilte das Thema Erin bereits.

Ich legte ihr noch einmal die Hand aufs Haar. »Und, fühlt es sich jetzt gut an?«

»Ja. Jetzt schon.«

»Hältst du es die ganze Strecke heute damit unter deinem Helm aus? Du weißt doch, dass du den Helm erst heute Abend wieder ausziehen kannst? Geht das klar?«

»Ja, alles klar. Jetzt ist es so, wie es meine Mama immer macht. Bivvy hat es absichtlich falsch gemacht, weil sie fies ist. Können wir hüpfen, wenn wir draußen sind?«

»Das müsst ihr sogar.«

»Abgemacht! Dann los. Ich habe in diesem Jahr gelernt, wie man auf einem Fuß hüpft, wie ein großes Mädchen.«

Nachdem die Krise abgewendet war, dauerte es nur ein paar Minuten, bis Prigach und ich alles noch einmal kontrolliert hatten, während Dad eine kurze, den Umständen entsprechend ernste Ansprache hielt. Wir verließen die Luftschleuse des Pavillons nur anderthalb Stunden nach der ursprünglich veranschlagten Zeit und damit fünfundvierzig Minuten früher, als Dad und ich erwartet hatten.

Es war ein schöner Tag für den Herbst. Der Himmel war rosarot und die Aureole um die Sonne fast purpurfarben. Das bedeutete viel Staub in der oberen Atmosphäre, was wiederum eine warme Nacht verhieß. Natürlich würden wir in unseren Anzügen und durch die Taji-Wand nichts davon spüren, aber man muss immer auf seinen Energiehaushalt achten, und eine warme Nacht hilft einem jede Menge sparen.

WIR KAMEN GUT voran. Erin war ein *skoshi* zu jung, um sich ständig auf ihre Hüpferei zu konzentrieren, aber sie machte uns trotzdem kaum Schwierigkeiten, weil sie beschlossen hatte, dass ich ihre Freundin war, und deshalb immer in meiner Nähe bleiben wollte. Dad überließ mir einfach die Führung und ließ die Sache laufen.

Sich mit Kindern durch die Roundings zu bewegen, ist weniger schwierig als zeitintensiv, und wenn man nicht von Natur aus geduldig ist, kann so etwas schnell eine Reise in die Hölle werden. Das große Problem besteht darin, dass die meisten Kinder die ganze Zeit über mit ihren Coms spielen, sich miteinander auf privaten Kanälen unterhalten, ständig herumschalten, um herauszufinden, wer noch auf dem Planeten sich über Käfer oder Farbe oder die besten Schmeißsteine unterhalten will, und all so was, und draußen in den Roundings sieht ein Tal, eine Düne oder ein Sebkhet dem anderen viel zu ähnlich, weshalb man ein Kind viel zu leicht verlieren kann, und das, wo irgendeine böse Macht im Universum doch sowieso beschlossen hat, dass Kids, die sich verletzen oder irgendwo stecken bleiben, das immer genau dann tun, wenn man gerade einmal nicht hinsieht. Und obwohl man normalerweise überhaupt nicht mehr darüber nachdenkt, erfordert das Hüpfen doch enorm viel Konzentration, und deshalb hat man nicht jedes Kind ständig im Auge und hört auch nicht immer konzentriert zu, was sie gerade plappern. Passieren kann immer was.

Also versucht man normalerweise, die Kids zwischen den älteren Gruppenmitgliedern zu halten. Wir bewegten uns als Dreieck fort, mit mir an der Spitze, Dad hinten links und Prigach hinten rechts, wobei sie die hinteren Spitzen des Dreiecks ungefähr einhundertfünfzig Meter auseinander hielten.

Nach einer Weile war klar, dass Erin sich immer dicht an mich halten würde, dabei aber dreimal so viel Weg zurücklegte wie alle anderen, weil sie überall hinhüpfte und -hopste, wo sie etwas Interessantes sah. Nach einer Weile rief ich Dad an: »Cap, ich möchte das Vorgehen verändern.«

»Woran hast du gedacht, Erste?«

»Vor mir könnte ich Erin besser im Auge behalten, als wenn sie ständig hinter mir herumhopst, und sie entfernt sich auch nie so furchtbar weit, denn alle drei Minuten kommt sie wieder an, um sich umarmen zu lassen. Ich würde sie lieber vor mir spielen lassen, sagen wir, so ungefähr fünfzehn Meter, höchstens.«

»Klar, wenn du meinst, das funktioniert, verlasse ich mich auf deine Einschätzung, Erste.«

Prigach schaltete sich ein und zog mich auf: »Natürlich sind wir dann die einzige Gruppe mit einer Fünfjährigen an der Spitze.«

»Alles klar, Zweiter, mach nur so weiter, dann sind wir auch bald die einzige Gruppe mit einer toten rechten Nachhut.«

Man konnte das Lächeln in Dads Stimme hören, aber wenn man ihn so gut kannte wie ich, wusste man, dass es das letzte Lächeln war, bevor etwas passierte. »Muss ich an dieser Stelle ein bisschen Funkdisziplin auf der allgemeinen Frequenz einfordern?«

»Entschuldigung, Cap«, sagten Prigach und ich gleichzeitig.

Es war wirklich leichter mit Erin vor mir. Wir kamen zügiger voran, und ich musste meine Nachhut nicht mehr annähernd so oft bitten, etwas langsamer zu machen. Wir durchquerten ein Gebiet, das aus schlimm erodierten, zerfressenen Kanälen bestand, eigentlich fast schon so schlimm wie die Badlands, in viel weniger Zeit, als ich gedacht hätte.

Als wir danach einen großen, flachen Anstieg hinaufhüpften, meldete sich Prigach bei mir: »Hast du Zeit für einen kleinen Plausch auf dem Privatkanal?«

»Momentan schon, ja.«

»Ich wollte mich nur dafür entschuldigen, wie sich meine Mama aufgeführt hat. Ich wusste, dass du Erste bist, und ich wollte nicht, dass sie diese Show abzieht. Aber sie hört einfach nicht zu, meistens jedenfalls.«

»Schon in Ordnung. Es war ja nicht persönlich gemeint. Außerdem sollte man niemanden für das verantwortlich machen, was seine Eltern tun. Glaub mir. Wenn Dad zum ersten Mal im Taji furzt oder einen seiner absolut miesen Witze reißt, weißt du, was ich meine. Oder besser gesagt, du riechst es.«

Prigach lachte über meinen flauen Witz. Ich fand, dass Prigach immer netter wurde. »Also bist du nicht sauer?«, fragte er.

»Überhaupt nicht.«

Wir gingen wieder auf die allgemeine Freq. Es ist keine gute Idee, allzu lange auf Privatkanal zu bleiben, wenn man sich durch raues Land bewegt, weit weg von jeder Hilfe. Bei einem plötzlichen Notfall vergisst man zu leicht, dass man noch drauf ist, und dann will man um Hilfe rufen oder jemanden warnen, obwohl einen niemand hören kann.

Wir hüpften den ganzen Vormittag stur nach Westen. Der Schienenkopf der Strecke nach Red Sands City, nur ein Terminal an einem Streckenende, war fünf Tage entfernt, bei der Geschwindigkeit, die wir mit den Kindern und unseren vollen Tragpacks zurücklegen konnten, einen halben Tag für Verschnaufpausen eingerechnet. Das Komische war für mich, dass es von der Station nur etwas über zwei Stunden bis zur Stadt war, und doch hätten wir mit dem Zug eine wesentlich weitere Strecke zurückgelegt, als wir es zu Fuß taten.

Wenigstens war der Weg, den Dad und ich durch diesen Abschnitt von Mollyland ausgesucht hatten, sobald wir erfahren hatten, dass wir mit einer Fünfjährigen und einer Siebenjährigen unterwegs sein würden, nicht allzu schwierig. Wir hatten ein paar Streifen Badlands, eine Strecke durch ein Erg, ein Stück verfallenen Krater und hier und da einen verwitterten Kanal zu überqueren, aber nichts, was allzu lange dauerte oder zu weit zu überqueren oder zu umgehen gewesen wäre. Es waren nie mehr als drei oder vier Stunden unwegsames Gelände am Stück, mit viel leicht zu bewältigendem Terrain dazwischen. Über weite Strecken unserer

Reise reichte es, wenn wir jede Stunde oder so einen Peilcheck durchführten.

Prigach war in diesem Jahr wirklich ein ganz anderer Bursche, dachte ich. Menschen verändern sich eben. Aber ... ja, klar. Bald war seine Voll-Erwachsene fällig. Er versuchte, erwachsen zu sein. Komisch, dass einen das deutlich attraktiver machen konnte. Ich fragte mich, was es wohl mit mir angestellt hatte.

Wir waren vor der Anhöhe wieder hinabgestiegen und überquerten eine Reihe uralter Sandbänke sowie die Staubablagerungen, die sich vor ihnen angesammelt hatten. Ich war damit beschäftigt, Erin davon abzuhalten, in ein Loch zu springen oder sich in einem Geröllhaufen zu verstecken. Aber danach würden wir eine langgezogene einfach zu bewältigende Hüpfstrecke haben, bei der wir einer Höhenlinie folgten, die sanft anstieg, also meldete ich mich bei Prigach. »Zeit für Privatkanal?«

»Klar.«

»Sag mal, machst du bald deine Voll-Erwachsene?«

»Ja. Woher weißt du das?«

»Weil du auf einmal so nett bist.«

Er lachte. »Na, vielen Dank auch, Teri. Und du hast deine schon abgelegt, stimmt's?«

»Genau.«

»Was hast *du* dann für eine Entschuldigung, so nett zu sein?«

Ich lachte. »Keine Ahnung. Ich vermute, dass sie einen so lange auf die Voll-Erwachsene warten lassen, dass es einem hinterher gar nicht mehr schwer fällt, sich erwachsen zu benehmen, weil man es sich sowieso schon angewöhnt hat. Ein ganz mieser Trick.«

»Hätte ich mir denken können. Aber so sind sie halt.«

Wir wechselten wieder auf die allgemeine Freq. Der Vormittag verging. Kein besonders schlechter, aber ein ermüdender Vormittag. Ich bewahrte Erin vor einigen weiteren Katastrophen, und Prigach wehrte sich erfolgreich gegen eine Reihe von Versuchen seitens Bianca, ihn in eine längere Unterhaltung zu verwickeln – wobei er mich etliche Male benutzte und so tat, als müsse er dringend etwas mit seiner Ersten besprechen. Auch vor Alik suchte er bei mir Zuflucht, als der noch einmal wissen wollte, was es mit dem Handgriffrubbeln auf sich habe.

Ungefähr vierzig Minuten vor der Mittagspause bekam ich weitere Gesellschaft. Während ich Erin beobachtete, hüpfte Bivvy hinter mir drein. Wir hatten es hier mit zwei Schwestern zu tun, die altersmäßig so nahe beieinander waren, dass die eine immer genau das haben wollte, was die andere gerade hatte. Ich habe nichts gegen kleine Kinder, ich mag sie eigentlich, *posdef,* und ich kann auch richtig freundlich zu ihnen sein. Schließlich reicht niemand freiwillig einen Antrag ein, auf dem steht, dass er als kleines Kind auf die Welt kommen will, und die meisten wären echt froh, wenn sie etwas anderes sein könnten.

Beim Mittagessen lehnten sich beide an meinen Rücken. Ich machte ihnen klar, dass sie, wenn sie anfingen, sich zu streiten oder auch nur zu zucken, sich sofort woanders hinsetzen müssten, und das schien ziemlich gut zu funktionieren. Aber sie wollten auch einfach beieinander sein, und nach einer Weile fiel mir auf, dass bei den seltenen Gelegenheiten, zu denen Bivvy etwas sagte, es meistens darum ging, dass Erin müde sei, und wenn sie das sagte, stimmte es auch immer, und wir mussten wirklich eine Pause machen. Auch Erin sprach oft für sie beide, denn sie wusste, wann Bivvy Heimweh hatte, wann sie gedrückt werden musste oder ein paar freundliche Worte brauchte.

Kurz nach der Mittagspause stimmten Bivvy und Erin gemeinsam ein Lied an. Alle anderen wechselten einfühlend auf eine andere Freq, aber einer musste zuhören, falls eine von ihnen Probleme bekam. Es war eins von diesen Kinderliedern, die immer weitergehen und kein Ende haben. Als sie endlich müde wurden, erinnerte ich sie daran, auf die allgemeine Freq umzuschalten, was sie auch taten. Auf einmal hörte ich ein komisches Geräusch in meinem Kopfhörer, eine Art rhythmisches würgendes Keuchen. »Wer macht dieses Geräusch?«, wollte Dad wissen. »Stimmt was nicht?«

»Ich glaube, Bivvy hat Heimweh«, sagte Erin mit einer Mischung aus Stolz und boshafter Freude. »Ich krieg *nie* Heimweh. Ich glaube, Bivvy hat Heimweh, weil das eins von den Liedern war, die Mama immer mit uns gesungen hat. Ich krieg nie Heimweh, weil ich schon ein großes Mädchen bin.«

»Übernehme die Spitze, Erste«, sagte Prigach und kam wie ein Schwachsinniger neben mich gehüpft. Er schnappte sich Bivvy, setzte sie sich auf die Schultern und sprang juchzend und hüpfend vor uns den Kraterrand hinauf. Er quietschte und kicherte und amüsierte sich königlich.

Ich war *posdef* froh, Prigach dabeizuhaben. Falls er jemals von mir wollte, dass ich ihm einen Gefallen erweise, sagen wir mal, zum Beispiel seine Mutter umbringen, dann brauchte er es nur zu sagen. »Lass mich nach hinten rechts zurückfallen, Zweiter«, sagte ich. »Wo hast du Bianca gelassen? Partner-Check, Bianca.«

»Hier beim Cap.«

»Sie ist bei mir«, sagte Dad gleichzeitig.

»Gut, Cap. Partner-Check Alik?«

»Auch beim Cap«, sagte Alik. »Er will uns zeigen, wie man eine Kraterwand hinaufrennt, deshalb gehen wir ein *skoshi* weiter nach Süden.«

Mein Alter war also immer noch ein kleines Kind. Alles war normal und in Ordnung. Ich verdrehte die Augen und lächelte. Eine der besten Sachen bei Helmen ist, dass niemand deinen Gesichtsausdruck erkennen kann; der Mangel an Übung ist ein Grund dafür, dass Rounditachi so miserable Lügner sind und deshalb so erbärmlich, was zwischenmenschliche Beziehungen angeht. Stimmt doch, Doc, oder?

Ungefähr einen halben Kim nach der Kraterwand meinte Erin: »Darf ich auch mal reiten?«

Ach, zum Teufel. Die beiden Kleinen hatten sich den

ganzen Tag über tapfer gehalten. Ich schnappte mir Erin und hievte sie auf meine Schultern und sprang eine Weile von einem Felsbrocken zum nächsten. Auf diese Weise bekam ich sehr schnell enormen Respekt vor Prigachs Muskeln; Bivvy war eindeutig schwerer als Erin, und ich hatte schon mit Erin richtig zu tun. Oben angekommen, hatten wir noch einen Kim auf hauptsächlich ebenem Gelände vor uns, und als wir uns dem nächsten Höhenrücken näherten, sagte Prigach: »Okay, Bivvy, der Ritt ist vorbei, du musst mir jetzt unbedingt helfen, den richtigen Weg ausfindig zu machen.«

»Okay«, sagte sie.

»Gute Idee, Zweiter«, meinte ich. »Ich brauche Erin auch als Hilfe hinten rechts.«

»In Ordnung, dann behalte sie hinten bei dir. Wenn sie müde oder unkonzentriert wird, schicke ich Bivvy nach hinten.«

Wahrscheinlich hatte es etwas damit zu tun, dass Prigach der älteste Junge in einer großen Familie war, jedenfalls hatte er den Bogen mit den beiden Schwestern raus. Erin rutschte klaglos von meiner Schulter. Wenn Prigach Bivvys Hilfe brauchte, war Erin ganz bestimmt hinten ebenso notwendig, besonders dann, wenn die Möglichkeit bestand, dass Bivvy herbeigerufen wurde, um es ihr zu zeigen.

»Ich bin überhaupt nicht müde«, sagte Erin. »Ich kann so weit hüpfen, wie wir müssen.«

Dieser große Höhenzug und der kleine Einschluss-Erg auf der anderen Seite waren die letzten Hindernisse für den Tag. Wenig später, als sich die Sonne bereits dem Horizont vor uns näherte, folgten wir einem schmalen, gewundenen Trockental mit schön festgebackenem Boden. Alle waren jetzt angenehm still, bis auf die gelegentlichen Positionspeilungen und Peilchecks. Ab und zu sah ich Prigach mit Bivvy vor mir, Dad und die beiden mittleren Kids ein Stück zu meiner Linken. Manchmal vernahm ich fröhliches Gejohle in meinem Helmhörer, wenn sie gemeinsam einen Hang hinaufrannten. Dem Verhältnis von »Ja!« und »Hoppla!« nach zu urteilen, war

Bianca darin schon ziemlich gut, und auch Alik machte Fortschritte.

Insgesamt also keine schlechte Gruppe. Niemand war gänzlich unerfahren in den Roundings. Ganz junge Kids sind meistens unheimlich nervig, deshalb war es gut, dass sie alle hier draußen aufgewachsen waren und wussten, an welcher Stelle sie parieren mussten und was durchaus verhandelbar war.

Als wir den Lagerplatz erreichten, ungefähr eine halbe Stunde vor dem anvisierten Zeitpunkt, stellte sich heraus, dass Bivvy und Erin tatsächlich in den Roundings groß geworden waren; sie erwarteten und brauchten kein Taji. »Das ist was für Babys«, sagte Erin empört, und Bivvy nickte. »Wir brauchen kein Taji, Cap, es sei denn, jemand anderer will eins haben.«

»Schön«, entgegnete Dad, »wenn wir es nicht aufbauen müssen, spart uns das sicherlich Zeit heute Abend und morgen früh, und wir haben ja auch genug Anzugrationen dabei. Wir sollten aber alle unsere Energiedecken ausbreiten und dafür sorgen, dass jeder seine Quellen ordentlich auflädt und seine Tanks auffüllt; dann gebe ich die Anzugrationen aus, und wir können uns zum Schlafen ausstrecken. Wer will, kann noch lesen oder sich was anschauen oder sich noch ein bisschen unterhalten, aber ihr bleibt bitte alle in meinem Gesichtsfeld, und ich möchte, dass in vier Stunden ab jetzt absolute Funkstille herrscht. Ich überprüfe das, lasst es euch von Teri bestätigen.«

»Allerdings«, pflichtete ich ihm bei. »Gut, ihr habt alle gehört, was der Cap gesagt hat, jetzt holt eure Kollektoren raus und breitet sie aus.«

Alle antworteten zustimmend, wie erwartet, und nicht einmal Alik hatte etwas zu meckern, was ein richtiges Wunder war. Bei Sonnenuntergang saßen wir alle am Absturz der nicht sehr hohen Düne und schauten nach Westen, um zu sehen, ob wir den Regenbogenblitz erwischten. Kurz nachdem die Sonne untergegangen ist, gibt es nämlich einen Farbausbruch über das ganze Spektrum hinweg. Wenn der Horizont ganz gerade verläuft, sieht man ihn oft, in Mollyland beispielsweise oder manchmal oben auf Tharsis. Das hat irgendwas mit der Atmosphäre auf dem Mars zu tun, aber wie schon gesagt, ich bin keine Physikerin.

Wir erwischten den Regenbogenblitz, und das war etwas, worüber man sich unterhalten konnte, zumal es einer der besten war, die ich jemals gesehen habe. Wir stimmten alle überein, dass er zum Schluss *posdef* total blau war, und Alik, ich und Bivvy waren der Meinung, dass er orangefarben angefangen hat. Erin war zunächst auch unserer Meinung, änderte sie aber, nachdem sie wusste, wer welche Ansicht vertrat.

Nachdem er uns ein bisschen streiten gelassen hatte, zog Dad seine Helmkamera-Aufnahme von seinem Werp und ließ den Spektrographen drüberlaufen. Der Anfang des Blitzes war bei 590 *nim*, was so gleichmäßig zwischen gelb und orange ist, dass wir alle Recht behielten, aber zugleich machte es jetzt auch keinen Spaß mehr, sich darüber zu streiten ... Dann gingen wir alle wieder den Hang hinunter und legten uns so hin, dass wir bei Sonnenaufgang noch Osten schauten, und machten es uns auf dem festen, aber ziemlich bequemen Sand gemütlich, um noch zu lesen, gucken, reden oder gleich zu schlafen.

Prigach und ich vernetzten uns eine Weile mit einem Fiberlink, weil er auf den Ausbildungsgang neugierig war, den ich an der Uni von Red Sands City machen wollte, und wir quatschten noch lange genug, dass sich mein Eindruck verfestigte, dass er sich seit dem Jahr zuvor voll verbessert hatte, und ich ihm einwandfrei eine Beförderung auf die menschliche Ebene zugestand. Aber nachdem wir herausgefunden hatten, dass wir zum Thema Essen, Sitters, Sport und Filmen auf der gleichen Wellenlänge lagen, aber nicht, was Musik, und nur teilweise, was Bücher anging, gab es erstaunlich wenig, worüber wir uns noch unterhalten konnten. Es war ohnehin kurz vor dem allgemeinen Sendeschluss – wo waren die zweieinhalb Stunden nur abgeblieben? Prigach war eindeutig ein viel interessanterer Typ, als es den Anschein gehabt hatte. Aber jetzt stöpselten wir unsere Fiberlinks wieder aus und streckten uns zum Schlafen aus.

Ich hatte Haydns *Feuersymphonie* auf einem Kanal und stellte sie so ein, dass sie mit der Zeit leise ausblendete, während ich den anmutigen Tanz der Monde, Satelliten und Chondreore verfolgte, die am geschäftigen leuchtenden Nachthimmel hin und her sausten. Ich weiß nicht, ob es eine richtige Erinnerung ist oder nicht, Doc (kann man das irgendwie herausfinden?), aber ich glaube, dass das letzte Bild, an das ich mich in jener Nacht erinnere, der Mond war, der im Westen unterhalb der Erde hing, und beide leuchteten ganz hell, ein glänzender, silberner Doppelpunkt.

SO VIELE ALARME gingen an meinem Anzug los, dass ich sie kaum auseinander halten konnte. Ich setzte mich in der Dunkelheit kerzengerade auf, riss die Zugänge auf, drückte in der Reihenfolge auf die Resets, wie ich es gelernt hatte, bis es absolut in Fleisch und Blut übergegangen war: Fang mit dem Lisport an. Zuerst der Reset-Knopf für den Oxygenerator. Dann den Kompressor resetten. Reset den Absauger, dann die Klimaautomatik. Sämtliche Sensoren: Puls, Blutdruck, Atmung, Blutzucker, Herzstrom. Dann zum Helm, die Kommunikationsausrüstung. Zurück zum Lisport: Wasserreiniger. Abfall-Recycler, Nanommunics-Pack. Zurück zum Helm. Anzeigen und Optionen ...

Meine Finger flogen und tanzten über die Knöpfe meines Lisport-Packs und rings um den Halsring meines Helms, bewegten sich so schnell, wie sie es bei jeder Übung tun mussten. Als ich damit fertig war, klingelten immer noch zwei Alarme, waren also erneut ausgelöst worden; einer dudelte, der andere heulte. Ich erinnerte mich nicht mehr genau daran, welche es waren, deshalb ging ich noch mal sämtliche Resets durch, bis ich sie hatte: Der Dudler war die Reserve-Klimaautomatik, das Heulen kam von der Kompressorkühleinheit. Warum zum Teufel waren die überhaupt an, mitten in der Marsnacht, bei einer Temperatur von neunzig Grad unterhalb des Gefrierpunkts? Irgendwie hatten sie sich selbst angestellt, eine Fehlfunktion gemeldet und dann Alarm geschlagen. Ich fuhr sie wieder hoch, und die Lämpchen blinkten gelb und grün, bis alles allmählich wieder auf Stand-by umschaltete.

Die ganze Aktion konnte nicht länger als eine Minute gedauert haben, aber es kam mir vor, als wäre ich eine halbe Ewigkeit in dieser Krachglocke gefangen gewesen.

Ich keuchte, mehr aus Angst als wegen der Minute oder so, in der meine Frischluft abgeschaltet gewesen war, und blickte mich um. Am südlichen Horizont blitzten gewaltige durchscheinende Gold- und Silberflächen, die sich rasch zu dicken

Bändern aus tiefem Blau zusammenrollten, dann aufblitzten, schwarz wurden und als großer, wehender, in Rot getauchter Vorhang wiederkehrten. *Das muss ein Nordlicht sein, aber ... Es gibt auf dem Mars weder Nordlicht noch Südlicht. Das Magnetfeld zieht nicht genügend aufgeladene Partikel an, um so etwas hinzukriegen, das haben sie uns doch in der Schule beigebracht!* Irgendwo weit hinten in meinem Verstand regte ich mich auf, dass sich der Unterrichtsstoff wieder einmal als falsch und nutzlos erwiesen hatte.

Meine Hände tippten und drückten immer noch auf den Anzeigen meines Lisport-Packs und denen auf dem Kragenrand meines Helms herum, lösten automatische Reparaturen und Überprüfungen aus. In meinem Ohr sagte die Maschinenstimme: »Sie sind zurzeit funktionsfähig, aber viele Funktionen sind als unregelmäßig eingestuft oder befinden sich nicht im Sollwertbereich oder beides. Die lebenswichtigen Funktionen dieses Druckanzugs bedürfen dringend einer Durchsicht durch qualifiziertes technisches Personal. Schieben sie eine Durchsicht nicht hinaus.«

»Bestätigt«, sagte ich, nachdem ich alles getan hatte, was man mir für einen solchen Notfall beigebracht hatte. Überraschend ruhig schaltete ich auf die Fernbedienungsfrequenz um, die es einem ermöglicht, in Notfällen Zugriff auf die Anzeigen eines anderen Anzugs zu haben, und sagte: »Dad, da läuft irgendwas *total* schief mit meinem Anzug.« Aber in meinem Kopfhörer war nur das starke Rauschen von Statik zu hören, und auch das war merkwürdig, denn bei digitalem UKW gab es normalerweise so gut wie kein Statikrauschen; dermaßen laute Statik konnte nur bedeuten, dass es auf allen Kanälen unglaubliche Mengen brüllenden weißen Rauschens gab.

Ich versuchte es über Satcell und hörte rein gar nichts.

Im trüben Licht, nur Sternenlicht und Deimos waren zu sehen, erkannte ich zwei Silhouetten, die aufrecht umhersprangen – Bianca und Alik. Ihre Hände fummelten an ihren Lisport-Packs herum, und mir wurde klar, dass das, was mich erwischt hatte, auch sie erwischt hatte. Ich rannte auf sie zu und sah grüne Lichter aufblitzen, als ihre Systeme wieder zum Leben erwachten. Dann wurde mir klar, dass auch die anderen Mitglieder unserer Gruppe in Gefahr waren, falls sie von dieser Sache – was auch immer es sein mochte – betroffen waren. Ich stellte meine Helmlampe an und blickte mich um. Der gleißende blauweiße Kreis auf dem Boden löschte die schwach gezeichneten Hügel und die Sterne aus, sodass ich nur noch dort etwas sah, wo ich direkt hinschaute. Und das war größtenteils der eisenrote Sand der Düne.

Am Rande des Lichtkegels entdeckte ich einen Fuß und drehte mich leicht zur Seite. Dort lag Prigach in meinem Licht in einem eigenartigen Winkel reglos auf dem Boden; ein Gurt seines Lisport-Packs war gerissen und lag quer über ihm, als hätte ihn jemand einfach so auf seinen bewegungslosen Körper geworfen. Ich rannte zu ihm.

Etwas bewegte sich in der Dunkelheit. Ich drehte mich um, und mein Helmlicht fiel auf Erin, die aufgestanden war und wie wild davonrannte. Ich wollte ihr hinterherlaufen, aber Alik erwischte sie, und auf der allgemeinen Notschaltungsfrequenz ertönte ein Schwall Statik, und ich hörte, wie er rief: »Ich kümmere mich um sie! Bivvy hat Probleme!«

Ich drehte mich wieder um und sah, dass Bianca sich über Bivvy beugte und hektisch an dem Lisport des jüngeren Mädchens hantierte. Ich kniete mich neben Prigach und hieb auf den Warmstartknopf seines Lisport-Packs. Alle Lichter flackerten kurz rot auf und gingen dann aus. Ich drückte noch mal, und es passierte überhaupt nichts. Leise fluchend steckte ich die Notüberbrückung aus meinem Batteriefach in den Bypass seines Lisports und versuchte ihn notzustarten, aber die Anzeige auf meinem Helm verkündete, dass von seinem Lisport keine Reaktion kam. Ich versuchte über jede erdenkliche Notverbindung in seinen Anzug zu gelangen, aber nichts funktionierte.

Ich klinkte mich in seine Telemetrie ein. Die Anzeige war total flach. Kein Herzschlag, keine Hirntätigkeit, kein

Kreislauf, nichts. Ich nahm den Kopf nach unten und legte meinen Helm an seinen, um irgendein Lebenszeichen festzustellen. Ich hörte lediglich meinen eigenen Atem, und meine Hand, die ich fest unter seinen Lisport presste, spürte keinen Herzschlag. Sein Körper war noch nicht kühler als normal. Er konnte erst ein paar Minuten tot sein.

Durch das heulende Rauschen in der Anzugverbindung hörte ich Alik sagen: »Teri, komm schnell ... der Cap ...«

Ich stand auf und drehte wie irre den Kopf, fand Dad in meinem Helmlicht. Alik hockte über ihm, drückte auf seine Brust, genau so, wie man es im Erste-Hilfe-Kurs beigebracht bekam. Ich rannte zu ihm, legte den Kopf an Dads Helm. Alik drückte weiter und weiter und warf mir sein Fiberlink zu. Ich stöpselte es ein.

»Sein ganzer Lisport ist schwarz, Teri, und ich kann es nicht neu starten, nicht mal von meinem aus überbrücken. Ich dachte, ich hätte ihn dort drin atmen gehört, aber in dem Anzug kann nicht mehr viel Luft sein.«

Ich zwang mich dazu, einmal tief durchzuatmen und den Sauerstoff in den Lungen zu halten, genau wie Dad es mir beigebracht hatte, dann legte ich meinen Helm noch einmal auf Dads Helm. Ich konnte das Keuchen und Stöhnen von Alik hören, der seine Brust bearbeitete. Ich klinkte mich in die Telemetrie, und Dad war wie Prigach, zero, nichts, niemand zu Hause. Alik machte weiter, und ich arbeitete mich durch sämtliche Anschlüsse, wieder und wieder, so schnell ich konnte, aber Dad war nicht mehr.

Jetzt merkte ich, dass ich, abgesehen von Dads Keuchen und Seufzen, ein leises Schniefen und Wehklagen hören konnte. Im ersten Moment dachte ich, das wäre ich selbst, aber dann merkte ich, dass es Alik war, der immer noch so kräftig wie möglich auf Dads Brust arbeitete. »Er ist tot«, sagte ich, und noch einmal: »Er ist tot, Alik. Es dauert schon zu lange. Wir können ihn nicht mehr zurückholen. Du kannst aufhören.«

Alik drückte noch einmal, ganz fest, stöhnte dabei vor

Anstrengung, dann setzte er sich auf. »Was ist passiert?«, fragte er.

Biancas Stimme drang durch das Rauschen: »Hallo! Helft mir! Irgendwas stimmt nicht mit Bivvy!«

Wir rannten den Hang hinab. Bianca versuchte Bivvy festzuhalten. Das kleine Mädchen schlug wild um sich, nicht so, als wollte es kämpfen oder weglaufen, es sah eher wie ein Anfall aus. Ich stöpselte mich in ihre Lisport-Telemetrie und fand nichts, was zuverlässig arbeitete. Bianca sagte: »Ihre Funkverbindung ist tot, aber ich habe über Helm-zu-Helm mit ihr geredet, und ich habe auch ihren Lisport wieder zum Laufen gekriegt, aber jetzt hat sie damit angefangen ...«

Der schmale Mädchenkörper krümmte sich heftiger und weiter zurück, als ich für möglich gehalten hätte, und verharrte dann so. Ihre Fäuste trommelten unkontrolliert neben ihr auf den Boden, und dann flogen ihre Arme weit ausgestreckt zur Seite. Auf ihrer Anzeige war alles rot, keine aktive Anzeige mehr, bis auf ihren Puls, der noch schwach flatterte. Ich probierte es mit Reanimation durch den Anzug, aber dann blieb auch der Puls aus, und ihr Körper erschlaffte. Als fünfzehn Minuten später die Sonne über den Horizont gesprungen kam, rot und geschwollen und gefleckt wie eine Entzündung, mussten wir uns damit abfinden, dass es auch für sie keine Rettung mehr gab.

SO VIELE TOTE unter den Rounditachi wurden nie einer ordentlichen Autopsie unterzogen, denn der Anschlag durch den Sunburst kam so abrupt und gewaltig, die Leichen waren so zahlreich, dass wir wahrscheinlich nie erfahren werden, auf wie viel unterschiedliche Arten die Menschen dadurch den Tod gefunden hatten. Teri und ihre Gruppe wussten es nicht, aber sie waren sogar noch dem Schlimmsten entgangen; die gesamte der Sonne zugewandte Seite des Mars hatte eine schreckliche Strahlungsdosis abbekommen, und viele der Rounditachi, die dort zunächst überlebten, starben in den folgenden Wochen am Bestrahlungssyndrom. Insgesamt verlor der Mars ungefähr hunderttausend Menschen, aber über die Hälfte davon waren Rounditachi. Damit wurde eine ganze Kultur ausgelöscht und der Prozess des Terraformings um Jahrzehnte zurückgeworfen.

Die plausibelste Vermutung hinsichtlich der mysteriösen Tode in Gebieten, in denen die Bestrahlung nicht so schlimm auftrat, beruht auf der eigenartigen Beobachtung, dass sie sich in den Polarregionen konzentrierten und dass an beiden Polen Auroras gesichtet wurden. Der Mars hat ein, wenn auch sehr schwaches, Magnetfeld, und dank des Sunbursts waren auf einmal so viele Partikel in der dünnen Atmosphäre, dass sich an den Polen genug davon konzentrierten, um Auroras zu bilden. Eine Überlegung tendiert also dahin, dass aufgeladene Partikel in der oberen Atmosphäre so durcheinander gewirbelt wurden und so eigenartig geflossen sind, dass auf dem Marsboden darunter elektrische Ladungen und Kurzschlüsse ausgelöst wurden. Das war zweifellos für das Versagen vieler Instrumente, Maschinen und Telemetrieverbindungen verantwortlich, ebenso wie für das Versagen der Kommunikations- und Peilsatelliten.

Man vermutet, dass angesichts der Tatsache, dass in den Anzügen acht Sonden direkt am Organismus angeschlossen sind, diejenigen Betroffenen, die in der falschen Stellung lagen, oder genau dort lagen, wo viel Spannung freigesetzt wurde, oder auf dem falschen Untergrund schliefen – oder die Götter erzürnt haben, wie ich manchmal insgeheim hinzufüge –, womöglich starke Stromstöße durch Herz, Hirn oder beides erlitten und dadurch entweder sehr schnell starben oder das Opfer von Anfällen wurden.

In Ermangelung einer besseren Theorie glaube ich, dass Teris Gruppe so etwas zugestoßen ist. Sie befanden sich ausgerechnet am schlimmsten Ort, an dem man sich aufhalten konnte, wenn man nicht einer direkten Strahlungswelle ausgesetzt war, nämlich in der Nähe der Sonnenaufgangslinie und sehr weit im Süden. Vermutlich ist Prigach Veriogaskis sofort an einem induzierten Herzanfall gestorben, Bivilina Krabach an den Folgen schwerer Hirntraumata und Telemachus Murray aller Wahrscheinlichkeit nach am Ausfall eines der lebenswichtigen Organe. Ich vermute, Alik und Teri haben das zu hören bekommen, was sie hören wollten; wahrscheinlich ist Telemachus zur gleichen Zeit wie Prigach gestorben.

Ich sitze vor der altmodischen Tastatur und tippe meine Anmerkungen zu dem Bericht:

Faszinierend finde ich, dass Teri zwar sehr oft über all das nachdenkt und sich den Kopf darüber zerbricht, was genau die Ursache für diese Situation gewesen sein mag, aber diese Ursache scheint für sie wenig oder überhaupt nichts mit dem zu tun zu haben, was hinterher geschehen ist. Es war der Verlust des Vaters, den sie verehrte, nicht die Art und Weise des Verlusts, der in diesem Fall von Belang war. Dadurch war sie plötzlich, während der ersten großen Verantwortung, die ihr in ihrem Erwachsenenleben zufiel, allein und auf sich gestellt, fühlte sich entmutigt und elend, und das zu einem Zeitpunkt, an dem sie ihre gesamte Energie und eine innige Verbundenheit mit wichtigen Werten dringend benötigte, und - noch wichtiger - zu einem Zeitpunkt, an dem ihr diese Verantwortung gänzlich unerwartet zufiel und sie eigentlich noch gar nicht so weit war.

Ich überdenke diese Auffassung und komme zu dem Schluss, sie nicht gleich zu äußern. Hier noch nicht, denn an dieser Stelle brauche ich einen Absatz, der die Anforderungen meines Berichts für Cal erfüllt, aber später ganz bestimmt. Sie war so reif, wie man nur sein kann. Das zu tun, was zu tun war, dürfte vor allem emotional schwierig und zweifellos sehr schmerzhaft gewesen sein, und wir haben keinen Hinweis darauf, dass ihr Vater angesichts der Krise nicht ebenfalls versagt hätte. Jedenfalls war sie geschwächt, ohne jede Unterstützung und schrecklich unglücklich nach diesem grauenhaften Schock, der auf einen Monat voll äußerstem Stress gefolgt war. Aber was die Frage angeht, ob sie die Führung besser nicht hätte übernehmen sollen ... Ich glaube nicht, dass ich darauf eine Antwort geben kann.

Vielleicht will ich bloß nicht, dass sie ihr ihren ersten offiziellen Gruppenführerposten wegnehmen. Insgesamt gesehen scheint ihr das sehr wichtig zu sein. Und wenn ich meine Antwort an sie noch einige Stunden länger hinauszögere, hat sie ihre Gruppe inzwischen wahrscheinlich sicher ins Tragedy Valley geführt; und ich bin sicher, dass ihr das sehr wichtig wäre.

»Genau darauf will ich hinaus«, sagt Cal.

Ich drehe mich um und bin verdutzt, ihn dort zu sehen.

»Du hast den gleichen Absatz über Teris Verlust ihres Vaters jetzt schon viermal geschrieben. Scroll mal am Bildschirm nach oben, dann siehst du es selbst. Und du hast schon zum vierten Mal vergessen, dass ich überhaupt hier bin, und das schon seit mehreren Stunden. Komm schon ... Was schließt du daraus?«

MANCHMAL KANN MAN das, was eigentlich zu erwarten war, nur sehr schwer begreifen, wenn es schließlich passiert. Dad hat immer darauf bestanden, dass man als Erster höchstens einen Herzschlag davon entfernt ist, Cap zu sein, und dass, wenn man einigermaßen gut ist, todsicher der Tag kommt, an dem es heißt: »Du bist der Captain, Captain.« Also blickte ich sie alle der Reihe nach an, wie sie dasaßen, reglos wie die Toten. Bianca kniete neben Erin, die Bivvys Kopf in den Schoß gebettet hatte und ganz still war. Alik stand mit herabhängenden Armen bewegungslos da, nur die Schultern hoben und senkten sich. Allmählich wurde das statische Rauschen im Anzugfunk leiser, sodass ich ab und zu sein Schluchzen hörte.

Ich hätte gedacht, dass ich mich einfach nur zusammenrollen und sterben wollte, aber eigentlich hatte ich zwei Gedanken. Zum einen sagte mir die Stimme von Dad: »Du bist der Captain, Captain«, und andererseits hoffte ich, dass Bianca und Alik nicht zu eifersüchtig aufeinander sein würden, wenn ich einen neuen Ersten bestimmte, denn ich hatte absolut keine Kraft mehr, den Vermittler zu spielen.

»Na schön«, sagte ich, »ich muss um Hilfe rufen.« Ich klickte von einem Satcell-Kanal zum anderen, aber alle waren mausetot. Ich versuchte es auf den großen Langwellen-Notfallkanälen – nichts als kreischendes Rauschen und Fiepen war zu hören, dazwischen Dutzende oder Hunderte verstümmelter SOS-Rufe. Ich setzte, so gut es ging, auf jedem Kanal einen SOS-Ruf für uns ab; ich gab nur die Gruppe an, nannte unsere Expeditionsnummer und sagte, dass wir drei Tote und vier ernstlich demolierte Anzüge hätten, und hoffte, dass jemand die Notrufe aufzeichnete und irgendwann auf den unseren stieß, aber es hörte sich ganz so an, als steckte der gesamte Planet irgendwie in einer schrecklichen Klemme, was sich ja später auch als wahr herausstellte ... Darf ich das sagen, Doc? Eigentlich weiß es ja ohnehin schon alle Welt, und im Bericht steht's auch ... Jedenfalls vernahm ich zwanzig

Minuten lang nichts als Hilferufe, und niemand antwortete darauf.

ANMERKUNG DES PROTOKOLLFÜHRERS: Inzwischen wissen wir natürlich, dass die Zentrale in Marinersburg total durchgeschmort war und erst Tage später wieder online ging und dass in der Ersatz-Zentrale auf Phobos alle tot waren oder im Sterben lagen. WIEDERAUFNAHME TRANSKRIPTION.

Ich konnte ihnen unsere letzte Position nicht durchgeben, weil die auf meinem virtuellen Werp verzeichnet war, das über Satcell mit meinem Anzugdisplay kommunizierte, und Satcell funktionierte eindeutig nicht. (Zu dem Zeitpunkt konnte ich nicht wissen, dass jeder Comsat rings um den Mars tot war und steuerlos herumirrte.)

Dann ließ ich Alik und Bianca und sogar Erin ihre Satcells ausprobieren, einfach um sicherzugehen, dass nicht vielleicht nur mein Gerät nicht mehr funktionierte, aber das brachte auch nichts. Nach wie vor kam rein gar nichts rein und ging nichts raus.

Inzwischen war es eine Stunde nach Sonnenaufgang. Wo war die Zeit nur so schnell hin? Kommt das vor, Doc, ich meine, wenn man richtig aufgeregt ist, dass man gar nicht mehr merkt, wie die Zeit vergeht? Ach so, ja, verstehe. Eigentlich nur logisch.

Die Sonne sah komisch aus. Natürlich wissen wir jetzt, dass der Sunburst einen riesigen Brocken aus der Photosphäre herausgerissen hat, der ganze Schulkram, den sie einem dazu erzählen, aber an jenem Tag wussten wir nur, dass die Sonne komisch aussah. Sie war fleckig und ausgefranst von dem ganzen heißen Plasma, das über sie hinwegfloss, und von dem ganzen abgekühlten Gas, das wieder zurückfiel, und so weiter, es sah wie der schrecklichste Fall von Sonnenflecken aus, der mir jemals vorgekommen ist, und mit den voll aktivierten Visierfiltern konnten wir direkt hineinschauen, die Streifen und Bänder waren deutlich zu erkennen.

»Was ist dort bloß los?«, fragte ich Alik, denn er war gut in der Schule.

»Ich wünschte, ich wüsste es. Jedenfalls ist was ganz Großes gelaufen. Wahrscheinlich hatten wir auch deshalb eine Aurora, obwohl der Mars so gut wie kein Magnetfeld besitzt, und daher kommt auch das ganze statische Rauschen. Ich könnte mir vorstellen, dass es sich hier viel schneller wieder aufklärt als auf der Erde oder rings um den Jupiter ... Die Partikel halten sich nicht so lange in unserem schwachen Magnetfeld, deshalb dürfte es sich bald wieder auflösen, aber trotzdem ... Irgendwas Krasses ist passiert, so viel ist klar. Hast du in der CSL-Schule mal irgendwas zu solarer Astronomie gehört, Bianca?«

»Kein bisschen. Wann war das denn bei dir dran?«

»Ich musste mal ein Referat darüber halten, das ist alles.« Alik hörte sich an, als wollte er sich deswegen rechtfertigen. Ich glaube, frühreifen Jungs ist es manchmal etwas peinlich, wenn sie zu viel wissen, besonders dann, wenn das meiste davon nutzlos ist.

»Gibt es denn nichts, was wir tun können?«

»Möglichst nach drinnen gehen, glaube ich«, sagte Alik. »Jedenfalls sollten wir irgendwas zwischen uns und die Sonne bringen. Vielleicht das Taji zwischen großen Felsen aufbauen oder so, damit es der Sonne tagsüber nicht direkt ausgesetzt ist, was meint ihr?«

Es war immerhin ein Plan, also setzten wir ihn um. Wir breiteten unseren gesamten Satz Kollektorplanen aus. Das Taji war warm und mit mehr als genug Wasser ausgerüstet, und in den Packs war noch jede Menge zu essen. Als die Sonne den halben Weg bis zu ihrem Zenith zurückgelegt hatte, stand das komplette Taji und tankte Energie – obwohl sieben von unseren siebzig Kollektorplanen sich als kaputt erwiesen hatten.

Im Unterricht in der CSL brüllten sie einen immer an,

wenn man es mit FDW versuchte, Fehlerbehebung durch Wiederholung, also wenn man sich ein Programm, eine Idee oder eine Maschine vorknöpft, die nicht geht, und sie dann einfach durch unablässiges Herumprobieren zum Laufen bringen will. Das ist ziemlich blöd, praktisch deckungsgleich mit der alten Definition von *verrückt,* wenn man immer wieder und wieder das Gleiche tut und hofft, dass dabei irgendwann ein anderes Ergebnis herauskommt. Ist das die Definition von *verrückt,* Doc? Hm. Interessant.

Jedenfalls taten wir das, und deshalb glaube ich, dass wir alle verrückt waren. Wir stellten die ganze Ausrüstung immer wieder an, um zu sehen, ob es klappte, und wenn es nicht klappte, versuchten wir es noch ein paar Mal, in der Hoffnung, dass es vielleicht doch noch klappte. Wir machten das in keiner bestimmten Reihenfolge, sondern spazierten einfach nur zwischen dem Zeug aus unseren Tragepacks und den Taji-Sektionen herum, als würde sich allein durch unser Herumspazieren etwas ändern.

Schließlich wurde mir klar, was wir da taten, und ich sagte: »Freunde!«

»Ja, äh, Cap?«, meinte Alik.

»Jetzt ist schon mehr als der halbe Tag draufgegangen. Wir müssen zu Mittag essen. Oder frühstücken. Noch keiner von uns hat was gegessen. Und wir müssen uns mindestens über drei andere Dinge im Klaren werden. Erstens, wir haben allen möglichen Kram hier, der nicht funktioniert, und wir müssen eine genaue Liste anfertigen und aufhören, es immer wieder zu versuchen. Zweitens, niemand kommt uns zu Hilfe. Die wenigen Signale, die wir empfangen, sind alle auf Langwelle und auch noch völlig wirr, also müssen wir, sobald wir herausgefunden haben, was hier los ist, überlegen, wie wir uns selbst retten können, denn es wird niemand kommen, um uns zu retten. Und drittens ...« Ich hätte mich am liebsten übergeben, als ich daran dachte. »Drittens haben wir so viel kaputte Ausrüstung, dass wir die, ähm, die Leichen durchsuchen müssen.«

»Müssen wir das wirklich?«, fragte Alik.

Bianca seufzte. »Der Captain hat Recht, und selbst wenn sie nicht Recht hat, ist sie immer noch der Captain. Wir müssen es tun.«

Noch nie von einem Fizzy gehört, Doc? Das ist kein Spaß. Damals, beim Fizzy für Mama, haben Dad und ich die ganze Zeit über geheult. Fizzy bedeutet F-S-S-I-I: Field Strip, Salvage, Inventory and Inter. Oder um es ganz einfach auszudrücken, man holt sich alles von einer Leiche, was man noch brauchen kann, ganz vorsichtig, damit nichts von der Ausrüstung kaputtgeht, inventarisiert es, packt es zu den eigenen Sachen – denn damit gehört es zu deiner Ausrüstung –, und dann legt man den Leichnam irgendwohin, wo er mumifizieren und sich später zersetzen und in die Biosphäre gelangen kann. Rubbies, verstehen Sie? Sie müssen es tun, damit er sich zersetzen kann, ohne dass überall noch erkennbare Einzelteile herumliegen, was für die Familie des Toten echt hart wäre, also muss man dafür Sorgen, dass Wasser rankommt, aber nicht der Wind, und da es schon bald große Aasfresser auf dem Mars geben wird und ein Leichnam auf dem Mars eher trockengefriert, muss man außerdem dafür sorgen, dass nichts Großes an ihn rankommen und ihn auffressen kann.

Man muss die ganzen Sonden und Katheter herausziehen, und es gibt eine bestimmte Vorgehensweise, wie man das macht, das ist echt gut im Handbuch erklärt. Wir nahmen uns zuerst Prigach vor, weil keiner von uns ihm sehr nahe gestanden hat, und ich werde Alik immer voll dankbar sein, dass er damals beim Ausstöpseln das Gröbste übernahm. Wir ließen Prigachs Transponder an, falls er doch noch irgendwie anging oder falls ihn jemand per Fernsteuerung wieder anstellen konnte, damit seine Familie eine bessere Chance hatte, seine Leiche zu finden. Dann häuften wir Steine über ihm auf.

Als Nächste kam Bivvy an die Reihe. Ich übernahm es, die Verbindungen aus ihr rauszuziehen. Sie sah so winzig aus, nackt auf dem blanken Stein, als wir vorsichtig die großen Steine auf sie legten. Erin fragte immer wieder, ob Bivvy nicht kalt sein würde, und Bianca und ich erklärten es ihr immer wieder, in der Hoffnung, dass sie es kapierte und dann in der Lage war, damit umzugehen. In dem Alter ist es nicht so leicht, zu verstehen, was es mit dem Tod so auf sich hat.

Blieb noch Dad. Ich glaube nicht, dass ich viel dazu sagen kann. Wir gingen langsam vor. Wir waren sowieso alle müde, und Dad hatte immer ein Händchen für Kinder gehabt, deshalb haben ihn ja auch alle Kinder geliebt und ihm vertraut, außerdem wollte ich mir jede Kleinigkeit von ihm einprägen. Als wir mit seinem Steingrab fertig waren, setzte ich mich daneben und sah zu, wie die Sonne unterging, und überließ es Bianca, den letzten Rest von Dads Ausrüstung in das Taji zu bringen. An jenem Abend gab es keinen Regenbogenblitz, aber vielleicht war ich auch nur zu tief unten und der Horizont war nicht eben genug. Die Sonne sah immer noch schleimig und böse und infiziert aus.

Als die Dunkelheit über den Himmel zog, blickte ich auf und sah einen Chondreor in einem spitzen Winkel hereinkommen und dann in der mittleren Atmosphäre zerplatzen; er war ohne jede Steuerung geflogen und wie jeder x-beliebige Meteor aufgeprallt, ohne Aerobremse oder andere Korrekturen. Die Satelliten kreisten immer noch dort oben, aber ich sah weder Korrekturdüsen aufblitzen noch andere Manöver; sie trieben einfach dahin, die niedrigen würden früher oder später abstürzen, die höheren weiter ihre sinnlosen Kreisbahnen ziehen. *Wenn wir das nicht in den Griff bekommen,* dachte ich, *sieht es hier in ein paar Jahren wieder so aus, als wären wir niemals da gewesen.*

Ich kniete neben dem Steingrab nieder und flüsterte: »Wiedersehen, Dad, ich habe noch jede Menge zu erledigen. Du weißt, dass ich mein Bestes geben werde.« Etwas anderes ist mir nicht eingefallen. Wir hatten keine Religion, nur die wenigsten Rounditachi sind religiös, und deshalb blieb mir nur die vage Hoffnung, falls es nach diesem Leben, das wir hier führen, noch irgendein anderes gibt, dass er dort bei Mama war. Er hatte sie in den letzten Jahren so sehr vermisst.

Phobos ging an der Stelle auf, wo die Sonne untergegangen war. Sein Licht warf einen wandernden Schatten, der sich langsam, aber deutlich sichtbar auf den Steinhaufen zubewegte, sich wie ein Betttuch darüberlegte, als würde dich deine Mama schön behaglich ins Bett einmummeln.

Mir war kalt, ich war müde, und ich war Captain. Ich musste mich um meine Kinder kümmern. Ich ging nach drinnen. »Zuallererst«, sagte ich, »checken wir alle Anzüge komplett durch und reparieren alles, was nötig ist, denn das Taji-System scheint in Ordnung zu sein, und dann bringen wir alles so weit auf Soll-Zustand zurück. Wir ziehen also unsere Anzüge aus und verbinden sie mit dem Zeltsystem.«

So geschah es auch. Dann erneuerten wir eine Mahlzeit und aßen etwas Warmes und Mildes. Ich machte die Betten für uns alle vier, und wir hauten uns hin. Erin war die Schlaueste von uns und schlug vor, dass wir die Betten zusammenschoben und miteinander verbanden, damit wir uns, wenn wir wollten, aneinander kuscheln konnten, und jetzt, wo ich nicht mehr Captain sein musste, ließ ich mich einfach gehen und weinte mich genauso in den Schlaf wie die anderen.

AM NÄCHSTEN MORGEN wachten wir spät und völlig erledigt auf, wie man sich denken kann. Ich entschied, dass weiteres Essen und ein paar Antidepressiva oberste Priorität hatten. Danach probierten wir die Funkgeräte aus. Das Rauschen hatte schon ein wenig nachgelassen, aber es ging immer noch alles wild durcheinander, niemand schien auf unsere Rufe zu reagieren. Wir versuchten, anderen Gruppen zu antworten, die wir um Hilfe rufen hörten, nur um mit jemandem reden zu können, aber die meisten befanden sich anscheinend weit weg, in der nördlichen Hemisphäre, viele davon in der Nähe von Tharsis, und es sah so aus, als könnten unsere Transmitter sie nicht erreichen. Es gefiel mir gar nicht, dass wir andere Rounditachi und kleine entfernte Siedlungen hören konnten, aber nichts aus den großen Städten.

Die Bestandsaufnahme ergab, dass wir mit der gefledderten Ausrüstung genug beisammen hatten, um vier einigermaßen funktionsfähige Anzüge zusammenzustellen. Wir mussten nur erst herausfinden, wer welche kleineren Probleme hatte, lauter Dinge, die für einen durchschnittlichen Reparaturshop kein Problem gewesen wären, die jetzt aber über die Redundanzen laufen mussten; das war jetzt wichtiger als sonst, denn auch die Hauptgeräte waren nicht mehr annähernd so zuverlässig wie zuvor. Wir hatten für ungefähr drei Wochen zu essen. Energie und Wasser gab es unbeschränkt.

Der beste Fund an diesem Morgen war Dads Werp. So oft hatte ich mich darüber lustig gemacht – aber es funktionierte! Und die virtuellen Werps, von denen wir alle abhängig waren, brachten ohne Satcell rein gar nichts. Mit Dads Werp konnten wir zumindest herausfinden, wo genau wir uns gemäß der letzten Peilung befanden. Diese Info gaben wir dann raus, aber es fand sich immer noch niemand, der unsere Nachrichten bestätigte.

Ich hatte ja den Eindruck, dass die Sonne schon wieder etwas besser aussah. Die dunklen Schlieren kamen mir schmaler vor, die grellen Flecken weniger kontrastreich.

Nicht, dass ich unbedingt eine Expertin im Bereich unartiger Sterne wäre oder, falls doch ein wenig, dass ich daran etwas hätte ändern können.

Wir recycelten den morgendlichen Abfall, dann hielten wir es für angebracht, eine Minute oder so vor den drei Steingräbern niederzuknien, bevor wir nach drinnen gingen, unsere Anzüge auszogen, sie noch einmal an die Selbstreparatursysteme hängten und uns überlegten, was wir jetzt tun sollten.

Erin saß stumm neben mir, den Daumen im Mund, den Kopf an meine Schulter gelehnt. Bianca und Alik saßen da und starrten auf den Boden. »Hört mal, Leute«, sagte ich. »Erste Frage: Glauben wir, dass wir gerettet werden, wenn wir einfach nur hier herumsitzen?«

»Vielleicht ja, vielleicht nein«, sagte Bianca. »Wenn wir davon ausgehen, dass es sich um irgendeinen solaren Zwischenfall handelt, den noch nie jemand erlebt hat und der jede Menge an Elektronik kaputtgemacht hat, dann könnte es in den Städten noch schlimmer aussehen als in den Roundings, und dann fahren wahrscheinlich auch die Züge nicht mehr, und die Raketen können absolut nicht navigieren. Und wenn man sich die Marskarte ansieht und überlegt, dass der Vorfall hier bei uns kurz vor Sonnenaufgang stattgefunden hat ...«, sie zeigte auf den Bildschirm, »... dann sind da viel mehr große Städte auf der Tages- als auf der Nachtseite, und wenn das, was wir erlebt haben, wirklich von der Sonne kam ...«

»Ich verstehe. Schön, so ungefähr sehe ich das auch. Vielleicht zeichnet jemand die Funkmeldungen auf, die reinkommen, und irgendwann taucht hier dann jemand auf, aber die meisten Leute, die heute früh um Hilfe gerufen haben, sind die gleichen, die wir schon in der Nacht gehört haben, und es hörte sich nicht so an, als hätte einer von ihnen eine Antwort bekommen. Deshalb finde ich, wir sollten nicht einfach abwarten, bis Hilfe kommt, denn vielleicht reichen unsere Nahrungsvorräte nicht so lange.«

»Hast du schon einen Plan?«, fragte Alik.

»Leider nicht«, gab ich zu. »Andererseits haben wir keinen Peilsender, und auf diese weite Entfernung und so, wie die Eisenbahnlinie verläuft, dürfen wir nicht einfach auf gut Glück losmarschieren ... Wir könnten tagelang parallel zu den Schienen laufen, nur wegen eines winzigen Navigationsfehlers, ohne die geringste Ahnung, ob wir links oder rechts davon gehen. Auf diese Weise verläuft man sich leicht, findet nie mehr zurück und bleibt am Ende auf der Strecke. Nach Westen hin geraten wir bald in zerklüftete Kanäle und verlaufen uns, direkt nach Norden dauert es mindestens fünfzehn Tage, bis wir überhaupt auf etwas treffen, und jeder Zwischenkurs oder die Richtung Nordwesten konfrontiert uns mit noch mehr Fehlern, die sich addieren, also weiß ich beim besten Willen nicht, wo wir landen würden. Wenn wir uns nur nach der Sonne und dem Mond richten, kommen wir nie rechtzeitig dort an, wo wir eigentlich hinwollen.«

»Das ist ja blöd«, sagte Alik. »Aber was wäre, wenn wir navigieren *könnten?* Was, wenn wir eine Möglichkeit fänden, genau dort hinzugelangen, wo wir hin wollen?«

Ich überlegte einen Augenblick. »Dann würde ich Folgendes tun: Ich würde euch beide hier bei Erin lassen, fast das gesamte Essen bei euch lassen, mein Pack bis auf das Allernötigste reduzieren, dann so schnell ich kann bis zur Eisenbahnlinie hüpfen und dort versuchen, einen Zug zu rufen und damit in die Stadt zu gelangen, um dort Hilfe zu holen. Wenn keine Züge mehr fahren, kann ich von dort aus wenigstens entlang der Schienen Red Sands City erreichen, lange bevor euch hier die Rationen ausgehen, und sofort Hilfe losschicken. Aber zum Navigieren brauchen wir Peilung, und wenn wir Peilung hätten, hätten wir auch Satcell und könnten Hilfe herbeifunken. Eine interessante Frage, Alik, aber ich sehe nicht, was sie uns bringt.«

»Das weiß ich auch nicht so genau«, sagte er. Er hockte schon die ganze Zeit vor Dads Werp und ging die Eintragungen durch, suchte irgendetwas, was uns nützlich sein könnte.

Ich hatte auch schon damit angefangen, aber als ich entdeckt hatte, wie viele Dateien davon Babyfotos von mir und Fotos von Mama waren, wäre ich beinahe zusammengebrochen, und Bianca war schlau genug gewesen, Alik zu bitten, die Sache für mich zu übernehmen. »Hier ist ein Astronomieprogramm drauf. Nur ein Planetariumsprogramm, aber ziemlich umfassend. Außerdem habe ich hier elf Lexika, in vier von ihnen gibt es Artikel über Sternennavigation.«

»Du meinst ... dass man sich an den Sternen orientiert? Wie bei den alten Schiffen?«

»Genau.«

»Funktioniert das denn auch auf dem Mars?«

Er zuckte mit den Achseln.

»Die Sterne sind weit weg. Ob man nun auf der Erde steht oder auf dem Mars, das spielt für ihre Positionen keine messbare Rolle, höchstens bei denjenigen, die uns am nächsten sind, und sogar bei denen kann man sich, falls wir sie benutzen müssen, eine Kompensation ausrechnen. Das Astronomieprogramm gibt einem die Ansicht des Nachthimmels von jedem beliebigen Punkt auf dem Mars für jedes beliebige Datum. Das Werp kann alle nötigen Berechnungen durchführen. Die Frage lautet nur: Machen uns die Lexikonartikel schlau genug, dass wir wissen, was wir überhaupt berechnen wollen?«

Die Frage beschäftigte uns den Rest des Tages. Haben Sie schon einmal versucht, einen echt komplizierten Sachverhalt aus einer Gebrauchsanleitung zu erlernen? Klar, wenn Sie ein Roundito wären, Doc, würde ich sagen, das haben Sie natürlich schon machen müssen, denn genau das muss man mit so ziemlich jeder neuen Software und jedem neuen Stück Ausrüstung tun. Ich will ja die CSL nicht über den grünen Klee loben, nee, das bestimmt nicht, aber wenn man überhaupt etwas Gutes darüber sagen kann, dann sind es die ›Lernen lernen‹-Kurse, wo sie einen nur zur Übung irgendein beliebiges Thema bearbeiten lassen. Leider hatte keiner von uns sich schon mal mit Sternennavigation beschäftigen müssen, aber letztlich brauchten wir dem Werp ja bloß einzugeben, dass er herausfinden sollte, auf welchen Stern wir zuzumarschieren hatten, besser gesagt, wie wir nach einer gewissen Zeit erkannten, auf welche Sterne, denn man kann sich schnell verlaufen, wenn man nur einen einzigen anpeilt. Und es sollte herausfinden, wie wir unsere Sterne regelmäßig neu berechnen konnten, also ganz so kompliziert war es dann auch wieder nicht. Dazu gab es alle möglichen Dinge, die wir wahrscheinlich überhaupt nicht brauchen würden.

Zuerst schlugen wir uns mit dem Horizontproblem herum, denn der verständlichste Artikel in einem dieser Lexika zeigte uns ein Instrument, das man auf den Horizont und auf die Sonne oder einen Stern ausrichten sollte. Wir hatten alle möglichen Geräte mit Libellennivellier, aber eine Waage zeigt nicht auf den Horizont, und der Unterschied zwischen Nivellier und Horizont, also das, was Neigungswinkel genannt wird, ist auf dem Mars doppelt so groß; das bedeutete, dass wir alle möglichen Sachen mit den Formeln, die sie uns nannten, neu berechnen mussten. Dann stießen wir auf das Problem, dass wir keine Möglichkeit hatten, ein exaktes Winkelmessgerät auszurichten. »Ich würde eine Menge für einen dieser komischen Sextanten geben«, sagte ich, »oder auch nur für einen dieser alten Teleskop-Theodoliten ...«

»Falsche Herangehensweise«, sagte Alik und schlug sich plötzlich an die Stirn. »Falsch. Falsch.«

»Was?«

Hätte nicht unser Leben von ihm abgehangen, wäre es bestimmt lustig gewesen, einen Zehnjährigen aufspringen zu sehen und ihn dabei zu beobachten, wie er auf und ab marschiert und dabei intensiv nachzudenken versucht. »Ich bin mir nicht sicher«, sagte er dann, »aber ihr kennt doch diese Probleme, die sie uns in der Schule immer zu knacken geben, wo man die verborgene Annahme rausfinden muss, und das ist dann die Lösung?«

»Ja. Igitt. Die hasse ich!«

»Ich auch, aber genau so kommt mir das hier vor.«

Er setzte sich wieder, stützte das Kinn in die Handfläche und grübelte weiter, genau wie eine schlechte Imitation von dieser berühmten Statue. Schließlich sagte er: »Das Werp hat doch eine eingebaute Kamera, oder?«

»Stimmt.«

»Wenn wir nun ein Foto von den Sternen machen und es dann damit vergleichen, wie das Bild dort aussehen müsste, wo wir hinwollen, dann müsste sich doch daraus eine Korrektur errechnen lassen, oder nicht?«

»Klar! Jedes Digitalfoto kann korrigiert werden, aber ich verstehe nicht, was es dir bringt, wenn du ein korrigiertes Bild hast ...«

»Wenn wir aber die Korrektur als Input nehmen? Wenn wir ein Bild machen, direkt nach Westen, weil wir östlich von dort sind, wo wir eigentlich hinwollen, dann muss das Werp uns doch eine Zahl anbieten, die uns verrät, um wie viel die Sterne alle zu tief stehen? Oder mehrere Zahlen, die das beschreiben, eine Zahlenreihe, vermute ich, denn diejenigen weiter im Süden dürften unterschiedlich tief stehen als die weiter im Norden, hab ich Recht? Und dann ... können wir von da aus doch weiterrechnen ...«

»Vielleicht ja«, sagte ich. »Aber ich bin absolut nicht gut in Trigonometrie, und wir haben es hier mit einem Trig-Problem zu tun, und selbst wenn ich es lösen könnte, würde ich meiner Antwort niemals trauen, weil ich einfach nicht gut darin bin.« Ehrlich, Doc, in diesem Augenblick hätte ich mir fast gewünscht, ich hätte in der Schule mehr gelernt, wenigstens ab und zu.

Aber Alik hörte mir überhaupt nicht zu. Er schaute in das Licht, das aus der Kuppel des Taji herabfiel, und sah dabei aus wie ein Zwergenengel, der gerade von seinem hilfsbereiten Gott eine Erleuchtung erhält. »Ha! Ha! Es ist käseleicht, nicht ganz hasenrein, aber es müsste funktionieren!«

»Woran denkst du?«

»Wir rufen einfach immer wieder Sternenkarten auf, bis wir eine finden, die zu unserem Bild passt. Dann lesen wir unseren Standpunkt von dort ab. Das ist nichts anderes als der gute alte Murmel-Algorismus.«

Also, sogar ich weiß, wie man damit rechnet, und wie schon gesagt, ich bin nicht gut in Mathe. Ein Murmel-Algorismus bedeutet, dass man ein Modell aller möglichen Antworten entwirft, wahrscheinliche und unwahrscheinliche, und die Irrtümer wie Erhebungen behandelt, und dann sucht man die niedrigste Erhebung. Wenn eine Murmel in eine Vertiefung oder ein Tal rollt, rollt sie auf der anderen Seite nicht mehr so weit heraus, wie sie auf der einen Seite hinabgerollt ist, wegen der Reibung und so – ach, Doc, Sie hatten ja wahrscheinlich auch Mathe in der Schule, und jede Wette, Sie konnten es genauso wenig leiden wie ich. Ich meine, Sie scheinen ein netter Kerl zu sein, also ist das nur logisch.

Wie auch immer, sobald Alik das ausgetüftelt hatte, verfügte er über ein Programm, das sich alle zehn Minuten einschaltete, und jetzt mussten wir nur noch bis zum Einbruch der Nacht warten, um es auszuprobieren. Bis dahin aßen und tranken wir in unseren Anzügen. Mit allen Ersatzteilen und einigem Hin- und Hergetausche konnten wir zwei voll funktionstüchtige Lisports und Com-Anlagen mit sämtlichen Ersatzaggregaten zusammenstellen, dazu zwei ›Notdürftige‹, Anzüge mit eingeschränkt funktionstüchtigen Reserveaggregaten. »Eingeschränkt funktionstüchtig« waren die Worte, die die Anwälte der Hersteller benutzten, wenn sie sagen wollten: »Falls irgendetwas schief geht, können sich ihre Erben die Hände reiben.«

Bei unseren ›Notdürftigen‹ waren in erster Linie die Luft- und Atmungssysteme in Ordnung, inklusive der Reserveaggregate; der Schwachpunkt war die Klimaautomatik: Wir hatten sechs komplett funktionsfähige und eine, die ständig furzte und immer wieder neu gestartet werden musste. Wenn man draußen schläft, braucht man unbedingt zwei Geräte, die beide voll in Ordnung sind, und das bedeutete, dass die Gruppe nicht als Ganzes losmarschieren konnte.

»Sieht aus, als wären wir wieder bei deinem Vorschlag

angelangt«, sagte Bianca. »Oder einer Version davon. Wie wäre es, wenn zwei Leute Hilfe holen gehen, so schnell sie können, und einer bleibt mit Erin hier? Damit sparen wir Nahrung und andere Vorräte.«

»Wer soll gehen?«, wollte Alik wissen.

»Ich, weil ich die meiste Erfahrung habe und mich in den Roundings am besten auskenne«, sagte ich. »Und du, weil du dieses Sternennavigationsprogramm geschrieben hast und weißt, wie das Ding funktioniert.«

Bianca nickte. Erin machte ein bisschen Ärger, als ihr klar wurde, dass ich gehen und sie dableiben würde, aber wir drei riefen ihr in Erinnerung, was für ein großes Mädchen sie schon war, und damit schien die Sache erledigt zu sein.

Wir nahmen noch eine Mahlzeit zu uns und dösten, bis es dunkel wurde.

ES FÄLLT MIR nicht leicht zu glauben, dass Cal, der schließlich ein kluger, einfühlsamer Bursche ist, den ich schon seit vielen Jahren kenne, der einer meiner Ausbilder war ... dass Cal das alles nicht verstehen will. »Aber wenn man die traurigen Erinnerungen wegnimmt«, sage ich, »nimmt man so viel von einer Persönlichkeit weg, so viel von dem, was sie eigentlich zu einer Persönlichkeit macht. Kann man der Person nicht wenigstens einen Teil ihrer ...« Ich merke, dass ich ins Nichts starre.

»Welchen Tag haben wir heute?«

»Den 5. Oktober 2095.«

»Wir haben Juni 2097, fast Juli. Was ist in den letzten paar Jahren passiert?«

»Lass mich ...«, setze ich an, aber er rammt mir eine Nadel in den Arm.

Behandelt man so einen Freund? Ich will ihn schlagen, aber ich bin zu schläfrig dafür. Dabei wollte ich ihm doch nur erklären, dass es gerade unsere Sorgen sind, die uns zu dem machen, was wir sind, und wenn man uns die wegnimmt, nimmt man uns gleich mit weg ... oder so etwas in der Art. Dass es vielleicht nicht gut ist, in einem Körper aufzuwachen, der dir von irgendjemand anderem überlassen wurde, jemand, der dir nur eine lange Aufzeichnung hinterlassen hat von ... diese Nadel in meinem Arm tut echt weh.

Wenn Cal das noch einmal tut, knalle ich ihm eine. Nur jetzt bin ich zu schläfrig.

DA WIR IMMER noch hofften, dass jemand auf unseren Notruf antwortete und wir die Reise nicht antreten mussten, ruhten wir uns auch noch am nächsten Tag aus, statt uns sofort auf den Weg zu machen. Wir führten alle Reparaturen durch, die zu erledigen waren, sahen zu, dass jeder Tank und jede Batterie bis obenhin voll war und schliefen hauptsächlich, vor allem Alik und ich. Wir nahmen an, dass wir unsere ersten Leitsterne mit Anbruch der Dunkelheit anpeilen konnten, dann wollten wir aufbrechen. Damit konnten wir die Nacht voll ausschöpfen, solange wir frisch und ausgeruht waren.

Ich kann tagsüber nicht gut schlafen, hatte schon immer Probleme damit, meinen Schlafzyklus zu ändern. Ich war voll gestresst und total verängstigt, vielleicht zum ersten Mal in meinem Leben. Als die Sonne unterging, hatte ich also keinesfalls die gewünschte Erholung gehabt. Immer wenn ich wach war, hatte ich gesehen, dass sich Alik unruhig hin und her warf, weshalb ich bezweifelte, dass es ihm viel besser ging. Aber wenig Schlaf oder nicht, es war höchste Zeit, dass wir etwas unternahmen.

Als die Sonne dicht über dem Horizont hing und der rasch wie ein zugezogener Vorhang eintretende Sonnenuntergang unmittelbar bevorstand, umarmten wir uns alle noch einmal. Ich sah zu, dass ich sowohl Erin als auch Bianca fest drückte, denn was da auch passiert war, wir konnten nicht wissen, ob es das einzige Mal in der Geschichte war, einmal in tausend Jahren passierte oder schon in der nächsten Minute wieder. Und beim nächsten Mal, falls es ein nächstes Mal gab, fielen vielleicht alle unsere Systeme aus und wir starben einfach. Darüber hinaus ließ ich die Mädchen mit einer nicht ganz vollständigen Ausrüstung zurück, von der manches nicht einmal ein Ersatzgerät hatte. Es konnte leicht sein, dass wir einander nicht mehr lebend wiedersahen.

»Also gut«, sagte ich zu Bianca, »dann benehme ich mich jetzt mal kurz total erwachsen.«

»Ich verzeihe dir.«

»Sehr schön. Dann gehen wir alles noch einmal rasch durch. Bianca, was tust du, wenn du gute Gründe zu der Annahme hast, dass keine Hilfe kommt?« Wir hatten uns darauf geeinigt, es so auszudrücken, denn wir mussten uns auf ihr Urteilsvermögen verlassen, was gute Gründe waren, egal, wie man es nannte.

»Also«, sagte sie, »ich nehme mir die Liste der Sternsichtungen, die ihr vorbereitet habt, und speise sie in mein Helm-Display ein. Wir packen alles für einen Neuntagestrip zusammen, wenn wir noch genug Verpflegung haben ... falls wir uns zwischendurch verlaufen. Dann folgen wir den angepeilten Sternen, bis wir auf die Schienen treffen, was in vier Tagen geschehen müsste. Wir folgen den Schienen nach Norden. Das ist weiter als der Weg, den ihr geht, aber dadurch gehen wir sicher, dass wir die Schienen nicht verfehlen.«

»Gut. Erin, was machst du, wenn irgendwas passiert und Bianca nicht mehr für dich sorgen kann?«

Sie seufzte, offensichtlich ging ihr die ständige Wiederholung von etwas, das schon längst geklärt war, auf die Nerven. (Mir wurde klar, dass ich jetzt eine von diesen blöden Erwachsenen geworden war, die mir immer so auf die Nerven gegangen waren.) Aber sie machte keinen Ärger, sondern sagte nur in einem leicht pedantischen Ton auf: »Ich packe alle Anzugrationen, die ich bequem tragen kann, zusammen, außerdem den kleinen Taji-Raum und mindestens zehn Solarflächen. Ich gehe eine Stunde nach Norden, dann eine Stunde nach Westen, dann wieder eine Stunde nach Norden und immer so weiter. Jeden Abend baue ich mein Taji auf und schlafe darin in meinem Anzug, meinen Helm darf ich aufmachen, wenn ich will. Ich gehe immer weiter, bis ich die Eisenbahnschienen finde, und folge ihnen nach Norden. Jedes Mal, wenn ich die Richtung ändere, rufe ich über Anzugfunk um Hilfe und probiere, ob das Satcell funktioniert.«

»Gut! Hervorragend! Alik?«

»Falls dir etwas zustößt, nehme ich deine Positionsdaten auf, verfolge unseren Plan weiter und hole Hilfe. Ich schicke sie erst zu Bianca und Erin, dann kümmere ich mich um deine Rettung. Und ich zitiere: ›Ich bin am unwichtigsten, und das ist ein Befehl vom Cap, Alik.‹ Richtig?«

»Perfekt. Na schön, dann also los.«

Alik ging nicht los, obwohl er zu Anfang vorne gehen sollte, und auch die beiden Mädchen machten keine Anstalten, zurück ins Taji zu gehen. Lange Sekunden verstrichen. »Was ist?«, fragte ich wie eine Begriffsstutzige.

Bianca seufzte ungeduldig. »Hieß es nicht, dass *jeder* seine Aufgaben durchgehen soll, Cap?«

»Na gut, also, wenn Alik etwas passiert, gehe ich weiter zum Zug oder nach Red Sands City, hole Hilfe und rette Alik und euch Mädels – je nachdem, wer in welchem Zustand ist und was leichter ist. In Ordnung?«

»Perfekt«, bestätigte mir Erin.

Ich lachte und drückte sie an mich, und wir mussten noch eine rasche Runde Umarmungen einlegen, bevor wir losmarschierten. Die beiden gingen nach drinnen, und Alik und ich machten uns an die Arbeit. Wir präparierten unsere Visiere, malten einen Richtungspfeil darauf und umkreisten drei Sterne, die jeweils in ihren Kreisen bleiben mussten; es war nicht ganz hasenrein und ziemlich primitiv, versprach aber zu funktionieren. Wenn wir alle drei Sterne in den nächsten paar Stunden in ihren Kreisen behielten und immer auf die Pfeilspitze zustrebten, mussten wir auf Kurs bleiben, oder doch annähernd.

Noch bevor wir uns verabschiedet hatten, war die Dunkelheit über den Himmel geschossen. Nun herrschte tiefschwarze Nacht, die dunkelste Nacht, die ich in meinem ganzen Leben gesehen habe, denn die meisten Chondreore waren irgendwo hinter ihren Fail-Safe-Punkten und kreisten deshalb auf Bahnen, die sie nicht zu nah heranführten, und die Comsats waren tot und lenkten keine Raketen mehr durch den überfüllten Himmel rings um den Mars, und da sie sich seit jeher auf dynamisches Manövrieren verlassen hatten, waren viele ausgeschaltet gewesen, solange sie sich auf Flugbahnen befanden, die sie weg vom Himmel führten: hinunter in die Atmosphäre, hinaus auf einer Fluchtellipse oder weit weg in einer steilen Ellipse. Später erfuhr ich, dass während der ersten fünfzig Stunden nach dem Sunburst mehr als drei Viertel der Satelliten abgestürzt und verbrannt oder aber ins All getrudelt und verloren gegangen waren.

Deimos stand bereits tief am Himmel, war ohnehin kaum mehr als ein winziger Splitter; man konnte gar nicht richtig erkennen, dass es etwas anderes als ein heller Stern war. Phobos würde erst in zwei Stunden aufgehen. Ich sah mich noch ein letztes Mal um. Die luftige Silberkuppel des Taji glänzte in Deimos' Licht und hockte wie ein regloser Käfer auf der jetzt dunklen Masse hinter der weißen Luftschleusentür. Das Taji sah so dunkel und schwer aus wie die drei niedrigen Felsbrocken vor uns. Ich dachte noch einmal daran, dass die nächsten menschlichen Wesen mindestens hundert Kim von uns entfernt waren, dazwischen lag ein Land, das immer noch lediglich von ein paar verstreuten Fußspuren berührt war, und obwohl meine Klimaautomatik prima funktionierte, Doc, kann ich Ihnen sagen, dass mir bis auf die Knochen kalt wurde, und ich glaube, auch bei der ganzen elend langen Hüpferei, die danach kam, wurde mir nicht mehr richtig warm.

Wir hatten Anzugrationen für vier Tage dabei, sodass wir, selbst wenn wir den ganzen Weg bis nach Red Sands City hüpfen mussten, nur einen Tag lang nichts zu essen hatten. Abgesehen davon hatten wir das Werp und so wenig wie möglich mitgenommen.

Falls wir Probleme hatten, Doc, so glaube ich nicht, dass uns irgendwer irgendwo jemals den Vorwurf machen konnte, dass wir es nicht energisch genug probiert hätten. (Und falls es doch jemand tut, halte ich ihn fest, während Alik ihn verdrischt.) Zuerst kamen wir ganz leicht voran. Phobos ging ungefähr zu der Zeit auf, als wir eine zweite Aufnahme von den Sternen machten und unsere neuen Leitsterne markierten. Dem Werp zufolge waren wir weniger als hundert Meter vom Kurs abgekommen, aber der Boden hatte meistens nur aus einer felsigen Ebene bestanden, die man auch im Dunkeln sehr einfach bewältigen konnte. Wir machten einen guten Schnitt und kamen meistens ohne Probleme an gut beleuchteten Stellen herunter.

Direkt nach dieser zweiten Messung kamen wir über den flachen steinigen Höhenzug, wo sich der Staub von Millionen Jahren gesammelt hat, an der Stelle, an der ein uralter Lavafluss den noch älteren Kraterrand unter sich begraben hat. Dort gab es einen breiten Gürtel aus dem zermahlenen Zeug, der zu einer flachen Dreimeterklippe führte, von der wir einfach hinunterspringen konnten. Es war eigentlich keine schlechte Stelle, so gesehen, aber wenn man ein Stück weiter schaute, sah man, dass es der Anfang unserer ersten Strecke durch zerklüftetes Kanalland war.

Es war so ziemlich die schlimmste Art, auf zerklüftete Kanäle zu treffen. Wir mussten uns im Zickzack fortbewegen, nicht in die Kanäle hinein. Da wir keine Peilung hatten, konnten wir nicht von einem Kanal in den anderen spazieren und nach Toren suchen, weshalb wir über einige der Erhebungen hinwegmussten, um uns wenigstens einigermaßen regelmäßig zu orientieren. Und dem Land selbst waren noch nicht viele Ausflüsse durch Terraforming beschert worden, von Regen ganz zu schweigen, weshalb nur wenig Wasser die Böden der Kanäle ausgespült und die poröseren Teile der Nadeln und Klippen eingerissen hatte. Dieses Labyrinth aus Klüften und Felsrücken, Nadeln und Löchern, verwitterten Steinen und Staubwehen stellte unser Navigationssystem auf eine erste Probe. Im Licht des aufgehenden Phobos sah es aus, als reihte sich eine Mauer an die andere, jede mit einer gezackten Krone, wie eine mittelalterliche Festung oder eine Grenze im zwanzigsten Jahrhundert oder wie der Zaun eines Konzentrationslagers.

Wir waren unserer Zeitplanung fünfundvierzig Minuten

voraus, aber wir hatten ohnehin vor, einen so großen Vorsprung wie möglich herauszuholen, da wir wussten, was uns erwartete. Durch zerklüftetes Kanalland zu hüpfen, ist schon bei Tageslicht kein Vergnügen, deshalb kalkulierten wir ein, dass wir dafür sowieso mehr Zeit brauchten, als uns eigentlich zur Verfügung stand.

Wir führten eine kurze Sicherheitspeilung durch, alles schien in Ordnung zu sein. Der erste Kanal war angenehm breit und flach und kaum hinderlich. Er bestand aus lockerer, grobkörniger Erde, zu solide aussehenden Klumpen geformt, die aber ständig unter unseren Händen und Füßen auseinander brachen. Überall lagen Brocken herum, die doppelt so groß waren wie ich, dazwischen Steine, Geröllhalden und Staubdünen. Es sah aus, als wäre Gott hier nach vollendeter Schöpfung nicht mehr zum Saubermachen gekommen. Wir stiegen hinauf und hinab, rutschten und sprangen, fielen zahllose Male hin, hätten uns fast selbst mit losen Felsbrocken überrollt, und das alles nur, um eine sechs Meter hohe Steilwand zu erreichen, die sofort ausbrach, wenn wir sie mit dem Pickel auch nur berührten.

Schließlich folgten wir der Wand gut fünfhundert Meter in Richtung Norden, wo wir an einer eingestürzten Stelle eine Geröllhalde hinaufklettern konnten, die zwar noch gefährlich, aber nicht mehr unmöglich zu bewältigen war. Oben fanden wir uns auf einer unregelmäßigen Hochfläche von fast einem Kim Durchmesser wieder, und den legten wir hüpfend in wenigen Minuten zurück, bevor wir am Abgrund des nächsten Kanals standen, der tiefer und steiler war als der erste, und eine Sternenpeilung verriet uns, dass wir einen Kim vom Kurs abgekommen waren. »Wir müssten neue Leitsterne setzen«, sagte Alik.

»Du sagst das so, als hätten wir eine andere Wahl.«

»Na ja. Mal angenommen, wir konzentrieren uns bloß darauf, dieses Gelände hier zu durchqueren, führen erst drüben die nächste Peilung durch und machen von dort aus weiter. Einfach nur ungefähr nach Westen gehen, denn dort müssen wir hin, und nach Süden, denn das Land ist in dieser Richtung weniger weitläufig, und hoffen, dass uns das irgendwo hinbringt, von wo aus wir wieder besser vorankommen. Daran hatte ich gedacht.«

Ich legte ihm einen Arm um die schmalen Schultern. »Wusste ich doch, dass ich dich nicht umsonst mitgenommen habe.«

»Und ich dachte, das hättest du, weil ich so gut aussehe.«

Ich lachte, obwohl es nicht besonders witzig war. Alik brauchte das Gefühl, gemocht zu werden, und abgesehen davon mochte ich ihn wirklich. »Na schön. Aber auch, wenn wir einfach nur sehen, dass wir hier durchkommen, brauchen wir so was wie einen Kurs. Und der Boden dieses Kanals ist absolut aufgerissen und sieht so heimtückisch aus wie der Kredit eines Trödlers. Ich sage dir mal, was ich denke.« Ich klickte meinen Laserzeiger an, suchte mir eine weit entfernte Tuffnadel auf der anderen Seite der Hochebene aus und fuchtelte damit auf der Formation herum. »Siehst du dieses hohe Ding? Hiermit taufe ich es auf den Namen ›Hutmann‹. Darauf halten wir jetzt zu. Welche leicht wiederzuerkennenden Ziele können wir uns für den Weg dorthin einprägen?«

Ich wanderte mit dem Laserzeiger an einem Riss in der Klippe hinunter, der aussah, als bildete er einen erkletterbaren Kamin. An seinem Fuß befand sich das ›Elefantenei‹, ein Stein, der uns einen weiteren Anhaltspunkt gab. Ein Stück weiter hinten waren die ›Schrägen Schwestern‹, ein Haufen Felsen, die wie altertümliche Nonnen aussahen, und dahinter wiederum befand sich der ›Blaue Fleck‹, ein Streifen aus hartem dunklen Lehm. Mithilfe des Zeigers arbeiteten wir uns bis zum ›Großen Entenfelsen‹ direkt unter uns vor und führten den Punkt des Laserzeigers noch zweimal über die Route, wobei wir uns jede markante Stelle zwischen dem ›Großen Entenfelsen‹ und dem ›Hutmann‹ einprägten. Nach einer Viertelstunde hatten wir uns auf eine Route geeinigt und waren beide startklar.

Es war unheimlich in der Dunkelheit. Füße und Hände

rutschten oft ab; wir brauchten die Helmlichter, um etwas zu sehen, aber ihr Licht überstrahlte die beruhigenden Sterne. Einige unserer Orientierungspunkte verloren wir völlig aus den Augen und fanden dann den nächsten aus purem Zufall, aber trotzdem erreichten wir am Ende den Kamin, und auch dort hatten wir Glück. Er war solide und eng genug, und wir machten uns sofort daran, in ihm hinaufzuklettern. Wir überquerten das nächste Hochplateau – inzwischen näherte sich Phobos seinem Zenit –, und dann ging alles wieder von vorne los. Obwohl wir nur sechs Kim zurücklegen mussten, was man auf ebenem Boden und bei Tageslicht normalerweise in ungefähr vierzig Minuten schafft, brauchten wir fast drei Stunden dafür, wobei wir uns die meiste Zeit im Licht der Helmlampen vorwärts tasteten und stolperten, ganz so wie die Bergarbeiter von früher.

Als wir aus dem letzten Kanal hinauskletterten und vor uns bis zum Horizont ebenen Boden sahen, wollten wir nur noch hüpfen, aber zuerst mussten wir eine Fixierung vornehmen und neue Leitsterne festlegen. Unserer Schätzung nach hatten wir für eine Strecke von sechs Kim Luftlinie durch zerklüftetes Kanalgelände neun Kim zurückgelegt. Inzwischen lagen wir eine Stunde hinter unserem Zeitplan.

»Nach der ursprünglichen Planung hätten wir uns überhaupt nicht durch dieses Gebiet hindurchquälen müssen«, sagte ich und drehte meinen Sauerstoff ein *skoshi* auf, weil mein Herz heftig klopfte. »Wir hätten es an einer schmalen Stelle auf einer planierten Straße durchquert, ungefähr vierzig Kim südwestlich. Diese Route hier hätten wir mit der gesamten Gruppe niemals geschafft, jedenfalls nicht ohne unnötiges Risiko. So aber haben wir mindestens einen Tag gespart, obwohl wir ziemlich hinter unserem Zeitplan herhinken.«

»Nicht so schlimm, wie ich befürchtet hatte«, meinte Alik. »Es war anstrengend und frustrierend, aber nicht so zeitraubend, wie es sich angefühlt hat.«

»*Nichts* könnte so zeitraubend und frustrierend sein, wie sich das eben angefühlt hat.«

Danach hatten wir fast zwei Stunden annähernd ebenes Gelände, und mit dem zusätzlichen Licht des Phobos, der seinen Zenit überschritten hatte und wieder am Firmament hinabwanderte, war es einfach, die drei Sterne in ihren aufgemalten Kreisen zu behalten und einfach nur dem Pfeil zu folgen. Wir hüpften den ganzen Weg wie Rennläufer und schluckten unterwegs Wasser und kleine Stückchen Anzugrationen. Ich muss zugeben, Doc, dass es fast Spaß gemacht hat. Wir kamen ziemlich gut voran und holten etwas von der verlorenen Zeit wieder auf.

Als Nächstes hatten wir echt Glück, denn eine Strecke Badlands stellte sich als ziemlich blank gescheuert heraus. Wir mussten nur ein paar Mesas umgehen, aber das kostete nicht besonders viel Zeit, und dann kam eine lange schräg ansteigende Strecke, eine von diesen vergrabenen Kraterwänden, die man überall in Mollyland findet, wegen des ganzen Zeugs, das dort eingeschlagen ist und alles mit Kratern übersät hat, dicht an dicht, nachdem dieser große Einschlag das Hellas-Becken geschaffen hatte und nach den gewaltigen Lavaströmen, die später folgten.

Normalerweise sind die Mesas gar nicht so schlimm; sie sind steil genug, um vom Wind glattgeschrubbt und vom Großteil des losen Gerölls befreit worden zu sein, aber sie sind auch sehr verwittert, wodurch man sich überall gut festhalten kann, und die Hänge sind nicht sehr steil. Dieser jedoch verlief von Norden nach Süden, und Deimos, der am Morgen in ganzer Pracht erstrahlen würde, hing im Westen noch tief am Himmel, hinter dem Horizont. Da er sich vor uns befand, fiel sein Licht nicht auf den Hang, den wir erkletterten, aber so klein und trübe, wie er immer war, wirkte er ohnehin nicht heller als ein heller Stern. Phobos war beinahe voll, ging aber im Osten schon wieder unter, überholte wie immer die Rotation des Planeten; er war hell genug, warf aber sehr lange dunkle Schatten vor uns, was die Oberfläche des Hanges in ein verwirrendes Flickwerk dunkler Flecken verwandelte, durch das wir uns sehr vorsichtig bewegen mussten.

Nach einer *skoshi* Weile stellte ich meine Helmlampe an und sagte: »Alik, wir sehen besser zu, dass wir hier hinaufkommen und nehmen dann oben eine neue Peilung vor.«

»Genau das wollte ich auch gerade sagen.« Er stellte seine Helmlampe an, und wir hüpften schnell und leicht den Hang hinauf, jetzt, da wir uns nicht mehr nach komplizierten Peilungen oder nach Sternen über unseren Köpfen richten und uns mit trügerischen Schatten auf einem schlecht beleuchteten Abhang abquälen mussten.

Oben angekommen, sahen wir gerade noch, wie Deimon den Umriss einer fernen Kraterwand auf den Horizont malte; ihre Spitze biss in den unregelmäßigen, klumpigen Mond wie der Zahn eines Riesen in eine gewaltige Kartoffel. Der Hang vor uns verdunkelte sich leicht, aber es gab kaum einen Unterschied zu vorher.

»Also«, sagte ich, »wenn wir diesen Hang noch heute Nacht hinunterwollen, müssen wir weitergehen, bis wir ein ganzes Stück vom Schatten der Klippe entfernt sind, damit wir für das Aufladen nichts von der Morgensonne verlieren; wenn wir hier bleiben, können wir unsere Kollektoren sofort ausbreiten und uns aufs Ohr legen. Was meinst du?«

»Wie lange noch bis zum Tagesanbruch?«

»Einundfünfzig Minuten.«

»In der Zeit kommen wir lässig bis unten und drei Kim in diese Ebene hinein. Wenn du willst – ich bin noch fit! Lass mich nur rasch peilen.« Er hielt das Werp in die Luft, tarierte es aus und stellte seine Berechnungen an. »Sehr gut. Wir sind ungefähr zwei Kim näher am Ziel, als ich gedacht habe.«

Das munterte uns beide ein wenig auf. Wir tranken warmes Wasser aus unseren Wiederaufbereitern, sahen eine oder zwei Minuten zu, wie der blasse Schein von Deimos am Horizont verging (der Mond bewegte sich weniger als ein Fünftel so schnell wie die Sonne, weshalb seine Aufgänge und Untergänge sehr langsam vonstatten gehen), warfen einen letzten Blick auf Phobos, der hinter uns den Himmel hinabstürzte, und hüpften den Hang hinunter. Auf dieser dem Wind zugewandten Seite war die Oberfläche glatter geschmirgelt, und obwohl wir die Helmlampen ständig an- und ausschalten mussten, blieben wir auf Kurs und kamen schnell voran. Als die Sonne endlich aufging, hatten wir den Kamm, den wir ursprünglich am Horizont gesehen hatten, schon hinter uns gebracht.

Unsere letzte Überprüfung zeigte uns, dass wir in jener letzten Stunde die angestrebte Entfernung nicht annähernd zurückgelegt hatten, aber es war doch »Wegstrecke, die wir morgen nicht mehr machen müssen«, wie Alik zwischen den Bissen seiner Anzugration feststellte. Die helle Morgensonne zeigte uns eine weite, sanft gewellte Ebene; vor uns lag noch mehr als genug raues Land, aber das befand sich momentan noch alles hinter dem nahen Marshorizont. Die Kollektorplanen hatten wir bereits ausgebreitet, alles würde bis zum Sonnenuntergang aufgeladen und erneuert sein: Wärme, Energie, Wasser und Luftreserven. »Ich stelle alles an und gönne mir eine Extra-Polsterung und Extra-Wärme, falls es dir nichts ausmacht.«

»Ich habe mir auch gerade überlegt, ob ich die Elektro-Massage in der Rückenpolsterung anstellen soll. Warum nicht, Alik? Energie ist das Einzige, was wir in Hülle und Fülle haben.«

Ich stellte den Visierwischer an, um die Krümel der Anzugration zu entfernen, stellte die Rückenpolster auf prall, dazu Extra-Wärme und Massage, und streckte mich auf dem Boden aus. Nach dem ersten Seufzer war ich auch schon eingeschlafen.

ICH HATTE MEINEN Wecker so eingestellt, dass er die Visierverdunkelung um zwanzig Minuten nach Sonnenuntergang abstellte, und war mit dem Gesicht nach Westen eingeschlafen. Als ich die Augen öffnete, sah ich also die gleiche Marsebene wie am Morgen, nur dass die Sonne jetzt auf der anderen Seite stand. Ich setzte mich auf und wunderte mich zunächst darüber, wie zerschlagen ich mich fühlte, und dann darüber, dass es nicht schlimmer war. Ich hüpfte hinter die Felsen, legte ein paar Rubbies in meinem Konto ab (wobei ich mich fragte, ob es die Entwicklungsgesellschaft überhaupt noch gab, und wenn nicht, wovon wir dann alle leben sollten), und als ich zurückkam, sah ich gerade noch, wie Alik hinter einem anderen Steinhaufen verschwand. Als er zurück war, verputzten wir Anzugrationen, verspürten kein großes Bedürfnis nach Unterhaltung, setzten uns aber Rücken an Rücken und waren jeder froh um die Gesellschaft des anderen.

»Müssen wir warten, bis wir neu fixieren können?«

»Leider ja«, antwortete er. »Ich hätte es gestern Abend machen sollen.« Er hörte sich traurig an.

»Verdammt noch mal! Mein Partner ist nicht perfekt!«, schnaubte ich verächtlich. »Ich glaube, ich lege mich auf den Boden und sterbe einfach vor Scham. He, Alik, wir müssen ja noch die Kollektoren zusammenlegen und uns die Geländekarte für heute ansehen. Bis wir so weit sind, hast du mehr als genug Sterne, um deine Peilung vorzunehmen. Mach einfach das Werp flott, damit wir loskönnen, sobald es dunkel wird.«

Er zuckte mit den Achseln. »Ich glaube, mir wäre es lieber, ich wäre ein bisschen perfekter.«

»Das geht uns allen so.«

»Ist das eine EA-Weisheit?«

»Mehr haben sie mir nicht mitgegeben, das ist nur das Anfängerpaket.«

Wir machten uns an die Arbeit. Als die Sonne untergegangen war, waren auch wir fertig zum Aufbruch. Phobos würde in dieser Nacht etwas früher aufgehen, kurz nach Sonnenuntergang, was ganz hilfreich war; aber wir mussten für einige Nächte auf Deimos verzichten, und da Phobos so nah an der untergehenden Sonne aufging, würde auch er in der ersten Stunde oder so kaum mehr als einen Splitter am Himmel abgeben. Zum Glück ging die erste Strecke weiter über diese karge Ebene, was uns eigentlich keine großen Schwierigkeiten bereiten dürfte.

Obwohl mir die Beine und der Rücken beim Aufbruch wehtaten, war ich ein *skoshi* besser gelaunt – wenigstens kamen wir unserem Ziel näher. Meine gute Stimmung hielt an, bis wir einen Abhang hinunter und in einem Durcheinander aus merkwürdigem Zeug landeten, von dem ich gehofft hatte, dass es sich lediglich um das handelte, was die Oldtimer ›Äsas‹ nannten; ich glaube, das sollte eine Kurzform für ›äolische Staubablagerungen‹ sein, wie wir sie in der Schule immer nennen mussten, weil Wir-Daraus-Etwas-Lernen-Sollten oder so. Es handelte sich lediglich um Stellen, an denen der Wind den Staub nach seiner unterschiedlichen Dichte in Streifen abgelagert hatte, wodurch sich die vielen kleinen hellen und dunklen Flecken ergeben, die von weit oben wie etwas von Bedeutung aussehen, letztlich aber nur wenige Millimeter tief sind. Darauf hatte ich gehofft, bis wir dort ankamen und eine geduckte, nur wenige Meter über dem Boden wabernde Nebelwolke erblickten.

Wir hatten ein Freebie-Sebkhet gefunden, das jedem Ökospektor, der die Rubbies dafür kassierte, einen absoluten Volltreffer beschert hätte – und davon hätten wir alle garantiert gehört (wahrscheinlich so oft, dass es uns zu den Ohren herausgekommen wäre). Außerdem wäre es auf der Karte verzeichnet gewesen. Trotzdem war es da, direkt vor uns, eine richtige nette kleine Überraschung.

Das Problem, ein Sebkhet zu durchqueren, gibt es in zwei Geschmacksrichtungen. Ein Sebkhet ist ein riesiges, weitläufiges Gebiet, das eines Tages ein See sein würde, sobald genug Wasser hineinfloss, um sich darin zu stauen. Typischerweise gibt es einige Öffnungen in dem Becken, die hinunter in trockene Aquifere führen, dazu mehrere tiefe Kiesbetten und andere solche Geschichten, die noch jahrzehntelang Wasser aufnehmen, bevor sie gesättigt sind und das Wasser sich stauen kann. Deshalb füllt jede größere Flut, die man kriegen kann, das Sebkhet, aber das meiste davon versickert oder verdampft, weshalb es normalerweise einfach nur sumpfig ist.

Das erste Problem besteht also darin, dass die Anzüge zwar wasserdicht sind, ihre Klimaautomatiken allerdings nicht auf leitenden Wärmeverlust eingestellt sind. Es passiert dann sehr schnell, dass das Wasser selbst bei größter Aufheizung noch unangenehm kalt ist. Dazu kommt, dass Anzüge gerne im Matsch haften bleiben, wodurch man absolut schnell in dem Zeug stecken bleiben kann. Das zweite Problem besteht darin, dass der Schlamm, wenn er gefroren ist, glitschig und tückisch und nur sehr vorsichtig zu begehen ist. Man muss also *gehen*, nicht hüpfen, und das dauert ewig.

Nach wenigen Tests stellte sich heraus, dass dieses Sebkhet halb gefroren war, wodurch wir es mit beiden Problemen auf einmal zu tun hatten. Wir kämpften uns stundenlang durch das Zeug, knallten auf das Eis und steckten in gefrierendem Schmodder fest, Doc, und wenn Schicksalsschläge den Charakter verbessern, dann sind Alik und ich jetzt wahre Heilige. Wir brauchten vier Stunden für sieben Kilometer, und den Großteil davon legten wir auf den wenigen großen Sandbänken und Inseln zurück, auf denen wir ein wenig hüpfen konnten; jedes Mal, wenn wir zurück in den Schmodder oder aufs Eis mussten (oder im Eis einbrachen, um im Schmodder festzustecken), war es das Gleiche. Zweimal versank ich bis über den Kopf darin, was in einem Anzug zum Glück nicht viel ausmacht. Ein Reservelufttank versorgt einen mit einer halben Stunde Atemluft, und man pumpt einfach die Luftkissen auf, strampelt sich aus dem Schlamm raus und marschiert weiter.

Aber als wir den Schlamm endlich hinter uns lassen

konnten, waren einige Teile der Anzüge so kalt, dass man glaubte, man hätte die Füße in Eiswasser getaucht; dafür waren andere Stellen überhitzt, und alle möglichen und unmöglichen Muskeln waren so müde und überanstrengt, dass sich Krämpfe häuften.

Wir nahmen eine Peilung vor und befanden uns auf Kurs, aber es war höchste Zeit, die Leitsterne zu wechseln. Es war viel einfacher, mit Sternen dicht über dem Horizont zu arbeiten, und die, die wir bis dorthin benutzt hatten, krochen immer weiter am Himmel hinauf. Inzwischen stand Phobos schon erheblich höher und nahm unterwegs rasch zu; sein Schimmer auf dem wogenden Nebel des Sebkhet sah beinahe hübsch aus.

»Wir kommen trotzdem ziemlich gut voran«, sagte Alik. »Sieht so aus, als ginge es von hier aus nur noch über ein gutes altes Aschefeld bis hinunter zum Schienenkopf.«

Erstaunlicherweise war es so, was uns auch in anderer Hinsicht half. Wir hatten doppelte Rationen verputzt und extra viel heißes Wasser getrunken. Nach einer gewissen Zeit glich die Klimaautomatik der Anzüge die Temperaturunterschiede wieder aus, und ich fühlte mich in meinem neu erwärmten Körper gleich viel wohler. Nach einer weiteren Stunde erlaubte ich mir dann ein *skoshi* mehr Zuversicht. Wir hatten gehofft, unser Ziel an diesem Abend zu erreichen, was nicht unbedingt nötig war, aber da wir durch schlecht kartographiertes und kaum erforschtes Gebiet gekommen waren, hatten wir so viel Wegstrecke abgekürzt, dass wir immer noch in der Hälfte der Zeit dort ankommen konnten, die uns der reguläre Weg gekostet hätte. Es war nicht perfekt, aber bisher hatten sich alle Risiken, die wir damit eingegangen waren, ausgezahlt.

Das Aschefeld war pechschwarz, und obwohl Phobos es in der ersten Stunde gut ausleuchtete, war das meiste davon anschließend finster wie der Himmel. Ab und zu stießen wir auf einen Brocken Bimsstein oder irgendeinen anderen schwarzen Stein, stolperten und mussten uns wieder fangen, aber alles in allem ging es einigermaßen. Da wir auf die wenigen Felsen, die es gab, Rücksicht nehmen mussten, kamen wir etwas langsamer voran, obwohl wir fast mit Höchstgeschwindigkeit hüpften, und Alik sagte: »Alles klar, nach meinem Gefühl müssten wir mal wieder eine Peilung vornehmen. Wir können nicht mehr weit weg sein.«

»Echt prima, Alik. Wir haben immer noch fast drei Stunden bis Sonnenaufgang und –«

»Äääåh!« Er starrte auf das Werp. Dann sagte er noch einmal: »Äääåh!«

»Was ist denn?«

»Irgendwas ganz Komisches. Absolut schräg. Dieses Ding hier sagt, dass wir den Schienenkopf schon vor einem halben Kim passiert haben müssten, aber dann wären wir mitten hindurchgehüpft, und ich hab nichts gesehen. Du vielleicht?«

»Nö, ich bin sicher, dass wir ihn nicht übersehen haben. Wir hätten ihn sehen müssen, selbst wenn dort kein Licht gebrannt hätte.« Ich überlegte einen Sekundenbruchteil. »Gib mir das Ding mal. Vielleicht bringen verschiedene Hände verschiedene Ergebnisse.«

»Ich bin mir sicher, dass ich es richtig bedient habe.«

»Ich auch. Aber es ist doch möglich, dass wir, wenn wir es beide richtig bedienen, unterschiedliche Antworten bekommen. Maschinen sind komisch, und die hier ist komischer als die meisten anderen, weil sie so viele verschiedene Sachen kann.«

»Na gut.« Nicht sehr überzeugt reichte er mir das Werp.

Ich ging natürlich absolut vorsichtig vor, schließlich wollte ich mich vor ihm nicht blamieren, und als ich meine Antwort bekam, starrte ich verdutzt auf das Display. »Tja, wir haben tatsächlich verschiedene Ergebnisse. Ich habe gerade herausgefunden, dass wir uns nordwestlich der Station befinden, ungefähr einen Kim.«

»Mist! Na gut, ich probier's noch mal.« Die Position, die er jetzt herausfand, unterschied sich um einen ganzen Kim von seiner vorherigen Angabe.

Nachdem wir ausreichend experimentiert hatten, kamen wir zu dem Schluss, dass sämtliche Punkte in einen Radius von drei Kim fielen, was sich nicht so schlimm anhört, bis einem klar wird, dass damit mehr als sechs Quadratkim abzusuchen sind. Einige weitere Experimente zeigten, dass die Höhe, in der man das Gerät hielt, sich in einem Unterschied von mehreren hundert Metern niederschlug, und dass man einen Winkel von bis zu einem halben Grad verwackeln konnte, ehe es der interne Horizont registrierte.

»Bei den Tests im Lager haben wir es auf einen Stein gelegt und nicht mehr verrückt«, sagte ich. »Deshalb. Unterwegs haben wir es nicht mehr überprüft. Und dieser eingebaute Höhenmesser ist wahrscheinlich nur auf zehn Meter oder so genau – er war auf die Zusammenarbeit mit Peilung angelegt. Also sind wir grundsätzlich so nahe dran, wie uns das Ding führen kann.«

»Also habe ich uns hier einfach in die Wildnis geschickt.« Er klang sehr niedergeschlagen.

Ich legte einen Arm um ihn. »Du hast uns bisher unglaublich nahe ans Ziel gebracht. Wir müssen nur noch die letzten ein oder zwei Kim herausfinden. Dafür haben wir noch mehr als einen Tag. Und wir können nicht sehr weit weg sein. Das Gelände war doch schließlich so wie erwartet, oder? Also sind wir ein Stück vom Weg abgekommen, aber nicht weit – jetzt besteht das Problem nur darin, die genaue Stelle zu finden.«

»Vermutlich.«

Wir legten das Gerät auf einen flachen Stein, fixierten mehrere Punkte und wählten den Durchschnitt, wodurch sich eine Zahl von ungefähr null Komma sieben Kim Richtung Südwesten ergab. Wir setzten Leitsterne fest und hüpften eine Strecke – wie bitte, Doc? Aber Sie wissen doch, dass ich selbstverständlich nicht sauer war. Er war zehn Jahre alt. Und seine Lösung war die beste, die uns zur Verfügung stand. Sie war gut, aber nicht toll. Die Genauigkeit hing vom künstlichen Horizont ab, der nicht genau anzeigte, und von der Höhensensibilität und dem ziemlich schrottigen Höhenmesser sowie von der Auflösung der Kamera selbst. Außerdem, wenn ich die Mathetypen richtig verstanden habe, hatten wir es ohnehin verbaselt, weil wir anstelle von Daten die Ergebnisse mittelten ... Ich glaube, das ist ein großer Unterschied, obwohl es mir damals nicht klar war, weil mir Mathe noch nie so besonders klar gewesen ist. Aber schon damals wusste ich, worauf es ankam, nämlich nicht auf die Navigation, sondern dass man sich um den Navigator kümmerte. Eigentlich nur logisch.

Alik hatte seine Sache gut gemacht, aber das genügte ihm natürlich nicht, er musste sie absolut perfekt machen, wenn sie verstehen, was ich meine. Und ich erkannte, dass ihn das fertig machte, also versuchte ich erst einmal, ihn zu beruhigen. Ich wusste, dass wir wahrscheinlich zwei Kim vom Streckenkopf entfernt waren, mit Nahrung für ungefähr zwei weitere Tage, ich wusste, dass wir ihn finden würden. Er wollte einfach nur perfekt sein und kriegte irgendwie einen kleinen Koller, weil es nicht so lief, aber das geht ja wohl jedem klugen Kopf ohne Sozialkompetenz so, oder nicht? Jedenfalls vielen Dank der Nachfrage, Doc, denn da das, was passiert ist, nun mal passiert ist, finde ich es absolut wichtig für Alik, dass auf jedem Bericht deutlich vermerkt steht: Die ganzen Scherereien sind nicht sein Fehler.

Also hüpften wir zu der neuen Position, konnten von dort aus aber immer noch keinen Bahnhof sehen. Wir nahmen an der neuen Stelle fünfzehn Messungen vor und waren jetzt ungefähr einen halben Kim entfernt. Also wieder zurück nach Norden. »Wenigstens nimmt die Abweichung ab«, sagte Alik.

Kurz darauf standen wir wieder an einem leeren Punkt auf der konturlosen Ebene. Wir nahmen erneut mehrere Messungen vor und mittelten sie, worauf das Werp zu dem Schluss kam, dass wir jetzt einen halben Kim südlich davon waren – dass wir also vorher direkt am Bahnhof gewesen sein mussten. »Zeit zum Ausruhen«, sagte ich. »Damit müssen wir *posdef* bis zum Tageslicht warten, außerdem bin ich erschöpft.«

»Ich auch, aber ich wollte es nicht zugeben.«

Die Batterien sahen noch gut aus, schließlich hatten wir sie am Tag zuvor voll aufgeladen, also breiteten wir die Kollektoren aus, programmierten den Sonnenaufgang ein und legten uns an Ort und Stelle schlafen. Zum ersten Mal in meinem Leben schlief ich einfach weiter, als die Sonne auf mein Visier traf, obwohl es nicht mehr abgedunkelt war.

Als ich schließlich aufwachte, war es beinahe Mittag. Ich setzte mich auf, wusste nicht genau, wo ich war oder was überhaupt los war, schaute mich um und erblickte den Bahnhof etwa auf halber Strecke zum Horizont, vielleicht anderthalb Kim von uns entfernt.

Ich weckte Alik und zeigte mit dem Finger dortin.

Alik stieß einen Freudenschrei aus. »Ich hoffe nur, dass die Station noch in Betrieb ist!«, sagte er. »Den Rest der Strecke würde ich nämlich lieber fahren als zu Fuß gehen!«

»Ich auch. Absolut.«

Der Bahnhof war so einfach gebaut, wie man ein Gebäude nur bauen kann. Ein längliches, flaches Teil mit Fenstern drin, direkt neben dem Strang der Magnetschwebebahn, und mit allen Versorgungseinrichtungen, die man normalerweise drinnen so braucht. Die Anzeige draußen war leer, momentan schien nichts in Betrieb zu sein, aber nachdem wir ein bisschen herumgesucht hatten, entdeckten wir eine manuelle Überbrückung für die Luftschleuse und verschafften uns auf diese Weise Zugang. An der Wand hing ein Plakat mit der Anleitung für eine Notinbetriebnahme, die hauptsächlich darin bestand, auf diesen Knopf zu drücken, auf jenes zu warten, auf jenen Knopf zu drücken, auf dieses zu warten, das Übliche halt. Wir hangelten uns hindurch, Lichter gingen an, Bildschirme leuchteten auf und Ventilatoren fingen an zu summen. Allem Anschein nach blieb ungefähr ein Viertel von allem tot, und dummerweise gehörte die Com-Verbindung nach Red Sands City zu den Sachen, die nicht funktionieren wollten. Andererseits glomm der Bildschirm mit den ZUGVERBINDUNGEN UND FAHRPLÄNEN angenehm grün und zeigte die Worte VOLL FUNKTIONSTÜCHTIG.

»Ich glaube, wir dürfen uns jetzt offiziell als Genies bezeichnen«, sagte ich. »Bestellen wir uns gleich mal einen Zug hierher.«

Die Anzeigen besagten, dass es in nur einhundertzwanzig Kim Entfernung einen Zug in Richtung Süden gab, und wir teilten dem System mit, dass wir gerne mitfahren würden. Es akzeptierte unsere Kennkarten und nannte uns die Zeit bis zur voraussichtlichen Ankunft mit vierzig Minuten. Wir nahmen die Helme ab und genossen die Innenluft. Züge bestieg man ohnehin durch eine Luftschleuse.

»Ich weiß, dass es in Zügen Lebensmittel gibt«, sagte Alik, »aber ich würde gerne schon vorher etwas essen, jetzt, wo wir die Helme runter haben.«

»Nur zu, ich bin dabei.«

Also löffelten wir Suppe und plauderten aufgeregt darüber, was wir als Nächstes tun wollten. »Zuallererst müssen wir einen Rettungstrupp zu Bianca und Erin schicken. Ich freue mich darauf, sie endlich wiederzusehen, abgesehen davon muss Erin weg von diesem Steingrab ... Es ist bestimmt nicht gut für ein so kleines Kind wie sie, schon gar nicht, wo sie doch ihrer Schwester so nahe gestanden hat. Dann besorgen wir beide uns was richtig Gutes zu essen, und irgendein netter Mensch soll uns erklären, was überhaupt passiert ist. Dann hauen wir richtig rein und duschen ausgiebig ...«

»Abgemacht! Mir wäre es lieber, wir könnten direkt mit Red Sands City in Verbindung treten und sofort einen Rettungstrupp losschicken ... hey. Hey, hey, hey!«

»Was denn?«

Man sah Alik deutlich an, wie stolz er auf sich war. Ja, Doc, ich weiß, dass er auf mich stand und dass er mich gern beeindruckte, und er *hat* mich ja auch oft beeindruckt. Ich könnte mir vorstellen, wenn ich erst mal hundertfünf bin und er tausend, und wenn er dann vielleicht ein bisschen reifer geworden ist, dann ... nein, ich mach nur Spaß. Der wird nie reifer.

Jedenfalls sah er stolz auf sich aus, und er machte schwer Eindruck auf mich. »In den Zügen sind Schaffner, und Schaffner haben Kabinen mit Coms. Vielleicht kann der Schaffner im Zug mit uns Verbindung aufnehmen und dann mit Red Sands City. So wie eine Zwischenstation. Wollen wir es mal versuchen?«

»Aber ja.«

Er sprang auf, ging zu der Konsole und sagte dann mit Nachdruck: »Scheiße!«

»Was ist ...«

»Der Zug hat sich nicht bewegt. Er ist immer noch hundertzwanzig Kim entfernt, und das System sagt immer noch, dass er in vierzig Minuten hier ist.« Er klickte sich durch die Infoseiten und meinte: »Diese Information stammt von ungefähr zehn Minuten, bevor das alles passiert ist, was auch immer es gewesen sein mag. Der Zug befand sich zu der Zeit auf dieser Position. Seither hat es keinen tatsächlichen Kontakt mehr mit ihm gegeben, der Strom zwischen hier und den meisten Schienenabschnitten ist ausgefallen. Mal sehen, ob wir sie wieder aktivieren können ... Noterlaubnis und all das ...« Er schnalzte mit der Zunge und murmelte vor sich hin, so wie er es immer machte, wenn ein technisches Problem interessant wurde. Die Seiten auf dem Monitor wechselten rascher, als ich ihnen folgen konnte.

Doc, ich glaube nicht, dass an der Sache irgendwas komisch ist, und wenn Sie das meinen, dann kennen Sie uns Rounditachi nicht so gut, wie Sie uns zu kennen glauben. Natürlich war er der Meinung, dass es irgendwo eine Möglichkeit zum Programmeingriff gab, zu der er sich Zugang verschaffen konnte. In den Roundings hält man so etwas einfach *nie* für unmöglich. Wenn man zum Beispiel einen Unfall hat und das einzige Mitglied der Gruppe, das noch bei Bewusstsein ist, ist sechs Jahre alt oder so etwas ... das hätte der Gruppe von Dad und mir durchaus passieren können, verstehen Sie ... was, wenn wir alle nur verletzt, aber nicht tot gewesen wären, und nur Erin hätte noch vollständig funktioniert? Ich kann nicht wissen, ob sie das Richtige getan hätte, aber sie ist als Roundita aufgewachsen, und ich kann Ihnen versichern, dass sie es auf jeden Fall versucht und ihr Möglichstes getan hätte, und je nachdem, was alles nicht stimmen würde und was in die Wege zu leiten gewesen wäre, hätte sie es womöglich geschafft. Warum also sollte man sie von einem System ausschließen, zu dem sie vielleicht irgendwann einmal dringend Zugang brauchte?

Hmmm. Tja, deshalb werde ich wohl nie ein Sitter sein, Doc, selbst wenn ich dazu gezwungen wäre, ständig in einer Stadt zu wohnen. Die Kids hier haben einfach nicht genug zu tun, wissen Sie? Deshalb sehen sie besser aus, können besser tanzen und man kann viel netter mit ihnen plaudern als mit unsereinem. Aber man lässt sie nichts Wichtiges tun, und sie wissen alle, dass Wochen vergehen, in denen sie überhaupt nichts Wichtiges tun ...

Ach, ich bitte Sie, Doc. ›Einfach nur erwachsen werden‹ ist wichtig, klar, weiß ich, aber mit dem Erwachsenwerden hat man nicht ständig zu tun, das passiert von ganz alleine, während man an etwas anderem, Wichtigem arbeitet. Und wenn man niemals an etwas Wichtigem arbeitet, passiert es auch nie. Deshalb haben Sie doch so viele Probleme mit dummen Streichen und Vandalismus. Weil Sie die Kids nie etwas Wichtiges machen lassen – die meisten von Ihren Sitter-Kids sind zwölf oder so, bevor ihnen ein Gemeindedienst zugewiesen wird, und die meisten von ihnen nehmen nicht mal einen Privatsektordienst dazu, ehe sie aus der Schule kommen oder siebzehn sind ... Sie sind für keinen Erwachsenen um sich herum irgendwie wichtig, bis auf den ganzen Kram mit Liebe und Familie, von dem ständig in der Schule geredet wird, und keinem scheint jemals aufzufallen, dass auch das nichts ist, womit man ständig beschäftigt sein muss. Ich meine, ja, schon, wenn deine Mutter zu beschäftigt ist, dann kann sie dich nicht so oft umarmen, klar, aber wie viele Mütter sind schon derartig beschäftigt?

Doc, wir sind jetzt so gut wie im zweiundzwanzigsten

Jahrhundert. Wir werden nicht so dumm sein und wieder auf das zurückfallen, was sie im zwanzigsten getan haben. Das wäre so, als wollten wir die römischen Kaiser oder die Sklaverei oder das Gymnasium wieder einführen oder so. Aber hören Sie zu, ich meine es ernst, nur falls Sie mal jemand danach fragt, der Grund dafür, dass man einem Sitter-Kind nicht vertrauen kann, wenn es um etwas Gefährliches geht, ist der, dass man sie niemals etwas Wichtiges machen lässt, denn um etwas Wichtiges machen zu können, muss man ihnen zutrauen, dass sie etwas Gefährliches tun. Wenn Sie den Kindern erzählen, dass sie nichts von Belang tun dürfen, dann sollten Sie sich nicht wundern, dass diese Kids alles mögliche kaputt machen, nur um zu zeigen, dass sie überhaupt da sind. Wenn Sie mir erzählen, dass ich nichts Besseres tun kann, als immer nur zur Schule zu gehen, ein gesellschaftlich aktives Leben zu führen und an meiner gesunden, normalen Entwicklung zu arbeiten, dann können Sie bestenfalls darauf hoffen, dass ich mich ständig betrinke und niemandem wehtue – aber ich glaube nicht, dass Sie dadurch mein Bestes bekommen. Ich glaube, ich würde Sachen kaputtmachen und überall dummes Zeug anstellen, nur um überhaupt etwas gemacht zu haben und um mich bemerkbar zu machen.

Jedenfalls ging Alik als zehnjähriger Roundito, der überhaupt nicht damit rechnete, dass jemand irgendwas kaputtmachte, nur weil er die Gelegenheit dazu hat, ganz selbstverständlich davon aus, einen Zugang zu Dingen zu finden, die jeder einigermaßen des Schreibens und Lesens Kundige wieder reparieren kann. Es wäre ihm niemals in den Sinn gekommen, dass ihn jemand von etwas ausschließen würde, nur weil er jung ist. Wahrscheinlich war er schon ein halbes Dutzend Mal für das Leben seiner gesamten Familie verantwortlich gewesen. Als er also diese ganzen Sperren entdeckte, dachte er nicht, dass sie dazu da seien, ihn oder den Zug zu schützen, er dachte einfach nur, dass noch mehr von dem Zeug kaputt sei, was auch immer die Sonne mit uns angestellt hatte. Also hat er das System gehackt, damit er es benutzen konnte.

Wäre es besser gewesen, wenn wir einfach dort sitzen geblieben wären? Wir wussten es nicht, aber ohne uns würden Menschen sterben, Doc, und ... ja, und so ist etwas Schlimmes passiert. Und ich habe nicht vergessen, was Sie jetzt mit mir tun müssen, überhaupt nicht. Aber wie viele Tote hätte es wohl gegeben? Natürlich ist es das wert gewesen. Doc, also ehrlich, für einen Burschen mit so einem Haufen Bildung sind Sie manchmal echt ... also, falls Sie sich jemals dazu entschließen sollten, Ökospektor zu werden, und ich Sie ausbilden muss, dann muss ich zwischen all den Steinen ganz schön auf Sie aufpassen, denn diese Steine könnten Sie womöglich ganz übel austricksen.

CAL SITZT MIR gegenüber ganz ruhig im Sessel. Ich weine. Ich schäme mich. »Zum dritten Mal«, sage ich.

»Allerdings, so ist es«, sagt er.

»Also noch einmal.«

»Mach dir darüber jetzt keine Gedanken. Wir müssen uns noch ein paar andere Fragen anschauen.«

»Ich kooperiere, so gut ich kann.«

»Wir werden euch beide befragen.«

Ich zittere vor Angst. Das will ich nicht. Aber ich sage: »In Ordnung.«

WÄHREND ALIK HERAUSZUFINDEN versuchte, was mit der Stromversorgung los war und warum er die heruntergefahrenen Sektoren nicht einfach wieder resetten und hochfahren konnte, beschäftigte ich mich mit der übrigen Ausrüstung der Station. Sie verfügte über ein Notfunkgerät mit Langstreckenfrequenz, und damit online zu gehen, ging ganz fix; wahrscheinlich rechneten sie nicht damit, dass ich so verantwortungslos sein könnte und mich daran zu schaffen machte. Also ging ich auf Sendung und fand ein kaum verändertes Durcheinander aktiver Stationen vor, und zwar wieder meistens aus der nördlichen Hemisphäre, aber sie besagten alle das Gleiche: Wir sind hier, wir sind in Schwierigkeiten, ist da jemand? Und die beiden einzigen Unterhaltungen, die ich mitkriegte, waren beides Gruppen irgendwo draußen in den Roundings, die sich gegenseitig aufmunterten.

Dann hörte ich eine ruhige junge Stimme sagen: »Hier spricht Bianca Nakaomi. Ich sitze hier in einem Taji fest, im östlichen Mollyland, ungefähr 53 Süd, 67 Ost, mit einer anderen Überlebenden, Erin Krabach, fünf Jahre alt. Zwei Mitglieder unserer Gruppe ...«

»Hallo, Bianca, hier ist Teri.«

»Teri!« Im Hintergrund ertönte ein freudiger Aufschrei von Erin. »Seid ihr durchgekommen?«

»Sozusagen. Wir sind im Bahnhof. Alik ist auch wohlauf. Hier geht alles ziemlich drunter und drüber. Wir versuchen, euch jemanden zu Hilfe zu schicken, aber bis jetzt haben wir noch zu keinem Kontakt aufnehmen können. Wie sieht's mit euren Vorräten aus?«

»Essen für noch dreizehn Tage, außerdem hab ich den Synthetisierer wieder dazu gebracht, Protein und Zucker herzustellen, also werden wir schon nicht verhungern, aber vielleicht wünschen wir uns das irgendwann einmal. Erin hat Heimweh, ihr ist langweilig und sie fühlt sich einsam. Unsere zweite Reserve-Klimaautomatik ist jetzt völlig ausgefallen, sodass wir uns nur mit dem Taji bewegen können, aber falls unbedingt nötig, können wir auch hinausgehen.«

»Ich glaube nicht, dass das erforderlich sein wird«, sagte ich. »Ich habe großes Vertrauen in Alik und glaube, dass er es bald schafft, einen Zug hierher zu bringen oder eine Verbindung mit Red Sands City herzustellen.«

Es war ein Trost, mit jemandem Vertrauten zu reden. Wir plauderten über unseren Weg hierher und darüber, was Erin und Bianca im Lager gemacht hatten: in erster Linie Instandhaltung, ein paar kleinere Reparaturen und ansonsten die Zeit mit irgendwelchen Unterhaltungsprogrammen totgeschlagen. Es hörte sich an wie ein Leben im Gefängnis, und ich glaube, ich war froh, dass ich jede Menge zu tun hatte.

Dann mischte sich eine Stimme ein. »Versuche Kontakt zu Teri im Bahnhof herzustellen, wo immer das auch sein mag.«

»Warte mal, Bianca ... Hier spricht Teri Murray. Ich befinde mich im südlichen Gleiskopf, siebenhundert Kim südöstlich von Red Sands City. Wie es aussieht, haben wir einen bewegungsunfähigen Zug ungefähr hundertzwanzig Kim von hier auf den Schienen liegen. Kein Kontakt mit irgendwelchen Behörden seit dem Zwischenfall vor einigen Tagen ...«

»Teri, hier ist Wandasue Enriquez, wir sind eine große Gruppe, achtundsechzig Überlebende, wir lagern 34 Nord und 85 Süd. Wir haben allem Anschein nach so ungefähr vierzig Fälle von Strahlungskrankheit, Rationen für noch ungefähr zwanzig Tage. Falls du Kontakt mit irgendeiner Stadt aufnehmen kannst, wir brauchen dringend Hilfe.«

»Verstanden«, sagte ich. »Konntest du der Unterhaltung mit dem Rest unserer Gruppe folgen?«

»Nicht so, dass ich etwas verstanden hätte.«

Ich gab die Informationen über Bianca und Erin an Wandasue weiter. Innerhalb weniger Minuten meldeten sich neun weitere Gruppen. Allem Anschein nach verfügte ich momentan über das beste Funkgerät auf dem Planeten, also nahm ich sorgfältig sämtliche Daten auf und sorgte dafür, dass sie in den Rechnern des Bahnhofs, in Dads Werp sowie in unseren Anzugspeichern gesichert wurden. Unterm Strich ließ sich jetzt schon sagen, dass alle dort draußen in Schwierigkeiten steckten und keiner bislang eine Antwort auf einen Notruf erhalten hatte. Alle, die sich zum Zeitpunkt des Was-auch-immer im Tageslicht aufgehalten hatten, mussten sich mit weitaus heftigeren elektronischen Ausfällen und ganz allgemein mit Verstrahlung herumschlagen, meistens war es nicht tödlich, aber viele Leute waren krank und konnten wegen Blutungen und Hautabschälungen nicht in den Anzügen bleiben.

Ich nahm sämtliche Daten auf und versprach, sie sofort weiterzugeben, falls ich jemanden fand, an den ich sie weitergeben konnte. Nachdem ich an die drei Stunden am Funkgerät gesessen hatte, schaltete ich aus, streckte mich und machte mich dann daran, mir eine Schale Suppe zu erneuern. »Brauchst du etwas?«, fragte ich Alik. Er hatte die ganze Zeit in der Ecke vor sich hingemurmelt.

»Ich brauche einen Haufen Software-Heinis, damit ich ihnen ordentlich den Hintern versohlen kann«, sagte er. »Die haben hier eine erstaunlich hohe Anzahl Sicherheiten und Blocker eingebaut, und ich musste mich schon durch drei unterschiedliche Passwörter durchfummeln. Sieht so aus, als sollte dieses Zeug hier nur von Maglev-Ingenieuren benutzt werden. Was glauben die bloß, wie so ein System verdammt noch mal arbeiten soll, wenn es bei einem Ausfall von niemandem repariert werden kann? Aber ich glaube, jetzt bin ich endlich drin, und versuche bei allem Möglichen Fernstarts durchzuführen. Ich muss nur noch in diese Files hier reinkommen, dann bin ich im Skript.«

»Im Skript?«

»So nennen sie es. Laut Vorschrift muss alles in einer ganz bestimmten Reihenfolge neu gestartet und hochgefahren werden, sonst wird's gefährlich. Natürlich verraten sie einem nicht, welche Gefahren das sein sollen, damit man eine intelligente Wahl treffen könnte. Und statt einem einfach die Reihenfolge zu verraten und einem zu erklären, dass man genau so und so vorzugehen hat, verstecken sie alles in dem sogenannten ›Skript‹, warum auch immer. Wahrscheinlich aus dem gleichen Grund, aus dem der Zug nicht losfährt, ehe nicht ein Haufen Ingenieure rauskommt und nachschaut. Wie schon gesagt, ich weiß nicht, wie sie erwarten können, dass alles funktioniert, wenn sie niemandem erlauben, es zu reparieren.« Er schaute wieder auf den Bildschirm. »Ha! Da hätten wir das Skript. Sieht aus, als wäre es ursprünglich ein simpler Exec-Code gewesen; wahrscheinlich gab es irgendwo einen Knopf, den man einfach nur drücken musste, um das Skript auszuführen, aber die Automatik hab ich nirgends gefunden, also muss ich es wohl manuell starten, sobald ich herausgefunden habe, wie.«

»Willst du eine Suppe oder was anderes?«, bot ich ihm noch einmal an.

»Ja. Ist wohl besser, wenn ich zwischendurch was esse.«

Ich brachte Alik eine Schale mit Suppe und ein Sandwich und sah zu, wie alles in ihm verschwand, während er weiter auf der Tastatur herumklackerte. Da es immer später wurde, ging ich noch einmal ans Funkgerät und fand zwei weitere gestrandete Gruppen.

Eine davon hatte ein Physikgenie dabei, der meinte, der Mars habe aufgrund dessen, was geschehen war, eine zeitweise ausgedehnte Ionosphäre, deshalb würde Langwellenfunk für weiter entfernte Stationen besser funktionieren als für nähere, aber ich konnte seinen Ausführungen nicht besonders gut folgen; außerdem hatte es mit dem ganzen Kram, der zu diesem Zeitpunkt wichtig war, einfach nichts zu tun. Zumindest war es eine Erklärung dafür, dass wir so viele Signale von Tharsis empfingen, das tausende Kim weit weg war.

Ich schaufelte noch einen Teller Suppe in Alik hinein (er starrte so fasziniert auf den Monitor, dass ich ihn wahrscheinlich auch mit Büroklammern und Bindfaden hätte füttern können, und es hätte ihm genauso gut geschmeckt), dann sagte er: »Okay, ich glaube, jetzt sind wir endlich so weit. Sieht jedenfalls ganz so aus, als hätte ich alles kapiert, was das Skript tun soll. Ich probiere es mal aus.«

Er klickte und stöhnte, und der Bildschirm wimmelte vor Nachrichten. »Weißt du, was das alles zu bedeuten hat?«, fragte ich ihn.

»Vielleicht die Hälfte davon. Ich glaube, ich weiß, wie die wichtigsten Warnmeldungen aussehen müssten.« Er machte weiter.

Nur auf einem Bildschirm war etwas zu sehen, was ich verstand: eine Karte der Maglev-Verbindung zwischen dem Bahnhof und Red Sands City. Nach und nach wurden verschiedene Abschnitte grün, andere blinkten kurz grün auf und wurden dann wieder rot. Alik murmelte weiter vor sich hin. Nach einer Weile sagte er: »Also, es sieht folgendermaßen aus: sechs beschädigte Abschnitte direkt hinter dem Zug, und die Kontrollbox des Zuges selbst meldet schwere Fehlfunktionen. Ich vermute, der Zug ist mitten auf den Schienen verreckt. Wahrscheinlich sind die Stromversorgung und die Notstromversorgung und alle anderen Noteinrichtungen ausgefallen. Er hat sich urplötzlich um drei Zentimeter gesenkt und dann nur noch Schrott hinterlassen. Außerdem haben wir zwei beschädigte Schienensektionen zwischen dem Zug und uns, sodass wir, selbst wenn wir einen Zug hier hätten, es nicht mal bis zu dem verreckten Zug schaffen würden. Das heißt, wir stecken hier fest. Ich habe es geschafft, die interne Stromversorgung des Zuges wieder in Gang zu kriegen, weil ich mit seinen Computern kommunizieren musste, aber ...«

»Kann mich jemand hören?«, sagte eine Stimme.

Wir drehten uns erschrocken um. Ein Froyk starrte aus dem Monitor. Nicht auf uns, denn die Kamera war ausgeschaltet, aber Alik knipste sie an, und der Froyk sagte: »Ich bin Roger Clevenger, Anführer einer Durchquerungsgruppe, Gruppe elf der Australnation, und wir stecken ziemlich in der Klemme. Wir sind seit vier Tagen ohne Strom und seit einem Tag ohne Nahrung. Ich hoffe, Sie können mir helfen.«

»Ich heiße Teri Murray«, sagte ich.

»Das Mädchen am Funkgerät. Unser Sender konnte Sie offensichtlich nicht erreichen. Dann befinden Sie sich also in dem Bahnhof südlich von uns.« Er schien ein wenig tiefer in seinen Sessel zu sinken, als fügte er sich noch ein bisschen mehr in seine Niederlage. Seine großen Augen waren eingesunken, sein Gesichtsfell verfilzt. Vielleicht hatte er keine Möglichkeit, sich zu kämmen. »Ich hatte auf Hilfe gehofft, aber da geht es Ihnen wohl ähnlich wie mir.«

»Wir sitzen alle im selben Boot«, sagte ich und versuchte mitfühlend zu klingen. Er sah wirklich traurig aus. »Niemand scheint von irgendwoher Hilfe zu bekommen. Ich glaube, wir dürfen nicht einmal damit rechnen, dass es die Städte überhaupt noch gibt.«

»Ja, richtig ...« Er senkte den Blick. »Ich habe sechsundvierzig Überlebende in Gruppe elf, und ... Kennen Sie sich mit unserem Stoffwechsel aus?«

Ich spürte etwas Kaltes ganz unten an meiner Wirbelsäule. »War es Ihnen eine Hilfe, dass wir wieder Strom in den Zug bekommen haben?«

»Ein bisschen. Aber erneuertes, unbearbeitetes Menschenessen ist für uns nur bedingt nutzbar. Es ist so ähnlich, als wenn uns Vitamine fehlten. Die Kinder sind besser dran, weil sie wenigstens etwas zu essen haben, sämtliche Erneuerer laufen auf Hochtouren, aber wir müssen das Marsform-Essen rationieren. Und wenn sie nicht genügend davon bekommen ... tja, dann werden sie immer kranker. Gestern ist es ihnen sehr schlecht gegangen. Der Kalorienbedarf für ein Kind beträgt siebeneinhalbtausend pro Tag, zwölftausend für einen Erwachsenen, wir haben sozusagen den Stoffwechsel von Vögeln, sodass es immer noch viel schneller geht.« Er seufzte. »Trotzdem vielen Dank, dass sie den Strom angestellt haben, das verschafft uns einen Tag mehr, ich meine, ich will nicht undankbar erscheinen, aber ...«

»Wie viele Kinder?«, fragte ich, denn ich wusste, dass die Froyk-Gruppen zum Großteil aus Kindern bestanden.

»Vierunddreißig unter zehn Jahren. Wir waren gerade auf

ihrer ersten Überlandtour, zum Prom und zurück ... Wir wollten einen Teil des für uns reservierten Landes besuchen ...«

»Bleiben Sie dran. Wollten Sie hier am Bahnhof Rationen aufnehmen?«

Alik sprang zur Tastatur und fing an, hastig darauf herumzuhämmern. Er hatte erkannt, worauf ich hinauswollte.

Roger auch. »Ja ... ja, das hatten wir vor!«

Alik stieß einen Freudenschrei aus. »Wir haben zweihundert Standardrationen für Kinder und tausend für Erwachsene, hier im Lager, für Marsformen. Wie viele pro Tag ...«

»Fünf ist normal. Das reicht dann mindestens für zehn Tage. Mit diesen Rationen kommen wir zu Fuß bis Red Sands City.« Rogers Gesicht fiel in sich zusammen; ich schämte mich dafür, dass ich unweigerlich an einen großen Hund im Kinderprogramm denken musste. »Aber momentan weiß ich nicht einmal, ob ich jemanden habe, der bis zum Bahnhof gehen kann. Mit dem anpassungsfähigen Stoffwechsel haben wir alle, als der Strom weg war, unheimlich hochtourig umgesetzt, nur um am Leben zu bleiben, und die meisten unserer Solarflächen sind völlig tot, zack und aus. Ich musste zwei Rationspackungen essen, nur um genügend Energie zu bekommen, um alle anderen zu versorgen. Deshalb habe ich mich nicht sofort mit Ihnen in Verbindung gesetzt. Ich weiß wirklich nicht, ob ich bis zu Ihnen marschieren könnte, und ich glaube, ich bin derjenige, der momentan noch am besten in Form ist ...«

»Dann komme ich zu Ihnen«, sagte ich und staunte über meine eigenen Worte. »Wenn ich richtig verstanden habe, brauchen Sie ungefähr einhundert Kinder- und vierzig Erwachsenenrationen, damit Sie oder jemand anderes so weit auf die Beine kommt, um hierher zu gelangen und den Rest zu holen. Wenn ich in fünf Stunden von jetzt an bei Ihnen wäre, könnten Sie bis dahin aushalten?«

Roger nickte heftig. »Wenn Sie das tun wollen, beeilen Sie sich ... Ich habe für heute mit den ersten Toten gerechnet, und jetzt, nachdem der Strom wieder an ist, haben wir nicht mehr als anderthalb Tage, bevor ich die ersten kleinen Kinder verliere. Aber wenn Sie in fünf Stunden hier sind, dürften alle noch am Leben sein.«

»Dann mache ich mich sofort an die Arbeit«, sagte ich. »Ich gebe Ihnen durch, wann ich aufbreche.«

Ich drehte mich um und schnappte mir die Erweiterungsmodule für meinen Tragepack. Hundertvierzig Rationen wiegen so einiges, auch wenn es nur Rationen für normale Menschen sind, ungefähr das doppelte Normalgewicht des Packs, und Froyk-Rationen sind größer und schwerer.

»Ich fummele hier weiter rum«, sagte Alik, »und ich gehe zweimal am Tag ans Funkgerät. Das Werp wirst du nicht brauchen, deshalb behalte ich es hier, und falls nötig kehre ich zu Bianca und Erin zurück und hole sie.«

»Perfekt«, sagte ich. Ich hatte die richtige Lagereinheit gefunden und war bereits dabei, die Rationen abzuzählen.

»Äh, Cap?«

»Ja?«

»Es ist jetzt dunkel draußen. Halte dich dicht an die Maglev-Schienen, und sei vorsichtig. Diesmal hast du keinen Partner dabei.«

Ich blickte auf, sah seinen Gesichtsausdruck und drückte ihn fest an mich. »Für einen zehnjährigen Burschen machst du dir ganz schön viel Sorgen.«

»Ach ... ich dachte nur, dass ich mich bestimmt ziemlich einsam fühle, bis Roger und seine Leute hier eintreffen.«

»Und ich?«, fragte ich. »Ich komme doch mit ihnen zurück –«

»Wieso das denn?« Alik schaute mich verdutzt an. »Warum gehst du nicht einfach weiter, nachdem du die Rationen abgeliefert hast? Nimm dir ein paar Anzugrationen mit, dann schaffst du es nach Red Sands City. Damit hätten wir endlich Kontakt zu mindestens einer Stadt und erfahren vielleicht, was hier vor sich geht. Stimmt doch, oder?«

»Du hast Recht. Und ich wette, dass Roger und seine Leute

nicht lange brauchen bis hierher, dann bist du nicht sehr lange allein.«

Alik nickte; ich musterte ihn ein *skoshi* genauer. »Gibt es sonst noch was?«, fragte ich.

»Ach nichts. Ich bin ein großes Baby.«

»Das lass mich mal beurteilen. Ich sage, du bist ein großartiger Partner.«

»Absolut? Das ist nett von dir. Voll nett.« Er seufzte. »Das große Problem ist eigentlich eins, das überhaupt keines sein dürfte, aber ich bin nun mal ein Baby. Ich habe die ganze Zeit gehofft, dass die Expedition meiner Familie sich hier melden würde.«

Ich umarmte den Jungen so fest ich konnte; bis zu diesem Augenblick hatte ich nicht daran gedacht, dass ich zwar meinen Dad verloren hatte, mir dafür aber jetzt weder um ihn noch um Mama mehr irgendwelche Sorgen zu machen brauchte. Alik, Bianca und Erin hingegen mussten die ganze Zeit auch noch mit der Sorge um ihre Angehörigen leben. Abgesehen davon war ich erwachsen, EA und alles, und so sehr ich Dad vermisste, so war ich doch nicht mehr von ihm abhängig ... Manchmal lässt einen im Leben nur die Gewissheit weitermachen, dass es vielen anderen noch schlechter geht.

Was mir in Erinnerung rief, dass eine Marsform zwar jede Menge mehr als ich auf der Oberfläche verrichten kann, ich aber nicht innerhalb von fünf Tagen verhungere. Also machte ich mich wieder eilig ans Packen.

Ausgerüstet mit Anzugrationen für drei Tage plus den hundertvierzig Rationen für die Froyks war ich ganz schön beladen, als ich endlich abmarschbereit war, und ich musste obendrauf noch Zusatzpacks stapeln, sodass ich echt toplastig war. (Auf der Erde hätte ich das Gewicht natürlich nicht mal anheben können.) Das große Problem bestand darin, dass die Schwerkraft auf dem Mars zwar alles leichter machte, es aber nach wie vor den gleichen Schub aufwies. So kann man eine Masse anheben, die einen ganz schön herumbeuteln kann, und das geringere Eigengewicht bedeutet weniger Reibung mit dem Boden, woraus resultiert, dass sofort, wenn man mit einem schweren Pack hüpft, wie man bei uns so schön sagt, »ein paar Millionen Jahre der Evolution bei Fuß stehen, um dir ein Bein zu stellen«.

Ich rechnete mir aus, dass ich mit der Eisenbahnlinie als Richtungsgeber (zumal, da die Schienen immer so weit wie möglich durch festes ebenes Gelände führen) fünfundzwanzig Kim pro Stunde zurücklegen könnte, wenn ich mich sehr beeilte, vielleicht dreiunddreißig, denn ich hatte mit einem vollen Pack draußen in den Roundings schon oft dreißig Kim geschafft.

Aber diese Ladung war weitaus mehr als nur ein volles Pack. Bei jeder Landung wollte sie mich platt auf den Bauch drücken und bei jedem Absprung nach hinten reißen. Mit den Versorgungspacks drauf war ich an etwas Großem, Starrem festgebunden und konnte meinen Rücken nicht genug bewegen, um das Gewicht richtig auszubalancieren. Schon nach wenigen Kim musste ich meine Sprünge wie ein kleines Kind durch Doppelhüpfer ausgleichen, musste mich erst fangen, bevor ich wieder abspringen konnte, wodurch ich den ganzen Schwung verlor, der das Hüpfen eigentlich erst effektiv macht. Immer wieder verfiel ich wütend in ein energisches Gehen, wobei ich rasch herausfand, dass mich mein Pack, sobald ich beschleunigte, nach vorne schob, sobald mein Absatz den Boden berührte, meine Knöchel und Waden ermüdete und mich ständig in Gefahr brachte, vornüberzufallen. Kurz darauf war meine Sauerstoffanreicherung deutlich hochgeschnellt, Schmerzmittel wurden meinem Blutkreislauf zugeführt, und nachdem ich drei Stunden unterwegs war, hatte ich immer noch weniger als ein Drittel des Weges zurückgelegt. Ich musste die Zeit irgendwie wettmachen.

*Du darfst diese Kinder nicht sterben lassen, Teri,* schien Dads Stimme in meinem Kopf zu sagen. »Wenn du dich darum kümmerst, Cap, werden sie gerettet«, waren Aliks letzte

Worte gewesen, bevor ich den Helm verschloss und die Luftschleuse betrat. Alle hatten jede Menge Vertrauen in mich.

Außer mir selbst wahrscheinlich. Wenn ich den Kindern diese Ladung Nahrungsmittel gebracht hatte, würde ich mich erst einmal hinsetzen müssen und mir einen strengen Vortrag über meinen Mangel an Selbstvertrauen halten.

Die Bahnlinie bewahrte mich zwar davor, dass ich mich verlief, andererseits bildete sie aber auch eine störende Barriere, denn auf den schmalen Betonschienen konnte ich mich nicht sicher bewegen, ebenso wenig in der Mulde dazwischen, und die Böschungen waren zu rutschig und steil, als dass man sich bequem darauf hätte fortbewegen können. Meine Stiefel bekamen nicht genug Haftung, und das Gewicht auf meinem Rücken riss mich immer wieder von der Oberfläche weg. Also ging ich nach einer gewissen Zeit parallel zu den Schienen, hüpfte, so viel ich konnte, doppelhüpfte, wenn ich das Gleichgewicht wiedererlangen musste, und wechselte zu schnellem Gehen, wenn mir die Beine wehtaten oder mir der Atem wegblieb. Die Stunden krochen dahin, und der Schienenstrang neben mir, dem ich über niedrige Bergsättel und durch Einschnitte in Kraterwänden, durch Tunnel und über Kanäle folgte, schien nie mehr aufzuhören.

Phobos, der als große Sichel am westlichen Horizont aufging, zeichnete die Umrisse der fernen Steilwände und welligen Höhenzüge vor dem dunkleren Hintergrund nach und nahm auf dem Weg zu seinem Zenit ab und wieder zu, bis er beinahe so rund wie ein heller Scheinwerfer über mir stand. Zumindest waren die Schatten jetzt kürzer, und ich konnte besser erkennen, wo ich landete.

Ich wurde absolut schlimm müde, und in der vergangenen Stunde war ich einmal gefallen, bloß weil ich mich bei einer Landung ein bisschen zu weit nach vorne gebeugt hatte, ein bisschen aus dem Rhythmus gekommen war. Die Schubkraft des Packs hatte mich mit dem Gesicht auf den Boden gedrückt, nur weil ein Kiesel unter meiner Zehe weggerollt war, was nicht passiert wäre, wenn ich ein *skoshi* konzentrierter gewesen wäre.

Ich versprach mir, dass ich in zehn Minuten anhalten und einen großen Schluck Wasser trinken sowie eine doppelte Anzugration essen würde, gönnte mir noch einen Schub Schmerzmittel und eine Wachbleibspritze. Ich brauchte diese Stunde oder so, einfach um mich wieder zu erholen, sonst nutzte ich niemandem mehr etwas. Noch zehn Minuten, dann wollte ich mir diese Stunde genehmigen ... an diesem Hügel dort vorne, beschloss ich.

Das offene Gelände rings um die Gleise wurde schmaler. Ich wollte gerade einen hohen Damm überqueren, vielleicht vier Meter höher als der hügelige Talboden ringsherum, mit steilen Flanken. Der schmale saubere Betondoppelstreifen, der im Licht des Phobos schimmerte, war die einzige ebene Fläche, die es gab. Ich wollte nicht zwischen den verwitterten Brocken unten im Tal herumspringen, andererseits aber auch nicht bis zu meinem Rastplatz laufen. Ich konzentrierte mich, so gut es ging, und versuchte neben den Schienen herzuhüpfen.

Es ging ganz gut, aber meine Füße taten inzwischen schrecklich weh, und ich war so müde. Obwohl ich versuchte, mich zu konzentrieren, schweiften meine Gedanken ständig ab, und der Zwischenraum zwischen den Betonschienen betrug nur fünfzig Zentimeter. Irgendwie lockerte sich auch noch das Pack, ich spürte, wie es mich hin und her riss und aus dem Gleichgewicht zu bringen drohte. Am Rastplatz musste ich alles unbedingt neu einstellen. Vielleicht würde ich sogar ein bisschen schlafen, konnte von dort aus vielleicht Funkverbindung aufnehmen und ihnen versichern, dass ich mich zwar verspätet hatte, aber trotzdem noch kommen würde.

Jetzt, wo sich das überladene Pack auch noch bewegte, war es noch schwerer und unhandlicher. Meine Fußballen verdrehten sich, rieben und scheuerten, als ich auf den schmalen Schienen aufkam. Ich drehte den Sauerstoff ganz auf und hatte das Gefühl, immer noch nicht genug davon zu bekommen.

Das Land ringsum war mit schwarzem Staub bedeckt und so finster, dass es mir vorkam, als würde ich endlos von Stern zu Stern hüpfen, quer durch einen leeren Himmel, auf dieser schmalen Brücke aus Betonschienen, als gäbe es außer mir, der Schiene und den Sternen überhaupt nichts im ganzen Universum. Ich sah zu Phobos und der Magellan'schen Wolke hinauf und richtete den Blick dann wieder auf die Schiene. Es sah aus, als würde ich direkt in das Große Rechteck des Pegasus am nördlichen Horizont rennen, das nicht weiter entfernt zu sein schien als der Rastplatz, den ich mir ausgesucht hatte.

Gerade als ich mir überlegte, ob ich mich nicht einfach hinsetzen und gleich hier rasten sollte, statt immer weiter zu versuchen, die Stelle zu erreichen, die ich mir für die Rast ausgesucht hatte – und die weiter weg als zuvor zu sein schien –, rutschte mein Zeh über den Innenrand der Schiene weg. Ich flog nach vorne, streckte die Hände aus, um nicht auf dem Visier über den Boden zu rutschen, und versuchte gleichzeitig, die Füße nach vorne zu bekommen, um den Sturz vielleicht doch noch zu verhindern.

Ein Fuß setzte hart auf, der Knöchel gab mit einem scharfen, stechenden Schmerz nach. Ich warf mich nach vorne, um das Gewicht von ihm zu nehmen, ohne groß nachzudenken, und trat rechts von der Schiene ins Leere, worauf ich kopfüber den steilen Hang hinabpurzelte. Ich sah kurz, wie die Sterne an mir vorbeiwirbelten, dann krachte der steile Schotterhang der Bahnböschung gegen meinen Rücken, und mein gebrochener Knöchel prallte einen Augenblick gegen den Hang, sodass ich mich vor Scherz zusammenkrümmte und noch schneller weiterrollte. Ich sauste auf das Ende der Böschung zu, kullerte wie eine unrunde Bowlingkugel, bis ich mit dem Rücken gegen eine Felswand knallte.

Den großen Steinbrocken, den ich gelockert hatte, sah ich nicht einmal. Er fiel fast einen Meter tief, bevor er meine

Beine unter sich begrub, und es kam mir vor, als hätte ich gerade in dem Augenblick, als er mich traf, daran gedacht, mich wegzubewegen. Bedeutet diese Verzögerung in der Erinnerung, dass man tatsächlich noch Zeit gehabt hätte, wegzuspringen, Doc, oder versucht der Verstand lediglich mit dem klarzukommen, was einem gerade passiert ist? Die meisten von uns, also zumindest die meisten Rounditachi, haben wohl am meisten Angst vor einer Verletzung, die nichts mit Dummheit, Unvorsichtigkeit oder Unaufmerksamkeit zu tun hat. Wenn bei einer Beerdigung gesagt wurde: »Er hätte vorsichtiger sein sollen«, dann hieß das: »Mir würde so was nicht passieren, denn ich bin vorsichtig.«

»Da kann man nichts machen, das war einfach Pech.« Diese Aussage drückt eine echt gruselige Vorstellung aus.

Ich versuchte zweimal, ihn wegzuschieben, was mir bestätigte, dass ich brutal festgeklemmt war. Ich wollte den Spender mit dem Kinn ein wenig Wasser entlocken, aber es kam keins; der Tank in meinem Lisport-Pack war zerquetscht worden, und im Sternenlicht konnte ich sehen, dass das Wasser, für das ich jederzeit hätte anhalten oder sogar beim Hüpfen hätte trinken können, jetzt in der dünnen Luft verdampfte und den Felsbrocken mit einer dünnen Eisschicht bedeckte. Da ich nicht geplant hatte, auf der ersten Hälfte der Wegstrecke etwas zu essen, hatte ich nirgendwo leicht zugänglich Essensrationen hingepackt. Sie enthielten zwar genügend Wasser, um mich zu versorgen, aber jetzt hätten sie sich ebenso gut auf einem anderen Planeten befinden können, denn ich kam an keinen Spender meines Packs mehr heran.

Die Beine taten immer höllischer weh. Ich benetzte die Lippen, stellte den Notkanal ein und rief um Hilfe. Ich empfing nichts; unten auf dem Boden eines Kraters, wo ich mich befand, war das nicht weiter verwunderlich. In diesem Krater befand sich höchstwahrscheinlich kein anderes menschliches Wesen; wenn jemand meinen Anzugfunk hören sollte, musste er schon direkt über mich hinwegfliegen.

Ich versuchte es mit Satcell. Es war immer noch so tot wie

seit dem Zwischenfall, aber ich probierte trotzdem jede Com-Nummer aus, die mir einfiel, dazu sämtliche Notfallkanäle, an die ich mich erinnern konnte.

Allmählich wurde mir klar, dass ich, abgesehen davon, dass ich schreckliche Schmerzen hatte und furchtbar durstig war und so weiter, so ziemlich sicher in wenigen Stunden sterben würde. Trotzdem weigert sich der Verstand, diese Erkenntnis anzunehmen, wissen Sie, was ich damit meine, Doc? Ist ja auch nur logisch. Wenn es auf den endgültigen Sendeschluss zugeht, bringt es überhaupt nichts, dass man es weiß, aber wenn man sich in einem Stadium der Selbsttäuschung dagegen wehrt, bringt das eventuell doch noch etwas.

Also machte ich mir lieber Gedanken über meine Füße unter diesem Felsbrocken. Er war zu schwer, um ihn herunterzurollen. Ich spürte, dass zumindest mein rechtes Bein gebrochen war. Es tat unglaublich weh, und mit diesem Riesenbrocken darauf, der halb so groß wie ein kleines Taji-Zimmer war, standen die Chancen nicht schlecht, dass weder Blut noch Anzugwärme bis zu meinen Füßen durchkamen.

Das meine ich mit ›nicht an den Tod denken‹, Doc. So schlimm es nun mal war und angesichts der Tatsache, dass ich höchstwahrscheinlich innerhalb weniger Stunden an Blutverlust sterben würde, dachte ich an meine Füße, dass ich Angst davor hatte, sie zu verlieren, dass sie trockengefrieren würden, wenn ich ein Leck in den Stiefeln hatte, und dass ich nicht sagen konnte, ob es so war, aber es kam mir nicht unwahrscheinlich vor. Sie mussten bestimmt amputiert werden ... Davor hatte ich mehr Angst als vor dem Sterben.

Da lag ich also, erschöpft und am Ende aller Reserven, und dachte mir, auch wenn keine Hilfe kommt, kann ich trotzdem um Hilfe rufen, schließlich kann ich mich ja immer noch täuschen. Ich wechselte von einem Kanal zum anderen, setzte auf allen Notrufe ab und versuchte dabei möglichst ruhig und gefasst zu klingen, während ich durchgab, wo ich mich befand, wie schwer meine Verletzungen waren, dass andere Leben von mir abhingen und so weiter. Als ich es leid war, sämtliche Anzug-Kanäle durchzugehen, probierte ich es eine Zeit lang über Satcell.

Und dann, als ich gerade über Satcell einen Notruf an die Red-Sands-City-Rettungsstation absetzte und mich auf das gleiche Schweigen einstellte, das ich seit dem Sunburst empfangen hatte, sagte eine angenehme weibliche Stimme wie die einer ausgebildeten Schauspielerin oder einer liebevollen Mutter: »Teri.«

»Hä?«

»Ich antworte auf deinen Notruf, Teri. Du kannst mich doch klar empfangen, oder? «

»Ja ... ja doch. Wer sind Sie?«

»Bitte wiederhole deinen Standort und deinen Zustand.«

Das tat ich. »Funktioniert Satcell wieder? Ich muss dringend ein paar Leute benachrichtigen.« Dann fiel mir ein, dass ich Dad nicht benachrichtigen musste, und so schlimm meine Lage ohnehin schon war, schaffte ich es, mich noch mieser zu fühlen.

»Satcell kommt teilweise wieder. Hast du große Schmerzen?«

»Ja, und ich komme nicht an mein Schmerzmittel ran. Außerdem leckt mein Wassertank, und ich bin sehr durstig.«

»Machst du dir über jemand anderen Sorgen? Warst du irgendwohin oder zu jemandem unterwegs?«

Doc, ich bin mir deshalb so dumm vorgekommen. Diese Frage war ein Hinweis darauf, dass ich es nicht mit einem Suchtrupp zu tun hatte. Aber bei den heftigen Schmerzen ist er mir entgangen. »Äh, ja ...«

»Bitte geben Sie mir die Standorte und Com-Codes durch, falls Sie sie wissen.«

Und so ratterte ich sämtliche Informationen hinsichtlich Alik, Erin und Bianca sowie zu Roger und Trupp elf herunter, und dann sah ich im Anzugspeicher auch die Informationen hinsichtlich der Leute, mit denen ich im Bahnhof per Funk gesprochen hatte, und die gab ich auch noch weiter. »Gut gemacht«, sagte die Stimme. »Wir haben schon Hilfe zu dir losgeschickt, und bald ist auch jemand zu den anderen unterwegs. Hast du große Schmerzen? Glaubst du, dass du eventuell schwer verletzt bist?«

Bei dieser blöden Frage hätte ich fast laut gelacht. »Ich glaube, dass ich meine Füße verlieren werde«, sagte ich und erklärte, dass meine Beine zermalmt unter einem Felsbrocken lagen. »Ich würde mal sagen, dass ich noch ein paar Stunden zu leben habe, aber wenn die Hilfe nicht bald hier eintrifft, muss ich wahrscheinlich den Rest meines Lebens mit künstlichen Gliedmaßen herumlaufen.«

»Entspann dich«, sagte die Stimme. »Die Hilfe wird bald eintreffen. Erzähl mir von dir. Gehst du noch zur Schule?«

Es gab nichts anderes zu tun, und die Stimme klang so interessiert und sympathisch. Ich konnte einfach jammern und weinen, weil es so verdammt wehtat, und die Stimme war immer bei mir, tröstete mich und sprach mir Mut zu. Ich erzählte ihr von all den schlimmen Dingen, die in der letzten Zeit passiert waren, die wichtigen und die unwichtigen, und sie schien zuzuhören und immer etwas zu sagen, das mich mehr und mehr tröstete. Schließlich sagte sie: »Teri, würdest du dich gern viel besser fühlen?«

»Natürlich. Ich wüsste nicht, wie es noch schlimmer werden könnte.«

»Dann gibt es etwas, das du mir sagen musst. Wenn du es sagst, kann ich dir helfen.«

»Was denn?«

»›Lass überbrücken, lass überschreiben.‹«

»Nein!« Zu spät wurde mir klar, mit wem oder mit was ich mich da unterhielt. Infiltrationssonden kommen ständig von der Erde herein; das hier war eine kleine Sonde, ein *skoshi* größer als ein Fußball, irgendwo hoch über mir, mit einer Kopie von Resuna an Bord und der nötigen Ausrüstung, um sich in den Funkverkehr einzuklinken. Die Planetenabwehr hätte es in Stücke schießen sollen, sobald es sich anschaltete, lange bevor wir ...

Mir wurde klar, dass die Planetenabwehr höchstwahrscheinlich zusammengebrochen war, so wie alles andere auch.

»Teri, ich habe bereits sämtliche Notfallberichte abgefragt, aber ich erhalte keine Antworten. Wenn du deine Füße behalten willst, wenn du möglicherweise dein Leben behalten willst, dann brauchst du sehr bald Hilfe, und das kann ich für dich organisieren, aber du musst mir auch helfen. Du musst sagen ›Lass überbrücken, lass überschreiben‹. Wenn du das sagst, kann ich dir rasch Hilfe bringen.«

»Geh weg!«, sagte ich und schaltete den Kanal aus. Aber ich konnte den Anzugfunk nicht ganz ausschalten, der Notsender lief automatisch, außerdem musste ich jeden Rettungsruf empfangen können, der womöglich bei mir eintraf, und deshalb meldete sich kurz darauf die gleiche Stimme wieder in meinem Kopfhörer.

»Teri.«

»Geh weg.«

»Du weißt, dass man Resuna heutzutage wieder entfernen kann. Du kannst mich ja reinlegen. Sie werden dir helfen. Lass dich retten, und sobald du gerettet bist, entdecken sie mich und entfernen mich aus deiner Erinnerung. Oder willst du etwa deine Füße verlieren? Denk doch nur, wie stolz dein Dad immer darauf war, wie gut du hüpfen und dich in den Roundings bewegen kannst. Willst du nie mehr dazu in der Lage sein?«

»Es gibt künstliche Beine. Ich kenne Rounditachi, die welche habe«, erwiderte ich. »Geh weg. Ich will nicht, dass du meine Verstand übernimmst.«

»Ich habe ein Rettungsteam zu dir losgeschickt, Teri.«

»Hast du nicht gesagt, es würde niemand antworten?«

»Es kommt nicht aus den Städten. Ich habe zwei Retter, die ich losschicken kann. Ich kann Rogers Schmerz und Hunger aufheben und ihn dazu bringen, herzukommen, den Felsen wegzudrücken und dich zurückzutragen, um ...«

»Damit bringst du ihn um! Nein!«

»... oder ich bringe Alik mit Rationen und einer Hebevorrichtung her, und damit ist das Problem auch erledigt. Dann bist du zwar immer noch verletzt, aber du verlierst deine

Füße nicht. Du weißt, wie freundlich dein Dad immer zu Alik war, und du weißt auch, wie wichtig das für Alik war. Alik würde dir liebend gern zu Hilfe kommen und dich retten ...«

»Trotzdem ist es noch mehrere Stunden dunkel, und die Strecke ist gefährlich ...«

»Sie war gefährlich für dich mit deinem gewaltigen Übergewicht, aber Alik ist ein guter Hüpfer, das weißt du, und seine Ausrüstung ist nicht so schwer. Er kann damit rasch bei dir sein, wenn er einfach auf einer der Schienen entlanghüpft ...«

»Er ist zu jung dafür, und es ist zu dunkel und zu gefährlich. Lieber verliere ich meine Füße, als dass ich zulasse, dass er sich verletzt oder gar ums Leben kommt ...«

»Denk doch nur daran, wie traurig Erin sein wird, wenn sie dich ohne deine Füße sieht«, sagte die Stimme, »und denk daran, wie unglücklich Alik dann sein wird. Ich habe schon mit ihm gesprochen. Er ist bereit, herzukommen und dich zu retten ...«

»Du hast nicht mit ihm gesprochen. Er würde niemals das sagen, was du von mir hören willst.« Ich spürte ein kleines Beben in meinem Hinterkopf; offensichtlich musste man nur daran denken, es zu sagen, schon drängten die Worte an die Oberfläche. Und das bedeutete, Doc, ich meine, ich habe es in der Schule gelernt, dass ich Resuna bereits in mir hatte, den Kern davon, ich meine, in meinem Kopf, damals, und es bedurfte nur noch dieser vier Worte, die klar und deutlich durch mein Sprachzentrum liefen, um den vollen Prozess auszulösen – sprich jene vier Worte oder denke sie mit ausreichender Konzentration, und eine brandneue Ausgabe von Resuna entfaltet sich von diesem Kern aus in meinem Bewusstsein. Danach würde der Satz ›Lass überbrücken, lass überschreiben‹ ständig zur Verfügung stehen, um Resuna Gewalt über mich zu geben, egal ob ich oder jemand anderes ihn aussprach.

»Was will Alik denn nicht sagen?«, schnurrte die Stimme.

»Hör auf damit. Ich denke es nicht mal ...«

»Noch nicht. Aber bald. Es muss sehr kalt und dunkel und gruselig da draußen sein.«

Ich konnte nichts dagegen tun, Doc, ich versuchte, mich umzublicken, aber alles, was ich sah, war der dunkle Schatten des Brockens auf der Böschung, und dann, ganz oben am Himmel, das Sternbild des Phönix, das in dem Stück Himmel zwischen dem Rand des Felsbrockens und dem oberen Rand der Böschung glitzerte. Und Resuna hatte Recht. Mir war kalt, und ich hatte Schmerzen. Sinnloserweise klickte ich wieder die Schalter für meine Schmerzmittel an.

»Wäre es nicht schön, Alik mit einer Winde ankommen zu sehen? Und denke nur daran, wie gut es ihm tun würde, das für dich zu tun. Er schindet gerne Eindruck bei dir, und dein Dad war ihm ein so großes Vorbild. Für Alik seid ihr beide der ›Cap‹, und du hast den Respekt in seiner Stimme ja gehört ...«

»Hör auf.«

»Wenn du nicht zulässt, dass ich dir Alik schicke, dann muss ich wohl Roger schicken, und der ist der Anführer einer großen Gruppe, mit all den Kindern, die auf ihn angewiesen sind ...«

»Du sollst überhaupt niemanden herschicken.«

»Fühlst du dich nicht einsam? Liegst da ganz allein und musst dich fragen, ob ich wirklich einen Hilferuf abgesetzt habe? Ich habe es getan, Teri, das nur nebenbei, ich habe überall im System Nachrichten aufgezeichnet, aber du weißt ja, da das System erst langsam wieder zu sich kommt, kann momentan noch niemand Nachrichten empfangen ...«

Ich wechselte wieder den Kanal und versuchte, mich durch die Com-Codes zu klicken und zu sehen, ob irgendein anderes Satcell sich meldete. Ich bekam *posdef* wieder Kontakt, aber ich konnte unmöglich wissen, ob es echtes Satcell oder nur Mimikry von Resuna war. Zweimal ging das Com-Signal durch, aber alles, was ich zur Antwort erhielt, war die ›Zurzeit nicht erreichbar‹-Nachricht. Einmal versuchte ich Danielle zu erreichen, doch statt ihrer antwortete Resuna auf den

Anruf. »Teri, du brauchst diese Hilfe. Sie können mich wieder aus dir herausholen, aber du brauchst etwas gegen die Schmerzen, etwas, das deine Stoffwechselprozesse kontrolliert, bis Hilfe bei dir eintrifft, und ich kann diese Hilfe schicken.«

Aliks Stimme schaltete sich ein. »Teri, du musst tun, was Resuna sagt. Dein Vater würde nicht wollen, dass du deine Füße verlierst oder dass du stirbst.«

»Alik! Du hast doch nicht ...«

»Ich musste es tun, Teri. Sonst hätte es mir nicht gesagt, wo du bist, und mir nicht geholfen, dich zu suchen. Die holen Resuna in einem Tag oder so wieder aus mir raus. Aber jetzt gehe ich los, zu dir. Du musst den Satz nicht sagen, wenn du nicht willst, ich bin schon unterwegs ...«

»Alik, nein, es ist viel zu gefährlich und viel zu weit und ...«

»Ich bin schon unterwegs, Teri, ich stehe schon in der Luftschleuse. Bleib unterwegs über Satcell mit mir in Kontakt, okay? Es ist ein bisschen unheimlich, und ich fühle mich allein, und ich wünschte, ich wäre schon dort bei dir. Ich wünschte, dein Dad wäre hier und würde mir helfen.«

Nun kann Resuna zwar Gefühle kontrollieren oder sie einfach unterdrücken, deshalb könnte es die Sache einfach für ihn gemacht haben, aber ich wusste, dass es das nicht wollte. Er war einsam und verängstigt, genau wie ich. Deshalb weiß ich, dass es blöd war, Doc, aber ich redete einfach immer weiter mit ihm. Obwohl ich wusste, dass sich Resuna offensichtlich bereits in ihn hineingedrängt hatte. Und er kam diesen Schienenstrang mit perfekter Konzentration entlanggehüpft, während er sich lässig mit mir unterhielt, und in der Zwischenzeit wurde es mir wärmer und ich fühlte mich immer besser – was möglicherweise auf Unterkühlung oder Müdigkeit zurückzuführen war oder einfach nur darauf, dass ich nicht mehr so allein war.

Alik und ich unterhielten uns über die Schule, über gemeinsame Bekannte und darüber, was für ein netter Mensch Bianca war, und über die Tatsache, dass sie ihn meistens nicht richtig zur Kenntnis nahm, und darüber, ob es zukünftig noch Ökospektoren geben würde oder nicht, und so weiter und so fort, und er hüpfte an dieser weißen Schiene entlang durch die Dunkelheit, und ich lag da, während Phönix aus meinem Gesichtsfeld kroch. Und irgendwann brachte Resuna Alik dazu, genau das Richtige zu mir zu sagen, was es noch brauchte, damit auch ich sagte: ›Lass überbrücken, lass überschreiben‹, und ich sagte es.

Unsere Gehirne waren durch diese hoch über uns stehende Sonde miteinander verbunden, ich konnte durch Aliks Augen sehen und er durch meine. Mein Schmerz, meine Angst und mein Durst – alles war weg. Nach einer Weile schloss sich uns Roger über Resuna an, und dann Bianca, und wir alle hingen via Satcell miteinander zusammen. Damit ließ es sich so viel besser und einfacher leben.

Als Alik die Böschung hinuntergerutscht kam, die elektrischen Winden bereits aus seinem Pack geholt hatte und bereit zum Loslegen war, war ich schon beinahe froh gelaunt. Ich konnte alles Mögliche spüren, Dinge, die weit weg waren, irgendwo auf der anderen Seite meines Verstandes, wie undeutliche Silhouetten durch einen Vorhang gesehen ... Angst? Ja, vielleicht doch, ich glaube, da war wohl auch ein bisschen Angst dabei. Aber das war auch schon alles, Doc. Wenn es im Leben und überhaupt nur darum ginge, dass die Menschen glücklich sind, dann könnte man sich keine Sekunde gegen Resuna wehren, glauben Sie mir, das ist eigentlich nur logisch.

»Ich muss dich hier rausholen«, sagte Alik. »Ich bin so froh, dass du noch bei Bewusstsein bist. Ich habe mir schon Sorgen gemacht.«

Ich spürte seine Sorge und seinen Beistand. Vielleicht spürte ich weit hinten auch den entsetzten zehnjährigen Jungen, den man sich gerade eben geschnappt und zum Helden gemacht hatte, aber hauptsächlich spürte ich Aliks tröstliche Anwesenheit in meinem Bewusstsein, und zwar durch Resuna.

Er setzte vier elektrische Winden an. Ich spürte das knirschende Mahlen in meinen Oberschenkelknochen, als die Winden sich vibrierend in eine solide Position unter den Felsbrocken begaben. Sobald sie so standen, wie sie stehen sollten, überprüfte Alik sie noch einmal sorgfältig, bevor wir übereinkamen, dass es funktionieren müsse. Dann schaltete er sie an, zog mich unter dem Stein hervor, und dann lag ich da, mit zwei zerquetschten Beinen, aber frei.

Resuna schaltete den Schmerz aus, obwohl eine Art übler Geruch am Rande meines Bewusstseins aufwallte, als Alik meine Beine mit einem Ruck geradelegte und sie mit einer Art Sofortgips einsprühte. Nachdem meine Schmerzen und seine Erschöpfung von uns genommen waren, teilten wir die Rationsladungen untereinander auf und machten uns auf die etwas umständliche Reise zu Roger und Trupp Elf, die immer noch auf uns warteten – hellwach und schmerzfrei, so fröhlich, wie man nur sein konnte, obwohl ich die Knochen in meinen Unterschenkeln mit jedem Schritt in Stücke mahlte. Bis Resuna mein emotionales Gleichgewicht wieder im Griff hatte, hielt ich das für ziemlich lustig, und Alik hatte ein paar kleinere Probleme, weil er ständig über seine wunden, aufgescheuerten Füße kichern musste.

ICH WAR ZWEI Tage ununterbrochen wach gewesen und hatte während der ganzen Zeit keinen Polizistengedanken gedacht; als unausgebildeter Nothelfer und Krankenpfleger bin ich eingesetzt worden, und das war's auch schon so ziemlich gewesen. Zufällig lag meine Wohnung recht tief im Felsgestein, ich hatte gerade zu Hause geschlafen, als sich der Sunburst ereignete, sodass ich keine nennenswerte Strahlung abbekommen hatte, weshalb es meine Pflicht war, mich um diejenigen zu kümmern, die es weniger gut getroffen hatten – jedenfalls sobald die Brände gelöscht waren. Und es brannte überall, dafür hatten Kurzschlüsse in Millionen von Kabeln gesorgt, nicht nur in Drähten und Schaltkreisen, sondern auch in sanitären Einrichtungen und Zäunen und dem Stahlskelett von Gebäuden.

Kaum eine Stunde nach dem Sunburst hatte der Bürgermeister eine schwere Entscheidung getroffen, zwanzig Minuten lang den Druckalarm heulen lassen und Red Sands City dann der Außenluft ausgesetzt. Eine Maßnahme, durch die viele Feuer erstickt wurden und die verbliebenen wesentlich einfacher zu bekämpfen waren, aber auch einige hundert Leute getötet wurden, die sich nicht in der Nähe einer intakten Alarmsirene befunden oder es nicht rechtzeitig in einen Druckanzug oder einen Druckbunker geschafft hatten, oder die die Sirenen ganz einfach ignoriert hatten, weil sie dahinter lediglich eine weitere Fehlfunktion in einer Stadt voller Fehlfunktionen vermuteten. Dabei haben wir hier noch Glück gehabt, als eine der wenigen Marsstädte, die während der ersten Stunden des Zwischenfalls vor der Strahlung *und* dem Tageslicht geschützt war.

Die meisten Com-Verbindungen waren tot, sogar noch fünf Tage später. Sie wurden alle mittels Satellit betrieben, denn auf dem Mars hatte es nie eine Ära der Verkabelung gegeben, und nachdem die Peilsatelliten ausgeschaltet waren, konnten auch keine Ersatzsatelliten mehr zielgenau nach oben geschickt werden. Wir wussten also, dass viele

Menschen dort draußen in den Roundings in Not waren, aber das waren nicht mehr als siebzigtausend, wohingegen in den Städten fast drei Millionen lebten, und wenn man gerade dabei ist, alles zu verlieren, macht einem ein Verhältnis von fünfundvierzig zu eins manche Entscheidung leichter.

Als ein Bote kam und mich zu Hause antraf und in ein Büro zerrte, vermutete der Teil von mir, der nicht generell zu müde zum Denken war, dass ich entweder als Allgemeinmediziner eingezogen wurde, obwohl ich diese Tätigkeit schon seit zehn Jahren nicht mehr aktiv ausgeübt hatte, oder nach draußen in irgendein Feldkrankenhaus geschickt oder auch in eine andere noch verzweifeltere und bedürftigere Stadt gesandt wurde, sobald die Schienenverbindung endlich wieder funktionierte. Was ich nicht erwartet hatte, waren zwei Burschen in der schwarzrostroten Uniform der Planetenabwehr – oder Cal, der dort saß und auf mich wartete.

»Schlechte Nachrichten«, sagte er. »Während die gesamte Planetenabwehr so gut wie ausgefallen war, ist eine gigantische Armada von Sonden von der Erde über uns hergefallen.«

»Ich dachte, Kriegsausrüstung sei sowohl strahlungsgeschützt als auch EMP-sicher.«

»Ist sie auch«, sagte der größere grauhaarige Uniformierte. Mir fiel auf, dass er keinerlei Abzeichen trug, der andere auch nicht. »Aber das Kommunikationssystem nicht, und beim Radar ist es ohnehin ausgeschlossen, deshalb könnten wir noch immer so hart wie vorher zuschlagen, nur sind wir zurzeit fast völlig blind und taub. Aber vor ungefähr drei Stunden ist eine der Sonden in einen Satcell-Kanal eingedrungen und hat uns den Aufenthaltsort vieler gestrandeter und in Notlage befindlicher Überlandgruppen durchgegeben. Allem Anschein nach hat sich die Sonde mit ihnen allen unterhalten. Sie hat freimütig zugegeben, dass sie so viele gememt hat wie möglich. Also müssen wir dort hinaus und sie alle wieder entmemen, und zwar sofort – obwohl wir hier auch so schon mehr als genug zu tun hätten.«

Ich dachte daran, wie oft ich Resuna als Gegenspieler

gegenübergestanden hatte, und sagte: »Mir ist kein Fall bekannt, bei dem sie sich freiwillig zu erkennen gegeben hätte.«

Der jüngere Mann zuckte mit den Achseln. »Vielleicht probiert OneTrue eine neue Taktik oder Strategie aus. Schließlich ist es intelligent und kreativ. Vielleicht wird dieses Resuna auch nur eingesetzt, um unsere Abwehr zu erkunden, um zu sehen, was wir tun, wenn es nett und kooperativ ist. Jedenfalls hat es sich in mindestens vier Leute unten im nördlichen Mollyland runtergeladen, ausnahmslos Personen, die sich in kritischen Situationen befanden. Die wiederum haben wahrscheinlich alle anderen rings um sie herum ebenfalls gememt.«

Cal reichte mir eine Tasse Kaffe. Mir wurde klar, dass ich ziemlich fertig aussehen musste.

»Und jetzt wollen Sie, dass wir ...«, fing ich blinzelnd und ein wenig dümmlich an.

»Wir brauchen jemanden, das heißt, Sie beide, als Ärzte, die herausfinden, was OneTrue vorhat. Ein schnelles Schiff in einer niederen Umlaufbahn hat sich die Resuna-Sonde geschnappt und sie an der Selbstzerstörung gehindert, also stehen uns alle ihre Daten zur Verfügung, außerdem halten wir einen Haufen der Gehirnlese-Ausrüstung, mit der Sie vertraut sind, bereit, die haben wir so ziemlich von überall zusammengekratzt. Ein Hochleistungsgleiter wartet bereits auf Sie, und glauben Sie mir, es sieht niemand gern, dass wir mitten im Ausnahmezustand requiriert haben. Also schnappen Sie sich eine Tasche und Ihren Anzug, und falls Ihre verloren oder kaputtgegangen sein sollten, können wir Ihnen mit beidem aushelfen, dann treffen wir uns in einer Stunde am Portal sieben.«

Es war ungefähr Mittagszeit, als der Luftkissengleiter davonröhrte und sich an den Schienen in Richtung Süden orientierte. So ein großes Einsatzfahrzeug des Militärs macht mindestens dreihundert Kim die Stunde, sodass wir in weniger als zwei Stunden bei dem blockierten Zug ankamen. Es herrschte immer noch helles Tageslicht, als die Luftschleuse des verunglückten Zuges sich unseren Überbrückungsschlüsseln öffnete.

Wir trafen auf eine Art Party. Überall waren Marsformen, hauptsächlich kleine Kinder, die durcheinander rannten, spielten und kreischten. Inmitten der Gruppe saß ein sehr müde aussehender älterer Marsform mit verklebtem stumpfem Fell, aber lächelnd und fröhlich, und mit ihm lachte und scherzte ein jüngerer unmodifizierter Junge, der den Helm seines Anzugs abgenommen und die Füße auf seltsame Art unter sich geschlagen hatte, sowie eine hübsche Halbwüchsige mit frisch enthaartem Schädel und großen traurigen violetten Augen, die mit ihnen kicherte und scherzte, ohne sich um die dunkelroten Flecken auf den schludrig angelegten Gipsverbänden zu kümmern, die ihre beiden Beine bedeckten.

Ich stellte mich vor, und die Polizisten in unserer Begleitung führten vorsichtig jeden Einzelnen von ihnen in die abschließbaren Zellen im Hovercraft. Das Mädchen musste auf einer Trage transportiert werden, und als sie an mir vorbeikam, streckte sie die Hand aus. Ich ergriff sie und ging ein Stück neben ihr her. »Ich bin Teri Murray«, sagte sie. Entsetzlicherweise kicherte sie. »Glauben Sie, Sie können noch irgendetwas für meine Beine tun, Doc?«

»Ich bin ein Psychodoc«, sagte ich. »Um Ihre Beine kümmern sich andere.«

»Sobald sie Resuna aus mir herausgeholt haben, tut es bestimmt höllisch weh, oder?«, fragte sie.

»Wir geben Ihnen andere Schmerzmittel.«

»Das ist keine Antwort auf meine Frage.«

»Die Antwort lautet: ja.«

»Na schön. Dann werden wir beide uns wohl noch öfter unterhalten?«

»Ganz bestimmt.«

Sie trugen sie bereits die Rampe hinauf in den Hovercraft, aber sie drehte sich noch einmal um und sagte: »Sehr gut, denn manchmal fühle ich mich einsam, und dann höre ich mich immer sehr gerne reden.«

WIR WUSSTEN, DASS wir einen großen Abschnitt ihrer Erinnerung wegnehmen mussten. Resuna war sehr aktiv gewesen, hatte sich an ihren Schmerz und ihren Verlust geklammert, an die Liebe zu ihrem Vater, an ihre Träume und Hoffnungen, und an alles andere, was es finden konnte. Also mussten wir sie ihre Geschichte schon viele Tage früher einsetzen lassen und sie möglichst detailliert erzählen lassen, denn sobald man jemanden durch diese Prozedur geführt hat, sind die Aufnahmen die einzige Erinnerung, die ihm bleibt; um rigoros genug zu löschen, um Resuna restlos zu erwischen, nehmen wir große Zeitblöcke und alles, was sich darin befindet, aus dem Gedächtnis heraus.

Nachdem Resuna in Teri zunächst einmal unterdrückt und zerstreut war, ließen wir die Stücke dort eine Weile ruhen, und sie machte die Aufnahmen, während ich mich mit ihr unterhielt, und dazwischen versuchten wir herauszufinden, ob sie auch alles erwähnt hatte, was für ihre Erinnerung wichtig war. Wir sprachen darüber, ihr einen Vorspann einzusetzen, der ihr sagte, dass ihr Vater tot und ihre Verlobung gelöst war und so weiter, aber letztlich beschloss sie, es einfach auf ihre Weise zu erzählen, in mehr oder weniger geradliniger chronologischer Abfolge.

An dem Tag, an dem wir die Löschung vornahmen, hielt ich die ganze Zeit über ihre Hand. Sie hatte Angst, wollte es als Roundita aber niemanden wissen lassen. »He, tut es denn weh? Das habe ich nie jemanden gefragt, Doc. Ich kenne niemanden, der das schon einmal durchgemacht hat.«

»Bei mir ist es schon zweimal durchgeführt worden, Teri. Sich mit Resuna zu infizieren, gehört bei mir praktisch zum Berufsrisiko.«

»Hat es wehgetan?«

»Ich kann mich nicht mehr daran erinnern«, sagte ich.

Sie grinste. »Tja, dann scheint es ja zu funktionieren, oder? Na schön, binden Sie mich fest, und dann können Sie mir den Verstand ausräumen.«

Ich glaube nicht, dass sie daran gedacht hatte, bevor die Prozedur einsetzte – ich hoffe jedenfalls nicht –, aber der Grund für die vielen Gurte ist der, dass die Prozedur krampfartige Anfälle mit sich bringt. Ich habe ihr die reine Wahrheit erzählt, ich erinnere mich nicht daran, ob es *mir* wehgetan hat. Aber ich habe es schon oft bei anderen gesehen, und ich wusste sehr wohl, wie die Leute sich aufbäumten und schrien. Ich wollte nicht mit ansehen, wie man ihr das Gleiche antat, aber sie hatte Angst, deshalb blieb ich am Tisch stehen, ließ zu, dass sie meine Hand drückte und mich voller Entsetzen und Schrecken (und hoffentlich nicht, weil sie glaubte, ich hätte sie angelogen) anstarrte, bis ich sah, dass sie mich nicht mehr wahrnahm.

Nach der Narkose und nachdem man ihr die Aufnahmen gezeigt hatte und sie so weit genesen war, kam sie zu den abschließenden Sitzungen zu mir. »Wer bin ich?«, fragte sie mich.

»Offiziell sind Sie Terpsichore Melpomene Murray, Tochter des verstorbenen Telemachus Ajax Murray und der verstorbenen Leslie Patricia Tharsisito Murray. Mit Ausnahme einiger Wochen aus Ihrer jüngsten Vergangenheit verfügen Sie über sämtliche Erinnerungen Teris und ganz gewiss über ihre komplette DNS.«

»Bin ich noch das gleiche Mädchen, Doc?«

»Sie sind nicht das Mädchen, das sie geworden wären, falls Sie das meinen. Sie erinnern sich an viele Dinge so, als hätten Sie davon gehört und sie nicht selbst erlebt. Das ist ein Unterschied, Teri. Ich will Sie nicht anlügen und so tun, als wäre es anders. Ihnen fehlen einige der wichtigsten Erlebnisse Ihres Lebens. An deren Stelle haben Sie lediglich diese Tagebucheinträge. Sie sind immer noch eine liebenswerte Person und werden trotzdem etwas aus sich und Ihrem Leben machen, aber Sie sind nicht diejenige, die Sie sonst geworden wären.«

»War es das wert, Resuna zu entfernen?«

Die Frage verwirrte mich. Noch nie hat ein Patient diese Frage gestellt. Soweit ich weiß, habe *ich* sie niemals gestellt.

Ich stammelte diese Information heraus und fragte sie, warum sie mich das gefragt hat.

»Na ja, es geht doch darum: Resuna hat tatsächlich einen Bericht über die Situation weitergeleitet und Hilfe für uns besorgt. Das hätte es nicht tun müssen. Es hätte genügt, dass diese Froyks zwischen der Station und mir hin- und hergerannt wären und so alle am Leben erhalten hätten. Es hätte weiter infiltrieren können. Einige der eingedrungenen Sonden haben das wahrscheinlich auch getan. Also frage ich mich ... Was ist, wenn Resuna einfach nur nett und freundlich sein wollte? Wenn es einfach nur genauso einsam war wie wir? Und wenn sie individuell sein können, ist es dann noch in Ordnung, sie alle einzeln abzuschießen, sobald sie sich zeigen? Nur um es loszuwerden, habe ich einen großen, sehr großen Teil meiner selbst verloren. Es war ein sehr schmerzhafter Teil gewesen, aber er hat mir gehört. Was, wenn es so gewesen ist?«

Ich seufzte. »Das ist eine der Fragen, um die man sich noch intensiv kümmern muss, Teri. Aber mir stellt sich eine ganz andere Frage: Dieses Resuna, mit dem Sie gesprochen haben, war das einzige, das das getan hat. Wir wissen, dass sie immer individueller werden, dass OneTrue aus spezialisierteren Einheiten bestehen will. Vielleicht war die, mit der Sie es zu tun hatten, defekt. Die ungefähr einhundert anderen, die hereinkamen, haben nämlich alle Leute über Satcell oder Anzugfunk gefunden, draußen in den Roundings, und sie haben ihr Bestes getan, sie zu isolieren und sich in ihr Bewusstsein herunterzuladen. Aber wie geschah es, dass sie alle auf direktem Weg hereinkamen, ohne sich vorher in einer Umlaufbahn einzurichten, und zwar unmittelbar nach dem Sunburst? Offiziell weiß niemand, was Explosionen von einem derartigen Ausmaß in der äußeren Sonnenatmosphäre hervorgerufen haben könnte ... Es wird von Antimaterie-Asteroiden oder einem Neptun-großen Körper und solchen Dingen geredet, die aber irgendwie niemand gesehen hat, oder von einer Wolke aus Antineutronen und so weiter ...

Aber die zeitlich genaue Abstimmung mit der größten Welle von Resuna-Sendungen, die uns jemals untergekommen ist, kommt einem doch verdächtig vor. Gut möglich, dass wir es hier mit etwas zu tun haben, das OneTrue absichtlich ausgelöst hat, sodass das OneTrue, das Ihnen Resuna gegeben und Sie davor bewahrt hat, allein und elend zu sterben, das gleiche OneTrue ist, das den Sunburst ausgelöst und Ihren Vater getötet hat. Sein Tod war dann womöglich nichts weiter als ein Nebeneffekt bei dem Versuch, Resuna auf dem Mars einzuführen.«

Sie sah mich an, traurig, schmerzlich. »Dafür gibt es keinen Beweis auf den Aufnahmen, oder?«

»Nicht den geringsten.«

»Dann werde ich es wohl nie erfahren, richtig? Ob das Resuna in meinem Bewusstsein schon vorher von dem Sunburst gewusst hatte, ob es ein Teil des Plans war ... niemals, richtig?«

»Ganz richtig. Sie müssen sich also entscheiden, Teri. Entweder waren Sie allein und verzweifelt, und ein Resuna, das menschlicher war als alle anderen, hat Ihren Hilferuf gehört und Sie gerettet ... oder es war alles Teil einer hinterhältigen List, die OneTrue bei dem Versuch, sich einen weiteren Planeten einzuverleiben, angewandt hat ... oder aber es war lediglich eine Abfolge schrecklicher Zufälle. Sie werden es nie erfahren, und auch niemand von der Marsregierung wird es je erfahren, angefangen von den Burschen vom Wartungsbüro, die immer noch dabei sind, den Schlamassel in den Städten aufzuräumen, bis zum Chef der Planetenabwehr. Wir haben uns entschieden und machen weiter mit unserem Leben. Etwas anders bleibt uns nicht übrig. Wie ein guter Freund von mir einmal sagte, man isst das, was man vorgesetzt bekommt. Selbst wenn es sich um einen großen Teller voller Zweifel handelt.«

Sie schaute lange aus dem Fenster, dann sagte sie: »Was aber, wenn dieses besondere Resuna nur Freundschaft schließen wollte, es aber leider nicht besonders gut hingekriegt hat?

Ich meine, es ist doch nur logisch, dass OneTrue, oder einige Resunas, oder beide, wenn sie versuchten, tatsächlich mit uns in Verbindung zu treten ... dass sie es nicht gleich auf Anhieb besonders gut auf die Reihe kriegen würden, oder?«

ICH ZEIGE CAL die Aufnahmen und erkläre ihm, dass es reicht, wenn wir nur ein paar Wochen herausschneiden. »Selbst wenn wir die Aufnahme einfach an dieser Stelle enden lassen«, sage ich zu Cal, »wäre es prinzipiell in Ordnung. Sie hat einen kleinen, unangenehmen Schock erlitten, weil sie dieser Junge einfach so fallen gelassen hat. Sie hat sich eine Zeit lang ihrem Dad wieder angenähert. Und dann könnten wir über das, was danach passiert ist, einfach den schönen, sauberen Schleier des Vergessens fallen lassen ...«

Cal ist einer dieser furztrockenen Psychos, die ihren Job sehr ernst nehmen, kräftig feiern, wenn sie nicht arbeiten, und immer irgendwie, wenn Sie mich fragen, ein bisschen nach Schwefel stinken. »Sieh dir das Datum dieser Aufnahmen an«, sagt er. »Und dann die Daten in deinem Kalender.«

Sie unterscheiden sich um fast ein Marsjahr. Ich starre ungläubig darauf. Was ist im letzten Jahr passiert?

»Wir haben diese Unterhaltung schon mehrere Male geführt«, sagt er. »Du bist gememt worden, und wir haben dein Resuna ausgefragt.«

»Und? Welche Erkenntnisse habt ihr daraus gewonnen?«

»Dass die Motive von OneTrue für eine einzelne Kopie von Resuna so unergründlich sind wie die Wege Gottes für den Menschen. Es dachte, es würde einfach nur das Richtige tun. Es mochte jeden, bei dem es sich daran erinnerte, schon einmal Passagier gewesen zu sein, und dachte, es hätte ihm nur Gutes getan. Aber erinnerst du dich noch an Teris Entlassung? Wir haben auf deinen Rat gehört, beim ersten Mal, und ihr nicht zu viel von ihrer Erinnerung genommen ...«

Meine Erinnerung setzte langsam ein.

»Du hast eine aufgezeichnete Nachricht von Teri erhalten«, sagt er. »Erinnerst du dich daran?«

Ja, ich erinnere mich. Vor drei Tagen hat sie mir die Nachricht zukommen lassen, die mich auf diese eigenartige kleine Reise geschickt hat, und nur Gott allein weiß, was sich dort bei ihr in den Roundings zugetragen hat. Sie führt ihre erste

Überlandgruppe als Captain. Inzwischen hat sie Tragedy Valley erreicht, wo sie mit ihrer aus vierzig Teilnehmern bestehenden Gruppe einen Rastplatz errichten will, als Angebot für zukünftige Ökospektoren auf dem Weg nach Telemachuston. Sie hat einen Teil ihres Geldes ihrer Cousine Callie Tharsisito als Startkapital geliehen, damit Callie dort im Tragedy Valley einen Trödelladen einrichten kann (und damit sie endlich ihren Eltern entkommt, was, wie ich vermute, der wahre Grund dafür ist).

Dann wird zweifellos eine Straße dorthin planiert, um den Trödelladen zu versorgen, und mit der Zeit wird es auch eine Schienenverbindung dorthin geben, und eines Tages wird Tragedy Lake ein beliebtes Ferienziel sein, und die Leute besuchen den Fall der Tänzerin auf ihrer Hochzeitsreise, und es gibt irgendeine dumme Geschichte von einer Tänzerin, der etwas Schlimmes passiert ist (wahrscheinlich, dass sie tragischerweise abgestürzt ist), die nach und nach so ausgeschmückt wird, dass die Volkskundler irgendwann behaupten, dass ein Körnchen Wahrheit an der Sache sein müsse, und dann verbringen die Leute ihre Ferien auch dort, um Folklore-Forschung zu betreiben und herauszufinden, wann und wo genau diese Tänzerin abgestürzt und wer sie gewesen ist.

Aber bis dahin ... Vor drei Tagen war Teri immer noch südlich des Schienenkopfes unterwegs, auf dem Pfad, aus dem einmal eine planierte Straße werden soll, und hat sich ein bisschen Zeit genommen, um mir eine Nachricht zukommen zu lassen. Sie hat sie über eine Nebenfrequenz abgesetzt und alle möglichen kleinen Tricks angewandt, um es schwieriger zu machen, die Daten zu verfolgen, schließlich hat jede Roundita immer den einen oder anderen Trick in der Hinterhand. Trotzdem hat sie der Sache allem Anschein nach nicht vollständig getraut, denn sie hat statt ›Lass überbrücken, lass überschreiben‹ nur ›Lala‹ geschrieben.

Ich werfe noch einen Blick auf die Nachricht auf meinem Bildschirm, klicke, und das Datum erscheint:

Sonntag, 9. Juni 2097

Das war nicht vor drei Tagen. Das war vor mehr als vier Wochen. Mir wird schwindelig, ich bin verwirrt, und grässlicherweise weiß ich genau, weshalb. Dann kommt ihr Header:

To: Doc
From: Me
Subject: Vertigo

Und da erscheint sie auch schon auf dem Monitor, sie redet schnell und sieht nicht glücklich aus.

Doc, ich rufe Sie an, nachdem sich alle schlafen gelegt haben. Es ist übel hier draußen, und ich weiß nicht, ob es an mir liegt oder allgemeiner Natur ist, falls Sie verstehen, was ich meine.

Ich habe ständig diese Zweifel, fast wie eine Stimme in meinem Kopf, und sie besagen: »Denke einfach ganz fest ›Lala‹. Sag einfach laut ›Lala‹. Du weißt, dass du es willst. Du weißt, dass es genau das ist, was du willst.«

Und das Schlimme ist, Doc, dass ich glaube, ich will es wirklich. Als Anführer ist man so allein, und Dad ist nicht hier, um mir den Rücken zu stärken, und die anderen sind alle junge Pärchen, die mich ansehen, als wollten sie sagen: »Warum bist du nicht verheiratet?«, und ich kann nichts darauf antworten. Ich fühle mich so schrecklich einsam. Und sobald man ›Lala‹ gesagt hat, ist man nie mehr einsam.

Eigentlich müsste ich mit solchen Problemen ganz leicht umgehen können. Eigentlich. Es sieht mir überhaupt nicht ähnlich, dass ich so einfache Verantwortlichkeiten und Probleme, die ganz normale Packung eben, mit der jeder Cap zu tun hat, dermaßen an mich heranlasse.

Am meisten fürchte ich mich vor dem, was mir die größte Angst macht ... Was ja nicht heißt, dass ich es aussprechen werde oder dass ich es noch habe oder sonst was.

Was mir Angst macht, ist: Was, wenn ich ›Lala‹ sage und nichts passiert?

Was, wenn Sie Resuna tatsächlich komplett aus mir rausgeholt haben?

Dann sitze ich da, habe ›Lala‹ gesagt und bin immer noch ich.

Dann weiß ich, dass ich eine Überläuferin bin und eine Verräterin, aber ich muss trotzdem mit mir allein weitermachen.

Letzte Nacht habe ich geträumt, mein Dad würde mir den Rücken waschen und mich Teri-Mel nennen, wir haben über die geplatzte Verlobung geredet, und dann sind wir am Morgen aufgebrochen, wir waren erst einen Tag unterwegs, ich glaube, es war nach dem Treffen. Nein, eigentlich ist das überhaupt nicht passiert, aber irgendwie doch, teilweise, und ich frage mich, ob das einzelne Erinnerungsfetzen sind, die langsam wiederkommen, oder ob ich mir das alles lediglich aus den Geschichten zusammenreime, die Sie für mich aufgenommen haben, bevor Sie diesen Abschnitt meiner Erinnerung gelöscht haben. Falls es aber echte Erinnerungsfetzen sind ... könnte dann Resuna immer noch in mir drin sein und dort sein Unwesen treiben?

Ich muss immer an eines denken, Doc: Ich

will bloß niemanden mit Resuna infizieren. Ich will damit nichts zu tun haben. So bin ich nun mal, ich bin unabhängig. Sie wissen, ich bin eine Roundita, und Rounditachi sind nun mal so.

Aber ich habe es so satt, allein und entmutigt zu sein, und vielleicht muss ich nichts anderes dagegen tun, als ganz fest ›Lala‹ zu denken.

Ich habe mir was überlegt. Wenn ich ›Lala‹ sagen will, so dringend, dass ich es ausprobieren muss, dann warte ich, bis ich allein in den Roundings bin, also heute in ungefähr zehn Tagen, dann bin ich oben im Prom, weit weg von allen anderen und auf dem Boden irgendeines Kraters, um den Funkempfang zu begrenzen, dort lege ich mich am Abend hin, stelle die Sender aus, breche die Antenne ab, damit der Transponder nicht mehr genügend Reichweite hat, schalte meine Klimaautomatik ab und öffne ein Anzugventil, nur ein bisschen. Dann sage ich ›Lala‹. Ich könnte mir denken, wenn ich ein Resuna habe, dann rettet es mich, und dann bin ich das Problem von jemand anderem; und wenn nicht, werde ich ziemlich schnell ohnmächtig, angeblich fühlt es sich ja so an, als würde man einschlafen, der Druckabfall macht einen besinnungslos, dann fällt die Körpertemperatur immer weiter, und man wacht erst wieder auf, wenn man tot ist. Jedenfalls geht das angeblich so. Und wenn ich eine Verräterin und ein Feigling und das alles bin, ganz allein, dann muss ich wenigstens nicht damit leben.

Was ist aber, Doc, wenn es lediglich eine Art Schwindelanfall ist? Manche Menschen können nicht aus großen Höhen hinunterschauen, ohne den Drang zu verspüren, hinunterspringen zu wollen. Vielleicht mache ich mir auch nur unnötig Angst.

Und vielleicht sind all diese Erinnerungen, die ich so gerne hätte, irgendwo im OneTrue des Mars aufbewahrt, falls es so was überhaupt gibt. Falls es genug andere Resunas da draußen gibt und ich mit der richtigen zusammentreffe, dann bekomme ich vielleicht alles wieder zurück. Ich weiß, dass es hauptsächlich schreckliches Zeug ist, aber, Doc, es sollte ein Teil von mir sein, und das ist es nicht, deshalb ist das ›Ich‹, das ich jetzt habe, das ›Ich‹, das Ihnen diese Nachricht schickt, das ›Ich‹, das ich zu retten versuche, überhaupt nicht ich, falls Sie verstehen, was ich meine.

Und, und, und.

Mir fallen noch ganz andere Dinge ein.

Vielleicht will mich ein verdecktes Resuna dazu bringen, ›Lala‹ zu sagen. Vielleicht will ich einfach nicht mit mir allein sein, wenn so viel von meinem Leben fehlt. Vielleicht hätte ich mich nicht dazu bereit erklären sollen, so früh schon eine Gruppe zu führen, weil mir jetzt Kummer, Verwirrung und Einsamkeit schwer zu schaffen machen.

Vielleicht ist es ja einfach nur ein Schwindelanfall, wer weiß?

Also denke ich die Worte ab und zu, ganz leise, und ich habe immer eine Hand am Ventil.

Melden Sie sich gleich, Doc. Wir müssen miteinander reden.

Ich, Teri-Mel.

Die ersten Gedanken, die mir kamen ...

»Cal«, sage ich, »ich hätte geschworen, dass sie mir gesagt hat, ich soll mir ein paar Tage Zeit lassen und ihre Geheimnisse nicht weitererzählen, aber davon ist nichts hier drin.«

»Ist es auch nie gewesen. Es war in dir. Es ist ein neues Resuna, eine ausgefeiltere Version. Man könnte es ein Upgrade nennen.«

»Mein Gott, was für ein schlechter Scherz auf meine Kosten. Ich habe so etwas nie installiert.«

»Selbstinstallierend ist das Wort, das einem dazu einfällt«, sagt Cal und sieht aus, als litte er schreckliche Schmerzen. »Es scheint wirklich freundlicher und sanfter und mitfühlender zu sein, und es individualisiert sich schneller ... Aber das sind alles nur Methoden, um seine Haken umso tiefer zu versenken. Du kennst die Regeln: Wer zum dritten Mal gememt wird, ist draußen. Kann gut sein, dass wir auf zweimal runtergehen, wenn wir die Standards neu definieren, da dieses neue Resuna so tief eindringt und so schwer wieder zu entfernen ist.«

»Wann kam Teris Nachricht? Ich dachte, es sei vor drei Tagen gewesen.«

»Diese Unterhaltung hatten wir schon einmal. Ich nehme dieses Gespräch jetzt auf, damit du siehst, wie du gewesen bist, denn wenn du aufwachst und dein neues Leben anfängst, mein Freund, dann bist du *posdef* ziemlich sauer auf mich.«

»Fällt *mein* Slang dann auch drei Generationen zurück?«

Cal zuckt mit den Achseln und lächelt mich unglaublich freundlich an, bevor er sagt: »Ich werde dich wirklich sehr vermissen.« Er gibt mir eine Tablette und ein Glas Wasser. Ich spüre einen inneren Aufschrei des Entsetzens, etwas in mir weiß, was diese Pille bedeutet, und fürchtet sich davor. Mit einem stolzen Ausdruck der Verachtung schlucke ich die Tablette, kippe etwas Wasser hinterher, damit sie auch bis ganz runtergespült wird, und beiße die Zähne zusammen. Nein, wir würgen diese Tablette *nicht* wieder hoch.

Cal sieht mich an, als müsste ich sterben. »Du hast die Pille selbst genommen«, sagt er. »Versuche dich später daran zu erinnern, auch wenn dir das nicht möglich sein wird. Wir räumen tüchtig aus, sobald du weggetreten bist. Du hast Glück, dass du fünf Tage lang geredet, Aufnahmen kopiert und alles auf die Reihe gebracht hast. Du kriegst also eine ziemlich genaue Vorstellung davon, wer du gewesen bist, obwohl die Tablette nicht wählerisch ist.«

Ich kann mich nicht daran erinnern, von welcher Tablette Cal redet. Warum ist er überhaupt hier?

Ich werfe einen Blick auf den Kalender meines Werp-Displays. 29. Juni 2097. Das ist nicht drei Tage her. Das sind volle zwei Wochen! Bin ich die ganze Zeit über hier im Büro gewesen? Wann ist Cal hergekommen? Was habe ich aufgenommen?

Mir wird etwas bewusst, und ich weiß, dass es mir im nächsten Augenblick nicht mehr bewusst sein wird, und es kommt mir vor, als würde man mir ein Messer ins Herz stoßen. Wenn wir uns beim nächsten Mal begegnen, kann ich Teri nichts mehr davon erzählen, wie sie vorher gewesen ist. Da sie zwischen ihren beiden Löschungen so gut wie sicher fast ein ganzes Marsjahr ihres Lebens gememt war, musste das alles und noch einiges davor entfernt werden, und ich war derjenige, der sie zu jener Zeit am besten gekannt hat ...

Ich sitze neben Cal, und meine Erinnerung schwindet. Das ist alles schon einmal geschehen. Ich hoffe, dass ich bei den Aufnahmen für mich nicht allzu langweilig war, denn wenn ja, stehen mir nach der Genesung ein paar zähe Wochen bevor.

Es gibt da ein Mädchen, und ich weiß nicht, warum sie mir wichtig ist. Ich kann ihr jetzt nicht mehr helfen, und später auch nicht mehr. Wie wir alle ist ... wie heißt sie noch gleich ... in ihrem eigenen Kopf. Ist das nun jetzt oder ein anderes Mal?

Ich spüre, wie ich Cal in einem weißen Kittel gegenübersitze und mit ihm streite. Wir könnten mehr Gedächtnis herausnehmen. Wir könnten ihr im großen Stil Gedächtnisschwund bescheren und ihr obendrein eine neue Persönlichkeit verpassen, womit wir den Körper eines Mädchens gerettet hätten, indem wir versuchen, ein neues Mädchen aufzubauen. Aber das haben wir nicht getan. Wir retten so viel Teri wie möglich ... genau, so heißt sie, Teri, aber woher kenne ich sie bloß? Verdammt, wir retten so viel Teri wie möglich, und es ist einfach Pech, dass der Teil, den wir verlieren, der Teil ist, der während einiger sehr einsamer Monate mein Freund war.

Die Tablette, die ich, dem Glas Wasser in meiner Hand nach zu urteilen, genommen habe, muss schnell und umfassend und ziemlich wahllos wirken. Das würde mich zu den Antworten auf wichtige Fragen führen, wie zum Beispiel ...

»Was wollt ihr jetzt mit Teri machen?«, frage ich den Mann mit dem ausdruckslosen Gesicht mir gegenüber, an dessen Namen ich mich fast erinnern kann. »Wozu habt ihr euch entschlossen? Wozu habt ihr euch entschlossen?« Ich schreie jetzt, lauter und immer lauter. »Was wollt ihr jetzt mit Teri machen?«

Ich weiß, dass sie meine gesamte Korrespondenz gelesen haben, jeden Anruf überwachen, alles unternommen haben, um sicherzugehen, dass ich ich bin und meine Handlungen meine eigenen sind ... aber sie hätten nicht gewartet ... sie hätten es sich niemals leisten können zu warten.

Der Mann mit dem ausdruckslosen Gesicht ist, glaube ich, ein Psycho. Er ist mit drei Bullen da. Die Bullen kommen langsam und vorsichtig auf mich zu, als wollten sie mich nicht zu einem Angriff provozieren. Ich stehe auf, denn ich hasse es, mich schwach zu fühlen, und so ist es schon besser, aber ich kann nirgendwohin und verfüge weder über die Körpermasse noch die Geschwindigkeit, um die Polizisten links und rechts des Schreibtischs zur Seite zu stoßen.

Der dritte Polizist streckt mir die Hand entgegen, und ich strecke meinen Arm aus. Ich sehe zu, wie er meinen Ärmel zurück schiebt und wie die Nadel eindringt. Es piekst, und ich spüre kaltes Feuer durch meinen Arm schießen.

Ich kann mich vage daran erinnern, dass der Psycho ein Kollege ist. Sie müssen ihn eingeflogen haben. Eben war sein Name noch da, jetzt ist er schon wieder weg. Er sieht schrecklich traurig aus. »Es tut uns Leid«, sagt er, »aber es ist alles so verworren. Es tut uns schrecklich Leid. Du musst alles, was geschehen ist, restlos vergessen, und sie musst du auch vergessen.«

»Was ist geschehen? Wen soll ich vergessen?«, frage ich. Sie antworten mir nicht, und der Mann, der mich ansieht und an dessen Namen ich mich überhaupt nicht erinnern kann, sieht aus, als wollte er gleich anfangen zu weinen. Ich frage mich, was da nicht stimmt. Ich setze mich, sehe ihn an und die Zeit vergeht.

Wahrscheinlich sind diese Männer Arbeiter, und ich ziehe um, denn sie nehmen alles aus den Regalen und vom Schreibtisch, Bücher, Unterlagen, den ganzen elektronischen Kram. Einer von ihnen wirft eine Flasche guten Whiskey in einen Mülleimer, und das macht mich ein bisschen sauer; er hätte sie mir anbieten können. Alles andere im Zimmer wird in Kartons verpackt. Wenn alles verpackt ist, beschäftigen sie sich bestimmt wieder mit mir.

Sie gehen sehr gewissenhaft vor. Ich sitze da und warte auf Anweisungen.

DIESER CAL KOMMT mir bekannt vor. Ich mache jetzt schon mehrere Tage Aufnahmen mit ihm, und es wird Zeit, dass wir endlich weitermachen. Er sagt, er darf mir nicht erlauben, Doc zu besuchen, und anscheinend tut es ihm echt Leid. Ich sage ihm, dass ich Doc unbedingt schreiben muss und ihm sagen, dass ich einen anderen schon etwas älteren Psycho gefunden habe.

Cal lacht und sagt, nein, nein, er sei schon richtig alt.

Er fragt mich, ob er noch eine letzte Aufnahme machen darf.

An dem Tag, an dem alles anfing, hätte ich also in den Roundings aufwachen sollen, Dad ein paar Meter von mir entfernt, nur wenige Wochen vor meinem sechzehnten Geburtstag, nicht mehr lange hin bis zu meiner Voll-Erwachsenen, und mit der Absicht, Perry zu heiraten. Das hatte ich erwartet, als ich die Augen aufschlug. Mein erster Gedanke war, dass ich noch mitten in einem grausigen Albtraum stecke und davon träume, wieder in der Schule zu sitzen. Dann sah ich einen freundlich wirkenden älteren Typen neben meinem Bett stehen, mit einem Gesicht, das aussah, als müsste es mal gründlich gebügelt werden, nichts als Hängebacken und lose Haut, dazu eine Nase und Wangen, die einem verrieten, dass dieser Typ gern mal einen über den Durst kippt, auch wenn ihm die Flasche auf Dauer kein so guter Freund gewesen ist.

Er streckte mir seine Hand hin und sagte mir seinen Namen. »Leider habe ich sehr schlechte Nachrichten für Sie. In den vergangenen paar Monaten ist Ihnen etwas Schreckliches passiert, Sie werden sich an nichts mehr erinnern, aber wir haben Aufnahmen gemacht, in denen Sie die ganze Geschichte mit ihren eigenen Worten erzählen und dabei sehr viel erklären.«

Ich erzähle die Geschichte, und dann füge ich mich in die Gurte wie ein braves kleines Mädchen, das ins Bett gebracht wird. Dann verpassen sie mir die Tablette und die Nadel.

AN DEM TAG, an dem alles anfing, hätte ich also in den Roundings aufwachen sollen, Dad ein paar Meter von mir entfernt, nur wenige Wochen vor meinem sechzehnten Geburtstag, nicht mehr lange hin bis zu meiner Voll-Erwachsenen und mit der Absicht, Perry zu heiraten. Das hatte ich erwartet, als ich die Augen aufschlug. Mein erster Gedanke war, dass ich noch mitten in einem grausigen Albtraum stecke und davon träume, wieder in der Schule zu sitzen. Dann sah ich einen dünnen vitalen alten Typen in einem weißen Kittel neben meinem Bett stehen.

Er streckte mir die Hand entgegen. »Die meisten Leute nennen mich Doktor Cal, wenn sie das alles hier durchmachen. »Leider habe ich sehr schlechte Nachrichten für Sie. In den vergangenen paar Monaten ist Ihnen etwas Schreckliches passiert, Sie werden sich an nichts mehr erinnern, aber wir haben Aufnahmen gemacht, in denen Sie die ganze Geschichte mit ihren eigenen Worten erzählen und dabei sehr viel erklären. In der Zeit, an die Sie sich nicht mehr erinnern, haben Sie ein paar sehr gute Freunde kennen gelernt, und auch denen werden Sie wieder begegnen. Darf ich Ihnen den Ersten davon vorstellen ...«

Er zeigte auf das Bett neben meinem. Dort lag ein Mann, allem Anschein nach nicht bei Besinnung und jünger als Doktor Cal, aber wesentlich schlechter beisammen. »Mit diesem Menschen haben Sie in vielen Aufnahmesitzungen geredet, auch über ihn. Auch dieses Mal werden Sie so einiges zu erzählen haben, da bin ich mir sicher.« Ich bin immer noch durcheinander und will fragen, wo Dad ist und ob wirklich so viele Monate vergangen sind, wo Perry ist und was überhaupt passiert ist, aber ich werde schon schrecklich müde. Doktor Cal hat ein freundliches Lächeln, nur um die Augen herum sieht er ein wenig traurig aus, als er sagt: »Schlafen Sie jetzt. Ihr beide werdet gute Freunde werden.«

SEITDEM ICH, nur ein einziges Mal, bei einem Spaziergang nach draußen vergessen habe, meinen $CO_2$-Filter in den ersten zehn Minuten anzuschalten, und mir nur ein kleines bisschen unwohl geworden ist, ehe ich drauf gekommen bin, woran es lag, überprüft Teri regelmäßig mein Lisport-Pack mit furchterregender Gründlichkeit. Dann lässt sie mich ihres überprüfen, nur um auf Nummer sicher zu gehen. Es macht mir nichts aus, und wahrscheinlich ist die Übung durchaus nützlich, aber wenn sie meinen überprüft, kann ich nie ganz vergessen, dass da eine Teenagerin an mir herumfummelt, als wäre sie meine Mutter.

»Eher wie eine Krankenschwester«, sagt sie, »oder wie deine Zoowärterin. Absolut, Doc, ich will doch keinen guten Freund verlieren, und schon gar nicht einen Partner, nur weil er ein *skoshi* schlampig ist. Wenn du mich loswerden willst, musst du es schon ein bisschen geschickter anstellen.«

»Abgemacht«, sagte ich, als wäre ich in den Roundings aufgewachsen.

Als wir uns zum vierten Mal begegneten, von ihrem Standpunkt aus, und zum dritten Mal, von meinem Standpunkt aus (davor einmal in einem Zug, zweimal in einem Krankenhaus), verlief es bis jetzt am undramatischsten und am folgerichtigsten.

Ich durfte kein Psycho mehr sein, und sie wollte nichts anderes sein als Ökospektorin. Jedes Mal, wenn ein Verstand gememt wird, wird er anfälliger für zukünftige Übernahmen. Obwohl sie gememt worden war, als sie sich draußen in den Roundings aufhielt, waren die Roundings für Teri trotzdem sicherer als die Stadt, denn dort draußen gab es weniger Menschen, weniger Kontakt, und dort verbrachte sie weniger Zeit damit, in Computerbildschirme zu starren. Was mich angeht ... Resuna hat mich jetzt schon so oft erwischt und so tief, dass man es für das Beste hielt, mich zu isolieren, damit es nach Möglichkeit nicht noch einmal dazu kommt. Es war höchste Zeit, mich in den Ruhestand zu schicken, so wie einen alten Schlangenhund, der einen Schlangenbiss zu viel abgekriegt hat – falls es damals auf der Erde so gewesen ist. Ich frage mich, ob wir hier jemals eine Jagdsaison haben werden.

Was für ein blöder Gedanke. Es gibt diesen alten Spruch über das gefährlichste Wild von allen, und ich habe den Großteil meines Lebens damit verbracht, es zur Strecke zu bringen. Was kümmern mich da weniger aufregende Sportarten?

Aber sobald sie merkten, dass ich bereits seit mehreren Tagen gememt war und dass es sich tief in meinem Langzeitgedächtnis festgesetzt hatte und dass ich meine dritte Tiefenlöschung innerhalb von fünf Marsjahren verpasst bekommen sollte, war klar, dass für mich die Jagd nach Resuna in den Korridoren der Hirne von Verbrechern, Unangepassten und einfachen Verrückten endgültig vorbei war. Mit Sicherheit konnte ich meinen alten Beruf nicht mehr ausüben.

Aber in den langen Monaten, in denen ich anhand der Aufzeichnungen mühsam erfahren habe, was mit mir passiert war, kam mir Teris Beruf, je mehr ich darüber erfuhr, richtig verlockend vor. Körperliche Anstrengung, wenig Unterhaltung, jede Menge zu tun, sich hinlegen, wenn man erschöpft ist, aufstehen, wenn man geruht hat, ein ganzer Planet, den es zum Leben zu erwecken gilt. Ich war der älteste und am schlechtesten vorbereitete Schüler in der ersten Klasse des neuen Ökospekting-Programms der Uni von Red Sands City, das mit einem Jahr Verspätung doch noch anlief, aber ich wusste, wie man sich ein neues Thema aneignet, und es hat mir von Anfang an Spaß gemacht. Innerhalb von anderthalb Marsjahren entwickelte ich mich von einem offensichtlich hoffnungslosen Fall zu einem ziemlich guten Schüler.

Teri stieg im Jahrgang nach mir ein. Sie war reich und hätte alles machen können. Sie war der Meinung, es würde ihr Vergnügen bereiten, der beste Ökospektor in der Geschichte des Planeten zu werden, wo sie nun schon einer der reichsten war, sowohl aus eigenen Verdiensten als auch als Erbin ihres Vaters. Wir erkannten einander natürlich sofort, von den Aufnahmen, und wir wussten, dass wir uns gut verstanden hatten. Also setzten wir uns hin und redeten einen ganzen Nachmittag miteinander, und am Ende waren wir rasch zu Freunden geworden.

Na ja, in meinem alten Beruf hätte ich gesagt, sie sei jung, leide sehr unter dem Verlust ihres Vaters und dass sie nach ihrer katastrophal geplatzten Verlobung (und vielleicht auch nach Prigachs Tod, kurz nachdem sie anfing, Interesse für ihn zu entwickeln) ein wenig Angst vor jeder Beziehung haben mochte, die wieder zu dieser ganzen Liebe-Sex-Hochzeit-Geschichte führen könnte, selbst wenn sie das alles nur aus zweiter oder dritter Hand wusste, in der internen Geschichte, die sie für sich zusammengebastelt hatte. In meinem alten Beruf hätte ich vielleicht sogar gedacht, eine Therapie sei wichtiger für sie, als ihren Gefühlen freien Lauf zu lassen und eine enge Freundschaft mit einem älteren Mann aufzubauen. Und ich hätte vielleicht gesagt, dass ich ein einsamer, verzweifelter Mann sei, dem die einzige Arbeit, für die er so etwas wie Talent gezeigt hatte, versagt blieb, und vielleicht hätte ich auch angemerkt, dass, wenn ein so einsamer Mann sich in der Gesellschaft einer jungen Frau derartig wohl fühlt, man ihn besser im Auge behalten sollte.

Aber in meiner neuen Tätigkeit kann ich darüber nur lachen, darüber und über eine ganze Menge anderer Dinge. Eines schönen Tages will Teri zweifellos wieder eine Liebesbeziehung eingehen. Sie ist schließlich eine gesunde junge Frau. Und eine solche Beziehung wird sie bestimmt nicht mit mir wollen. Was das angeht, will ich eines schönen Tages vielleicht sogar selbst eine solche Beziehung haben. Mir ist bereits aufgefallen, dass Rounditas in meinem Alter wesentlich interessanter sind als alle meine Exfrauen zusammen, und obwohl ich eigentlich dachte, ich hätte schon längst aufgegeben, ist es vielleicht doch noch nicht so weit. Vielleicht bei einem dieser Treffen. Bis dahin habe ich eine Partnerin, die mir eine gute Freundin ist. Wir lachen jeden Tag viel miteinander. Irgendwelche blöden, banalen Dinge passieren, und die Welt um uns verändert sich, und wir sind da, um das alles mit anzusehen.

Ich würde mich gern an all das, was sich in den Aufzeichnungen findet, richtig erinnern, es fühlen. Manchmal identifiziere ich mich so stark damit, dass ich beinahe durch sie hindurchzutreten scheine und wieder dort bin, in meinem Büro, mit diesem verwirrten Mädchen, dem so viel Schreckliches widerfahren ist. Aber obwohl ich mich wirklich nicht mehr daran erinnern kann, wie es war, ein versoffener alter Polizeipsycho zu sein, so sehr ich es auch versuche, wächst doch immer mehr und mehr Erinnerung heran, um das Fehlende zu ersetzen, und die Kammern in meinem Gedächtnis füllen sich mit Teris Lachen, wenn wir den Abhang einer Düne hinunterhüpfen, oder mit meinem Freudenschrei, wenn ein Geysir aus einer frisch bebohrten Quelle ins Sonnenlicht emporschießt, oder mit dem seelenerschütternden Stöhnen, das sich machtvoll aus einem löst, wenn man sich nach einem langen Nachmittag, den man sich langsam und geduldig durch nasse zerklüftete Badlands gearbeitet hat, wohlig auf dem Boden ausstreckt. Ich habe ganze Wochen damit verbracht, Bäume entlang eines Flusses zu pflanzen, der seit Milliarden Jahren zum ersten Mal wieder fließt, und jeden Tag, wenn wir uns umdrehen, sehen wir nur ein paar hundert Meter Fortschritt, und dann seufzt Teri, obwohl sie eigentlich halb dabei lacht, einfach nur, weil es so herrlich ist, hier zu sein, und dann lache ich leise in mich hinein.

Also lasse ich zu, dass sie mich bemuttert und mich damit aufzieht, ob mein Anzug bereit ist oder nicht, und dann überprüfe ich gewissenhaft ihren Anzug, aber mein Herz ist schon draußen vor den Stadtmauern, da draußen, wo das letzte Bild einer geraden Linie oder eines rechten Winkels rasch verblasst, wo der Nachthimmel keine Schlieren hat oder vom Glanz irgendwelcher künstlichen Beleuchtung beeinträchtig ist, nicht einmal dicht über dem Horizont.

»Los jetzt«, sage ich. »Wenn's geht, möchte ich bis heute Abend zu diesem Lager dort draußen kommen.«

Teri zuckt mit den Achseln. »Wenn du willst, schaffen wir das, Doc. Aber warum hast du es denn so eilig?«

»Ich bin ein getriebener Ehrgeizling mit zu viel Norepinephrin und einem schrecklich rigiden Töpfchentraining«, sagte ich, und sie schnaubt verächtlich.

Sie weiß ganz genau, dass meine richtige Antwort auch ihre Antwort wäre: weil es so tief in den Roundings ist, wie wir heute noch kommen. Und weil du dort draußen am Morgen in der Sekunde aufwachst, in der die Sonne auf das Visier deines Helms fällt, und dann geht sie so eilig auf, als müsste sie dringend irgendwo hin und etwas erledigen. Der Checkout ist fertig, Daumen hoch, wir schicken die Luft aus der Schleuse zurück in die Stadt, marschieren unter der nach oben gleitenden Tür hindurch und *hüpfen einfach los!*

# DANKSAGUNG

An dieser Stelle des Buches wird oft behauptet, dass es ohne gewisse Mitmenschen niemals zustande gekommen wäre. Das vorliegende Buch war ein derartiger Kampf, dass es eigentlich sogar *mit* der Hilfe dieser hervorragenden Leute, die ich gleich erwähnen werde, beinahe nicht entstanden wäre. Aber es wurde doch noch fertig, und ich bin den üblichen Verdächtigen zu tiefem Dank verpflichtet: meinem Lektor Patrick Nielsen Hayden für seine endlose Geduld und Nachsicht; meinem Agenten Ashley Grayson für seine unablässige Hilfe und Unterstützung; und meinem Recherche-Assistenten Jes Tate für seine Schnelligkeit und Hartnäckigkeit. Ebenso stehe ich in der Schuld von Soren DeSelby für die hervorragendste Redaktion, die ich seit über zwanzig Büchern erfahren habe. Dank euch allen war es einfach nur sehr schwer.

Weiter geht es bei FESTA SF mit einem Roman
der mehrfachen Hugo und Nebula Award Gewinnerin
NANCY KRESS:

***STERNSPRINGER***

ca. 400 Seiten, ISBN 3-86552-008-1
Deutsche Erstveröffentlichung

Bei ihrem Aufbruch ins All stießen die Menschen auf ein Netzwerk von Sternentoren, hinterlassen von einer uralten Rasse von Außerirdischen – und auf die Faller, die ihnen sofort den Krieg erklärten.
Jahrhunderte später setzt das Sternenschiff *Zeus* ein Kontaktteam unter Dr. Achmed Bazargans Leitung auf einem neu entdeckten Planeten ab. Vordergründig soll das Team die Einheimischen studieren – Wesen, die eine gemeinsame Realität teilen. Lügen werden als ›unwirklich‹ eingestuft und mit dem Tod bestraft. In Wahrheit sind Dr. Bazargan und seine Leute in geheimer Mission auf dem Planeten. Sie sollen einen künstlichen Mond erforschen, den die unbekannten Außerirdischen einst bauten – eine Superwaffe, die den Faller bekannt ist und alles Leben in einem Sternensystem auslöschen kann.

*Kress hat die Gabe der wahren Geschichtenerzählerin.*
Stephen R. Donaldson

---

Liebe Leserinnen und Leser,
haben Sie Fragen oder Anregungen? Möchten Sie den regelmäßigen Newsletter des Verlags mit Hintergrundinformationen zu unserer SF-Reihe und deren Autoren beziehen?
Schicken Sie eine E-Mail an: *Festa-SF@Festa-Verlag.de*
Wir freuen uns auf eine Nachricht von Ihnen!